BESTSELLER

Thomas Harris, nacido en el estado norteamericano de Mississippi, se inició como escritor cubriendo sucesos criminales en Estados Unidos y México. Trabajó como reportero y redactor jefe para la Associated Press en la ciudad de Nueva York. En 1975 publicó su primera novela, *Domingo Negro*, seguida de *El Dragón Rojo*, *El silencio de los corderos* y *Hannibal*, todas ellas llevadas al cine.

Biblioteca

THOMAS HARRIS

El Dragón Rojo

Traducción de
Elisa López Bullrich

DEBOLS!LLO

El Dragón Rojo

Título original: *Red Dragon*

Primera edición con esta portada en España: julio, 2014
Segunda edición en México: noviembre, 2018

D. R. © 1981, Thomas Harris

D. R. © 2000, de la edición en castellano para todo el mundo:
Penguin Random House Grupo Editorial, S. A. U.
Travessera de Gràcia, 47-49, 08021, Barcelona

D. R. © 2018, derechos de edición mundiales en lengua castellana:
Penguin Random House Grupo Editorial, S. A. de C. V.
Blvd. Miguel de Cervantes Saavedra núm. 301, 1er piso,
colonia Granada, delegación Miguel Hidalgo, C. P. 11520,
Ciudad de México

www.megustaleer.mx

D. R. © 1992, Elisa López Bullrich, por la traducción
Traducción cedida por Emecé Editores, Buenos Aires, Argentina

ISBN: 978-607-317-273-8

Impreso en México – *Printed in Mexico*

El papel utilizado para la impresión de este libro ha sido fabricado a partir de madera procedente
de bosques y plantaciones gestionadas con los más altos estándares ambientales, garantizando
una explotación de los recursos sostenible con el medio ambiente y beneficiosa para las personas.

Penguin
Random House
Grupo Editorial

Se puede ver sólo lo que se observa y se observa sólo lo que ya está en la mente.

Alphonse Bertillon

… Porque la Misericordia tiene un corazón humano,
la Piedad un rostro humano,
y el Amor la divina forma humana,
y la Paz el ropaje humano.

WILLIAM BLAKE, *Los cantos de Inocencia*
(«La Imagen Divina»)

La Crueldad tiene un Corazón Humano,
y los Celos un Rostro Humano,
el Terror la Divina Forma Humana,
y el Secreto el Ropaje Humano.

El Ropaje Humano está forjado en Hierro,
la Forma Humana una Forja Ardiente,
el Rostro Humano un Horno Sellado,
el Corazón Humano su Fauce Hambrienta.

WILLIAM BLAKE, *Los cantos de Experiencia*
(«La Imagen Divina»)[1]

1. Este poema fue encontrado después de la muerte de Blake junto con impresiones de los grabados para *Los cantos de Experiencia*. Aparece solamente en las ediciones póstumas.

CAPÍTULO 1

Will Graham hizo sentar a Crawford junto a una mesa de picnic, entre la casa y el océano, y le ofreció un té helado.

Jack Crawford miró la casa vieja y destartalada cuyas maderas cubiertas de salitre plateado resplandecían en la diáfana luz.

—Debí haberte abordado en Marathon cuando salías de trabajar —dijo Crawford—. No querrás hablar de este asunto aquí.

—No quiero hablar de eso en ninguna parte, Jack. Tú tienes que hacerlo, de modo que adelante Pero no se te ocurra enseñarme ni una sola fotografía. Si has traído alguna, déjala en la cartera; Molly y Willy volverán pronto.

—¿Qué es lo que sabes?

—Lo que publicaron el *Herald* de Miami y el *Times* —respondió Graham—. Dos familias asesinadas en sus casas con un mes de diferencia. Una en Birmingham y otra en Atlanta. Las circunstancias eran similares.

—Similares no. Las mismas.

—¿Cuántas confesiones hasta ahora?

—Ochenta y seis cuando llamé esta tarde —contestó Crawford—. Todos locos. Ninguno conocía los detalles. Destroza los espejos y utiliza los pedazos rotos. Ninguno lo sabía.

—¿Qué otra cosa ocultaste a los periódicos?

—Que es rubio, diestro y realmente fuerte, calza zapatos del número cuarenta y cinco. Un verdadero Hércules. Las huellas son todas de guantes suaves.

—Eso lo dijiste en público.

—No es muy hábil con las cerraduras —comentó Crawford—. Utilizó un cortavidrio y una ventosa de goma para entrar en la última casa. Ah, su grupo sanguíneo es AB positivo.

—¿Le hirió alguien?

—Esto no lo sabemos. Analizamos el semen y la saliva. Abundan sus secreciones. —Crawford contempló el mar calmo—. Will, quiero hacerte una pregunta. Lo leíste todo en los diarios. El segundo caso fue ampliamente comentado en la televisión. ¿Se te ocurrió alguna vez llamarme?

—No.

—¿Y por qué no?

—Al principio no había muchos detalles del primer caso, el de Birmingham. Podía haber sido cualquier cosa, una venganza, un pariente.

—Pero supiste de qué se trataba después del segundo.

—Sí. Un psicópata. No te llamé porque no quise. Ya sé con quién trabajarás en este caso. Cuentas con el mejor laboratorio. Con Heimlich en Harvard, Bloom en la Universidad de Chicago...

—Y te tengo a ti aquí, arreglando unos malditos motores de lanchas.

—No creo que fuera de mucha utilidad, Jack. Ya no pienso más en eso.

—¿De veras? Cazaste a dos. Los dos últimos que tuvimos los atrapaste tú.

—¿Y cómo? Haciendo las mismas cosas que tú y los demás estáis haciendo.

—Eso no es del todo cierto, Will. Se trata de tu forma de pensar.

—Creo que se han dicho muchas estupideces sobre mi modo de pensar.

—Llegaste a conclusiones sin que nunca nos explicaras cómo lo habías logrado.

Las pruebas estaban a la vista —respondió Graham.

—Seguro. Seguro que estaban a la vista. Y después aparecieron muchas más. Antes del arresto teníamos tan pocas que difícilmente hubiéramos podido continuar.

—Tienes la gente necesaria, Jack. No creo que yo pueda mejorar en nada el equipo. Vine aquí para alejarme de todo ese ambiente.

—Lo sé. La última vez te hirieron. Ahora parece que estás bien.

—Lo estoy. Pero no es el hecho de haber sido herido. A ti también te hirieron.

—Me hirieron, pero no de la misma forma.

—No es el hecho de haber sido herido. Simplemente decidí parar. No creo que pueda explicarlo.

—Por Dios, te aseguro que comprendería perfectamente que ya no pudieras volver a afrontarlo.

—No. Mira… siempre es desagradable tener que verlos, pero en cierta forma te las arreglas para poder funcionar, siempre y cuando estén muertos. El hospital, las entrevistas, eso es lo peor. Tienes que apartarlo de tu mente para poder seguir pensando. No me creo capaz de hacerlo ahora. Podría obligarme a mirar, pero me resultaría imposible pensar.

—Will, éstos están todos muertos —dijo Crawford lo más suavemente que pudo.

Jack Crawford escuchó el ritmo y la sintaxis de sus propias frases en la voz de Graham. Había oído a Graham hacerlo en otras oportunidades, con otras personas. A menudo, en medio de una animada conversación, Graham adoptaba la forma de hablar de su interlocutor. Al principio, Crawford pensó que lo hacía deliberadamente, que era una treta para mantener el ritmo.

Pero más adelante, Crawford se dio cuenta de que Graham lo hacía involuntariamente, que a veces trataba de evitarlo y no podía.

Crawford metió dos dedos en el bolsillo de su chaqueta. Arrojó luego sobre la mesa dos fotografías.

—Todos muertos —repitió.

Graham le miró durante un instante antes de coger las fotos. Eran simples instantáneas: una mujer seguida por tres niños y un pato, llevando una canasta de picnic junto a la orilla de una laguna. Una familia ante una tarta de cumpleaños.

Al cabo de medio minuto dejó nuevamente las fotografías sobre la mesa. Las puso una sobre otra y dirigió su mirada a la playa, a lo lejos, donde un chico en cuclillas examinaba algo en la arena. Una mujer le observaba, apoyando la mano sobre la cadera mientras la espuma de las olas se arremolinaba en torno a sus tobillos. La mujer echó la cabeza hacia atrás para sacudirse el pelo mojado pegado a la espalda.

Graham, haciendo caso omiso de la visita, observó a la mujer y al muchacho durante un lapso igual al que había dedicado a mirar las fotos.

Crawford estaba contento. Con el mismo esmero que había puesto para elegir el lugar para la conversación, cuidó de que la satisfacción no se reflejara en su rostro. Le pareció que había convencido a Graham. Tenía que dejarle recapacitar.

Aparecieron tres perros increíblemente feos que se echaron junto a la mesa.

—Dios mío… —murmuró Crawford.

—Probablemente son perros. Abandonan muchos por aquí cuando son pequeños —explicó Graham—. Puedo deshacerme de los más bonitos. El resto se queda dando vueltas por el lugar hasta que se hacen grandes.

—Están bastante gordos.

—Una debilidad de Molly por los desamparados.

—Qué buena vida, Will. Con Molly y el chico. ¿Cuántos años tiene?

—Once.

—Un hermoso muchacho. Va a ser más alto que tú.

Su padre lo era —dijo Graham—. Soy afortunado. Lo sé.

—Quería traer a Phyllis a Florida. Conseguir un lugar para cuando me jubile y dejar de vivir como un topo. Ella dice que todas sus amigas están en Arlington.

—Siempre quise agradecerle los libros que me llevó al hospital pero nunca lo hice. Hazlo por mí.

—Lo haré.

Dos pequeños y alegres pajaritos se posaron sobre la mesa esperando encontrar algo dulce. Crawford los observó mientras daban saltitos hasta que finalmente volaron.

—Will, este degenerado parece actuar siguiendo las fases de la luna. Asesinó a los Jacobi en Birmingham la noche del sábado 28 de junio, noche de luna llena. Mató a la familia Leeds en Atlanta anteanoche, 26 de julio, un día antes de cumplirse el mes lunar. De modo que si tenemos suerte, todavía nos quedan un poco más de tres semanas hasta que vuelva a actuar.

—No creo que quieras esperar aquí en los cayos y enterarte del próximo caso por el *Herald*. Caray, no soy el papa, no estoy diciéndote lo que debes hacer, pero quiero preguntarte una cosa: ¿mi opinión significa algo para ti, Will?

—Sí.

—Creo que las posibilidades de atraparle rápidamente son mayores si tú nos ayudas. Vamos, Will, anímate y échanos una mano. Ve a Atlanta y a Birmingham a echar un vistazo y luego pasa por Washington.

Graham no contestó.

Crawford esperó hasta que cinco olas rompieron en la playa. Entonces se puso en pie y se echó la chaqueta al hombro.

—Hablaremos después de la comida.

—Quédate a comer con nosotros.

Crawford sacudió la cabeza.

—Volveré más tarde. Debe de haber mensajes en el Holiday Inn y tengo que hacer unas cuantas llamadas. De todos modos agradéceselo a Molly de mi parte.

El automóvil alquilado por Crawford levantó una fina capa de polvo sobre los arbustos próximos al camino de conchas.

Graham volvió a la mesa. Tenía miedo de que aquél fuera su último recuerdo de cayo Sugarloaf: hielo derritiéndose en dos vasos de té, servilletas de papel cayendo de la mesa impulsadas por la suave brisa y Molly y Willy allá lejos en la playa.

Atardecer en Sugarloaf: las garzas inmóviles y el disco rojo del sol haciéndose más grande cada segundo.

Will Graham y Molly Foster Graham estaban sentados sobre un tronco descolorido arrastrado por la marea. Sus caras tenían un tinte anaranjado por el reflejo del sol poniente y sus espaldas estaban envueltas en sombras violáceas. Ella le cogió la mano.

—Crawford pasó por la tienda para verme antes de venir aquí —dijo—. Me pidió la dirección. Traté de llamarte. Creo que de vez en cuando deberías contestar al teléfono. Vimos el coche cuando llegamos a casa y dimos la vuelta hacia la playa.

—¿Qué más te preguntó?

—Cómo estabas.

—¿Qué le contestaste?

—Que estabas bien y que debería dejarte tranquilo. ¿Qué quiere que hagas?

—Que vea unas pruebas. Soy especialista forense, Molly. Has visto mi diploma.

—Lo que vi fue cómo remendaste una grieta en el papel del techo con tu diploma. —Se puso a horcajadas sobre el tronco para mirarle de frente—. Si extrañaras tu otra vida, lo que hacías antes, supongo que hablarías de ello. Jamás lo haces. Ahora estás tranquilo, relajado y comunicativo… y eso me encanta.

—Lo pasamos bien, ¿verdad?

Un único y lento parpadeo le indicó que debería haber dicho algo más adecuado, pero ella insistió antes de que él pudiera corregirlo.

—Lo que hiciste por Crawford no fue bueno para ti. Él dispone de muchas otras personas, supongo que de todo el maldito departamento. ¿Es posible que no pueda dejarnos en paz?

—¿Crawford no te lo ha contado? Fue mi jefe las dos veces que dejé la Academia del FBI para volver al campo de batalla. Esos dos casos fueron los únicos de ese tipo que había tenido y hace mucho tiempo que Jack está en el FBI. Ahora se le ha presentado otro. Esta clase de psicópata es muy poco común. Él sabe que yo tengo… experiencia.

—Sí, así es —respondió Molly. La camisa desabrochada de Will dejaba ver la curva de la cicatriz sobre el estómago. Era abultada y de un dedo de ancho y jamás se bronceaba. Corría desde la cadera izquierda y se desviaba hasta alcanzar las costillas del lado opuesto.

Se la había hecho el doctor Hannibal Lecter con un cuchillo un año antes de que Molly conociera a Graham. Casi le llevó a la tumba. El doctor Lecter, apodado por los diarios «Hannibal el Caníbal», era el segundo psicópata que había atrapado Will Graham.

Cuando salió finalmente del hospital, presentó su renuncia al FBI, abandonó Washington y se puso a trabajar como mecánico de motores diesel para lanchas en un astillero de Marathon, en los cayos de Florida. Se había criado haciendo ese trabajo. Dormía en una *roulotte* en el astillero hasta que apareció Molly y su destartalada mansión del cayo Sugarloaf.

Él se sentó también a horcajadas sobre el tronco y cogió las manos de Molly. Los pies de ella se deslizaron bajo los de Graham.

Muy bien, Molly. Crawford cree que yo tengo un olfato especial para los monstruos. Es casi una superstición.

—¿Y tú piensas como él?

Graham contempló tres pelícanos que volaban en fila sobre los bajíos del mar.

—Molly, un psicópata inteligente, especialmente un sádico, es muy difícil de atrapar por varias razones. En primer lugar, porque no existe un móvil que se pueda investigar. De modo que esa posibilidad queda descartada. Y generalmente no podrás contar con ninguna ayuda por parte de los soplones. Verás, en la mayoría de los arrestos es más importante el papel de los soplones que el de los detectives, pero en casos como éste no hay soplones. Quizás ni siquiera él sabe lo que está haciendo. De modo que debes aprovechar las pruebas que tengas y deducir lo demás. Tienes que tratar de reconstruir su forma de pensar. Tratar de encontrar pautas.

–Y seguirle y hacerle frente –acotó Molly–. Tengo miedo de que si te lanzas tras ese maniático, o lo que sea, te haga lo que te hizo el último. Exactamente. Y eso es lo que me aterra.

–Nunca me verá ni sabrá mi nombre, Molly. La policía será la encargada de detenerle si es que lo encuentran. Yo no. Crawford sólo quiere otro punto de vista.

Ella observó el sol color púrpura que parecía desparramarse sobre el mar. Unos cirros altos resplandecían sobre él.

A Graham le encantaba la forma en que Molly giraba la cabeza, ofreciendo con gran naturalidad su peor perfil. Podía ver latir el pulso en su cuello y recordó súbita e intensamente el sabor a sal en su piel. Tragó saliva y dijo:

–¿Qué demonios puedo hacer?

–Lo que ya has decidido. Si te quedas aquí y ocurren nuevas muertes tal vez eso te haga odiar este lugar. A la hora señalada y todas esas tonterías. Si no fuera así, no me harías preguntas.

–¿Y qué responderías si te hiciera una pregunta?

–Quédate aquí conmigo. Conmigo. Conmigo. Conmigo. Y a Willy, le incluiría también a él si sirviera de algo. Se supone que debo secarme los ojos y agitar el pañuelo. Si las cosas no salen bien, tendré la satisfacción de que hiciste lo correcto. Durará lo que un toque de silencio. Entonces podré volver a casa y conectar un solo lado de la manta eléctrica.

–Me mantendré a distancia en este asunto.

–No lo harías jamás. Qué egoísta soy, ¿verdad?

–No me importa.

–A mí tampoco. Esto es tan agradable y tranquilo. Todas las cosas que sucedieron te ayudan a comprenderlo. A valorarlo, quiero decir.

Él asintió.

–No quiero perderlo por nada del mundo –dijo Molly.

–No. No lo perderemos.

Oscureció rápidamente y Júpiter apareció, bajo, en el suroeste.

Crawford volvió después de la comida. Se había quitado la chaqueta y la corbata y se había arremangado la camisa para parecer más informal. A Molly le parecieron repulsivos los gruesos y pálidos antebrazos de Crawford. Le daba la impresión de que era un maldito monosabio. Le sirvió una taza de café bajo el ventilador del porche y se sentó junto a él mientras Graham y Willy salían a dar de comer a los perros. No dijo una sola palabra. Las mariposas golpeaban suavemente contra las persianas.

−Tiene muy buen aspecto, Molly −dijo Crawford−. Ambos lo tienen, delgados y bronceados.

−Diga lo que diga se lo llevará, ¿verdad?

−Sí. Tengo que hacerlo. Es preciso. Pero le juro por Dios, Molly, que trataré de que sea lo más llevadero posible para él. Ha cambiado. Qué gran cosa que se casaran.

−Cada vez está mejor. Ya no sueña tan a menudo. Estuvo realmente obsesionado con los perros durante un tiempo. Pero ahora sólo se ocupa de ellos; no habla de ellos constantemente. Usted es su amigo, Jack. ¿Por qué no puede dejarle en paz?

−Porque tiene la mala suerte de ser el mejor. Porque no razona como los demás. Porque de algún modo nunca ha caído en la rutina.

−Él cree que usted quiere que vea unas pruebas.

−Quiero que vea unas pruebas. No hay nadie mejor para eso. Pero tiene otra cosa además. Imaginación, percepción, lo que sea. Pero esa parte no le gusta.

−Si usted la tuviera tampoco le gustaría. Prométame algo, Jack. Prométame que se encargará de que no se acerque demasiado. Creo que le destruiría tener que pelear.

−No tendrá que pelear. Puedo prometérselo.

Molly ayudó a Graham a preparar el equipaje una vez que terminó con los perros.

CAPÍTULO 2

Will Graham condujo lentamente el automóvil cuando pasaba frente a la casa en la que había vivido y muerto la familia de Charles Leeds. Las ventanas estaban a oscuras. Una luz brillaba en el patio. Aparcó a dos manzanas y caminó en la cálida noche, llevando en una caja de cartón el informe de los detectives de la policía de Atlanta.

Graham había insistido en ir solo. La razón que dio a Crawford fue que cualquier otra persona que estuviera en la casa le distraería. Tenía otra, privada: no sabía cómo iba a comportarse. No quería que un par de ojos le estuvieran observando todo el tiempo.

Había reaccionado bien en la morgue.

La casa de ladrillos de dos pisos se alzaba en un bloque arbolado, alejado de la calle. Graham permaneció un buen rato bajo los árboles contemplándola. Trató de conservar la calma en su interior. En su mente, un péndulo de plata se mecía en la oscuridad. Esperó hasta que el péndulo se quedó quieto.

Algunos vecinos pasaron en sus coches; miraban la casa pero rápidamente volvían la cabeza. El lugar donde se ha cometido un crimen resulta desagradable para el vecindario, como si fuera el rostro de alguien que les ha traicionado. Solamente los forasteros y los niños se detenían a mirar.

Las persianas estaban levantadas. Graham se alegró. Significaba que no había entrado ningún pariente. Los parientes siempre bajan las persianas.

Caminó hacia un costado de la casa, moviéndose cautelosamente, sin utilizar la linterna. Se detuvo dos veces para escuchar. La policía de Atlanta sabía que estaba allí, pero los vecinos no. Debían estar nerviosos. Podrían dispararle.

Al mirar por una ventana trasera pudo ver la luz del patio de enfrente que se filtraba entre las siluetas de los muebles. El aire estaba saturado por el perfume del jazmín del Cabo. Un porche enrejado se extendía a lo largo de casi toda la parte trasera de la casa. En la puerta del porche podía verse el sello de la policía de Atlanta. Graham rompió el sello y entró.

El cristal que la policía había quitado de la puerta que comunicaba el porche con la cocina había sido reemplazado por una plancha de madera contrachapada. Abrió la puerta a la luz de la linterna utilizando la llave que le había dado la policía. Tenía ganas de encender las luces. Tenía ganas de colocarse su reluciente insignia y hacer algunos ruidos que justificaran su presencia en la silenciosa casa en la que habían muerto cinco personas. Pero no hizo nada. Entró en la cocina oscura y se sentó a la mesa.

La llama azul del piloto de la cocina brillaba en la oscuridad. Percibió olor a cera de lustrar y a manzanas.

El termostato hizo clic y el aire acondicionado se puso en marcha. Graham se sobresaltó al oír el ruido y sintió miedo. Tenía mucha experiencia con el miedo. Podría controlarlo en esta ocasión. Estaba asustado, pero podría seguir adelante.

Veía y oía mejor cuando estaba asustado; no podía hablar tan concisamente y a veces el miedo le volvía algo grosero. Pero allí no había nadie con quien hablar; nadie ya a quien pudiese ofender.

La locura irrumpió en aquella casa a través de esa puerta y entró a esa cocina sobre unos pies con zapatos del número cuarenta y cinco. Sentado en la oscuridad, Graham olfateaba la locura como un sabueso huele una camisa.

Durante todo el día y parte de la tarde había estudiado el informe de la sección de homicidios de Atlanta. Recordaba que la policía, al entrar en la cocina, encontró encendida la luz de la campana de ventilación. La encendió.

Dos rectángulos de tela bordada y enmarcada colgaban en la pared a ambos lados de la cocina. En uno podía leerse: «Los besos se olvidan, la buena cocina no».Y en el otro: «Es a la cocina adonde prefieren venir nuestros amigos para sentir el pulso de la casa y solazarse en su trajín».

Graham miró el reloj. Las once y media. Según el patólogo, las muertes habían ocurrido entre las once de la noche y la una de la madrugada.

En primer lugar estaba la entrada. Se puso a pensar en eso…

«El demente deslizó el gancho de la puerta exterior de alambre tejido. Permaneció en la oscuridad del porche y sacó algo del bolsillo. Una ventosa.Tal vez la base de un sacapuntas diseñado para adherirse bien a la tapa del escritorio.

Acurrucado junto a la parte inferior de la puerta de la cocina, el maníaco alzó la cabeza para espiar por el cristal. Sacó la lengua y lamió la ventosa, la apretó con el cristal y torció el mango para que se adhiriera. Un pequeño cortavidrios estaba sujeto a la ventosa con una cuerda, como para poder cortar en círculo.

El débil chirrido del cortavidrios y un golpe seco para quebrar el cristal. Una mano para golpear y otra para sujetar la ventosa. El cristal no debía caer. El pedazo era ligeramente ovalado porque la cuerda se enroscó alrededor del mango de la ventosa al cortar el cristal. Un ligero ruido cuando tira del pedazo de cristal hacia afuera. No le importa dejar rastros de saliva del tipo AB en el cristal.

La mano cubierta por un ajustado guante se desliza por el agujero, hasta encontrar la cerradura. La puerta se abre silenciosamente.Ya está adentro. La luz de la campana le permite ver su cuerpo en esa cocina extraña. Reina una fresca y agradable temperatura en el interior de la casa.»

Will Graham ingirió dos Di-Gels. Le molestó el crujido del celofán al guardarse el paquete en el bolsillo.Atravesó la sala de estar manteniendo la linterna lo más apartada de él que podía, por pura costumbre. A pesar de haber estudiado bien la planta, hizo un giro equivocado antes de encontrar la escalera. No crujía.

Permaneció en la entrada del dormitorio principal. Podía ver vagamente sin utilizar la linterna. El reloj digital que había sobre la mesa de noche proyectaba la hora en el cielo raso y una luz anaranjada titilaba en la pared junto al baño. El olor dulzón a sangre era intenso.

Los ojos acostumbrados a la oscuridad podían ver bastante bien. El maniático pudo distinguir al señor Leeds de su esposa. Había luz suficiente como para permitirle cruzar el cuarto, agarrar a Leeds por el pelo y degollarlo. Y después ¿qué? ¿Abre el interruptor de la luz que había en la pared, un saludo a la señora Leeds y luego el disparo que la inmovilizó?

Graham encendió la luz y las manchas de sangre parecieron insultarle desde las paredes, el colchón y el suelo. El mismo aire parecía salpicado de alaridos. Se sintió acobardado por el ruido de aquel silencioso cuarto repleto de manchas oscuras.

Graham se sentó en el suelo hasta que su mente se serenó. «Tranquilo, tranquilo, tranquilízate.»

La cantidad y variedad de manchas de sangre desconcertaba a los detectives de Atlanta que trataban de reconstruir el crimen. Todas las víctimas habían sido encontradas muertas en sus camas. Eso no concordaba con la posición de las manchas.

Al principio creyeron que Charles Leeds había sido atacado en el dormitorio de su hija, y su cuerpo arrastrado hasta el dormitorio principal. Pero un detenido examen de las salpicaduras les hizo reconsiderar esa teoría.

Todavía no habían quedado determinados exactamente los movimientos del asesino en las diferentes habitaciones.

Con la ventaja de la autopsia y los datos suministrados por el laboratorio, Will Graham trató de imaginar cómo había ocurrido todo.

El intruso degolló a Charles Leeds mientras dormía junto a su esposa, regresó al interruptor de la luz en la pared y encendió las luces (cabellos y fijador de la cabeza del señor Leeds fueron dejados en la placa del interruptor por un guante suave). Disparó a la señora Leeds cuando se incorporaba y luego se dirigió a las habitaciones de los niños.

Leeds se levantó con la garganta seccionada y trató de proteger a sus hijos, dejando a su paso grandes gotas de sangre y el inconfundible rastro de una arteria cortada mientras trataba de luchar. Fue empujado hacia un lado, y murió con su hija en el dormitorio de ella.

Uno de los dos niños fue asesinado en la cama de un disparo. El otro fue encontrado también en la cama, pero tenía en el pelo pequeñas bolitas de tierra. La policía creía que había sido sacado de debajo de ella y asesinado de un balazo.

Cuando estaban todos muertos, a excepción posiblemente de la señora Leeds, comenzó el destrozo de espejos, la selección de trozos y la ulterior dedicación a la señora Leeds.

En la caja de cartón, Graham tenía copias de los informes completos de las autopsias. Allí estaba el de la señora Leeds. La bala había entrado a la derecha de su ombligo y se había alojado en la espina dorsal, pero la mujer había muerto por estrangulamiento.

El aumento del nivel de serotonina y de histaminas en la herida de bala indicaba que había vivido, por lo menos, cinco minutos después del disparo. El nivel de histamina era mucho más alto que el de serotonina, por lo tanto no había sobrevivido más de quince minutos. La mayoría de las otras heridas le habían sido hechas, probablemente, después de muerta.

Si las demás lesiones eran postmortem, ¿qué hacía el asesino en ese intervalo mientras la señora Leeds esperaba la muerte? En eso pensaba Graham. Luchar con Leeds y matar a los otros, por supuesto, pero en eso no habría tardado más de un minuto. Romper los espejos. ¿Y qué más?

Los detectives de Atlanta eran muy meticulosos. Lo habían medido y fotografiado todo exhaustivamente, limpiaron, rastrillaron y retiraron las válvulas de los desagües. No obstante, Graham revisó por su cuenta.

Sabía dónde habían sido encontrados los cadáveres gracias a las marcas hechas por la policía en los colchones y a las fotografías que tomaron. Las pruebas –rastros de nitrato en las sábanas en los casos de heridas de bala– indicaban que habían sido encontrados en posiciones aproximadas a aquellas en que habían muerto.

Pero la profusión de manchas de sangre y de marcas y huellas borrosas en la alfombra del vestíbulo seguían sin poder explicarse. Uno de los detectives sugirió que algunas de las víctimas habían tratado de escapar del asesino arrastrándose. Graham no estaba de acuerdo: evidentemente el criminal las había movido después de muertas y más tarde las había colocado de nuevo en el sitio donde estaban cuando las asesinó.

Era obvio lo que había hecho con la señora Leeds. Pero ¿y los demás? No les había desfigurado, como hizo con la señora Leeds. Cada uno de los niños tenía una sola herida de bala en la cabeza. Charles Leeds se desangró hasta morir, contribuyendo a ello la sangre tragada. La única marca adicional que presentaba era superficial: la de una ligadura alrededor del pecho, aparentemente postmortem. ¿Qué hizo con ellos el asesino después de matarles?

Graham sacó de la caja de fotografías policiales los informes del laboratorio sobre los diferentes tipos de sangre y las manchas orgánicas de la habitación y muestras comunes para comparación de trayectorias de regueros de sangre.

Repasó minuciosamente todos los dormitorios del primer piso, tratando de hacer coincidir las heridas con las manchas, tratando de reconstruir los hechos en sentido inverso. Dibujó cada mancha en un plano a escala del dormitorio principal, valiéndose del muestrario para comparar y poder así estimar la dirección y la velocidad del goteo. De esta forma esperaba poder establecer la posición de los cuerpos en diferentes momentos.

Había una hilera de tres manchas que subían y daban la vuelta a un rincón de la pared del dormitorio y tres pequeñas manchas en la alfombra debajo de ellas. La pared de la cabecera de la cama estaba manchada en el lado donde había estado Charles Leeds y se veían las marcas de unos golpes sobre los zócalos. El diagrama de Graham empezó a parecerse a esos juegos de entretenimiento en los que deben unirse los números con una raya para obtener un dibujo, pero en este caso no había números. Se quedó contemplándolo, miró nuevamente la habitación, y luego volvió al dibujo hasta que sintió que su cabeza iba a estallar.

Entró en el baño y tomó sus dos últimas Bufferin, utilizando las manos para beber agua del grifo del lavabo. Se mojó la cara y luego se secó con el faldón de la camisa. El agua cayó al suelo. Había olvidado que habían quitado las válvulas y los sifones de los desagües. Fuera de eso, el baño estaba perfecto, a excepción del espejo roto y de los rastros del polvo rojo utilizado para tomar las huellas digitales llamado «Sangre de Dragón». Los cepillos de dientes, las cremas faciales, la máquina de afeitar, todo estaba en su sitio.

Daba la impresión de que el baño todavía era utilizado por la familia. Las medias de la señora Leeds colgaban todavía del toallero donde las había dejado para que se secaran. Advirtió que había cortado la pierna de un par que tenía unos puntos corridos, para poder utilizar dos pares de una sola pierna, y de esa forma ahorrar. La pequeña y modesta economía de la señora Leeds le llegó muy hondo; Molly hacía exactamente lo mismo.

Graham se deslizó por una ventana hacia el techo del porche y se quedó sentado sobre las ásperas tejas. Se abrazó las rodillas al sentir el frío de la camisa húmeda en la espalda y resopló para ahuyentar el olor a masacre que inundaba su nariz.

Las luces de Atlanta iluminaban el cielo y resultaba difícil poder contemplar las estrellas. Debía de ser una noche clara en los cayos. Podría estar junto a Molly y Willy, esperando ver las estrellas fugaces y escuchar el ruido que ellos tres juraban que hacían al caer. La lluvia de meteoros del Delta Aquarid estaba en su punto álgido y Willy estaría contemplándola.

Se estremeció y resopló nuevamente. No quería pensar en Molly en ese momento. Era de mal gusto y le perturbaba.

Graham tenía serios problemas con el gusto. A menudo sus pensamientos no eran placenteros. No existían divisiones categóricas en su mente. Lo que veía y aprendía influía sobre lo que ya sabía. Resultaba difícil convivir con algunas combinaciones. Pero no podía preverlas, no podía bloquearlas y suprimirlas. Sus principios de decencia y corrección subsistían, escandalizados por sus asociaciones mentales, absortos por sus sueños; le daba pena que en ese campo de batalla que era su cráneo no existieran defensas para lo que amaba. Sus asociaciones mentales se presentaban a la velocidad de la luz. Sus juicios sobre valores, a un ritmo mesurado. Nunca lograban mantenerse a la par y dirigir su pensamiento.

Consideraba su mentalidad algo grotesca pero útil, como una silla hecha con cornamenta. Pero no podía hacer nada al respecto.

Graham apagó las luces de la casa y salió por la puerta de la cocina. En el extremo más alejado del porche de atrás, la luz de la linterna iluminó una bicicleta y una canasta de paja para perros. Había una caseta de perro en el patio posterior y un plato junto a los escalones.

Las pruebas indicaban que los Leeds habían sido sorprendidos mientras dormían.

Sujetó la linterna entre el pecho y el mentón y escribió una nota: «Jack, ¿dónde estaba el perro?».

Graham regresó al hotel. Tenía que concentrarse en conducir el automóvil, por más que a esa hora, las cuatro de la mañana, no había mucho tráfico. Como seguía doliéndole la cabeza, buscó una farmacia de guardia.

Encontró una en Peachtree. Un sereno desaliñado dormía junto a la puerta. Un farmacéutico con una chaqueta sucia sobre la que se destacaba la caspa le vendió Bufferin. El reflejo de la luz del local le resultaba molesto. A Graham no le gustaban los farmacéuticos jóvenes. Tenían aspecto de cachorros raquíticos. A menudo eran relamidos y sospechaba que eran desagradables en sus casas.

—¿Qué más? —preguntó el farmacéutico con los dedos apoyados sobre las teclas de la máquina registradora—. ¿Qué más?

La oficina del FBI de Atlanta le había reservado una habitación en un absurdo hotel próximo al nuevo Peachtree Center. Tenía unos ascensores de cristales en forma de capullos, como para que no le cupiera duda de que estaba realmente en la ciudad.

Graham subió a su cuarto acompañado por dos miembros de una convención en cuyos distintivos estaba impreso, además de su nombre, el saludo «¡Hola!». Ambos se agarraron al pasamanos y echaron una ojeada al vestíbulo mientras subían.

—Mira allí, cerca del mostrador, es Wilma y los otros que vuelven ahora —dijo el más alto—. Maldita sea, cómo me gustaría arrancarle un cachito.

—Hacerle el amor hasta que le sangre la nariz —acotó el otro.

Miedo y deseo y rabia por el miedo.

—¿Sabes por qué las mujeres tienen piernas?

—¿Por qué?

—Para no dejar un rastro como el caracol.

Las puertas del ascensor se abrieron.

—¿Llegamos? Sí, ya llegamos —afirmó el grandote, tambaleándose contra las puertas al salir.

—Un ciego que guía a otro ciego —comentó el acompañante.

Graham dejó la caja de cartón sobre la cómoda de su cuarto, pero luego la guardó en un cajón para apartarla de su vista. Ya había tenido suficiente ese día con aquellos muertos de ojos abiertos. Tenía ganas de llamar a Molly, pero era demasiado temprano.

A las ocho de la mañana debía presentarse en el departamento central de la policía de Atlanta. No tenía mucho que contarles.

Trataría de dormir. Su mente parecía un ruidoso conventillo repleto de disputas y en uno de los pasillos había una pelea. Se sentía entumecido y vacío; antes de acostarse, se sirvió dos dedos de whisky en el vaso del baño y se los bebió. Le pareció que la oscuridad le aplastaba. Encendió la luz del baño y se metió nuevamente en la cama. Imaginó que Molly estaba en el baño cepillándose el pelo.

Párrafos del informe de la autopsia resonaban con su propia voz, aunque nunca los había leído en voz alta: «... las heces estaban formadas ... un rastro de talco en la parte inferior de la pierna derecha. Fractura de la pared de la órbita debido a la inserción de un trozo de espejo...».

Graham trató de pensar en la playa de cayo Sugarloaf y escuchar el ruido del oleaje. La imagen de su banco de trabajo le vino a la memoria y pensó en el escape para el reloj de agua que él y Willy estaban fabricando. Cantó «Whiskey River» en voz baja y trató de repasar mentalmente «Black Mountain Rag» desde el principio hasta el final. La canción de Molly. La parte de la guitarra de Doc Watson salía perfecta, pero siempre se perdía cuando entraban los violines. Molly había tratado de enseñarle a zapatear en el patio de detrás de la casa y comenzó a saltar... hasta que por fin se durmió.

Se despertó al cabo de una hora rígido y empapado en sudor. La silueta de la otra almohada a la luz del baño se transformó en la señora Leeds acostada junto a él, mordida y destrozada, con espejos en los ojos y sangre en las sienes y orejas como si fueran patillas de gafas. No podía girar la cabeza para mirarla. Lanzó mentalmente un alarido y estiró la mano hasta tocar la tela seca.

Eso le proporcionó un alivio inmediato. Se levantó; el corazón le latía con fuerza, y se cambió la camiseta por otra seca. Tiró la camiseta mojada en la bañera. No podía tumbarse en el lado seco de la cama. Puso una toalla sobre la zona empapada por el sudor y se estiró sobre ella, recostándose contra la cabecera con un buen whisky en la mano. De un trago vació la tercera parte del vaso.

Buscó algo en que pensar, cualquier cosa. La farmacia en la que había comprado el Bufferin; tal vez porque era la única experiencia de ese día que no estaba relacionada con la muerte.

Recordó los viejos *drugstores* y sus helados. De niño pensaba que los *drugstores* tenían cierto aire furtivo. Cuando uno entraba siempre pensaba en comprar preservativos, los necesitara o no. Había cosas en los estantes que no se debían mirar mucho.

En la farmacia en la que compró el Bufferin, los anticonceptivos, con sus envolturas cubiertas de ilustraciones, se exhibían en estuches de plástico en la pared de atrás de la caja, enmarcados como objetos de arte.

Prefería el *drugstore* y los helados de su niñez. Graham estaba próximo a los cuarenta años y empezaba a sentir añoranza por el mundo de antaño; como un ancla en un mar con mal tiempo.

Pensó en Smoot. El viejo Smoot que servía los helados y atendía el *drugstore* local, propiedad del farmacéutico, cuando Graham era chico. Smoot, que bebía durante las horas de trabajo, se olvidaba siempre de bajar el toldo y las suelas de las zapatillas se derretían en los escaparates. Smoot, que olvidó desenchufar la cafetera y hubo que llamar a los bomberos. Smoot, que les fiaba helados a los chicos.

Su crimen mayor fue encargar cincuenta muñecas Kewpie a un mayorista cuando el dueño del negocio estaba de vacaciones. A su regreso el propietario despidió a Smoot durante una semana. Y entonces hicieron una liquidación de muñecas Kewpie. Colocaron cincuenta muñecas en semicírculo en el escaparate de forma que todas miraban a cualquiera que se parara a contemplarlas.

Tenían grandes ojos de color azul. Era una exposición sorprendente y Graham se quedó mirándolas durante un buen rato. Sabía que eran solamente muñecas Kewpie, pero se sentía el centro de su atención. Eran tantas las que le miraban. Muchas personas se paraban para contemplarlas. Muñecas de yeso, todas con el mismo rulito ridículo; sin embargo, sus miradas estáticas le habían provocado un cosquilleo en la cara.

Graham comenzó a relajarse un poco. Muñecas Kewpie mirándole fijamente. Se dispuso a beber un trago, se atragantó y lo escupió sobre el pecho. Tanteó para encender la luz de la lamparita de la mesa de noche y sacó la caja del cajón de la cómoda. Buscó los informes de la autopsia de los tres niños Leeds y los diagramas del dormitorio principal y los desparramó sobre la cama.

Allí estaban las tres manchas de sangre en línea oblicua en el rincón y las otras en la alfombra. Encontró las medidas de los tres chicos. Hermano, hermana, hermano mayor. Coincidé. Coincide. Coincide.

Habían estado sentados en fila junto a la pared mirando hacia la cama. Un público. Un público muerto. Y Leeds. Atado por el pecho a la cabecera de la cama. Colocado como para que pareciera que estaba sentado en la cama. Por eso tenía la marca de una ligadura y la pared estaba manchada encima de la cabecera.

¿Qué estaban observando? Nada; todos estaban muertos. Pero tenían los ojos abiertos. Estaban viendo una actuación en la que las estrellas eran el maniático y el cadáver de la señora Leeds, además del señor Leeds sentado en la cama. Espectadores. A quienes el loco podía ver las caras.

Graham se preguntó si habría encendido una vela. La luz vacilante habría simulado una expresión en sus rostros. Pero no se encontró ninguna vela. Tal vez se le ocurriera hacerlo la próxima vez…

Ese primer y sutil nexo con el asesino dolía y pinchaba como una sanguijuela. Graham mordió la sábana, abstraído en sus pensamientos.

«¿Por qué los movió nuevamente? ¿Por qué no los dejó como estaban? —se preguntó Graham—. Hay algo que usted no quiere que yo sepa sobre su persona. Vaya, hay algo que le avergüenza. ¿O se trata de algo que usted no puede permitirse que yo sepa?»

«¿Les abrió los ojos?»

«La señora Leeds era encantadora, ¿verdad? Usted encendió la luz después de degollarle para que la señora Leeds pudiera verle desplomarse, ¿no es así? Era desesperante tener que usar guantes cuando la tocó. ¿Verdad?»

31

Tenía talco en la pierna.

No había talco en el baño.

Parecía como si fuera otra persona la que había expresado esas dos verdades en voz baja.

«¿Se quitó los guantes, no es así? El polvo cayó de un guante de goma cuando se lo quitó para tocarla, ¿NO ES ASÍ, HIJO DE PUTA? La tocó con sus manos desnudas y luego se puso nuevamente los guantes y borró las huellas. Pero ¿LES ABRIÓ LOS OJOS, cuando no tenía puestos los guantes?»

Jack Crawford contestó al teléfono la quinta vez que sonó. Había atendido varias veces el teléfono durante esa noche y no estaba aturdido.

—Jack, soy Will.

—Sí, Will.

—¿Sigue estando Price en la sección de huellas ocultas?

—Sí. No sale mucho ya. Está trabajando en el índice de impresión única.

—Creo que debería venir a Atlanta.

—¿Por qué? Tú mismo dijiste que el tipo que trabajaba aquí era bueno.

—Es bueno, pero no tanto como Price.

—¿Qué quieres que haga? ¿Dónde tendría que buscar?

—En las uñas de las manos y de los pies de la señora Leeds. Están pintadas, es una superficie lisa. Y las córneas de los ojos de todos. Creo que se quitó los guantes, Jack.

—Cielos, Price va a tener que salir disparado —dijo Crawford—. El funeral es esta tarde.

CAPÍTULO 3

—Creo que la tocó —afirmó Graham al saludarle.

Crawford le alcanzó una gaseosa de la máquina en la sede central de la policía de Atlanta. Eran las 7.50.

—Por supuesto, la movió de un lado a otro —respondió Crawford—. Tenía huellas en las muñecas y en las rodillas. Pero todas las impresiones digitales que se encontraron en el lugar son de guantes no porosos. No te preocupes, Price ya ha llegado, viejo rezongón. En estos momentos está camino de la funeraria. La morgue entregó anoche los cuerpos, pero la empresa de pompas fúnebres no ha hecho nada todavía. Pareces agotado. ¿Has dormido algo?

—Una hora, quizá. Creo que la tocó sin los guantes.

—Espero que tengas razón, pero el laboratorio de Atlanta jura que usó todo el tiempo guantes de cirujano —insistió Crawford—. Los pedazos de espejo tenían esas impresiones lisas. El índice en la parte posterior del trozo incrustado en la vagina, un pulgar borroso en la parte anterior.

—Lo limpió después de haberlo colocado, posiblemente para poder ver su asquerosa cara —dijo Graham.

—El que tenía en la boca estaba teñido de sangre. Como los de los ojos. En ningún momento se quitó los guantes.

—La señora Leeds era una mujer bonita —concluyó Graham—. Viste las fotos de la familia, ¿verdad? En circunstancias íntimas a mí me habría gustado tocar su piel, ¿a ti no?

—¿Íntimas? —Crawford no pudo evitar a tiempo un matiz de repugnancia en la voz. Súbitamente empezó a hurgar en los bolsillos buscando cambio.

—Íntimas; era algo privado. Todos los demás estaban muertos. Podía permitirse que tuvieran los ojos abiertos o cerrados, a voluntad.

—Como le diera la gana —asintió Crawford—. Por supuesto, inspeccionaron su piel para ver si encontraban impresiones digitales. Nada. Consiguieron una huella borrosa de una mano en el cuello.

—El informe no mencionaba que se hubieran revisado las uñas.

—Supongo que estarían tiznadas cuando sacaron muestras de la piel. Había arañazos solamente en las palmas lastimadas por las uñas. No la arañó.

—Tenía bonitos pies —agregó Graham.

—Así es. Vayamos arriba —sugirió Crawford—. El ejército ya debe de estar en pie de guerra.

Jimmy Price tenía un equipo considerable: dos cajas pesadas además de la bolsa con la cámara fotográfica y el trípode. Su entrada por la puerta delantera de la funeraria Lombard de Atlanta fue sumamente ruidosa. Era un hombre viejo de aspecto débil y su humor no había mejorado después de un largo viaje en taxi desde el aeropuerto en medio del veloz tráfico matinal.

Un solícito joven con un complicado peinado le hizo pasar a una oficina pintada de color damasco y crema. La superficie del escritorio estaba vacía a excepción de una escultura llamada «Las manos orando».

Price examinaba las puntas de los dedos en posición de oración cuando el señor Lombard entró. Lombard verificó las credenciales de Price cuidadosamente.

—Por supuesto que recibí una llamada de la oficina de Atlanta, o agencia o como se llame, señor Price. Pero anoche tuvimos que recurrir a la policía para sacar a un molesto sujeto que trataba de tomar fotografías para el *National Tattler,* por eso debo actuar con mucho cuidado. Espero que usted me comprenda. Señor Price, a la una de la mañana nos entregaron los cuerpos y el funeral se llevará a cabo esta tarde a las cinco. No podemos retrasarlo de ninguna manera.

—Esto no llevará mucho tiempo —afirmó Price—. Necesito solamente un ayudante razonablemente inteligente, si es que dispone de alguno. ¿Ha tocado usted los cuerpos, señor Lombard?

—No.

—Averigüe quién lo ha hecho. Tendré que tomarles las huellas a todos.

Las instrucciones que se dieron esa mañana a los detectives asignados al caso Leeds se relacionaron casi exclusivamente con los dientes.

R. J. (Buddy) Springfield, jefe de detectives de Atlanta, un hombre corpulento en mangas de camisa, estaba junto a la puerta con el doctor Dominic Princi cuando entraron uno detrás de otro los veintitrés detectives.

—Muy bien, muchachos, quiero ver una sonrisa amplia cuando se acerquen —dijo Springfield—. Muéstrenle los dientes al doctor Princi. Muy bien, veamos todos los dientes. Dios mío, Sparks, ¿eso es su lengua o está tragando una ardilla? Sigan pasando.

Una gran reproducción frontal de una dentadura completa, superior e inferior, estaba clavada en el tablero de informaciones en la pared frontal del cuarto de oficiales. Le hizo recordar a Graham esos dientes postizos de celuloide que se venden en las tiendas de artículos de broma. Se sentó con Crawford al fondo de la habitación mientras los detectives se instalaban en unos pupitres similares a los de los colegios.

Gilbert Lewis, comisionado de seguridad pública de Atlanta, y su oficial de relaciones públicas se situaron más apartados, en unas sillas plegables. Lewis debía dar una conferencia de prensa una hora después.

El jefe de detectives Springfield se hizo cargo del problema.

—Muy bien. No perdamos tiempo con tonterías. Si ustedes han leído los informes del día se habrán percatado de que hasta ahora no se ha progresado en absoluto.

—Se seguirán realizando entrevistas de casa en casa en un radio de cuatro manzanas más alrededor del escenario del crimen. R & I nos ha prestado dos empleados para ayudarnos a verificar las reservas de aviones y los alquileres de automóviles en Birmingham y Atlanta.

—Nuevamente se repasarán hay los datos de los hoteles y aeropuertos. Sí, hoy, de nuevo. Interroguen a todas las camareras y ayudantes, y también a todos los empleados que atienden el mostrador. Debió haberse limpiado en algún lugar y pudo haber dejado un montón de roña. Si encuentran a alguien que haya limpiado un montón de porquería, desentierren a quienquiera que haya ocupado ese cuarto, séllenlo y comuníquense sin pérdida de tiempo con la lavandería. En esta ocasión tenemos algo que pueden mostrar en su ronda. ¿Doctor Princi?

El doctor Dominic Princi, jefe de investigaciones forenses del condado de Fulton, se adelantó y se detuvo bajo el dibujo de la dentadura. Levantó, para que todos pudieran verlo, un molde en yeso de una dentadura.

—Señores, así eran los dientes del sujeto en cuestión. El Instituto Smithsoniano de Washington hizo la reconstrucción basándose en las marcas encontradas en la señora Leeds y en una mordedura descubierta en un trozo de queso en la nevera de los Leeds —dijo Princi—. Como pueden apreciar, sus incisivos laterales son puntiagudos, estos y estos dientes —aclaró Princi, señalando en el molde primero y en el dibujo después—. Los dientes no están alineados y el incisivo central tiene un extremo roto. El otro incisivo aparece muy gastado aquí. Algo semejante a la «mella de los sastres», el desgaste ocasionado por cortar el hilo con los dientes.

—Dientudo hijo de puta —musitó alguien.

—¿Cómo puede estar seguro que fue el asesino el que mordió el queso, doc? —preguntó un detective alto sentado en la primera fila.

A Princi no le gustaba que lo llamaran doc, pero se lo aguantó.

—Las muestras de saliva encontradas en el queso y en las heridas ocasionadas por mordeduras coincidían con el tipo de sangre —dijo—. Los dientes de las víctimas y su tipo de sangre no coincidían.

—Perfecto, doctor —interpuso Springfield—. Les entregaremos reproducciones de los dientes para que las enseñen.

—¿Y por qué no distribuirlas a los diarios? —preguntó Simpkins, el oficial de relaciones públicas—. Algo como… «¿Ha visto usted esta clase de dientes».

—No veo ningún inconveniente. ¿Qué opina, jefe?

Lewis asintió.

Pero Simpkins no había terminado.

—Doctor Princi, los periodistas van a preguntarnos por qué tardamos cuatro días en conseguir la reproducción de la dentadura y por qué todo ha tenido que hacerse en Washington.

El agente especial Crawford estudió minuciosamente el resorte de su bolígrafo.

Princi se sonrojó, pero su voz se mantuvo serena.

—Las marcas de una mordedura en la carne se distorsionan cuando se mueve el cuerpo, señor Simpson…

—Simpkins.

—Simpkins, pues. No podríamos hacerlo utilizando solamente la huella de la mordedura en las víctimas. De ahí la importancia del queso. El queso es relativamente sólido, pero muy difícil de sacarle un molde. Hay que engrasarlo primero para aislar la humedad del agente utilizado para el molde. Generalmente se toma una foto. El Smithsoniano lo ha hecho anteriormente para el laboratorio del FBI. Están mejor equipados que nosotros para realizar un examen de los rasgos faciales y tienen un articulador anatómico. Además, cuentan con un consultor odontólogo forense. Nosotros no. ¿Alguna otra cosa?

—¿Sería justo decir que la demora se debe al laboratorio del FBI y no a la policía local?

Princi respondió sin ambages:

—Lo que sería justo decir, señor Simpkins, es que un investigador federal, el agente especial Crawford, encontró el queso en la nevera hace dos días, después de que sus compañeros registraran la casa. Se activó la tarea del laboratorio a petición mía. Sería justo decir que siento un gran alivio al saber que no fue ninguno de ustedes quien mordió el maldito queso.

El comisario Lewis intervino y su voz profunda resonó en la habitación.

—Nadie pone en tela de juicio su opinión, doctor Princi. Simpkins, lo único que faltaba era una estúpida competencia por celos con el FBI. Prosigamos.

—Todos estamos en lo mismo —dijo Springfield—. Jack, ¿quiere agregar algo más, o tal vez alguno de ustedes?

Crawford se adelantó. Los rostros a los que se enfrentaba no parecían precisamente amistosos. Tenía que hacer algo al respecto.

—Quiero suavizar un poco el ambiente, jefe. Hace años había una gran rivalidad sobre quién conseguía realizar el arresto. Cada equipo, federal y local, ocultaba algunos datos al otro. Eso originaba una brecha por la que se escapaban los maleantes. Ésa no es la política actual del FBI y tampoco es la mía. Ni la del investigador Graham, ese que está sentado al fondo, por si no lo sabían. Si el responsable de estos crímenes fuera atropellado por un camión yo me regocijaría mucho, ya que lo que me interesa es sacarle de la circulación. Creo que ustedes deben pensar lo mismo.

Crawford echó un vistazo a los detectives y confió en que se habrían amansado algo. Esperaba que no le ocultaran posibles pistas. El comisario Lewis se dirigió entonces a él.

—¿El investigador Graham ha trabajado anteriormente en este tipo de casos?

—Sí, señor.

—¿Puede usted agregar o sugerir algo más, señor Graham?

Crawford arqueó las cejas y miró a Graham.

—¿Podría acercarse aquí?

Graham deseó haber tenido oportunidad de hablar con

Springfield en privado. No quería pasar al frente. Pero aun así lo hizo.

El traje arrugado y el bronceado de su piel no le daban el aspecto de un investigador federal. Springfield pensó que parecía más bien un pintor de paredes vestido con traje para presentarse ante un tribunal.

Los detectives cambiaron de posición en las sillas.

Cuando Graham se dio la vuelta para enfrentarse al auditorio, los ojos azules resaltaban con fuerza en su cara tostada por el sol.

—Solamente un par de cosas —dijo—. No podemos dar por sentado que el asesino ha sido un enfermo mental o alguien con antecedentes de crímenes sexuales. Existen grandes posibilidades de que no tenga ninguna clase de antecedentes. De tenerlos, posiblemente sea más bien por violación de domicilio que por un delito sexual de poca importancia.

»Tal vez en su historial figure que ha mordido a alguien en peleas no muy importantes… disputas en un bar o abuso de menores. La mejor ayuda que podamos obtener en ese aspecto provendrá del personal de salas de urgencia y de asistentes sociales.

»Vale la pena investigar cualquier mordedura seria que recuerden, haciendo caso omiso de quién fue la víctima o de cómo dicen que ocurrió. Eso es todo.

Un detective alto que se sentaba en primera fila alzó la mano y preguntó al mismo tiempo.

—Pero hasta ahora solamente ha mordido a mujeres, ¿verdad?

—Es todo lo que sabemos. Pero muerde mucho. Seis mordeduras feas en la señora Leeds y ocho en la señora Jacobi. Es más de lo normal.

—¿Qué se considera normal?

—En un crimen sexual, tres. A éste le gusta morder.

—A mujeres.

—La mayoría de las veces en los ataques sexuales la marca de las mordeduras tienen un punto morado en el centro, una marca de succión. Éstas no. El doctor Princi lo mencionó en el informe de la autopsia y yo lo comprobé en la morgue. No existen marcas de succión. Tal vez el hecho de morder representa para él tanto un sistema de lucha como un comportamiento sexual.

—Bastante inverosímil.

—Vale la pena verificarlo —insistió Graham—. Vale la pena verificar cualquier mordedura. La gente miente sobre la forma en que ocurren este tipo de cosas. Los padres de chicos mordidos afirman que fue atacado por un animal y permiten que se le haga al niño el tratamiento para prevenir la rabia para ocultar el hecho de que en la familia hay alguien que muerde; todos ustedes lo han visto. Vale la pena preguntar en los hospitales quiénes han sido llevados para recibir tratamiento antirrábico. Eso es todo lo que puedo decirles.

Cuando se sentó, los músculos de los muslos de Graham se estremecieron por la fatiga.

—Vale la pena investigar y lo haremos —manifestó el jefe de detectives Springfield—. La patrulla de seguridad rastreará el vecindario junto con la de hurtos. Ocúpense del perro. Los últimos datos y las fotografías están en el legajo. Averigüen si alguien vio al perro con un forastero. Moralidad y narcóticos, ocúpense de los homosexuales y de los bares que frecuentan cuando hayan terminado con la rutina del día. Marcas y Whitman, los ojos bien abiertos durante el funeral. ¿Han repasado ya la lista de familiares y amigos de la familia? Bien. ¿Qué me dicen del fotógrafo? De acuerdo. Entreguen la lista de los asistentes a la ceremonia a R & I. Ellos tienen ya la de Birmingham. El resto de las comisiones figuran en la planilla. Vámonos.

—Una última cosa —añadió el comisario Lewis. Los detectives se dejaron caer nuevamente en las sillas—. He oído a algunos oficiales de esta sección referirse al criminal como «el Duende Dientudo». No me importa cómo lo llamen entre ustedes, comprendo que tienen que bautizarlo de alguna forma. Pero será mejor que no oiga a nadie que le llame «el

Duende Dientudo» en público. Suena impertinente. Y tampoco utilizarán esa denominación en ningún documento interno. Eso es todo.

Crawford y Graham acompañaron a Springfield hasta su oficina. El jefe de detectives les sirvió café mientras Crawford se comunicaba con el conmutador central y anotaba los mensajes.

—No tuve oportunidad de hablar ayer con usted cuando llegó —le dijo Springfield a Graham—. Este lugar se ha convertido en un manicomio. Se llama Will, ¿verdad? ¿Le proporcionaron los muchachos todo lo que necesitaba?

—Sí, se portaron muy bien.

—Tenemos buenos agentes y lo sabemos —acotó Springfield—. Ah, compusimos una fotografía seriada de la caminata del asesino utilizando las huellas dejadas en los macizos. Caminó alrededor de los arbustos y demás, por lo tanto no se puede deducir mucho más que el número de su calzado y tal vez su estatura. La huella izquierda es ligeramente más honda, quizá llevaba algún peso. Es un trabajo delicado. Sin embargo, hace unos años atrapamos a un ladrón gracias a estas fotografías. Se detectó que padecía la enfermedad de Parkison. Princi lo descubrió. Esta vez no hemos tenido tanta suerte.

—Tiene un buen equipo —dijo Graham.

—Son excelentes. Pero este tipo de caso no es nuestro trabajo habitual, gracias a Dios. Me gustaría saber si ustedes trabajan juntos habitualmente, usted y Jack y el doctor Bloom, o si sólo lo hacen en casos como éste.

—Sólo en casos como éste —respondió Graham.

—¡Qué programa! El comisario me dijo que fue usted el que hace tres años atrapó a Lecter.

—Trabajamos todos juntos con la policía de Maryland —manifestó Graham—. Los agentes de Maryland le arrestaron.

Springfield era despistado, pero no estúpido. Se dio cuenta de que Graham estaba incómodo. Hizo girar la silla y seleccionó unos papeles.

–Usted ha preguntado por el perro. Aquí está el informe. Un veterinario local llamó anoche al hermano de Leeds. Él tenía el perro. Leeds y su hijo mayor le llevaron al veterinario la tarde anterior al crimen. Tenía un corte en el abdomen. El veterinario le operó y ya está bien. Al principio pensó que había sido un disparo, pero no encontró la bala. Cree que fue atacado con algo punzante, un pico para hielo o una lezna. Estamos preguntando a los vecinos si vieron a alguien jugando con el perro y hoy se ha llamado por teléfono a los veterinarios locales para averiguar si han visto algún otro caso de animales mutilados.

–¿Tenía el perro algún collar con el nombre de los Leeds grabado?

–No.

–¿Los Jacobi de Birmingham tenían un perro? –preguntó Graham.

–Se supone que estamos investigándolo –contestó Springfield–. Espere un momento, lo averiguaré. –Marcó un número interno–. El teniente Flatt es nuestro enlace con Birmingham… Hola, Flatt. ¿Qué se sabe del perro de los Jacobi? –Cubrió el micrófono del teléfono con la mano–. No hay perro. Encontraron un cajón con paja en el baño de la planta baja con excrementos de gato. No encontraron ningún gato. Los vecinos están vigilando por si aparece.

–Podría pedir a Birmingham que inspeccionen bien el jardín y detrás de cualquier edificación –sugirió Graham–. Si el gato estaba herido es posible que los niños no lo hayan encontrado a tiempo y lo hayan tenido que enterrar. Usted sabe lo que hacen los gatos. Se esconden para morir. Los perros vuelven a la casa. ¿Podría preguntarles también si tiene un collar?

–Dígales que si necesitan una sonda de metano les enviaremos una –interpuso Crawford–. Se ahorra mucho tiempo.

Springfield retransmitió la oferta. El teléfono sonó nuevamente nada más colgar. La llamada era para Jack Crawford. Era Jimmy Price desde la funeraria Lombard. Crawford contestó por el otro aparato.

—Jack, tengo una parcial que probablemente es de un pulgar y un fragmento de una palma.

—Jimmy, eres la luz de mis ojos.

—Lo sé. La huella parcial es un arco abierto pero está borrosa. Tendré que ver qué puedo hacer con ella cuando regrese. La saqué del ojo izquierdo del mayor de los chicos. Nunca lo había hecho antes. Jamás la habría visto, estaba en una posición muy difícil, pegada al derrame ocasionado por la herida de bala.

—¿Podrás obtener alguna identificación con ella?

—Es un trámite muy largo, Jack. Si figura en el índice de huellas únicas tal vez, pero es como una lotería, y tú lo sabes. La palma la obtuve de la uña del dedo gordo del pie de la señora Leeds. Sirve solamente para comparar. Tendremos suerte si conseguimos seis puntos de ahí. El asistente de SAC lo presenció y Lombard también. Es un simple escribano. Obtuve fotografías *in situ*. ¿Serán útiles?

—¿Y qué pasó con las huellas eliminatorias de los empleados de la funeraria?

—Pinté los dedos a Lombard y a todos sus alegres compinches, impresiones completas, tanto si dijeron que la habían tocado como si no. En estos momentos están cepillándose las manos e insultándome. Déjame volver a casa, Jack. Quiero estudiar todo esto en mi cuarto oscuro particular. Quién sabe qué es lo que puede tener el agua de aquí, ¿tal vez tortugas? Sólo Dios lo sabe.

—Dentro de una hora puedo tomar el avión para Washington y esta tarde tendrás listas las impresiones.

Crawford reflexionó un instante.

—Muy bien, Jimmy, pero aprieta el acelerador a fondo. Envía copias a las comisarías y las oficinas del FBI de Atlanta y Birmingham.

—Dalo por hecho. Y ahora un último detalle.

Crawford alzó la vista al cielo.

—No me digas que vas a fastidiarme con el maldito viático, por favor.

—Exacto.

—Mi querido Jimmy, no te conformas con nada.

Graham miraba por la ventana mientras Crawford les explicaba lo de las huellas digitales.

—Eso sí que es extraordinario —fue el único comentario de Springfield.

El rostro de Graham permanecía impasible; impenetrable como el de un condenado a cadena perpetua, pensó Springfield.

Se quedó observándole hasta que salió por la puerta.

La conferencia de prensa del comisionado de seguridad pública estaba tocando a su fin cuando Crawford y Graham salieron de la oficina de Springfield. Los reporteros se dirigían a los teléfonos; los de la televisión estaban realizando «injertos», solos frente a las cámaras, formulando las mejores preguntas que habían oído durante la conferencia de prensa y alargando sus micrófonos hacia un interlocutor inexistente para obtener una respuesta que luego sería añadida sacándola de las declaraciones del comisionado.

Crawford y Graham empezaban a bajar la escalinata cuando un hombre pequeño los adelantó corriendo, giró sobre sus talones y les sacó una fotografía. Su cara apareció detrás de la cámara.

—¡Will Graham! —exclamó—. ¿Se acuerda de mí... Freddy Lounds? Yo estaba a cargo del caso Lecter para el *Tattler*. Yo escribí las gacetillas.

—Lo recuerdo, lo recuerdo perfectamente —dijo Graham sin dejar de bajar la escalinata mientras Lounds le precedía girándose hacia él.

—¿Cuándo le llamaron, Will? ¿Qué ha averiguado?

—No pienso hablar con usted, Lounds.

—¿Existe algún punto en común entre este sujeto y Lecter? ¿Les hace...?

—Lounds —dijo Graham en voz alta y al mismo tiempo Crawford rápidamente se paró delante de él—, Lounds, usted escribe sólo mentiras asquerosas y el *National Tattler* es una mierda. No se me acerque.

Crawford tomó a Graham del brazo.

—Váyase, Lounds. Esfúmese. Vamos a desayunar, Will. Vamos, Will.

Dieron la vuelta a la esquina.

—Lo siento, Jack, pero no aguanto a ese miserable. Cuando yo estaba en el hospital se presentó y…

—Lo sé —respondió Crawford—. Yo traté de disuadirle, pero no sirvió de mucho. —Crawford recordaba la fotografía publicada en el *National Tattler* a raíz del desenlace del caso Lecter. Lounds entró en la habitación del hospital mientras Graham dormía, levantó la sábana y tomó una fotografía de la colostomía provisional que le habían practicado. El periódico la reprodujo retocada con un recuadro negro cubriendo la ingle de Graham. El titular decía: «Policía destripado».

La cafetería era limpia y luminosa. A Graham le temblaban las manos y derramó café en el plato.

Advirtió que el humo del cigarrillo de Crawford molestaba a una pareja instalada en el reservado de al lado. La pareja comía en un péptico silencio y su enojo parecía flotar como el humo del cigarro.

Dos mujeres, aparentemente madre e hija, discutían en una mesa cerca de la puerta. Hablaban en voz baja y el enfado se reflejaba en sus caras. Graham podía percibir esa ira en sus caras y en sus cuellos.

Crawford protestaba porque a la mañana siguiente debía presentarse en Washington para declarar en un juicio. Tenía miedo de que eso le retuviera varios días allí. Al encender otro cigarrillo inspeccionó a través de la llama las manos y el color de Graham.

—Atlanta y Birmingham pueden ocuparse de la verificación de las huellas digitales de los maníacos sexuales que tienen fichados —anunció Crawford—. Y nosotros también. Price ha desenterrado ya anteriormente muestras únicas del archivo.

Programará el FINDER con ellas, hemos progresado mucho en ese terreno desde que te fuiste.

El FINDER, lector y procesador automático de huellas digitales del FBI, podía reconocer la huella de un pulgar en una tarjeta de huellas dactiloscópicas de un caso no relacionado con ése.

—Esa huella y sus dientes le identificarán cuando lo encontremos —dijo Crawford—. Lo que debemos hacer es imaginar cómo puede ser. Tenemos que barrer una superficie muy amplia. Y ahora permíteme plantear una hipótesis. Digamos que hemos detenido a un sospechoso con bastantes posibilidades. Tú entras y le miras. ¿Qué es lo que tiene que no te llama la atención?

—No lo sé, Jack. Maldición, no tiene cara para mí. Podríamos pasar mucho tiempo buscando personas que hemos inventado. ¿Has hablado con Bloom?

—Anoche le llamé por teléfono. Bloom duda de que se trate de un suicida y Heimlich piensa lo mismo. Bloom estuvo aquí sólo durante un par de horas el primer día, pero él y Heimlich tienen el legajo completo. Bloom está ocupado esta semana con un examen de filosofía. Me dijo que te saludara. ¿Tienes su número de Chicago?

—Sí.

A Graham le gustaba el doctor Alan Bloom, un hombre pequeño y rechoncho con ojos tristes; era un buen psiquiatra forense, tal vez el mejor. Graham apreciaba el hecho de que el doctor Bloom nunca había demostrado interés profesional por él. No solía ser el modo habitual de proceder de la mayoría de los psiquiatras.

—Bloom dice que no le sorprendería que tuviéramos noticias del Duende Dientudo. Podría escribirnos una nota —sugirió Crawford.

—En la pared de un dormitorio.

—Bloom piensa que puede estar desfigurado o creer que lo está. Me dijo que no le diera demasiada importancia a eso. «No pienso construir un hombre de paja para que le persigan,

Jack», fueron sus palabras. «Eso equivaldría a distraer la atención y dispersar el trabajo.» Me dijo que le habían enseñado a hablar así en la universidad.

—Tiene razón —acotó Graham.

—Debes de poder decirme algo sobre todo esto, de lo contrario no habrías encontrado las huellas en la pared —insistió Crawford.

—Lo que había en esa maldita pared era una prueba, Jack. No es mérito mío. Oye, no esperes demasiado de mí, ¿entendido?

—Oh, ya le agarraremos. Lo sabes.

—Lo sé. Le agarraremos de una u otra manera.

—Dime una manera.

—Encontraremos pruebas que hemos pasado por alto.

—Lo repetirá una y otra vez hasta que una noche haga demasiado ruido al entrar y el marido tenga tiempo de coger un revólver.

—¿Ninguna otra posibilidad?

—¿Crees que voy a poder identificarle en una sala abarrotada de gente? No, estás pensando en Ezio Pinza, ésa es su especialidad. El Duende Dientudo no se detendrá hasta que tengamos un golpe de suerte o se nos encienda la luz. No se detendrá.

—¿Por qué?

—Porque esto le proporciona un verdadero placer.

—¿Ves?, ya sabes algo sobre él —dijo Crawford.

Graham no volvió a hablar hasta que estuvieron en la acera.

—Espera hasta la próxima luna llena —le dijo a Crawford—. Y entonces pregúntame qué sé sobre él.

Graham regresó al hotel y durmió durante dos horas y media. Se despertó al mediodía, se duchó y pidió un termo con café y un bocadillo. Era tiempo ya de estudiar detenidamente el legajo de los Jacobi de Birmingham. Limpió las gafas de leer con jabón del hotel y se instaló junto a la ventana con el legajo. Durante los primeros minutos levantaba la vista con cada sonido, cada pisada que resonaba en el pasillo, el distante ruido de la puerta del ascensor. Pero luego lo único que existió para él fue el legajo.

El camarero que traía la bandeja llamó a la puerta y esperó, y esperó. Finalmente dejó la bandeja con el almuerzo en el suelo junto a la puerta y firmó él mismo la cuenta.

CAPÍTULO 4

Hoyt Lewis, encargado de leer los contadores de la compañía eléctrica de Georgia, aparcó el camión bajo un gran árbol en el callejón, se recostó contra el respaldo y cogió la caja del almuerzo. No era ya tan divertido abrir la caja porque ahora se la preparaba él mismo. No encontraba notitas ni sorpresas.

Estaba a mitad del bocadillo cuando una voz fuerte resonó en su oído y le hizo dar un respingo.

—Supongo que este mes mi factura de electricidad debe llegar a los mil dólares, ¿verdad?

Lewis se dio la vuelta y vio junto a la ventana del camión la cara colorada de H. G. Parsons. Parsons vestía pantalones cortos y llevaba en la mano una escoba de jardín.

—No le entiendo.

—Supongo que usted dirá que este mes he gastado el equivalente a mil dólares en electricidad. ¿Me ha oído ahora?

—No sé cuánto ha gastado porque todavía no he revisado su contador, señor Parsons. Cuando lo revise lo anotaré aquí, en este papel.

Parsons estaba resentido por el montante de su cuenta. Se había quejado a la compañía diciendo que le cobraban de más.

—Mi consumo es siempre el mismo —dijo Parsons—. Pienso presentarme también ante la comisión de servicios públicos.

—¿Quiere acompañarme a leer el contador? Vamos ahora mismo y…

—Sé muy bien cómo se lee un contador. Creo que usted también podría hacerlo si no le costara tanto.

—Cállese un momento, Parsons —dijo Lewis bajando del camión—. Escúcheme un momento, maldita sea. El año pasado puso un imán en el contador. Su esposa dijo que usted estaba en el hospital, por eso me limité a quitarlo y no dije una sola palabra. Este invierno, cuando tiró melaza dentro, hice un informe. Advertí que pagó cuando le cobraron por los daños.

»Su cuenta subió desde que usted hizo todas esas instalaciones de cables. Se lo he repetido hasta la extenuación, debe haber una fuga en la casa. Pero ¿ha llamado a algún electricista para averiguarlo? Por supuesto que no. En cambio, llama a la oficina para quejarse de mí. Ya me tiene harto.

Lewis estaba pálido de ira.

—Llegaré hasta el fondo del asunto —dijo Parsons retrocediendo por el camino hacia su jardín—. Le están controlando, señor Lewis. Vi a un tipo que revisaba su itinerario antes de que pasase usted —dijo desde el otro lado de la acera—. Dentro de poco va a tener que trabajar como cualquier hijo de vecino.

Lewis puso en marcha el camión y se alejó por el callejón. Tendría que buscar otro lugar donde terminar de almorzar. Lo sentía mucho. Ese árbol grande de amplia copa había sido durante años un buen sitio para comer.

Quedaba justo detrás de la casa de Charles Leeds.

A las cinco y media de la tarde Hoyt Lewis se dirigió en su automóvil particular al Cloud Nine Lounge, donde tomó varias copas para despejar su mente.

Cuando llamó por teléfono a su ex esposa todo lo que se le ocurrió decir fue:

—Ojalá siguieras preparándome el almuerzo.

—Deberías haberlo pensado antes, señor Avispado —respondió ella y enseguida colgó.

Jugó un aburrido partido de tejo con algunos empleados de la compañía de electricidad y observó a la concurrencia. Unos insoportables empleados de una línea aérea habían empezado a frecuentar el Cloud Nine. Todos usaban el mismo bigotito y un anillo en el dedo meñique. No tardarían en transformar el Cloud Nine en un bar inglés con juego de dardos. No puedes fiarte de nada.

—Hola, Hoyt. Te juego un partido por una cerveza.

Era Billy Meeks, su supervisor.

—Oye, Billy, tengo que hablar contigo

—¿Qué ocurre?

—¿Conoces a ese desgraciado que se llama Parsons y que llama constantemente a la compañía?

—Llamó justamente la semana pasada —dijo Meeks—. ¿Qué sucede?

—Dijo que alguien estaba revisando los contadores de mi zona antes de que yo lo hiciera. Como si alguien pensara que yo no cumplo con el recorrido. Tú no piensas que yo hago la lectura desde mi casa, ¿verdad?

—No.

—Tú no piensas eso, ¿no es así? Quiero decir que si figuro con letras rojas en la lista de alguien, querría que me lo dijeras directamente.

—¿Crees que si figuraras en rojo en mi lista tendría miedo de decírtelo a la cara?

—No.

—Pues bien. Si alguien estuviera controlando tu ruta yo estaría enterado. Tus superiores siempre están al tanto de una situación así. Nadie te vigila, Hoyt. No hagas ningún caso a Parsons, es viejo y terco. La semana pasada me llamó para decirme: «¡Enhorabuena por haber abierto los ojos con Hoyt Lewis!». No le hice ningún caso.

—Ojalá le hubiéramos hecho sentir el peso de la ley por lo que hizo con su contador. Acababa de detenerme en el callejón para almorzar bajo un árbol cuando vino a insultarme. Lo que le hace falta es una buena patada en el trasero.

—Yo también solía detenerme allí cuando hacía esa ruta —dijo Meeks—. Caray, recuerdo una vez que vi a la señora Leeds… bueno, no parece muy correcto hablar de eso ahora que ha muerto, pero una o dos veces la vi tomando el sol en traje de baño en el jardín. Uhhh. Tenía una barriguita encantadora. Fue una vergüenza lo que les ocurrió. Era una buena mujer.

—¿Ya han detenido a alguien?

—No.

—Qué lástima que eligiera a los Leeds teniendo a Parsons justo enfrente —comentó Lewis.

—Te diré una cosa, no permito a mi mujer que se pasee por el jardín en traje de baño. «Grandísimo tonto, ¿quién me va a ver?», me dice siempre. Pero yo le contesto que no se puede saber qué clase de degenerado puede saltar la valla con la braqueta abierta. ¿Te interrogó la policía? ¿Te preguntaron si habías visto a alguien?

—Sí, creo que lo hicieron con todos los que tienen un recorrido habitual por aquí. Carteros, todos sin excepción. Pero toda la semana pasada, hasta hoy, estuve trabajando en Laurelwood, al otro lado de la avenida Betty Jane —Lewis arrancó la etiqueta de la cerveza—. ¿Dices que Parsons te llamó la semana pasada?

—Así es.

—Pues entonces debe de haber visto a alguien leyendo su contador. No habría llamado entonces si justo hoy decidió molestarme. Tú dices que no enviaste a nadie y seguro que no fue a mí a quien vio.

—Puede haber sido alguien de la Soultheaster Bell verificando cualquier cosa.

—Puede ser.

—Pero, en cualquier caso, no compartimos los mismos postes en esa zona.

—¿Te parece que debo avisar a la policía?

—No le haría mal a nadie —respondió Meeks.

—No, y a Parsons tal vez le venga bien mantener una charla con los representantes de la ley. Se va a llevar el susto de su vida cuando les vea llegar.

CAPÍTULO 5

Graham volvió a casa de los Leeds a última hora de la tarde. Entró por la puerta principal y trató de no mirar los destrozos provocados por el asesino. Había visto legajos, el piso donde ocurrió el crimen y cadáveres, todos indicios a posteriori. Tenía bastante información sobre la forma en que habían muerto. Lo que ese día le preocupaba era saber cómo habían vivido.

Se dispuso a inspeccionar la casa. En el garaje había una buena lancha para esquí, bastante usada y bien cuidada, y una camioneta. Unos palos de golf y una motocicleta. Unas cuantas herramientas sofisticadas estaban casi sin estrenar. Juguetes de adulto.

Sacó un palo de la bolsa de golf y tuvo que sujetarlo con mucha fuerza para poder realizar un tembloroso swing. De la bolsa salió un fuerte olor a cuero cuando la apoyó nuevamente contra la pared. Las pertenencias de Charles Leeds.

Graham siguió la pista a Charles Leeds por toda la casa. Grabados con escenas de caza colgaban en su escritorio. Su colección de Grandes Novelas estaba toda en un estante. Anuarios de Sewanee. H. Allen Smith, Perelman y Max Shulman en la biblioteca. Vonnegut y Evelyn Waugh. *Beat to Quarters,* de C. S. Forrester, estaba abierto sobre una mesa.

En el armario había una escopeta de tiro al plato, una máquina fotográfica Nikon, una filmadora y un proyector Bolex Super 8.

Graham, que no poseía nada a excepción de su elemental equipo de pesca, un Volkswagen de tercera mano y dos cajas de Montrachet, experimentó una leve animosidad contra aquellos juguetes de adulto y se preguntó por qué.

¿Quién era Leeds? Un abogado de éxito especializado en impuestos, jugador de fútbol del Sewanee, un hombre alto y delgado a quien le gustaba reír, un hombre capaz de levantarse y luchar con el cuello seccionado.

Graham le siguió por la casa impulsado por una extraña sensación de deber. Enterarse en primer lugar de cómo había sido él era una forma de pedirle permiso para investigar sobre su esposa.

Graham estaba absolutamente seguro de que era ella la que había atraído al monstruo.

La señora Leeds, entonces.

Tenía un pequeño vestidor en el primer piso. Graham se las arregló para llegar allí sin mirar hacia el dormitorio. Estaba pintado de amarillo y parecía intacto a excepción del espejo del tocador, que estaba destrozado. Frente al armario había un par de mocasines que daban la impresión de que su dueña acabara de quitárselos. Un salto de cama había sido colgado apresuradamente en una percha y el armario mostraba el ligero desorden típico de una mujer que tiene muchos roperos que ordenar.

El diario de la señora Leeds estaba guardado en una caja de terciopelo de color violeta colocada sobre el tocador. La llave estaba sujeta a la tapa por una tela adhesiva junto con una tarjeta de control de la sección de pertenencias particulares de la policía.

Graham se sentó en una silla alta y angosta y abrió el diario al azar:

Martes 23 de diciembre, en casa de mamá. Los niños duermen todavía. No me gustaba la idea de mamá de cerrar con cristales el porche porque cambiaba totalmente el aspecto de la casa, pero la verdad es que resulta muy agradable estar sentada aquí y contemplar la nieve sin sentir frío. ¿Cuántas Navidades más podrá seguir teniendo la casa llena de nietos? Espero que muchas.

El viaje de ayer desde Atlanta resultó bastante cansado. Nevó a partir de Raleigh. Avanzamos a paso de tortuga. Yo estaba cansada de trabajar para que todos estuvieran preparados. Cuando pasamos Chapel Hill, Charlie paró el automóvil y bajó. Buscó unos pedazos de hielo en una rama para prepararme un martini. Al verle venir levantando mucho las piernas para no hundirse y con el pelo y las cejas cubiertas de nieve, sentí una oleada de amor. Fue como algo que se quiebra produciendo un ligero dolor, pero que al mismo tiempo nos brinda una cálida sensación.

Espero que el chaquetón le quede bien. Me muero si me compró ese enorme y macizo anillo. Tengo ganas de darle una patada a Madelyn en su trasero lleno de celulitis por enseñar el suyo y hacerse la nena. Cuatro brillantes ridículamente grandes que parecían hielo sucio. El sol entró por la ventana del automóvil y al chocar contra la arista de un trozo de hielo dibujó un pequeño prisma en el vidrio. Una mancha colorada y otra verde aparecieron en la mano que sostenía el vaso. Podía sentir los colores en la palma.

Me preguntó qué quería que me regalara para Navidad y juntando las manos contra su oreja susurré: «Tu gran pene, tonto, hasta donde pueda llegar.».

La parte calva de detrás de la cabeza se enrojeció. Siempre tiene miedo de que los chicos puedan oír. Los hombres no confían en los susurros.

La página estaba salpicada por la ceniza del cigarro del detective. Graham leyó mientras la luz se lo permitió, enterándose de la operación de amígdalas de la niña y del susto que se llevó la señora Leeds durante el mes de junio al descubrir un pequeño bulto en su pecho. «Dios mío, los chicos son tan pequeños.»

Tres páginas después el bulto resultó ser un pequeño quiste benigno que fue extirpado sin dificultad.

El doctor Janovich me dio el alta esta tarde. Salimos del hospital y fuimos hasta el lago. Hacía mucho que no íbamos allí. Nunca parece haber tiempo suficiente. Charlie tenía dos botellas de champán en el frigorífico, nos las bebimos y dimos de comer a los patos mientras se ponía el sol. Permaneció a la orilla del agua de espaldas a mí durante un buen rato, y me parece que lloró un poco.

Susan dijo que tenía miedo de que volviéramos del hospital con otro hermanito. ¡Estamos en casa!

Graham oyó sonar el teléfono en el dormitorio. Un clic y el sonido de un contestador automático. «Hola, habla Valerie Leeds. Siento no poder atenderle ahora, pero si deja su nombre y su número después de oír la señal, le llamaré más tarde. Gracias.»

Graham creyó durante un instante que después de la señal oiría la voz de Crawford, pero la persona que había llamado había decidido colgar.

Había oído su voz; ahora quería verla. Bajó al estudio.

Tenía en el bolsillo el rollo de una película Super 8 perteneciente a Charles Leeds. Tres semanas antes de su muerte, Leeds había dejado la película en una farmacia que luego las enviaba a revelar a otra parte. Jamás fue a recogerla. La policía encontró el recibo en el billetero de Leeds y buscó la película en la farmacia. Los detectives la habían visto junto con otras fotos de la familia reveladas al mismo tiempo, pero no encontraron nada interesante.

Graham quería ver a los Leeds con vida. Los detectives le ofrecieron el proyector de la comisaría. Pero él quería ver aquella película en la casa. De mala gana le permitieron retirarla del depósito de pertenencias particulares.

Graham encontró la pantalla y el proyector dentro del armario del estudio, los instaló y se sentó en el gran sillón de cuero de Charles Leeds para ver la película. Sintió algo pegajoso en el brazo del sillón debajo de la palma de su mano, las manchas pegajosas de los dedos de un niño mezcladas con pelusas. La mano de Graham olía a caramelo.

Era una breve y simpática película doméstica muda, más imaginativa de lo corriente. Empezaba con un perro, un

Scotty gris, dormido sobre la alfombra del estudio. El perro se inquietaba momentáneamente por la filmación y alzaba la cabeza para mirar a la cámara. Luego seguía durmiendo. Un corte con el perro todavía durmiendo. Enseguida, el perro alzaba las orejas. Se levantaba y ladraba, y la cámara le seguía hasta la cocina, donde corría hacia la puerta y permanecía expectante, agitándose y moviendo la cola.

Graham se mordió el labio inferior y esperó también. En la pantalla la puerta se abrió y entró la señora Leeds llevando una bolsa con comestibles. Pestañeó y rió sorprendida y se tocó el pelo alborotado con la mano libre. Sus labios se movieron mientras desaparecía de la pantalla y detrás de ella irrumpieron los niños llevando bolsas más pequeñas. La niña tenía seis años y los niños ocho y diez.

El menor de ellos, aparentemente un veterano de las películas domésticas, señaló sus orejas y comenzó a moverlas. La cámara estaba situada a bastante altura. De acuerdo con el informe del médico forense, Leeds medía un metro noventa.

Graham pensó que esta parte de la película debía haber sido filmada a principios de la primavera. Los chicos llevaban abrigos y la señora Leeds estaba pálida. En la morgue tenía un buen bronceado y marcas de traje de baño.

Seguían escenas breves de los niños jugando al ping-pong en el sótano y de Susan, la niña, envolviendo con mucha atención un regalo en su cuarto, tocándose con la lengua el labio superior y con un mechón de pelo caído sobre la frente. Se echó el pelo hacia atrás con una manita regordeta, tal como lo había hecho su madre en la cocina.

En la escena siguiente aparecía Susan en un baño de espuma, acurrucada como una ranita. Tenía puesto un gran gorro de ducha. El ángulo de la cámara era bajo y el enfoque borroso: evidentemente había sido obra de uno de sus hermanos. La escena terminaba cuando gritaba silenciosamente dirigiéndose a la cámara mientras el gorro se deslizaba sobre sus ojos y la niña cubría su pecho infantil con la mano.

Para no ser menos, Leeds había sorprendido a su esposa en

la ducha. La cortina de la ducha se agitaba y combaba, como lo hacen los telones antes de una representación infantil en la escuela. El brazo de la señora Leeds aparecía entre las cortinas. Sujetaba en la mano una gran esponja de baño. La escena acababa con la lente empañada por espuma de jabón.

La película terminaba con una toma de Norman Vincent Peale hablando por la televisión y un plano de Charles Leeds roncando en el sillón donde Graham estaba sentado.

Graham se quedó mirando el vacío rectángulo iluminado en la pantalla. Le gustaban los Leeds. Sentía haber ido a la morgue. Pensó que al maniático que les había visitado también deberían gustarle. Pero con toda seguridad le gustaban mucho más como estaban ahora.

Graham sentía la cabeza embotada y atontada. Nadó en la piscina del hotel hasta que sintió calambres en las piernas y salió del agua pensando en dos cosas: en un martini de Tanqueray y en el sabor de la boca de Molly.

Se preparó el martini en un vaso de plástico y llamó por teléfono a Molly.

—Hola estrellita.

—¡Hola, mi amor! ¿Dónde estás?

—En este maldito hotel de Atlanta.

—¿Has encontrado algo interesante?

—Nada que valga la pena. Me siento solo.

—Yo también.

—Con ganas de hacer el amor.

—Yo también.

—Cuéntame de ti.

—Bueno, hoy tuve unas palabras con la señora Holper. Quería devolver un vestido con una gran mancha de whisky en el trasero. Quiero decir que evidentemente lo había estrenado para lo de Jaycee.

—¿Y tú qué le dijiste?

—Le dije que yo no se lo había vendido en ese estado.

—¿Y qué dijo ella?

—Dijo que antes no había tenido nunca problemas con la devolución de vestidos, y que por eso los compraba en mi tienda en lugar de hacerlo en otras que conocía.

—¿Y entonces tú qué le dijiste?

—Oh, le dije que estaba molesta porque Willy habla como un tonto por teléfono.

—Comprendo.

—Willy está bien. Está enterrando unos huevos de tortuga que desenterraron los perros. Cuéntame qué haces tú.

—Leo informes. Como comida infame.

—Y supongo que estás pensando bastante.

—Así es.

—¿Puedo ayudarte?

—No tengo ninguna pista, Molly. No hay información suficiente. Bueno, hay bastante información, pero no he terminado con ella.

—¿Te quedarás un tiempo en Atlanta? No es para presionarte para que vuelvas, es sólo por saberlo.

—No lo sé. Me quedaré unos cuantos días más. Te echo de menos.

—¿Quieres que hablemos sobre hacer el amor?

—Creo que no podría soportarlo. Pienso que será mejor no hacerlo.

—¿Hacer qué?

—Hablar sobre hacer el amor.

—Muy bien. No te importa si yo pienso en ello, ¿verdad?

—En absoluto.

—Tenemos otro perro.

—¡Dios mío!

—Parece un cruce entre un basset y un pequinés.

—Precioso.

—Tiene unos testículos enormes.

—Olvídate de los testículos.

—Casi le llegan al suelo. Tiene que encogerlos cuando corre.

—No puede hacer eso.

—Sí que puede. Tú qué sabes.

—Claro que sé.

—¿Puedes encoger los tuyos?

—Sabía que acabaríamos así.

—¿Y bien?

—Si quieres saberlo, una vez lo hice.

—¿Cuándo?

—En mi juventud. Tenía que atravesar a toda prisa por un alambre de púas.

—¿Por qué?

—Llevaba un melón que no había cultivado yo.

—¿Estabas escapando? ¿De quién?

—Un criador de cerdos que conocía. Alertado por los perros salió corriendo de la casa en calzoncillos esgrimiendo una escopeta de caza. Afortunadamente tropezó con una planta de judías y pude sacarle ventaja.

—¿Te disparó?

—Eso creía yo. Pero la salva que escuché bien pudo haber provenido de mi trasero. Nunca estuve seguro del todo.

—¿Pudiste saltar la valla?

—Sin problemas.

—Una mente criminal, y a esa edad.

—Yo no tengo una mente criminal.

—Por supuesto que no. Estoy dudando si pintar o no la cocina. ¿Qué color te gustaría? ¿Will? ¿Qué color te gustaría? ¿Estás ahí?

—Sí, eh… amarillo. Pintémosla de color amarillo.

—El amarillo es un mal color para mí. Me voy a poner verde a la hora del desayuno.

—Entonces azul.

—Es un color frío.

—Bueno, caramba, me da lo mismo; puedes pintarla de color cara de niño… No, espera, probablemente regrese dentro de poco y entonces iremos juntos a la tienda y haremos unas muestras y demás, ¿te parece bien? Y tal vez compremos unas manivelas nuevas.

—Sí, compremos manivelas. No sé por qué estoy hablando de estas cosas. Oye, te quiero y te echo de menos y tú estás haciendo lo correcto. A ti te cuesta también, bien que lo sé. Estoy aquí y lo estaré cuando vuelvas, o me encontraré contigo en cualquier parte cuando quieras. Eso es.

—Querida Molly, querida Molly. Ahora ve a acostarte.

—Muy bien.

—Buenas noches.

Graham se tumbó con las manos detrás de la cabeza y repasó mentalmente sus comidas con Molly. Cangrejo y Sancerre y la brisa salada mezclada con el vino.

Pero tenía la desgraciada costumbre de desmenuzar las conversaciones, y eso fue lo que empezó a hacer. Se había enfadado con ella por ese tonto comentario sobre su «mente criminal». Qué estupidez.

Graham consideraba que el interés de Molly por él era en gran parte inexplicable.

Llamó al departamento de policía y dejó recado a Springfield de que quería empezar a trabajar en los detalles a la mañana siguiente. No había nada más que hacer.

La ginebra le ayudó a dormir.

CAPÍTULO 6

Sobre el escritorio de Buddy Springfield se apilaban finas hojas de papel con copias de todas las llamadas relacionadas con el caso Leeds. Había sesenta y tres cuando Springfield llegó el martes a las siete de la mañana. La de encima tenía una marca de lápiz rojo.

Decía que la policía de Birmingham había encontrado un gato enterrado en una caja de zapatos detrás del garaje de los Jacobi. El gato tenía una flor entre las patas y estaba envuelto en un paño de cocina. El nombre del animal estaba escrito sobre la tapa por una mano infantil. No tenía collar. Un cordel atado con un nudo flojo sujetaba la tapa.

El informe del médico de Birmingham especificaba que el gato había sido estrangulado. Lo habían afeitado y no habían encontrado ninguna herida.

Springfield golpeó la patilla de las gafas contra los dientes.

Habían encontrado tierra suelta y cavaron con una pala. No fue necesaria ninguna sonda de metano. No obstante, Graham había acertado. El jefe de detectives humedeció el pulgar y procedió a repasar el resto de la pila de notas. La mayoría eran denuncias de vehículos sospechosos en la zona durante la última semana, descripciones vagas indicando solamente el tipo y color del vehículo. Cuatro llamadas telefónicas anónimas dirigidas a residentes de Atlanta anunciándoles: «Les voy a hacer lo mismo que a los Leeds».

La denuncia de Hoyt Lewis estaba en la mitad de la pila.

Springfield llamó al jefe de los encargados de la guardia nocturna.

—¿Qué me dice del informe del empleado que lee el contador de ese Parsons? Número cuarenta y ocho.

—Anoche tratamos de hablar con el jefe de la compañía, señor, para averiguar si tienen asignado a alguien a esa calle —dijo el jefe de guardia—. Esta mañana deben contestarnos.

—Ocúpese de que alguien llame allí inmediatamente —ordenó Springfield—. Pregunte en saneamiento, hable con las autoridades municipales, investigue permisos de construcción en ese callejón y alcánceme en mi automóvil.

Marcó el número de Will Graham.

—¿Will? Le espero en la puerta de su hotel dentro de diez minutos para dar una vuelta.

Springfield estacionó su automóvil en el fondo del callejón a las 7.45. Caminó junto a Graham siguiendo las huellas dejadas por el coche en el camino de grava. El sol se hacía sentir a pesar de que era temprano.

—Necesita un sombrero —dijo Springfield, que llevaba un elegante sombrero de paja inclinado sobre los ojos.

El cerco en forma de eslabones de la parte de atrás de la propiedad de los Leeds estaba cubierto de enredaderas. Se detuvieron junto al contador de luz instalado en un poste.

—Si vino por aquí, pudo ver perfectamente toda la parte posterior de la casa —dijo Springfield.

En sólo cinco días la propiedad de los Leeds había adquirido un aspecto descuidado. El césped crecía desigual, unos cuantos bulbos habían empezado a brotar. Pequeñas ramitas habían caído sobre el césped. Graham sintió deseos de recogerlas. La casa parecía dormida, las largas sombras matutinas de los árboles producían rayas y manchas sobre las persianas del porche. Parado junto a Springfield en el callejón, Graham podía verse mirando por la ventana de atrás y abriendo la puerta del porche. Por extraño que parezca, la reconstrucción de la entrada del asesino en la casa parecía borrársele de la mente en ese momento, bajo la intensa luz del sol. Observó cómo la brisa movía débilmente una hamaca infantil.

—Ese parece Parsons —dijo Springfield.

H. G. Parsons se había levantado temprano y estaba trabajando en un macizo de flores de la parte de atrás de su jardín, a dos casas de distancia. Springfield y Graham se dirigieron hacia la entrada de atrás de la casa de Parsons y se detuvieron junto a los cubos de basura. Las tapas estaban sujetas a la valla por una cadena.

Springfield midió la altura del contador de luz con una cinta métrica.

Tenía datos sobre todos los vecinos de los Leeds. Los de Parsons decían que se había jubilado prematuramente de la oficina de correos a solicitud de su jefe. Éste había notificado que Parsons «se comportaba cada vez más distraídamente».

Las notas de Springfield incluían también ciertos chismorreos. Los vecinos decían que la esposa de Parsons pasaba el mayor tiempo posible en casa de su hermana en Macon y que su hijo ya no le llamaba nunca.

—Señor Parsons, señor Parsons —llamó Springfield.

Parsons apoyó el rastrillo contra la casa y se aproximó a la valla. Calzaba sandalias y calcetines blancos. La tierra y la hierba habían manchado la punta de sus calcetines. Su cara estaba sonrosada y resplandeciente.

«Arteriosclerosis —pensó Graham—. Ha tomado la píldora.»

—¿Sí?

—¿Podríamos hablar un minuto con usted, señor Parsons? Confiamos en que pueda ayudarnos —dijo Springfield.

—¿Son ustedes de la compañía de electricidad?

—No, soy Buddy Springfield, del Departamento de Policía.

—Entonces es sobre el crimen. Mi esposa y yo estábamos en Macon, como le expliqué al oficial…

—Lo sé, señor Parsons. Queríamos preguntarle sobre su contador de luz. Usted…

—Si ese… inspector de contadores dijo que yo había hecho algo incorrecto, él sólo…

—No, no. Señor Parsons, ¿vio usted a algún forastero revisando su contador la semana pasada?

—No.

—¿Está seguro? Me parece que le dijo a Hoyt Lewis que alguien había revisado su contador antes que él.

—Lo dije. Y ya era hora. No pienso abandonar este asunto y la comisión de servicios públicos recibirá un informe completo.

—Sí, señor. Y estoy seguro de que lo tendrán en cuenta. ¿A quién vio revisando su contador de luz?

—No era un forastero, era alguien de la compañía Georgia.

—¿Cómo lo sabe?

—Bueno, porque parecía un empleado de los que revisan contadores.

—¿Cómo iba vestido?

Como visten todos, supongo. Déjeme pensar. Un uniforme marrón y una gorra.

—¿Pudo verle la cara?

—No lo recuerdo. Estaba mirando por la ventana de la cocina cuando le vi. Quise hablar con él, pero tenía que ponerme el albornoz, y cuando salí ya se había ido.

—¿Tenía algún camión?

—No recuerdo haber visto ninguno. ¿Qué ocurre? ¿Por qué lo quiere saber?

—Estamos investigando a todas las personas que estuvieron en este barrio durante la semana pasada. Es realmente muy importante, señor Parsons. Trate de recordar, por favor.

—De modo que es por el crimen. Todavía no han detenido a nadie, ¿verdad?

—No.

—Anoche estuve observando la calle y transcurrieron quince minutos sin que pasara ni un solo coche patrulla. ¡Qué horrible lo que les pasó a los Leeds! Mi esposa se quedó tan impresionada… Me pregunto quién comprará la casa. El otro día vi unos negros que estaban mirándola. Usted sabe que varias veces tuve que hablar con Leeds por sus niños, pero eran buena gente. Por supuesto que nunca quiso hacer nada de lo que le sugerí con su césped. El Ministerio de Agricultura tiene unos folletos excelentes sobre el control de las malas hierbas. Al final, me limité a ponerlos en su buzón. Sinceramente cuando Leeds cortaba el césped el olor a cebollinos era sofocante.

—Señor Parsons, ¿cuándo vio exactamente a ese sujeto en la callejuela? —preguntó Springfield.

—No estoy seguro, estoy tratando de pensar.

—¿Recuerda la hora del día? ¿Mañana? ¿Mediodía? ¿Tarde?

—Conozco las horas del día, no hace falta que me las recuerde. Por la tarde, quizá. No lo recuerdo.

—Discúlpeme, señor Parsons, pero tengo que aclarar bien todo esto. ¿Podríamos pasar a su cocina y así usted nos muestra dónde estaba cuando le vio?

—Permítanme ver sus credenciales. Los dos.

En la casa todo era silencio, superficies lustrosas y olor a cerrado. Limpia. Limpia. El orden desesperante de una pareja que envejece y ve que sus vidas comienzan a desdibujarse.

Graham deseó haberse quedado afuera. Estaba seguro de que en los cajones había cubiertos de plata con manchas de huevo entre los dientes de los tenedores.

«Basta ya, exprimamos al viejo idiota.»

La ventana que estaba situada encima del fregadero tenía una buena vista sobre la parte de atrás del jardín.

—Ahí tienen. ¿Están satisfechos? —preguntó Parsons—. Se puede ver desde aquí. No hablé con él, no recuerdo qué aspecto tenía. Si eso es todo, tengo mucho que hacer.

Graham habló por primera vez.

—Usted dijo que entró para buscar su albornoz y que cuando volvió a salir ya se había marchado. ¿No estaba usted vestido en ese momento?

—No.

—¿A media tarde? ¿No se sentía bien, señor Parsons?

—Lo que hago en mi casa me incumbe solamente a mí. Puedo vestirme de canguro si me da la gana. ¿Por qué no están buscando al asesino? Probablemente porque aquí se está más fresco.

—Tengo entendido que usted está jubilado, señor Parsons, por lo tanto no tiene importancia si se viste o no todos los días. Hay muchos días en los que no se viste, ¿verdad?

Las venas de las sienes de Parsons se hincharon.

—Porque sea jubilado no quiere decir que no me vista ni trabaje todos los días. Simplemente tenía mucho calor y entré para darme una ducha. Estaba trabajando. Estaba abonando y esa tarde había terminado mi tarea diaria, que es más de lo que harán ustedes hoy.

—¿Qué estaba haciendo?

—Abonando.

—¿Qué día abonó?

—Viernes. El viernes pasado. Me entregaron el abono durante la mañana, una buena cantidad y... por la tarde ya lo había esparcido todo. Puede preguntar al Garden Center qué cantidad era.

—Y sintió mucho calor y entró a darse una ducha. ¿Qué hacía en la cocina?

—Prepararme un vaso de té helado.

—¿Y sacó hielo? Pero la nevera está allí, apartada de la ventana.

Parsons miró la ventana y luego la nevera, desorientado y confuso. Sus ojos estaban inexpresivos, como los de un pescado en el mercado al final del día. De repente se iluminaron con una expresión triunfal. Se acercó al armario que había junto al fregadero.

—Estaba justo aquí, sacando una bebida cuando le vi. Eso es. Eso es todo. Bien, si han terminado ya de husmear...

—Creo que vio a Hoyt Lewis —dijo Graham.

—Yo también —acotó Springfield.

—No era Hoyt Lewis. No lo era. —Parsons tenía los ojos húmedos.

—¿Cómo lo sabe? —preguntó Springfield—. Puede haber sido Hoyt Lewis y usted creyó simplemente...

—Lewis está tostado por el sol. Tiene el pelo grasiento y unas largas patillas. —La voz de Parsons había subido de tono y hablaba tan rápido que resultaba difícil entender lo que decía—. Por eso lo supe. Por supuesto que no era Lewis. Aquel tipo era más pálido y tenía el pelo rubio. Se dio la vuelta para escribir en la pizarra y pude ver que llevaba un corte recto en la nuca.

Springfield permaneció inmóvil y cuando habló su voz reflejó todavía cierto escepticismo.

—¿Qué me dice de la cara?

—No lo sé, Podría haber tenido bigote.

—¿Como Lewis?

—Lewis no tiene bigote.

—Oh —dijo Springfield—. ¿El contador quedaba a la altura de sus ojos? ¿O tuvo que levantar la cabeza?

—Creo que al nivel de sus ojos.

—¿Le reconocería si volviera a verle?

—No.

—¿Qué edad tendría?

—No era viejo. No lo sé.

—¿Vio al perro de los Leeds cerca de él?

—No.

—Oiga, Parsons, reconozco que estaba equivocado —dijo Springfield—. Usted ha sido una gran ayuda para nosotros. Si no le importa, enviaré a nuestro artista y, si usted le permite sentarse aquí mismo, en la mesa de la cocina, tal vez podría darle una idea del aspecto de ese sujeto. Con toda seguridad no era Lewis.

—No quiero que mi nombre aparezca en ningún diario.

—No aparecerá.

Parsons les acompañó afuera.

—Ha hecho un trabajo maravilloso en este jardín, señor Parsons —dijo Springfield—. Deberían darle algún premio.

Parsons no respondió. Tenía la cara congestionada, una expresión preocupada y los ojos húmedos. Se quedó mirándoles indignado, vestido con sus pantalones cortos arrugados y sus sandalias. Cuando salieron del jardín buscó el rastrillo y comenzó a desbrozar furiosamente la tierra, golpeando ciegamente entre las flores, desparramando abono sobre el césped.

Springfield hizo comprobaciones con la radio del automóvil. Ninguna de las compañías eléctricas de la ciudad podía dar razón del hombre en el callejón el día anterior a los crímenes. Springfield transmitió la descripción de Parsons e instrucciones para el dibujante.

—Díganle que dibuje en primer lugar el poste y el contador. Después, y con mucho tacto, utilizará la descripción del testigo.

—A nuestro dibujante no le gusta mucho hacer visitas a domicilio —le dijo a Graham el jefe de los detectives mientras conducía su Ford en medio del tráfico—. Le gusta que las secretarias le vean allí trabajar, con el testigo presente, mirándole por encima del hombro. Una comisaría es un lugar bastante inhóspito para interrogar a una persona a la que no se quiere asustar. En cuanto tengamos el retrato lo enseñaremos por todo el barrio, puerta por puerta.

—Tengo la sensación de que acabamos de obtener un ligero indicio, Will. Mínimo, pero algo, ¿no le parece? Le preparamos el terreno a ese pobre diablo y picó el anzuelo. Ahora utilicemos lo que hemos conseguido.

—Si el hombre del callejón es el que buscamos, es la mejor noticia que he tenido hasta ahora —replicó Graham. Estaba harto de sí mismo.

—Exacto. Significa que no es una persona que actúa por impulsos. Tiene un plan. Sabe con uno o dos días de antelación dónde va a ir. Tiene una especie de plan. Escoger el lugar, matar al animal favorito de la familia y luego a la familia. ¿Qué maldita clase de idea es ésa? —Springfield hizo una pausa—. Ésa es más bien su especialidad, ¿verdad?

—En efecto. De corresponderle a alguien, creo que me concierne a mí.

—Sé que ha visto antes esta clase de cosas. El otro día no le gustó nada que le preguntara sobre Lecter, pero necesito hablar de él con usted.

—Muy bien.

—En total mató a nueve personas, ¿verdad?

—Sabemos que a nueve. Otras dos no murieron.

—¿Qué pasó con ellas?

—Una está en un pulmón artificial en un hospital de Baltimore, y la otra en una clínica psiquiátrica privada de Denver.

—¿Por qué lo hizo, en qué consistía su locura?

Graham miró por la ventanilla del automóvil a las personas que circulaban por la acera. Su voz adquirió un tono anodino, como si estuviera dictando una carta.

—Lo hizo porque le gustaba. Y sigue gustándole. El doctor Lecter no está loco, no como se piensa generalmente que debe ser un loco. Hizo algunas cosas espantosas porque disfrutaba con ello. Pero puede funcionar perfectamente bien si le da la gana.

—¿Cómo le catalogaron los psicólogos, cuál es su tara?

—Dicen que es un sociópata porque no saben cómo llamarle. Posee algunas de las características de los que ellos llaman sociópatas. No tiene ninguna clase de remordimiento ni sensación de culpa. Y tiene el primer y peor síntoma: un notable sadismo con los animales durante su infancia.

Springfield refunfuñó.

—Pero no tiene las otras características —agregó Graham—. No era un vago, ni tenía ninguna clase de antecedentes por violar la ley. No era superficial ni aprovechado en cosas pequeñas, como lo son la mayoría de los sociópatas. No era insensible. No saben cómo llamarlo. Sus electroencefalogramas denotan ciertas anormalidades, pero no han podido sacar mucho en limpio de ellas.

—¿Cómo le definiría usted? —inquirió Springfield

Graham titubeó.

—Confidencialmente, ¿cómo le definiría?

—Es un monstruo. Lo considero como uno de esos seres horribles que nacen de tanto en tanto en los hospitales. Los alimentan y los mantienen abrigados, pero no les ponen en cuidados intensivos y entonces mueren. Mentalmente, Lecter es como ellos, sólo que parece normal y nadie lo advierte.

—Un par de amigos míos que trabajan con el jefe son de Baltimore. Les pregunté cómo descubrió usted a Lecter. Me dijeron que no lo sabían. ¿Cómo lo hizo? ¿Cuál fue el primer indicio, la primera sensación que tuvo?

—Fue una coincidencia —respondió Graham—. La sexta víctima fue asesinada en su propio taller. Tenía herramientas para trabajar la madera y guardaba allí sus útiles de caza. Le habían atado a una percha de la pared de la que colgaban las herramientas y estaba realmente destrozado, cortado y acuchillado, y tenía flechas clavadas. Las heridas me recordaban algo, pero no sabía qué.

—Y tuvo que esperar a las siguientes víctimas.

—Sí. Lecter estaba muy excitado; los tres siguientes fueron asesinados en el transcurso de una semana. Pero el sexto tenía dos viejas heridas en el muslo. El patólogo investigó en el hospital local y descubrió que había caído de su escondite en un árbol mientras cazaba con su arco y se había clavado una flecha en la pierna.

»El médico de guardia era un cirujano residente, pero Lecter lo había tratado antes, ya que estaba en la sala de urgencias. Su nombre figuraba en el registro de admisiones. Había transcurrido mucho tiempo desde el accidente, pero pensé que tal vez Lecter recordaría si la herida de flecha había tenido algo sospechoso, por eso fui a verle a su oficina. En ese momento teníamos que agarrarnos a cualquier cosa.

»Estaba practicando psiquiatría en aquel entonces. Tenía una bonita oficina. Con antigüedades. Dijo que no recordaba mucho de la herida, que le había llevado al hospital un cazador compañero suyo y eso era todo.

»Pero no obstante había algo que no me cuadraba. Creo que fue algo que me dijo Lecter o algo que vi en su despacho. Crawford y yo lo repasamos todo minuciosamente. Verificamos los archivos. Lecter no tenía antecedentes. Yo quería revisar su oficina a solas, pero no conseguimos la autorización del juez. No teníamos nada que alegar. Y entonces decidí volver a verle.

»Era un domingo, atendía a sus pacientes también en domingo. El edificio estaba vacío, a excepción de algunas personas en la sala de espera. Me hizo entrar enseguida. Conversábamos y él se esforzaba amablemente en ayudarme cuando levanté la vista y vi unos antiquísimos libros de medicina en un estante que estaba sobre su cabeza. Y supe que era él.

»Quizá la expresión de mi rostro había cambiado cuando le miré nuevamente, no lo sé. Yo sabía y él sabía que yo sabía. No obstante, todavía no conseguía descubrir el móvil. No me fiaba. Tenía que averiguarlo. Así que musité algo y salí al vestíbulo de entrada. Allí había un teléfono público. No quería alertarle hasta tener alguna ayuda. Estaba hablando con la radio de la policía cuando salió de una puerta de servicio que estaba a mis espaldas y sin zapatos. No le oí acercarse. Sólo sentí su aliento y entonces… bueno, entonces ocurrió todo.

—Pero ¿cómo logró saberlo?

—Creo que al cabo de una semana, mientras estaba en el hospital. Era el «Hombre herido», una ilustración que figuraba en la mayoría de esos viejos libros de medicina como los que tenía Lecter. Se muestran diferentes clases de heridas de batalla en una sola figura. Lo había visto durante un curso que dictaba un patólogo en la Universidad de Washington. La posición de la sexta víctima y sus lesiones eran una réplica idéntica del «Hombre herido».

—¿El «Hombre herido», dice usted? ¿Eso era todo lo que usted tenía?

—Sí. Fue una coincidencia que lo hubiera visto. Un golpe de suerte.

—Vaya suerte.

—Si no me cree, ¿por qué mierda me lo ha preguntado?

—No he oído lo que acaba de decir.

—Me alegro. No quise decirlo. Pero así fue como ocurrió.

—Bien —acotó Springfield—. Bien. Gracias por contármelo. Necesito saber esa clase de cosas.

La descripción de Parsons del hombre del callejón y la información sobre el gato y el perro eran posibles indicaciones de los métodos empleados por el criminal: parecía factible que hubiera explorado la zona como lector de contadores de luz y se sintiera impulsado a herir a los animales domésticos de las familias antes de matar a sus miembros.

El problema inmediato al que debía enfrentarse la policía era si debía o no hacer pública esa teoría.

Si el público estaba al tanto de las señales de peligro y se mantenía alerta, la policía podría prever con antelación el próximo ataque del criminal, pero posiblemente el asesino también escuchaba las noticias.

Podría cambiar sus hábitos.

En el Departamento de Policía primaba la impresión de que los principales indicios debían mantenerse en secreto, a excepción de un boletín especial dedicado a veterinarios y refugios para animales en todo el sureste, solicitando información inmediata en casos de mutilaciones de animales domésticos.

Eso significaba no brindar al público la mejor advertencia. Era un problema moral y la policía no lo veía con buenos ojos.

Consultaron al doctor Alan Bloom de Chicago. El doctor Bloom dijo que si el asesino leía una advertencia en los diarios, probablemente cambiaría la táctica previa al ataque. Sin embargo, dudaba de que el sujeto dejara de herir animalitos, indiferente al riesgo que eso suponía. El psiquiatra recomendó a la policía que no dieran por hecho, bajo ningún concepto, que contaban con veinticinco días para trabajar, el lapso hasta la siguiente luna llena del 25 de agosto.

El 31 de julio por la mañana, tres horas después que Parsons diera la descripción del asesino, se tomó una decisión en el curso de una conversación telefónica entre la policía de Birmingham y Atlanta y Crawford desde Washington: enviarían un boletín privado a los veterinarios, recorrerían durante tres días el vecindario con el retrato robot y luego pasarían la información a los medios de comunicación.

Durante esos tres días, Graham y los detectives de Atlanta recorrieron las calles enseñando el retrato a los ocupantes de las casas del vecindario de los Leeds. El retrato robot era un leve esbozo de una cara, pero esperaban encontrar a alguien que ayudara a completarlo.

Los bordes del ejemplar de Graham se ajaron por el sudor de las manos. A menudo le resultaba difícil conseguir que los dueños de la casa accedieran a abrirle la puerta. Por la noche permanecía en su cuarto, acostado, suavizando con talco los sarpullidos provocados por el calor, mientras su cabeza daba vueltas al problema. Estimulaba la sensación que precede a una idea. Pero ésta no se presentaba.

Mientras tanto, en Atlanta hubo cuatro heridos y un muerto porque varias personas habían disparado a parientes que regresaban a casa a altas horas de la noche. Aumentaban las denuncias a merodeadores y un montón de datos inútiles se amontonaban sobre los escritorios del Departamento de Policía. La desesperanza cundió como una epidemia de gripe.

Crawford regresó desde Washington al finalizar el tercer día y se presentó en la habitación de Graham mientras éste estaba sentado quitándose los calcetines.

—¿Mucho trabajo?

—Dedícate a mostrar uno de los retratos robot de puerta en puerta y lo verás —respondió Graham.

—No, esta noche saldrá todo en las noticias. ¿Has caminado todo el día?

—No puedo entrar en los jardines con mi automóvil.

—Nunca pensé que se pudiera sacar algo en limpio con esta investigación —acotó Crawford.

—Bien, ¿qué pretendías entonces que hiciera?

—Todo lo que te fuera posible, eso es todo —dijo Crawford poniéndose en pie para marcharse—. El trabajo rutinario ha sido para mí como un narcótico, especialmente después de dejar de beber. Creo que lo mismo te ocurre a ti.

Graham estaba enfadado. Crawford tenía razón.

Graham era flemático por naturaleza y lo sabía. Hacía mucho tiempo, cuando estaba en el colegio, lo había compensado siendo rápido. Pero la época de la escuela ya había pasado.

Había algo más que podía hacer y hacía varios días que lo sabía. Podía esperar hasta verse obligado a hacerlo a la desesperada los días anteriores a la siguiente luna llena. O podía hacerlo ya, cuando todavía era de alguna utilidad.

Necesitaba la opinión de alguien en concreto, un punto de vista muy extraño que necesitaba compartir; una forma de ver las cosas que debía recobrar después de aquellos apacibles años en los cayos.

Las razones parecían restallar como los engranajes de una montaña rusa. Sin darse cuenta de que se agarraba el vientre, Graham dijo en voz alta:

—Tengo que ver a Lecter.

CAPÍTULO 7

El doctor Frederick Chilton, jefe de personal del Hospital Estatal de Chesapeake para incapacitados legales, dio la vuelta a su escritorio para estrechar la mano de Will Graham.

—El doctor Bloom me llamó ayer, señor Graham... ¿o debo llamarle doctor Graham?

—No soy médico.

—Fue un placer hablar con el doctor Bloom, hace años que nos conocemos. Siéntese ahí, por favor.

—Agradecemos su ayuda, doctor Chilton.

—Para serle franco, hay veces en que me siento más bien el secretario que el custodio de Lecter —dijo Chilton—. La nutrida correspondencia que recibe es de por sí una molestia. Creo que entre ciertos investigadores se considera de buen tono cartearse con él —he visto sus cartas con membrete de algunos departamentos de psicología— y durante un tiempo parecía que cada futuro candidato al doctorado en filosofía quería entrevistarle. Por supuesto que estoy encantado de cooperar con usted y con el doctor Bloom.

—Necesito ver al doctor Lecter lo más privadamente posible —dijo Graham—. Tal vez precise verle de nuevo o hablar por teléfono con él después de la entrevista de hoy.

Chilton asintió.

—En primer lugar, el doctor Lecter permanecerá en su cuarto. Es absolutamente el único lugar donde puede estar suelto. Una de las paredes del cuarto es una reja doble que da a un pasillo. Haré instalar una silla allí y mamparas, si así lo desea.

»Debo pedirle que no le pase ninguna clase de objeto, a excepción de papeles, y siempre y cuando no tengan ganchos o broches. Nada de anillas, lápices o plumas. Él tiene sus propios rotuladores.

—Tendré que mostrarle cierto material que tal vez le altere —dijo Graham.

—Muéstrele lo que le dé la gana, siempre y cuando sea en un papel suave. Pásele los documentos a través de la bandeja corrediza de la comida. No le dé nada a través de las rejas y no acepte nada que le ofrezca él a través de ellas. Que le devuelva los papeles en la bandeja de la comida. Insisto en ello. El doctor Bloom y el señor Crawford me aseguraron que usted cooperaría en la forma de tratarle.

—Lo haré —respondió Graham poniéndose en pie.

—Sé que está ansioso por seguir adelante, señor Graham, pero antes quiero decirle algo. Esto le interesará.

»Tal vez parezca redundante prevenirle a usted, a usted precisamente, sobre Lecter. Pero es que a veces parece por encima de toda sospecha. El primer año que pasó aquí se comportó perfectamente y dio la impresión de cooperar con los intentos de terapia. Como consecuencia —y esto ocurrió con el administrador anterior— se suavizó ligeramente la estricta seguridad que le rodeaba.

»La tarde del 8 de julio de 1976 se quejó de un dolor en el pecho. Se le quitaron las ataduras para que fuera más fácil hacerle un electrocardiograma. Uno de sus asistentes salió del cuarto para fumar y el otro se dio la vuelta durante un segundo. La enfermera fue muy rápida y fuerte. Consiguió salvar uno de sus ojos.

»Quizá esto le parezca curioso. —Chilton sacó de un cajón un electrocardiograma y lo extendió sobre la mesa. Siguió la línea zigzagueante con el dedo índice—. Mire, aquí está descansando sobre la camilla. Setenta y dos pulsaciones. Aquí agarra a la enfermera por la cabeza y la atrae hacia él. Aquí es donde le sujeta el asistente. A propósito, no ofreció ninguna resistencia a pesar de que el enfermero le dislocó el hombro.

¿No le parece extraño? Su pulso no subió nunca a más de ochenta y cinco pulsaciones. Ni cuando tiraba de la lengua a la enfermera.

Chilton no pudo advertir nada en el rostro de Graham. Se recostó contra el respaldo de su silla y juntó los dedos bajo el mentón. Sus manos estaban secas y brillantes.

—Usted sabe que cuando Lecter fue capturado pensamos que podía brindarnos una especial oportunidad para estudiar a un sociópata puro —dijo Chilton—. Es muy difícil conseguir uno vivo. Lecter es tan lúcido, tan perceptivo… tiene conocimientos de psiquiatría… y es un asesino múltiple. Parecía que iba a cooperar y pensamos que podía ser una ventana abierta a esta clase de aberración. Creímos que podría ser como Beaumont estudiando la digestión por la abertura del estómago de san Martín.

»Finalmente, no creo que estemos en mejores condiciones de estudiarle ahora que el día en que entró aquí. ¿Ha hablado alguna vez con Lecter durante un rato?

—No. Le vi solamente cuando… cuando más le vi fue durante el juicio. El doctor Bloom me mostró artículos escritos por él y publicados en revistas —dijo Graham.

—Parece conocerle mucho a usted. Sé que ha pensado mucho en usted.

—¿Tuvo alguna sesión con él?

—Sí. Doce. Es impenetrable. Demasiado sofisticado para que los tests reflejen algo. Edwards, Fabré, incluso el propio doctor Bloom lo intentaron. Conservo sus notas. También fue un enigma para ellos. Desde luego, es imposible saber qué es lo que no dice o si comprende más de lo que dice. Desde su confinamiento escribió unos magníficos artículos para el *American Journal of Psychiatry* y *The General Archives*. Pero siempre se refieren a problemas que no son los que él tiene. Creo que teme que si «lo resolvemos» nadie se va a interesar por él y va a permanecer olvidado en una celda el resto de sus días.

Chilton hizo una pausa. Había practicado para utilizar su visión periférica para observar a su interlocutor durante las entrevistas. Pensaba que podría observar así a Graham sin que éste se percatara.

—El consenso aquí es que la única persona que ha demostrado algún entendimiento práctico de Hannibal Lecter es usted, señor Graham. ¿Puede decirme algo sobre él?

—No.

—Ciertos miembros del personal sienten curiosidad por lo siguiente: cuando usted vio los crímenes del doctor Lecter, su «estilo», por llamarlo de algún modo, ¿pudo usted tal vez reconstruir sus fantasías? ¿Le ayudó eso a identificarle?

Graham no respondió.

—Lamentablemente estamos muy escasos de material en ese aspecto. Hay un solo artículo en el *Journal of Abnormal Psychology*. ¿Le importaría conversar con algunos miembros del personal? —«no, no, esta vez no»—, el doctor Bloom fue muy severo conmigo al respecto. Tenemos que dejarle tranquilo. La próxima vez quizá.

El doctor Chilton estaba familiarizado con la hostilidad. Y en ese momento tenía una muestra bien evidente.

Graham se puso de pie.

—Gracias, doctor. Quiero ver a Lecter ahora.

La puerta de acero de la sección de máxima seguridad se cerró detrás de Graham. Oyó el ruido familiar del cerrojo al deslizarse.

Graham sabía que Lecter dormía la mayor parte de la mañana. Miró al fondo del corredor. Desde ese ángulo no podía ver el interior de la celda de Lecter, pero pudo advertir que no había mucha luz.

Graham quería ver dormido al doctor Lecter. Necesitaba tiempo para coger fuerzas. Si llegaba a sentir en su cabeza la locura de Lecter tendría que reprimirla rápidamente antes de que le desbordara.

Para disimular el ruido de sus pisadas caminó detrás de un

guardia que empujaba un carrito con ropa de cama. Era muy difícil engañar al doctor Lecter.

Graham se detuvo a mitad de camino. Barras de acero cubrían totalmente el frente de la celda. Detrás de las rejas, a más de un brazo de distancia, había una gruesa red de nailon que iba desde el techo hasta el suelo y de pared a pared. Graham pudo ver a través de la reja una mesa y una silla clavadas al suelo. La mesa estaba cubierta por una pila de libros encuadernados en rústica y numerosa correspondencia. Se acercó a los barrotes, apoyó sus manos sobre ellos y enseguida las retiró.

El doctor Hannibal Lecter dormía en un catre, con la cabeza sobre una almohada apoyada contra la pared. *Le Grand Dictionnaire de Cuisine* de Alejandro Dumas estaba abierto sobre su pecho.

Graham había estado mirando a través de las rejas no más de cinco segundos cuando Lecter abrió los ojos y dijo:

—Es la misma espantosa loción para después del afeitado que usó durante el juicio.

—Me la mandan de regalo para Navidad.

La luz se reflejaba en pequeñas manchas rojizas en los ojos marrones del doctor Lecter. Graham sintió que se le erizaba el vello de la nuca.

—Navidad, por supuesto —acotó Lecter—. ¿Ha recibido mi tarjeta?

—La he recibido. Gracias.

El laboratorio criminológico del FBI en Washington le había enviado a Graham la tarjeta de Navidad del doctor Lecter. Graham la llevó al patio trasero de la casa, la quemó y se lavó las manos antes de tocar a Molly.

Lecter se levantó y se acercó a la mesa. Era un hombre pequeño y delgado. Muy pulcro.

—¿Por qué no se sienta, Will? Creo que por allí hay un armario donde guardan sillas plegables. Por lo menos de ahí parece provenir el ruido.

—El guardia me traerá una.

Lecter permaneció en pie hasta que Graham se sentó en el pasillo.

–¿Cómo está el oficial Stewart?

–Muy bien.

El oficial Stewart había abandonado su trabajo con las fuerzas de la ley después de haber inspeccionado el sótano de Lecter. En aquel momento administraba un motel. Graham se abstuvo de mencionarlo. No creía que a Stewart le gustara recibir ninguna clase de correspondencia de Lecter.

–Qué pena que sus problemas emocionales fueran más fuertes que él. Yo pensaba que podría convertirse en un agente muy competente. Will, ¿no tiene usted problemas a veces?

–No.

–Por supuesto.

Graham tenía la impresión de que Lecter estaba atravesándole el cráneo con la mirada. Su atención le producía la sensación de tener una mosca caminando dentro.

–Me alegro de que haya venido. ¿Cuánto tiempo ha pasado? ¿Tres años? Todos mis visitantes son profesionales. Psiquiatras clínicos comunes y afanosos y mediocres doctores en psicología de oscuras universidades de quién sabe dónde. Chupatintas que intentan conservar sus puestos de trabajo publicando artículos en los diarios.

–El doctor Bloom me mostró su artículo sobre la manía quirúrgica en *The Journal of Clinical Psychiatry*.

–¿Y…?

–Muy interesante, aun para un lego.

–Un lego… lego, lego. Interesante palabra –dijo Lecter–. Tantos sabihondos dando vueltas por ahí. Tantos expertos subvencionados por el gobierno. Y usted dice que es un lego. Pero usted fue el que me atrapó, ¿verdad, Will? ¿Sabe usted cómo lo hizo?

–Estoy seguro de que ha leído la transcripción. Todo figura allí.

–No, no es así. ¿Sabe usted cómo lo hizo, Will?

–Figura en la transcripción. ¿Qué importancia tiene ahora?

–A mí no me importa, Will.

–Quiero que me ayude, doctor Lecter.

–Lo suponía.

–En el asunto de Atlanta y de Birmingham.

–Sí.

–Estoy seguro de que debe haberlo leído.

–Leí los periódicos. No puedo recortarlos. Por supuesto, no me permiten tener tijeras. ¿Sabe usted?, a veces me amenazan con quitarme los libros. No querría que ellos pensaran que estoy elucubrando algo morboso. –Lanzó una carcajada. Sus dientes eran blancos y pequeños–. Usted quiere saber cómo los elige, ¿no es así?

–Se me ocurrió que podría tener algunas ideas. Le pido que me las transmita.

–¿Y por qué debería hacerlo?

Graham había previsto la pregunta. Una razón para frenar a asesinos múltiples era algo que no se le ocurriría así como así al doctor Lecter.

–Hay cosas que usted no tiene –manifestó Graham–. Material de investigación, incluso secuencias de películas. Hablaría con el jefe de personal.

–Chilton. Debe de haberle visto al llegar. Horrible, ¿no cree? Dígame la verdad, ¿no le parece que escudriña en nuestra mente con la misma habilidad de un adolescente tratando de quitarle la faja a una muchacha? Le observó por el rabillo del ojo. Se dio cuenta, ¿verdad? Tal vez no pueda creerlo, pero trató de hacerme, a mí, un test de percepción temática. Estaba sentado allí, igual que el gato de Cheshire, esperando ver aparecer un MF 13. ¡Ja! Disculpe, olvidé que usted no pertenece a este gremio. Es una tarjeta con una mujer en la cama y un hombre en primer plano. Se suponía que yo debía evitar una interpretación sexual. Me reí. Se enfadó y les dijo a todos que yo había evitado ir a la cárcel por un síndrome de Ganser… en fin, no importa, es muy aburrido.

–Tendría acceso a la cinemateca del Colegio Oficial de Médicos de América.

—No creo que pudiera conseguir las cosas que quiero.

—Haga la prueba.

—Ya tengo bastante para leer con todo esto.

—Podría ver el archivo de este caso. Y hay otra razón.

—Diga, por favor.

—Creo que debe tener curiosidad por saber si es usted más listo que la persona a la que busco.

—Así que, por lo tanto, piensa que es usted más listo que yo, ya que me atrapó.

—No. Sé que no soy más listo que usted.

—¿Y entonces cómo hizo para capturarme, Will?

—Usted tenía desventajas.

—¿Qué desventajas?

—Pasión. Y está loco.

—Está muy bronceado, Will.

Graham no contestó.

—Sus manos están ásperas. No parecen ya las manos de un policía. Esa loción para después del afeitado parece elegida por un niño. Tiene un barquito en la etiqueta, ¿verdad? —El doctor Lecter rara vez mantiene la cabeza derecha. La inclina hacia un lado cuando formula una pregunta, como si quisiera atornillar su curiosidad en nuestra mejilla. Tras una nueva pausa, Lecter dijo—: No crea que puede persuadirme recurriendo a mi vanidad intelectual.

—No creo poder persuadirle. Lo hará o no lo hará. De todas formas, el doctor Bloom está trabajando en eso y es el mejor...

—¿Tiene ahí el legajo?

—Sí.

—¿Y fotografías?

—Sí.

—Déjeme verlas y lo reconsideraré.

—No.

—¿Sueña usted mucho, Will?

—Adiós, doctor Lecter.

—Todavía no me ha amenazado con quitarme los libros.

83

Graham comenzó a caminar.

—Déjeme ver el legajo, entonces. Le diré lo que pienso.

Graham tuvo que apretar bien el abultado legajo para que cupiera en la bandeja de la comida. Lecter la hizo deslizarse hacia él.

—Hay un resumen al principio. Puede leerlo ahora —dijo Graham.

—¿Le importa si lo leo en privado? Deme una hora.

Graham esperó en un sofá tapizado en plástico en un macabro salón. Varios guardias entraron para tomar café. No les dirigió la palabra. Miraba fijamente los pequeños objetos que había en el cuarto, alegrándose de que se mantuvieran inmóviles. Estaba como paralizado.

La llave giró permitiéndole entrar nuevamente en la sección de máxima seguridad.

Lecter estaba sentado ante su mesa, con los ojos velados por sus pensamientos. Graham sabía que había pasado la mayor parte del tiempo mirando las fotografías.

—Es un muchacho muy tímido, Will. Me encantaría conocerle… ¿Ha considerado usted la posibilidad de que esté desfigurado?

—Los espejos.

—Sí. Advierta que rompió todos los espejos de las casas, pero no lo hizo únicamente para obtener los pedazos que necesitaba. No clava los trozos sólo para herir. Están colocados de forma que él pueda verse reflejado en los ojos de la señora Jacobi y… ¿cómo se llamaba la otra?

—La señora Leeds.

—Eso es.

—Muy interesante —dijo Graham.

—No es «interesante». Usted había pensado ya en eso.

—Lo había considerado.

—Ha venido aquí solamente para verme. Para aspirar otra vez el viejo aroma, ¿no es verdad? ¿Por qué no se huele a usted mismo?

—Quiero su opinión.

—No tengo ninguna en este momento.

—Cuando la tenga me gustaría oírla.

—¿Puedo quedarme el legajo?

—No lo he decidido todavía —respondió Graham.

—¿Por qué no hay descripciones de los terrenos? Aquí tenemos vistas de las fachadas de las casas, de las plantas, diagramas de las habitaciones donde tuvieron lugar las muertes y poca mención del terreno. ¿Cómo eran los jardines?

—Jardines amplios en la parte posterior, algunos cercados con arbustos. ¿Por qué?

—Porque, mi querido Will, si este candidato siente una atracción especial por la luna, tal vez le guste salir al exterior para mirarla. Antes de asearse, ¿comprende? ¿Alguna vez ha visto sangre a la luz de la luna, Will? Parece casi negra. Por supuesto, conserva su brillo característico. Si uno estuviera desnudo, sería mejor gozar de cierta privacidad para esos menesteres. Debe demostrarse cierta consideración con los vecinos, ¿no cree?

—¿Usted piensa que el lugar es un factor que tiene en cuenta al elegir sus víctimas?

—Oh, sí. Habrá más víctimas, por supuesto. Permítame quedarme el legajo, Will. Lo estudiaré. Y si tiene más material me gustaría echarle un vistazo también. En las raras ocasiones en que mi abogado me llama me traen un teléfono. Antes me comunicaba por la centralita, pero, como puede suponer, todo el mundo escuchaba las conversaciones. ¿Podría darme el número de teléfono de su casa?

—No.

—¿Sabe por qué me atrapó, Will?

—Adiós, doctor Lecter. Puede dejarme cualquier mensaje en el número que figura en el legajo.

Graham se alejó.

—¿Sabe por qué me atrapó?

Graham estaba ya fuera del alcance de la vista de Lecter; aceleró su marcha en dirección a la distante puerta de acero.

—La razón por la que pudo atraparme es porque ambos somos iguales —fue lo último que oyó Graham al cerrarse la puerta metálica detrás de él.

Estaba insensible, excepto por el temor a perder esa insensibilidad. Caminaba con la cabeza gacha, sin hablar con nadie, y sentía las pulsaciones de su sangre como un hueco batir de alas. La distancia hasta el exterior le pareció muy corta. Aquello era simplemente un edificio; sólo había cinco puertas entre Lecter y la calle. Tenía la absurda sensación de que Lecter había salido con él. Se detuvo al trasponer la puerta de entrada y echó un vistazo alrededor para asegurarse de que estaba solo.

Desde un automóvil estacionado al otro lado de la calle, con el gran angular apoyado sobre una ventanilla, Freddy Lounds obtuvo una buena instantánea de Graham en el umbral, sobre el cual y escrito en la piedra podía leerse: «Hospital Estatal de Chesapeake para incapacitados legales».

El resultado, publicado en el *National Tattler*, mostraba la foto recortada de la cabeza de Graham y las dos últimas palabras grabadas en la piedra.

CAPÍTULO 8

Tras la visita de Graham, el doctor Hannibal Lecter permaneció recostado en el catre con las luces de la celda apagadas. Transcurrieron varias horas.

Durante un rato se limitó a las sensaciones táctiles, la trama de la funda de la almohada contra sus manos enlazadas detrás de la cabeza, la suave membrana que cubría su mejilla.

Luego fue el turno de los olores y permitió a su mente jugar con ellos. Algunos eran reales, pero otros no. Habían puesto Clorox en el baño; semen. Estaban comiendo chili picante en el vestíbulo; uniformes empapados en sudor. Graham no había querido darle el número de su teléfono particular; el olor amargo y verde de erizos recién cogidos.

Lecter se incorporó. Graham podría haber sido un poco más educado. Sus pensamientos tenían el olor a metal caliente de un reloj eléctrico.

Lecter pestañeó varias veces y sus cejas se arquearon. Encendió las luces y escribió una nota a Chilton pidiéndole un teléfono para llamar a su abogado.

De acuerdo con la ley, Lecter tenía derecho a hablar en privado con su abogado y no había abusado de ese privilegio. Como Chilton no le permitía ir donde estaba el teléfono, tenían que llevárselo hasta su celda.

Se lo llevaron dos guardias, que desenrollaron un largo cable desde la toma que había junto a su escritorio. Uno de los guardias tenía las llaves. El otro esgrimía una lata de Mace, un aerosol que provocaba un intenso ardor en los ojos.

—Vaya al fondo de la celda, doctor Lecter. Mirando a la pared. Si se da la vuelta o se acerca a las rejas antes de oír el ruido de la cerradura le echaré Mace a la cara. ¿Entendido?

—Por supuesto —dijo Lecter—. Muchas gracias por traer el teléfono.

Tenía que pasar la mano por la red de nailon para marcar. Informaciones de Chicago le suministró el número del Departamento de Psiquiatría de la Universidad de Chicago y el de la oficina del doctor Alan Bloom. Marcó el número del Departamento de Psiquiatría.

—Estoy tratando de comunicarme con el doctor Alan Bloom.

—No sé si ha venido hoy, pero le pasaré.

—Un momento, se supone que conozco el nombre de su secretaria y lamento tener que confesar que lo he olvidado.

—Linda King. Un momento, por favor.

—Gracias.

El teléfono sonó ocho veces antes de que contestaran.

—Oficina de Linda King.

—¿Linda?

—Linda no viene los sábados.

El doctor Lecter había previsto eso.

—Tal vez usted pueda ayudarme, si no es molestia. Soy Bob Greer, de la editorial Blaine y Edwards. El doctor Bloom me pidió que le enviara un ejemplar del libro de Overholser, *El psiquiatra y la ley*, a Will Graham, y Linda debía darme su dirección y teléfono, pero no lo hizo.

—Yo soy solamente una ayudante, ella vuelve el lu...

—Tengo que tomar el expreso federal dentro de cinco minutos y no me gusta molestar al doctor Bloom en su casa, puesto que él encargó a Linda que me lo enviara y no quiero meterla en un lío. Debe estar ahí en su Rolodex o como se llame. Le estaré eternamente agradecido si me lo dice.

—No tiene un Rolodex.

—¿No será una agenda común?

—Sí.

—Sea buena, búsqueme el número de ese tipo y no le haré perder más tiempo.

—¿Cómo dijo que se llamaba?

—Graham. Will Graham.

—Muy bien, el teléfono de su casa es 305 JL5-7002.

—Se supone que tengo que enviárselo a su casa.

—No figura la dirección de su casa.

—¿Qué dirección tiene?

—Brigada de Investigación Criminal, Diez y Pennsylvania, Washington, D.C. Oh, y apartado de correos 3.680, Marathon, Florida.

—Perfecto, es usted un ángel.

—No faltaba más.

Lecter se sentía mucho mejor. Se le ocurrió que en alguna oportunidad podría sorprender a Graham con una llamada, o, si ese tipo no era capaz de mostrar un poco más de amabilidad, le pediría a una de esas empresas que abastecen a los hospitales que enviaran por correo a Graham una bolsa para colostomía como recuerdo de los viejos tiempos.

CAPÍTULO 9

A más de mil setecientos kilómetros hacia el suroeste, en la cafetería del laboratorio de películas Gateway en St. Louis, Francis Dolarhyde esperaba que le sirvieran una hamburguesa. Los entrantes que se ofrecían en el mostrador no tenían buen aspecto. Se detuvo junto a la caja y bebió un sorbo de café de la taza de papel.

Una muchacha pelirroja vestida con una bata de laboratorio entró en la cafetería y escudriñó la máquina de caramelos. Miró varias veces a Francis Dolarhyde, que estaba de espaldas a ella, y frunció los labios. Finalmente se acercó y le preguntó:

—¿Señor D.?

Dolarhyde se dio la vuelta. Usaba siempre gafas protectoras rojas fuera del cuarto oscuro. Ella fijó la vista en el puente de las gafas.

—¿Le importaría sentarse un momento? Tengo algo que decirle.

—¿Qué tiene que decirme, Eileen?

—Que realmente lo siento muchísimo. Que sencillamente Bob estaba borracho y, como usted bien sabe, haciendo el payaso. No fue su intención. Siéntese conmigo, por favor. Aunque sólo sea un minuto.

—Bien. —Dolarhyde jamás decía «sí» porque tenía algunas dificultades con la «s».

Se sentaron. Ella retorcía nerviosamente una servilleta.

—Todos estábamos divirtiéndonos mucho en la fiesta y nos alegramos de que viniera —dijo ella—. Nos alegramos de ver-

90

dad, y también nos sorprendió. Usted sabe cómo es Bob, siempre está imitanto las voces de la gente, debería actuar en la radio. Imitó dos o tres tonadas, con chistes y demás, puede hablar exactamente igual que un negro. Cuando imitó esa otra voz no lo hizo para molestarle a usted. Estaba demasiado borracho como para darse cuenta de quiénes estaban presentes.

–Todo el mundo reía y de repente nadie… rió.

Dolarhyde no decía nunca «más», por la «s».

–Entonces fue cuando Bob se dio cuenta de lo que había hecho.

–Pero continuó.

–Lo sé –dijo ella tratando de mirar de la servilleta a las gafas sin detenerse demasiado–. Y se lo hice notar. Dijo que no había mala intención, que comprendió que ya no había forma de dar marcha atrás y entonces prefirió seguir con la broma. Usted vio cómo se sonrojó.

–Me propuso hacer un dúo con él.

–Le abrazó y trató cogerle del brazo. Quería que usted también lo tomara como una broma, señor D.

–Lo tomé como una broma, Eileen.

–Bob está desesperado.

–Bueno, no quiero que esté desesperado, de verdad. Dígaselo de mi parte. Y que aquí no ha pasado nada. Dios mío, con la habilidad de Bob yo haría bro… haría una broma detrás de otra –Dolarhyde evitaba en lo posible los plurales–. Bueno, no pasará mucho tiempo antes de volver a reunirnos y entonces verá cómo me siento.

–Bien, señor D. Usted sabe que, al margen de todas esas bromas, Bob es realmente un tipo muy sensible.

–Estoy seguro. Cariñoso, imagino.

La voz de Dolarhyde estaba ahogada por su mano. Cuando estaba sentado apoyaba siempre el nudillo de su índice bajo la nariz.

–¿Cómo dice?

–Creo que usted le hace bien, Eileen.

—Yo también lo creo, de veras. Bebe solamente los fines de semana. Apenas empieza a relajarse, su esposa le llama por teléfono. Me hace caras mientras hablo con ella, pero me doy cuenta de que luego se queda fastidiado. Una mujer puede darse cuenta de esas cosas. —Palmeó a Dolarhyde en la muñeca y a pesar de las gafas advirtió que el contacto se había registrado en sus ojos—. No se preocupe, señor D. Me alegro de haber tenido esta charla.

—Yo también, Eileen.

Dolarhyde la contempló mientras se alejaba. Tenía una marca de succión detrás de una rodilla. Pensó, acertadamente, que Eileen no sentía aprecio por él. En honor a la verdad, nadie le apreciaba.

El espacioso cuarto oscuro estaba fresco y olía a productos químicos. Francis Dolarhyde inspeccionó el revelador del tanque A. Cientos de metros de grabaciones domésticas de todo el país habían pasado por el secador. Muchas veces durante el día sacaba muestras de películas y las examinaba, secuencia tras secuencia. El silencio reinaba en la habitación. Dolarhyde no fomentaba la conversación entre sus ayudantes y se comunicaba generalmente por gestos.

Cuando terminó el turno de la tarde se quedó solo en el cuarto oscuro, para revelar, secar y ensamblar algunas películas de su propiedad.

Dolarhyde llegó a su casa alrededor de las diez de la noche. Vivía solo en una gran casa que había heredado de sus abuelos. Se alzaba al final de un camino de grava que atravesaba un huerto de manzanos al norte de St. Charles, Missouri, al otro lado del río Missouri, frente a St. Louis. El propietario del huerto se había ausentado y nadie lo cuidaba. Varios árboles secos y retorcidos se erguían entre otros florecientes. En aquella época del año, a finales de julio, el aire del huerto estaba saturado por el olor a manzanas podridas. Durante el día se llenaba de abejas. El vecino más cercano estaba a diez manzanas.

Dolarhyde realizaba siempre una inspección de la casa cuando regresaba del trabajo; unos años antes hubo un frustrado intento de robo. Encendió las luces de cada habitación y echó un vistazo. Una visita no pensaría que vivía solo. La ropa de sus abuelos colgaba todavía en los roperos, los cepillos de su abuela con cabellos entre las cerdas estaban aún sobre la cómoda. Sus dientes descansaban en un vaso sobre la mesa de noche. Hacía tiempo que se había evaporado el agua. Habían transcurrido diez años desde la muerte de su abuela.

(El director de la funeraria le había preguntado: «¿No le importaría, señor Dolarhyde, traerme los dientes de su abuela?». Y él había contestado: «Cierre la tapa del ataúd».)

Contento de estar solo en la casa, Dolarhyde subió al primer piso, se dio una larga ducha y se lavó el pelo.

Se vistió con un quimono de un material sintético parecido a la seda y se acostó en la angosta cama en el cuarto que había ocupado desde su niñez. El secador de pelo de su abuela tenía una gorra de plástico y un tubo. Se puso la gorra y mientras se secaba el pelo hojeó una revista de modas. El odio y la bestialidad que reflejaban algunas fotografías eran notables.

Comenzó a sentirse excitado. Giró la pantalla metálica de la lámpara de lectura hasta iluminar una lámina que colgaba en la pared a los pies de la cama. Era *El Gran Dragón Rojo y la Mujer Revestida de Sol*, de William Blake.

El cuadro le había impresionado mucho la primera vez que lo vio. Nunca antes había visto algo que representara gráficamente sus pensamientos. Tenía la impresión de que Blake había espiado en su oreja y descubierto así el Dragón Rojo. Durante varias semanas, Dolarhyde tuvo miedo de que sus pensamientos refulgieran en sus orejas y fueran visibles en la oscuridad del cuarto de trabajo y velaran las películas. Se colocó tapones de algodón en las orejas. Pero, temiendo que el algodón fuera demasiado inflamable, probó con lana de acero. Como eso le producía heridas, finalmente cortó pequeños trozos de tela de amianto de una tabla de planchar y formó con ellos unas bolitas que podía introducirse en los oídos.

El Dragón Rojo era todo lo que había tenido durante mucho tiempo. Pero ya no lo era todo. Sintió el comienzo de una erección. Hubiera querido disfrutarla lentamente, pero no podía esperar más. Dolarhyde corrió las pesadas cortinas de la sala de la planta baja. Instaló el proyector y la pantalla. A pesar de las protestas de su abuela, su abuelo había llevado a la sala de estar un sillón de respaldo reclinable (ella había puesto un tapete de encaje en el lugar donde se apoyaba la cabeza). A Dolarhyde le gustaba el sillón, era muy cómodo. Con una toalla envolvió el brazo del sillón.

Apagó las luces. Así, recostado en ese cuarto oscuro, podía imaginarse que estaba en cualquier parte. La luz del techo estaba provista de una pantalla giratoria que producía manchas multicolores que danzaban por las paredes y el suelo y parecían rozarle la piel. Podría haber estado acostado en el asiento de una nave espacial, en una burbuja de cristal entre las estrellas. Cuando cerró los ojos sintió las manchas de luz que se movían sobre él y cómo al abrirlos se convertían en las luces de una ciudad situada por encima o por debajo de él. Ya no había arriba o abajo. La pantalla giraba más rápido a medida que se calentaba y las manchas se arremolinaban a su alrededor, pasando sobre los muebles en haces angulosos y cayendo como una lluvia de meteoros sobre las paredes. Podría ser un cometa atravesando la Nebulosa del Cangrejo.

Pero había una zona protegida de la luz. Había colocado junto a la máquina un pedazo de cartón que proyectaba una sombra sobre la pantalla.

Alguna vez, en el futuro, fumaría primero para intensificar el efecto, pero en esta ocasión no era necesario.

Pulsó el botón que ponía en funcionamiento el proyector. Un rectángulo blanco apareció en la pantalla, un rayado grisáceo al comenzar a pasar la película sobre la lente y enseguida el perrito gris alzó las orejas y corrió hacia la puerta de la cocina, temblando y agitando la pequeña cola. Un corte y el perro corría por la acera, avanzando y retrocediendo sin dejar de ladrar.

Ahora entraba en la cocina la señora Leeds llevando los paquetes de la compra. Reía y se tocaba el pelo. Los niños salían detrás de ella.

Un nuevo corte y una toma mal iluminada del dormitorio de Dolarhyde en el piso de arriba. Está desnudo frente al grabado de *El Gran Dragón Rojo y la Mujer Revestida de Sol*. Tiene puestas «gafas de combate», esas gafas de plástico que se atan alrededor de la cabeza y que usan los jugadores de hockey. Tiene una erección que alivia con la mano.

La imagen sale ligeramente de foco al acercarse Dolarhyde a la cámara con movimientos estilizados, estirando la mano para corregir el enfoque e invadiendo totalmente el plano con su cara. La película tiembla y súbitamente enfoca un primer plano de su boca, su desfigurado labio superior fruncido, la lengua asomando entre los dientes, un ojo en blanco todavía en la imagen. La boca cubre la pantalla, los labios retorcidos dejan ver sus dientes mellados y la oscuridad al introducir la lente en su boca.

Los inconvenientes de la parte que seguía eran evidentes.

Una secuencia movida y borrosa muy iluminada se convirtió en una cama y en el acuchillamiento de Charles Leeds; la incorporación de su esposa, cubriéndose los ojos con una mano, dándose la vuelta hacia su marido y poniendo las manos sobre él, rodando hacia un lado con las piernas enredadas en las sábanas, tratando de levantarse. La cámara enfocó de repente el techo, tembló, provocando unas rayas similares a las de un pentagrama, para luego estabilizarse y presentar una toma de la señora Leeds acostada nuevamente, con una mancha oscura que se agrandaba en el camisón y Leeds llevándose las manos al cuello y con los ojos desorbitados. La pantalla quedó a oscuras durante cinco segundos y luego se oyó el leve sonido de un empalme.

La cámara estaba ahora inmóvil, sobre un trípode. Todos habían muerto ya y estaban colocados en distintos lugares. Dos de los niños sentados y apoyados contra la pared que miraba hacia la cama, otro en el rincón frente a la cámara. El señor y la señora Leeds en la cama, cubiertos con las sábanas. El señor Leeds apoyado contra la cabecera, la soga que le sujetaba por el pecho semioculta por las sábanas y la cabeza inclinada hacia un costado.

Dolarhyde hizo su aparición en la película por la izquierda, con movimientos estilizados como los de un bailarín balinés. Salpicado de sangre y desnudo a excepción de las gafas y los guantes, haciendo muecas y saltando sobre los muertos. Se acercó al costado más alejado de la cama, donde estaba la señora Leeds, cogió la punta de la sábana, la levantó de un tirón y mantuvo la pose como si acabara de realizar un paso de danza.

Una fina capa de sudor cubría a Dolarhyde mientras miraba la película, sentado en la sala de estar de sus abuelos. Sacaba constantemente la gruesa lengua, humedeciendo la reluciente cicatriz de su labio superior, mientras gemía y se excitaba.

A pesar de haber alcanzado en ese momento la cúspide de su placer, no pudo evitar cierto disgusto al advertir que en la escena siguiente sus movimientos perdían toda gracia y elegancia, agitando la cabeza como un cerdo, ofreciendo distraídamente el trasero a la cámara. No había pausas sobrecogedoras, ningún sentido del ritmo, solamente un frenesí brutal.

De todas formas, era maravilloso. Ver la película le resultaba maravilloso. Pero no tanto como los actos en sí.

Dolarhyde pensó que la película tenía dos defectos principales: el primero, que no registraba la muerte del matrimonio Leeds, y el segundo, que su actuación al final no era muy buena. Era como si perdiera todos sus atributos. Seguro que el Dragón Rojo no lo haría así.

Bueno, debía filmar muchas películas más y esperaba que con la experiencia podría alcanzar cierto nivel estético, aun en los momentos más íntimos.

Tenía que vencer. Se trataba de la obra de su vida, de algo magnífico. Algo que pasaría a la posteridad.

Tendría que hacerlo pronto. Seleccionar a sus compañeros

de reparto. Ya había copiado varias grabaciones de excursiones familiares durante el 4 de julio. El final del verano siempre traía consigo un gran movimiento en la planta de revelado, al recibirse todas las películas filmadas durante las vacaciones. El día de Acción de Gracias proporcionaría otra buena tanda.

Recibía películas domésticas por correo cada día.

CAPÍTULO 10

El avión de Washington a Birmingham estaba medio vacío. Graham eligió un asiento junto a la ventanilla que tenía desocupado el de al lado.

Rechazó un bocadillo algo reseco que le ofreció la azafata y apoyó el legajo de los Jacobi sobre el soporte para la bandeja. Había anotado al principio las similitudes entre los Jacobi y los Leeds.

Ambas parejas estaban al final de la treintena, ambas tenían hijos, dos niños y una niña. Edward Jacobi tenía otro hijo de un matrimonio anterior que estaba en el colegio cuando fue asesinada su familia.

En ambos casos, los dos padres poseían títulos universitarios, y ambas familias vivían en casas de dos plantas en las afueras. Tanto la señora Jacobi como la señora Leeds eran mujeres bonitas. Las familias utilizaban idénticas tarjetas de crédito y estaban suscritas a las mismas revistas de gran difusión.

Ahí terminaban las similitudes. Charles Leeds era un abogado especializado en impuestos, mientras que Edward Jacobi era ingeniero y metalúrgico. La familia de Atlanta era presbiteriana; los Jacobi, católicos. Los Leeds residían desde hacía muchos años en Atlanta, en cambio los Jacobi habían vivido solamente tres meses en Birmingham, procedentes de Detroit.

La palabra «casualidad» resonaba insistentemente en los oídos de Graham como un grifo que gotea. «Casual elección de víctimas», «sin motivo aparente», terminología empleada por los periodistas y pronunciada con ira y frustración por los detectives de los departamentos de homicidios.

Pero «casualidad» no era el término correcto. Graham sabía que los que cometen asesinatos múltiples y en serie no eligen sus víctimas al azar.

El hombre que asesinó a los Jacobi y a los Leeds vio algo en ellos que le atrajo y le impulsó a matarles. Podía haberles conocido muy bien —así lo esperaba Graham— o quizás no los conocía en absoluto. Pero Graham estaba seguro de que el asesino los había visto en alguna ocasión antes de matarlos. Los eligió porque tenían algo que le atraía y las mujeres constituían el meollo del asunto. Pero ¿de qué se trataba?

Existían ciertas diferencias entre los dos crímenes.

Edward Jacobi fue asesinado de un disparo mientras bajaba la escalera empuñando una linterna, posiblemente le había despertado un ruido.

La señora Jacobi y sus hijos fueron asesinados de un tiro en la cabeza, la señora Leeds en el abdomen. En todos los casos el arma utilizada fue una pistola automática de nueve milímetros. En las heridas se encontraron restos de lana de acero de un silenciador de fabricación casera. Ninguna huella dactilar en los cartuchos encontrados.

El cuchillo había sido usado únicamente con Charles Leeds. El doctor Princi creía posible que se tratara de un arma con una hoja delgada, aguda y extremadamente afilada.

Los métodos para entrar en las casas diferían también; la puerta del jardín forzada en la casa de los Jacobi y el cortador de vidrio en la de los Leeds.

Las fotografías del crimen de Birmingham no mostraban tanta sangre como la que se encontró en casa de los Leeds, pero había manchas en las paredes del dormitorio a poco más de sesenta centímetros del suelo. Por lo tanto, el asesino también había tenido público en Birmingham. La policía de Birmingham revisó los cadáveres en busca de huellas digitales, incluyendo las uñas, pero no encontró nada. A un mes de su inhumación en Birmingham, ya no quedarían ni rastros de una huella como la que se encontró en el pequeño Leeds.

En ambos lugares se había encontrado el mismo pelo rubio, la misma saliva, el mismo semen.

Graham apoyó las dos fotografías de las sonrientes familias en el respaldo del asiento delantero y siguió mirándolas un buen rato, en medio de la calma del avión.

¿Qué podría haber atraído concretamente al asesino hacia ellos? Graham quería creer a toda costa que existía un factor común y que pronto lo descubriría.

De lo contrario tendría que entrar a otras casas y ver qué le había dejado el Duende Dientudo.

Graham consiguió unas direcciones en la oficina de Birmingham y se puso en contacto telefónico con la policía desde el aeropuerto. El aire acondicionado del coche que había alquilado le salpicaba las manos y los brazos de agua.

Su primera parada fue en la oficina de la inmobiliaria Geehan, en la avenida Dennison.

Geehan, alto y calvo, apresuró el paso sobre la peluda alfombra color turquesa para saludarle. Su sonrisa se desvaneció no bien Graham exhibió su credencial y le pidió la llave de la casa de los Jacobi.

—¿Irán hoy también policías uniformados? —preguntó con la mano en la cabeza.

—No lo sé.

—Espero que no. Tengo oportunidad de enseñarla dos veces esta tarde. Es una bonita casa. Cuando la gente la ve se olvida de lo que ocurrió. El jueves pasado vino una pareja desde Duluth, unos jubilados de buena posición, fanáticos del Cinturón del Sol. Estábamos ultimando detalles —hablando sobre hipotecas— cuando apareció un coche patrulla y entraron todos los agentes en la casa. La pareja les hizo algunas preguntas, y por cierto que no se quedaron cortos en sus respuestas. Esos simpáticos oficiales les hicieron repetir todo el recorrido, explicándoles dónde estaba cada uno de los cuerpos. Luego se despidieron amablemente: «Adiós, señor Geehan, disculpe las molestias». Traté de mostrarles todas las medidas de seguridad que habíamos dispuesto, pero ni me escucharon. Se marcharon por donde habían venido y no se detuvieron hasta instalarse en el automóvil.

—¿Algún soltero ha solicitado visitarla?

—A mí no. Hay una lista muy larga. Pero me parece que no. La policía no quería permitirnos pintar hasta, bueno, no sé, el hecho es que justamente el martes se acabó de pintar el interior. Dos manos de látex para interiores y en algunas partes incluso tres. Todavía estamos trabajando en el exterior. Va a quedar realmente bien.

—¿Cómo se las arreglarán para venderla antes de tener autorización del juez?

—No puedo cerrar el trato hasta entonces, pero eso no significa que no pueda tenerlo todo preparado. La gente podría ocuparla con un acuerdo formalizado por escrito. Tengo que hacer algo. Un socio mío tiene el papel preparado y ese interés nos mantiene despiertos noche y día.

—¿Quién es el albacea del señor Jacobi?

—Metcalf, Byron Metcalf, de Metcalf y Barnes. ¿Cuánto tiempo calcula que se quedará allí?

—No lo sé. Hasta que termine.

—Deje la llave en el buzón. No es necesario que vuelva hasta aquí.

Graham experimentaba la vaga sensación de seguir un rastro frío mientras conducía rumbo a la casa de los Jacobi. Estaba justo en el límite de la ciudad, en una zona de reciente construcción. Detuvo una vez el coche para estudiar el mapa antes de encontrar la salida a un camino secundario asfaltado.

Había transcurrido más de un mes desde que fueron asesinados. ¿Qué había estado haciendo él mientras tanto? Había instalado un par de motores diesel en un casco Rybovich de veinte metros, haciéndole señas a Ariaga en la grúa para que bajara un centímetro más. Molly aparecía al final de la tarde y los tres se sentaban bajo el toldo en la cabina de la embarcación a medio terminar y comían los enormes camarones que traía Molly y bebían cerveza helada marca Dos Equis. Ariaga explicaba cuál era la mejor forma de limpiar langostinos y dibujaba la aleta de la cola sobre el aserrín de la cubierta mientras los rayos del sol se quebraban sobre las olas y jugueteaban sobre las plumas de las inquietas gaviotas.

El agua del aire acondicionado salpicaba la pechera de la camisa de Graham, que en ese momento se encontraba en Birmingham, donde no había camarones ni gaviotas. Mientras conducía veía a su derecha praderas y terrenos arbolados, cabras y caballos, y a su izquierda estaba Stonebridge, una antigua zona residencial, con unas pocas y elegantes mansiones y unas cuantas casas de gente adinerada.

Vio el cartel de la inmobiliaria casi cien metros antes de llegar. La casa de los Jacobi era la única a la derecha de la carretera. La savia de los nogales había hecho pegajosa la grava del camino, que golpeaba contra los guardabarros del automóvil. Un carpintero subido a una escalera estaba instalando rejas en las ventanas. El hombre saludó a Graham con la mano cuando entró en la casa.

Un gran roble daba sombra al patio de losas del costado de la casa. Por la noche impediría también que pasara la luz del farol del jardín de al lado. Por esa puerta corrediza de vidrio era por donde había entrado el Duende Dientudo. Las puertas habían sido reemplazadas por otras nuevas, cuyos marcos de aluminio conservaban todavía un brillo impecable y la etiqueta con la marca de fábrica. Una reja nueva de hierro fundido protegía las puertas corredizas. La puerta del sótano también era nueva, de acero y con cerrojos. Sobre las losas había cajones con las piezas de un jacuzzi.

Graham entró en la casa. Suelos desnudos y olor a cerrado. Sus pasos resonaron en la casa vacía.

Los espejos nuevos de los baños no habían reflejado jamás

las caras de los Jacobi ni la de su asesino. Todos conservaban aún la marca de una etiqueta que había sido despegada. Una lona utilizada por los pintores estaba doblada en un rincón del dormitorio principal. Graham se sentó sobre ella el tiempo necesario para que la luz del sol pasara de uno a otro larguero del piso de madera.

No había nada. Ya no quedaba nada allí.

¿Vivirían todavía los Leeds si hubiera llegado allí inmediatamente después de la masacre de los Jacobi? Eso era lo que Graham se preguntaba. Reflexionó sobre el peso de esa responsabilidad.

Pero no disminuyó al salir de la casa y contemplar el cielo azul.

Graham se paró a la sombra de un nogal, con los hombros encogidos y las manos en los bolsillos, y dirigió su mirada a lo largo del camino que desembocaba frente a la casa de los Jacobi.

¿Cómo había llegado allí el Duende Dientudo? Debió llegar en coche. ¿Dónde lo aparcó? El camino de grava era demasiado ruidoso para una visita nocturna, pensó Graham. La policía de Birmingham no estaba de acuerdo.

Avanzó por el sendero hasta la carretera. El camino asfaltado tenía zanjas a ambos lados, hasta donde su vista le permitía ver. Era posible detenerse cruzando la zanja y ocultar el vehículo entre las plantas de la propiedad de los Jacobi, siempre y cuando el terreno fuera firme y seco.

Frente a la casa de los Jacobi y al otro lado del camino estaba la única entrada a Stonebridge. El cartel decía que Stonebridge tenía un servicio particular de vigilancia. Un vehículo extraño no pasaría inadvertido. Y tampoco un hombre caminando entrada la noche. Eliminado el estacionamiento en Stonebridge.

Graham volvió a la casa y se sorprendió al comprobar que el teléfono funcionaba. Llamó a la oficina meteorológica y se enteró de que el día anterior al asesinato de los Jacobi había llovido. Por lo tanto, las zanjas estaban llenas de agua. El Duende

Dientudo no había ocultado el automóvil en la carretera asfaltada.

Un caballo que se encontraba al otro lado del jardín avanzó a la par que Graham. Éste caminaba junto a la valla pintada de blanco en dirección al fondo del jardín. Dio al caballo un caramelo de naranja y se separó de él en una esquina, al dar la vuelta junto a la valla del fondo, detrás de las construcciones anexas.

Se detuvo al ver el suelo ligeramente hundido en el lugar donde los niños habían enterrado el gato. Al pensar en eso, junto con Springfield en la comisaría de Atlanta, había imaginado que las construcciones serían blancas. En realidad eran de color verde oscuro.

Los niños habían envuelto al gato en un trapo de cocina y le habían enterrado dentro de una caja, con una flor entre las patas.

Graham apoyó el antebrazo en la valla y reclinó la cabeza.

El entierro del animal favorito de uno, rito solemne de la niñez. Los padres que regresan a casa y sienten vergüenza de rezar. Los niños mirándose unos a otros descubriendo nuevas fuerzas en los momentos en que más se hace sentir el dolor. Uno inclina la cabeza y enseguida los otros le imitan, la pala más alta que cualquiera de ellos. Luego una discusión sobre si el gato está o no en el cielo con Dios y Jesús y un largo silencio sin que se oiga gritar a nadie.

Mientras permanecía allí sintiendo el calor del sol en la espalda, Graham tuvo la certeza de que el Duende Dientudo no se había contentado con matar al gato, sino que había esperado a que los niños lo enterrasen. No podía perderse aquel episodio.

No hizo dos viajes hasta allí, uno para matar al gato y otro para asesinar a los Jacobi. Mató al gato y esperó a que los niños lo encontraran.

No había forma alguna de determinar exactamente dónde habían encontrado los niños al animalito. La policía no había localizado a nadie que hubiera hablado con los Jacobi después de mediodía, aproximadamente diez horas antes de que murieran.

¿Cómo había llegado allí el Duende Dientudo y dónde había esperado?

Más allá de la valla de atrás, un terreno cubierto por arbustos casi tan altos como una persona se extendía unos treinta metros hasta llegar a los árboles. Graham sacó del bolsillo trasero el mapa arrugado y lo desplegó sobre la valla. En él se veía una ininterrumpida arboleda que se extendía cuatrocientos metros desde el fondo de la propiedad de los Jacobi y que continuaba en ambas direcciones. Más allá de la arboleda, limitándola hacia el sur, pasaba un camino vecinal, paralelo a la carretera que daba a la propiedad de los Jacobi. Graham salió nuevamente en su automóvil a la carretera, calculando la distancia con su cuentakilómetros. Tomó dirección sur y se dirigió hacia el camino vecinal que figuraba en el mapa. Condujo lentamente, controlando otra vez la distancia hasta que el cuentakilómetros le indicó que estaba justo detrás de la casa de los Jacobi, al otro lado de la arboleda.

El pavimento se acababa al llegar a un barrio de viviendas modestas, proyecto tan reciente que no figuraba en el mapa. Detuvo el coche en el área destinada a estacionamiento. La mayoría de los automóviles eran viejos, con los muelles saliéndose del tapizado. Dos de ellos estaban apoyados sobre cajones.

Unos niños negros jugaban al baloncesto sobre el suelo de tierra junto a un único aro sin red. Graham se sentó sobre el parachoques del coche para mirar el partido durante un rato.

Tenía ganas de quitarse la chaqueta, pero sabía que el 44 Special y la cámara plana en su cinturón llamarían la atención.

Un equipo estaba integrado por ocho jugadores con camiseta. Los de torso desnudo eran once, y jugaban todos a la vez. El arbitraje era por aclamación.

Un pequeño de torso desnudo se marchó airadamente a su casa al fallar una devolución. Regresó con fuerzas renovadas comiéndose una galletita y se integró nuevamente en el grupo.

Los gritos y el ruido de la pelota mejoraron el humor de Graham.

Un tanto, una pelota al cesto. Pensó en cuántas cosas tenían los Leeds. Y los Jacobi también, según dijo la policía de Birmingham, después de haber descartado el robo como móvil. Botes y útiles deportivos, equipos de acampada, máquinas fotográficas, escopetas y cañas de pescar. Era otra cosa que ambas familias tenían en común.

Y al pensar en los Leeds y los Jacobi con vida, no pudo evitar recordar cómo habían quedado después y le fue imposible seguir mirando el partido de baloncesto. Aspiró hondo y se dirigió al monte oscuro que se alzaba al otro lado del camino.

La maleza, muy tupida al principio del pinar, se hizo más rala al internarse Graham en el sombrío follaje, y su marcha resultó más fácil y agradable sobre el mullido colchón formado por las agujas de los pinos. El aire era cálido y calmo. Los pájaros de los árboles anunciaban su llegada.

El terreno bajaba suavemente hasta el cauce seco de un arroyo sobre el que se alzaban algunos cipreses, y en la tierra rojiza podían verse pisadas de mapaches y ratones de campo. Unas huellas de pies humanos, probablemente algunas de ellas dejadas por niños, salpicaban el lecho del arroyo. Todas eran hondas y redondeadas y había caído mucha lluvia sobre ellas.

El terreno ascendía al otro lado del arroyo, transformándose en una arcilla arenosa sobre la que crecían helechos bajo los pinos. Graham subió la colina en medio de esa cálida atmósfera hasta ver luz debajo de los árboles en el límite del bosque.

Entre las ramas pudo divisar el piso superior de la casa de los Jacobi.

Otra vez apareció la tupida maleza que le llegaba casi hasta la cabeza, y que se extendía desde el linde del bosque hasta la valla de atrás de los Jacobi. Graham se abrió camino entre las plantas y se detuvo junto a la valla que daba al jardín.

El Duende Dientudo podría haber aparcado el automóvil en el barrio en construcción y haber atravesado el bosque hasta llegar al matorral de detrás de la casa. Podría haber atraído al gato y estrangularle, sujetando el cuerpo inerme con una mano mientras se arrastraba de rodillas y se agarraba a la valla con la otra. A Graham le pareció ver el gato en el aire, sin darse la vuelta para caer sobre las patas, y creyó oír el ruido sordo al chocar el lomo contra el suelo.

El Duende Dientudo debía de haber hecho todo eso durante el día, ya que los niños no habrían encontrado ni enterrado al gato de noche.

Y debía esperar para verles cuando lo encontraran. ¿Esperó todo el día en medio del calor del matorral? Parado junto a la valla hubiera sido visible entre los maderos. Para poder tener una perspectiva del jardín desde el fondo del matorral, tendría que estar mirando las ventanas de la casa con el sol de frente. Evidentemente, tuvo que retroceder hasta los árboles. Y eso mismo hizo Graham.

La policía de Birmingham no era tonta. Graham pudo ver por dónde habían rastreado la maleza, revisando el terreno como solían hacer. Pero eso fue antes de que se encontrara el gato. Buscaban pistas, objetos caídos, huellas, no una situación o una posición ventajosa desde la cual el asesino pudiese divisar la casa.

Se internó unos cuantos metros en la arboleda que se alzaba detrás de la casa de los Jacobi y caminó hacia adelante y hacia atrás entre las manchas de sombra. Primero se dedicó al terreno más elevado, que ofrecía una visión parcial del jardín, y luego recorrió la parte baja junto a la primera hilera de árboles.

Al cabo de una hora de búsqueda un destello de luz que procedía del suelo le llamó la atención. Lo perdió y lo encontró nuevamente. Era la argolla de latón de una lata de gaseosa semienterrada entre las hojas bajo un olmo, uno de los pocos olmos que crecían entre los pinos.

Lo vio a dos metros y medio de distancia y durante cinco minutos no se acercó, dedicándose a estudiar el terreno que rodeaba al árbol. Se puso en cuclillas y apartó las hojas caídas ante él mientras se acercaba al árbol, avanzando como si fuera un pato por la senda que iba abriendo, para evitar tocar cualquier huella. Trabajó lentamente y consiguió despejar las hojas alrededor del tronco. Ninguna pisada había hollado la capa de hojas del año anterior.

Cerca del pedazo de aluminio encontró el corazón seco de una manzana devorada por las hormigas. Los pájaros habían dado buena cuenta de las semillas. Estudió el lugar durante otros diez minutos. Finalmente se sentó en el suelo, estiró sus piernas doloridas y se recostó contra el olmo.

Una nube de mosquitos revoloteaba iluminada por un rayo de sol. Una oruga se paseaba por el envés de una hoja.

Un resto de arcilla rojiza proveniente de la suela de un zapato podía verse en una rama sobre su cabeza.

Graham colgó su chaqueta de una rama en forma de horquilla y comenzó a trepar cuidadosamente por el lado opuesto del árbol, examinando las ramas que estaban sobre la que tenía el resto de barro. Cuando llegó a los nueve metros de altura miró hacia el otro lado del tronco y divisó la casa de los Jacobi a ciento cincuenta metros de distancia. Parecía muy distinta desde ese ángulo, predominando el color del techo. Podía ver perfectamente el jardín posterior y el terreno de atrás de las construcciones anexas. Unos prismáticos captarían fácilmente la expresión de un rostro a aquella distancia.

Graham podía oír el tráfico a lo lejos, y un poco más distante el ladrido de un perro. Una cigarra inició su adormecedor canto ahogando los otros sonidos.

Una gruesa rama justo encima de él se unía al tronco formando un ángulo recto con la casa de los Jacobi. Subió un poco más para poder ver y se apoyó en el tronco para observar mejor.

Junto a su mejilla y colocada entre el tronco y la rama había una lata de una bebida gaseosa.

–Qué bien –susurró Graham a la corteza del olmo–. Dios mío, qué bien. Ven aquí, latita.

Pero podría haber sido uno de los niños quien la había dejado allí.

Trepó un poco más por el mismo lado del árbol, lo que resultó bastante arriesgado al llegar a las ramas más pequeñas, y dio la vuelta para poder mirar la rama más gruesa de abajo.

Un pedazo de corteza de la parte de arriba de la rama había sido arrancada, dejando a la vista una zona verdosa de la médula interna, del tamaño de una baraja. Centrado en el rectángulo verde, grabado en la madera blanca, Graham vio esto:

Había sido dibujado cuidadosa y limpiamente con un cuchillo muy puntiagudo. No era la obra de un niño.

Graham fotografió la marca, alternando cuidadosamente el enfoque.

La vista desde la rama gruesa era buena y había sido mejorada: el resto de una ramita colgaba de otra situada más arriba. Había sido cortada para facilitar la visión. Las fibras estaban aplastadas y el extremo un poco achatado por el corte.

Graham buscó el pedazo que había sido cortado. Si hubiera estado en el suelo lo habría visto antes. Allí, enredadas entre el follaje verde de las ramas bajas, había unas hojas marrones.

El laboratorio iba a estudiar con detenimiento ambos lados del corte para poder medir el ángulo del filo de la hoja utilizada. Eso significaba volver allí con una sierra. Tomó varias fotografías del muñón, mientras murmuraba para sus adentros: «Creo, amigo mío, que después de haber estrangulado al gato y haberlo arrojado al jardín, trepaste hasta aquí para esperar. Pienso que observaste a los niños y pasaste el rato soñando y tallando la rama. Cuando se hizo de noche les viste pasar por delante de las ventanas iluminadas y observaste cómo bajaban las persianas y se apagaban las luces una tras otra. Y al cabo de un rato descendiste del árbol y te dirigiste hacia allí. Fue así, ¿verdad? No debió resultarte difícil bajar directamente desde la rama grande con una linterna e iluminado por la brillante luz de la luna que acababa de salir».

Pero a Graham el descenso le resultó bastante complicado. Introdujo una varita en la abertura de la lata, la retiró cuidadosamente de la horquilla de la rama y bajó, sujetando la ramita entre los dientes cuando necesitaba utilizar las dos manos.

Cuando volvió al barrio en construcción, Graham descubrió que alguien había escrito en el costado cubierto de polvo de su automóvil: «Levon es un pajarón». La altura de la inscripción indicaba que incluso los residentes más jóvenes poseían un buen nivel de instrucción.

Se preguntó si habrían escrito también en el automóvil del Duende Dientudo.

Graham permaneció sentado durante unos minutos contemplando las hileras de ventanas. Aparentemente había unas cien que podían verse desde allí. Era posible que tal vez alguien recordara haber visto por la noche en el aparcamiento a un forastero blanco. Valía la pena intentarlo por más que ya hubiera transcurrido un mes. Para interrogar a cada residente, sin perder tiempo, tendría que contar con la ayuda de la policía de Birmingham.

Luchó contra la tentación de enviar la lata de gaseosa directamente a Washington, a Jimmy Price. Tenía que pedir a la policía de Birmingham que le cediera algunos agentes. Sería mejor entregarles lo que tenía. Cubrir la lata de talco era un trabajo simple. Buscar huellas producidas por una transpiración ácida era algo diferente. Price podría hacerlo aun después de la prueba con el polvo de la policía de Birmingham, siempre y cuando no se tocara la lata con los dedos desnudos. Era mejor entregársela a la policía. Sabía que la sección de documentación del FBI se arrojaría con uñas y dientes sobre la marca grabada. Fotografías para todo el mundo; nada se perdía con eso.

Llamó a la sección de homicidios de Birmingham desde la casa de los Jacobi. Los agentes llegaron justo cuando Geehan, el agente de la inmobiliaria, hacía entrar a unos posibles compradores.

CAPÍTULO 11

Eileen estaba leyendo un artículo del *National Tattler* titulado «¡Mugre en el pan!» cuando Dolarhyde entró en la cafetería. Había comido solamente el relleno de su bocadillo de atún.

Escondidos tras las gafas rojas, los ojos de Dolarhyde barrieron la primera página del *Tattler*. Además de «¡Mugre en el pan!» había otros titulares que rezaban: «Elvis en un secreto nido de amor: fotografías exclusivas», «Sorprendente descubrimiento para enfermos de cáncer», y el titular en grandes letras «Hannibal el Caníbal ayuda a la Ley. La policía consulta al maníaco sobre los asesinatos del Duende Dientudo.»

Permaneció junto a la ventana, revolviendo distraídamente el café hasta que oyó levantarse a Eileen. Ella vació el contenido de su bandeja en el cubo de la basura e iba a arrojar también el *Tattler* cuando Dolarhyde le tocó en el hombro.

—¿Puedo coger ese diario, Eileen?

—Por supuesto, señor D. Lo compro solamente por el horóscopo.

Dolarhyde lo leyó en su oficina con la puerta cerrada.

Freddy Lounds firmaba dos artículos en la página central. La historia principal era una sobrecogedora reconstrucción de los asesinatos de los Jacobi y los Leeds. Como la policía no había divulgado la mayoría de los detalles, Lounds los desenterró de su frondosa imaginación.

A Dolarhyde le parecieron banales.

La otra columna era más interesante:

por
Freddy Lounds

CHESAPEAKE, MD. Agentes Federales paralizados en la búsqueda del Duende Dientudo, asesino psicópata de familias enteras en Birmingham y Atlanta, recurrieron en busca de ayuda al más salvaje criminal en cautiverio.

El doctor Hannibal Lecter, cuyos innombrables crímenes fueron publicados hace tres años en estas páginas, fue consultado durante esta semana en la celda que ocupa en el hospital de máxima seguridad, por el reputado investigador William (Will) Graham.

Graham fue acuchillado por el doctor Lecter, quedando casi mortalmente herido, cuando desenmascaró al asesino múltiple.

Fue sacado de su temprano retiro para capitanear la cacería del Duende Dientudo.

¿Qué ocurrió durante el encuentro de estos dos enemigos mortales? ¿Qué fue a buscar Graham?

«Para atrapar a un criminal como éste hace falta alguien que se le parezca» fue el comentario que le hizo un importante agente federal a este reportero. Se refería a Lecter, conocido como Hannibal el Caníbal, que es al mismo tiempo psiquiatra y un asesino múltiple.

¿O ESTARÍA REFIRIÉNDOSE A GRAHAM?

El *Tattler* se enteró de que Graham, antiguo instructor forense en la Academia del FBI, estuvo en una ocasión recluido en una clínica mental durante cuatro semanas...

Los oficiales federales se negaron a decir por qué habían destinado a un hombre con un historial de inestabilidad mental al frente de una desesperada cacería humana.

No fue revelada la índole del problema mental de Graham, pero un antiguo ayudante psiquiátrico lo calificó de «depresión profunda».

Garmon Evans, un ex asistente médico del Hospital Naval de Bethesda, dijo que Graham fue alojado en el pabellón de psiquiatría poco después de haber matado a Garrett Jacob Hobbs, el Gavilán de Minnesota. Graham dio muerte de un disparo a Hobbs en 1975, cerrando el octavo mes de reinado de terror de Hobbs en Minneapolis.

Evans dijo que Graham se mostraba retraído y se negó a comer o hablar durante las primeras semanas de su internamiento.

Graham no fue nunca agente del FBI. Observadores veteranos atribuyen esto a estrictos procedimientos de la Oficina Federal destinados a detectar inestabilidad.

Fuentes federales revelaron solamente que Graham trabajó originariamente en el laboratorio del FBI y fue asignado a la enseñanza en la Academia del FBI en virtud de su destacada tarea tanto en el laboratorio como en el campo de acción, donde prestó servicios como «agente especial».

El *Tattler* se enteró de que antes de trabajar para los federales, Graham integraba la división de homicidios del Departamento de Policía de Nueva Orleans, cargo que abandonó para asistir a la escuela de práctica forense de la Universidad George Washington.

Un oficial de Nueva Orleans que trabajó junto a Graham manifestó: «Bueno, pueden decir que se ha jubilado, si quieren, pero a los federales les gusta saber que anda por ahí. Es como tener una víbora real debajo de la casa. No se verá mucho, pero es bueno saber que está allí para comerse a las víboras venenosas».

El doctor Lecter está internado para el resto de su vida. Si alguna vez llega a ser declarado cuerdo, tendrá que presentarse ante un tribunal por nueve cargos de crímenes de primer grado.

Su abogado cuenta que el asesino múltiple pasa el tiempo escribiendo interesantes artículos para revistas científicas y mantiene un fructífero diálogo por correspondencia con algunos de los más renombrados especialistas en psiquiatría.

Dolarhyde interrumpió la lectura y miró las fotografías. Había dos encima del artículo. En una podía verse a Lecter apoyado contra el costado de un coche patrulla. La otra era una foto de Will Graham tomada por Freddy Lounds en la entrada del Hospital Estatal de Chesapeake. Una pequeña foto de Lounds flanqueaba ambas columnas.

Dolarhyde miró durante un buen rato las fotografías. Pasó la punta del dedo lentamente sobre ellas, hacia adelante y hacia atrás; su tacto era sumamente sensible a las asperezas de la impresión. La tinta le manchó la yema del dedo. Mojó el manchón con la lengua y lo limpió con un pañuelo de papel. Luego recortó el artículo del diario y se lo guardó en el bolsillo.

De regreso a su casa, Dolarhyde compró papel higiénico –del que se utiliza en barcos y acampadas por su rápida desintegración– y un inhalador nasal.

Se sentía bien a pesar de la fiebre del heno; como muchas personas que han sufrido una importante operación rinoplástica, Dolarhyde no tenía pelos en la nariz y la fiebre del heno le torturaba. Sufría además frecuentes infecciones de las vías respiratorias altas.

Cuando un camión averiado le hizo detenerse durante diez minutos en el puente del río Missouri hacia St. Charles, esperó pacientemente. Su furgoneta negra estaba alfombrada, fresca y tranquila. *The Watermusic* de Haendel resonaba en el estéreo.

Seguía con los dedos el compás de la música sobre el volante del automóvil y se frotaba la nariz.

Un convertible con dos mujeres estaba parado junto a él. Ambas vestían pantalones cortos y blusas anudadas por encima de la cintura. Parecían cansadas y aburridas y entornaban los ojos a causa del sol. La que ocupaba el asiento contiguo al del conductor tenía apoyada la cabeza en el respaldo y los pies en el tablero. Esa postura hacía que se formaran dos pliegues en su estómago desnudo. Dolarhyde pudo ver una marca de succión en el costado interno del muslo. La mujer le sorprendió mirando, se enderezó y cruzó las piernas. Él advirtió una expresión de disgusto en su cara.

Le dijo algo a la que conducía. Ambas mantuvieron la vista fija hacia adelante. Comprendió que hablaban de él. Se puso muy contento al comprobar que no se había molestado. Pocas cosas le hacían enojarse ya. Sabía que estaba alcanzando una decorosa dignidad.

La música era muy agradable.

El tráfico delante de Dolarhyde comenzó a moverse. El carril contiguo al suyo seguía parado. Ansiaba llegar a casa. Golpeaba el volante al compás de la música y bajó el cristal de la ventana con la otra mano.

Gargajeó y escupió una flema verdosa sobre la falda de la mujer, que fue a caer justo al lado del ombligo. Sus insultos resonaron por encima de la música de Haendel al alejarse.

El libro más voluminoso de Dolarhyde tenía por lo menos cien años. Encuadernado en cuero negro con punteras de bronce, era tan pesado que estaba apoyado sobre una sólida mesa de máquina de escribir, guardada bajo llave en el armario al final de la escalera. Dolarhyde comprendió que iba a ser suyo desde el instante en que lo vio en St. Louis, en la liquidación de una vieja imprenta en bancarrota.

Ahora, recién salido de la ducha y luciendo su quimono, abrió el armario y arrastró la mesa con el libro. Cuando todo estuvo centrado bajo la lámina del Gran Dragón Rojo, se instaló en una silla y lo abrió. Un olor a papel viejo subía hasta su rostro.

En la primera página figuraban las palabras del libro de la Revelación que habían supuesto una iluminación para él: «... y he aquí un gran dragón rojo...».

Lo primero que se encontraba al abrir el libro era lo único que no estaba pulcramente montado. Suelta entre las páginas había una fotografía amarillenta de Dolarhyde en su tierna infancia, sentado en compañía de su abuela en la escalinata de la gran casona. Estaba agarrado a la falda de su abuela. Ella tenía los brazos cruzados y la espalda muy derecha.

Dolarhyde pasó la página. Hizo caso omiso de la foto, como si hubiera ido a parar allí por error.

Había gran cantidad de recortes en el libro, los más antiguos sobre desapariciones de mujeres mayores en St. Louis y Toledo. Las páginas entre los recortes estaban llenas de la escritura de Dolarhyde, tinta negra con una fina caligrafía muy similar a la de William Blake.

Sujetos a los márgenes, trozos desgarrados de cuero cabelludo arrastraban sus colas de pelo como cometas, sujetos al libro de Dios.

Allí había también recortes de los Jacobi de Birmingham, junto con estuches de películas y diapositivas guardadas en sobres pegados a las páginas.

Lo mismo ocurría con las crónicas de los Leeds, y las películas correspondientes.

El apodo «Duende Dientudo» no había llegado hasta Atlanta. El nombre estaba tachado en todas las referencias al caso Leeds.

En ese momento, Dolarhyde hizo lo mismo con el recorte del *Tattler,* suprimiendo la expresión «Duende Dientudo» con grandes tachaduras de rotulador rojo.

Dio vuelta a la página y colocó el recorte en otra nueva y limpia. ¿Debería agregar la fotografía de Graham? Las palabras «incapacitados legales» grabadas en la pared encima de Graham ofendieron a Dolarhyde. Detestaba la mera visión de un lugar de confinamiento. El rostro de Graham permanecía impenetrable para él. Lo puso a un lado momentáneamente.

Pero Lecter… Lecter. Ésa no era una buena fotografía del doctor. Dolarhyde tenía una mejor, que buscó en una caja que guardaba en el armario. Fue publicada cuando encerraron a Lecter y en ella podían apreciarse sus magníficos ojos. No obstante, no era satisfactoria. Dolarhyde imaginaba la semblanza de Lecter como un oscuro retrato de un príncipe del Renacimiento. Porque Lecter, único entre todos los hombres, podía tener la sensibilidad y la experiencia necesarias para comprender la gloria y majestad de la transformación de Dolarhyde.

Dolarhyde sintió que Lecter sabía lo irreales que eran las personas que morían para ayudarle a uno en estas cosas, que comprendía que no eran carne sino aire y color y rápidos sonidos que velozmente se silenciaban cuando uno les transformaba, como globos de color que estallaban, más importantes por la transformación, más importantes que las vidas por las que se arrastraban, suplicando.

Dolarhyde soportaba los gritos de sus víctimas como un escultor el polvo de la piedra que trabaja.

Lecter era capaz de comprender que la sangre y el aliento eran únicamente elementos que experimentaban una transformación para alimentar su resplandor, del mismo modo que la combustión es la fuente de la luz.

Le gustaría conocer a Lecter, hablar con él, disfrutar juntos de sus comunes visiones, ser reconocido por él como Juan Bautista reconoció al que vino después de él, sentarse sobre él como el Dragón se sentaba sobre 666 en la serie de las Revelaciones de Blake y filmar su muerte, mientras, al morir, se fundía con la fuerza del Dragón.

Dolarhyde se puso un par de guantes de goma nuevos y se dirigió hacia el escritorio. Desenrolló y desechó la primera parte del rollo de papel higiénico que había comprado. Luego contó siete hojas y cortó una tira.

Escribiendo cuidadosamente con la mano izquierda, redactó una carta dirigida a Lecter.

El habla no es un dato fidedigno para apreciar cómo escribe una persona. El modo de hablar de Dolarhyde estaba truncado y distorsionado por incapacidades reales e imaginarias, y la diferencia entre su conversación y su escritura era sorprendente. No obstante, descubrió que no podía transmitir sus sentimientos más profundos.

Quería comunicarse con Lecter. Necesitaba una respuesta personal antes de poder contarle las cosas importantes.

¿Cómo hacerlo? Revolvió en su caja buscando los recortes sobre Lecter y los leyó todos otra vez.

Finalmente se le ocurrió una forma bastante simple y se sentó nuevamente a escribir.

La carta le pareció muy modesta cuando la releyó. La había firmado «Admirador Ansioso».

Dudó sobre la firma durante unos minutos.

«Admirador Ansioso.» Realmente lo era. Alzó el mentón orgullosamente durante una fracción de segundo.

Introdujo el pulgar enguantado en la boca, se quitó la prótesis y la depositó sobre el secante.

El paladar era poco común. Los dientes eran normales, rectos y blancos, pero el acrílico rosado tenía un moldeado retorcido para encajar en los pliegues y fisuras de sus encías. En la parte superior, una prótesis de plástico blando, con un obturador encima, le ayudaba a cerrar su endeble paladar al hablar.

Sacó una pequeña caja del escritorio. Contenía otra dentadura. El paladar era igual, pero no tenía la prótesis con el obturador. Entre los dientes torcidos se veían manchas oscuras que despedían un olor desagradable.

Eran idénticos a los dientes de su abuela, que estaban en un vaso en el piso de abajo.

Las ventanas de la nariz de Dolarhyde se dilataron al percibir el olor. Abrió la boca, se colocó los dientes y luego los humedeció con la lengua.

Dobló la carta a la altura de la firma y mordió con fuerza. Cuando la despegó nuevamente, la firma estaba encerrada en la marca ovalada de una mordedura; era su sello de escribano, su imprimátur salpicado de sangre vieja.

CAPÍTULO 12

A las cinco de la tarde, el abogado Byron Metcalf se quitó la corbata, se preparó un trago y apoyó los pies sobre el escritorio.

—¿Seguro que no quiere uno?

—En otro momento —contestó Graham sacándose las espinas de las malas hierbas que se le habían clavado en los puños y disfrutando del aire acondicionado.

—No conocía mucho a los Jacobi —dijo Metcalf—. Hace solamente tres meses que llegaron aquí. Dos o tres veces fuimos con mi esposa a tomar una copa a su casa. Ed Jacobi vino a verme para hacer un testamento nuevo poco tiempo después de trasladarse aquí y así fue como lo conocí.

—Pero usted es su albacea.

—Sí. Su mujer figuraba la primera en la lista y yo la seguía en caso de que ella hubiera muerto o quedara incapacitada. Tiene un hermano en Filadelfia, pero me parece que no estaban muy unidos.

—Usted fue adjunto al fiscal del distrito.

—Así es, desde 1968 hasta el 1972. En 1972 me presenté como fiscal. Estuve cerca, pero perdí. Ahora no estoy en absoluto arrepentido.

—¿Qué impresión tiene de lo que ocurrió aquí, señor Metcalf?

—Lo primero que pasó por mi cabeza fue pensar en Joseph Yablonski, el líder sindical.

Graham asintió.

119

—Un crímen con un móvil, en este caso el poder, disfrazado como la obra de un maníaco. Junto con Jerry Estridge, de la oficina del fiscal, revisamos los papeles de Ed Jacobi con gran minuciosidad.

»Nada. No había nadie a quien la muerte de Ed Jacobi pudiera reportarle un beneficio monetario. Ganaba un buen sueldo y tenía algunas patentes que le daban una renta, pero gastaba casi todo lo que ganaba. Todos sus bienes pasarían a la esposa, y a los hijos y a sus descendientes. Les dejaba un pequeño terreno en California. Había dispuesto también una pequeña renta para el hijo superviviente. Lo suficiente como para pagarle los próximos tres años de universidad, aunque creo que para entonces no habrá pasado de segundo año.

—Niles Jacobi.

—Así es. El muchacho era un verdadero quebradero de cabeza para Ed. Vivía en California con su madre. Estuvo preso por robo. Tengo la impresión de que su madre es un desastre. Ed fue allí el año pasado para ver cómo le iba. Le trajo con él a Birmingham y le hizo ingresar en el Bardwell Community College. Trató de que viviera con ellos, pero se llevaba mal con los otros chicos y les hacía la vida imposible a todos. La señora Jacobi le aguantó durante un tiempo, pero finalmente le trasladaron a uno de los dormitorios del colegio.

—¿Dónde estaba?

—¿La noche del 28 de junio? —Metcalf tenía los párpados bajos cuando miró a Graham—. La policía se hizo la misma pregunta y yo también. Fue al cine y regresó al colegio. Se ha verificado. Además, su sangre es del tipo 0. Señor Graham, tengo que ir a buscar a mi esposa dentro de media hora. Podemos seguir hablando mañana si le parece. Dígame en qué puedo ayudarle.

—Me gustaría ver los efectos personales de los Jacobi. Diarios, fotografías, lo que sea.

—No queda mucho, perdieron casi todo en un incendio en Detroit, antes de trasladarse aquí. Nada sospechoso; Ed estaba soldando algo en el sótano y las chispas saltaron hasta unas latas de pintura que tenía almacenadas y en dos minutos se incendió toda la casa.

»Hay alguna correspondencia personal. La tengo guardada en las cajas de seguridad con los otros objetos de valor. No recuerdo haber visto diarios. Todo lo demás está depositado. Quizá Niles tiene algunas fotografías, pero lo dudo. Le propongo lo siguiente: tengo que estar en el tribunal a las nueve y media de la mañana, pero puedo dejarle en el banco para que revise lo que le interesa y pasar a recogerle después.

—Perfecto —respondió Graham—. Otra cosa más. Me harán falta copias de todo lo relacionado con la testamentaría, reclamación del patrimonio, cualquier impugnación del testamento, correspondencia. Quiero tener todos esos papeles.

—La oficina del fiscal de distrito de Atlanta ya me lo solicitó. Están comparándolos con la propiedad de los Leeds allí —dijo Metcalf.

—No importa, quiero copias para mí.

—De acuerdo, copias para usted. Usted piensa realmente que hay dinero de por medio, ¿verdad?

—No. Sólo confío en que el mismo nombre surja aquí y en Atlanta.

—Yo también.

La residencia para estudiantes del Bardwell Community College consistía en cuatro edificios destinados a dormitorios que se alzaban rodeando un sucio patio de tierra pisada. Una guerra de estéreos se llevaba a cabo cuando llegó Graham.

Equipos de altavoces colocados frente a frente en los pequeños balcones al estilo de los de los moteles, sintonizados al volumen máximo, resonaban en el patio. Era Kiss contra la *Obertura 1812*. Un globo de agua voló por el aire y reventó en el suelo a tres metros de Graham.

Tuvo que agacharse y pasar bajo la ropa tendida en una cuerda y saltar sobre una bicicleta tirada para atravesar la sala de estar de la habitación que Niles Jacobi compartía con al-

guien más. La puerta del dormitorio de Jacobi estaba entreabierta y la música que salía por la rendija atronaba. Graham
llamó.

No contestó nadie.

Empujó la puerta hasta abrirla del todo. Un muchacho de
cara pecosa estaba sentado en una de las camas gemelas, aspi-
rando una pipa de más de un metro de largo. Una chica vestida con pantalones de algodón azul estaba tumbada en la otra
cama.

El muchacho giró rápidamente la cabeza para mirar a Graham. Estaba haciendo un esfuerzo para pensar.

—Busco a Niles Jacobi.

El muchacho parecía idiotizado. Graham apagó la música.

—Estoy buscando a Niles Jacobi.

—Es sólo un remedio para el asma, hombre. ¿No acostum-
bra a llamar antes de entrar?

—¿Dónde está Niles Jacobi?

—No tengo la menor idea. ¿Para qué lo busca?

Graham le mostró la chapa.

—Haz un esfuerzo para recordar.

—Oh, mierda —murmuró la chica.

—Narcóticos, maldición. Yo no soy tan importante, oiga, dis-
cutámoslo un momento, hombre.

—Discutamos dónde está Jacobi.

—Creo que puedo averiguarlo —dijo la chica.

Graham esperó mientras ella preguntaba en otros cuartos.
En cuanto entraba a uno se oía inmediatamente funcionar el
inodoro.

Había pocos rastros de Niles Jacobi en la habitación, apenas
una fotografía de la familia Jacobi sobre la cómoda. Graham
levantó un vaso con hielo a medio derretir y secó con la manga el reborde húmedo.

La chica volvió.

—Pruebe en La Serpiente Odiosa —dijo.

El bar La Serpiente Odiosa tenía ventanas con los cristales pintados de verde oscuro. Los vehículos estacionados fuera eran de una curiosa variedad: grandes camiones que parecían animales sin rabo sin sus remolques, varios utilitarios, un convertible lila, viejos Dodge y Chevrolet arreglados para correr, y cuatro Harley-Davidson a las que no faltaba ni un solo detalle.

Un aparato de aire acondicionado instalado sobre el dintel de la puerta chorreaba constantemente sobre la acera.

Graham se agachó para esquivar el agua y entró. El bar estaba atestado y olía a desinfectante y a agua de colonia barata. Le atendía una corpulenta mujer vestida con una bata que alcanzó a Graham una Coca-Cola por encima de la cabeza de los parroquianos. Era la única mujer.

Niles Jacobi, moreno y delgado, estaba junto a la gramola. Metió una moneda en la máquina, pero el que estaba al lado apretó los botones.

Jacobi parecía un estudiante disoluto, pero el que seleccionaba la música no.

El acompañante de Jacobi era una extraña mezcla: tenía cara infantil y un cuerpo fornido y musculoso. Estaba vestido con una camiseta y vaqueros desteñidos y desgastados por el roce de los objetos guardados en los bolsillos. Fuertes músculos sobresalían en sus brazos y las manos eran grandes y feas. Un tatuaje profesional en el antebrazo izquierdo decía «Hagamos el amor». Un burdo tatuaje de calabozo en el otro brazo decía «Randy». El pelo había crecido desigual tras el corte de la cárcel. Cuando estiró el brazo para pulsar un botón de la máquina, Graham advirtió en el antebrazo un pequeño rectángulo afeitado. Sintió un nudo en el estómago.

Siguió a Niles Jacobi y a Randy en medio del gentío hasta el fondo del salón. Ambos se instalaron en un reservado.

Graham se detuvo a medio metro de la mesa.

—Niles, me llamo Will Graham. Necesito hablar contigo unos minutos.

Randy levantó la vista y una sonrisa falsa iluminó su cara. Uno de sus incisivos estaba cariado.

—¿Nos conocemos?

—No. Niles, quiero hablar contigo.

Niles arqueó interrogativamente una ceja. Graham pensó qué le habría ocurrido en la prisión.

—Estamos conversando en privado. Esfúmese —dijo Randy.

Graham miró pensativamente los brazos musculosos, el trozo de tela adhesiva en el pliegue del codo, el rectángulo afeitado en el que Randy había probado el filo de su cuchillo. La impronta del que pelea con un cuchillo.

«Tengo miedo de Randy. Ataca o retrocede.»

—¿No me ha oído? —repitió Randy—. Esfúmese.

Graham se desabrochó la chaqueta y depositó su placa sobre la mesa.

—Quédate sentado, Randy. Si te mueves vas a tener dos ombligos.

—Disculpe, señor.

Instantánea reacción de un preso.

—Randy, quiero que hagas algo por mí. Que busques en tu bolsillo izquierdo trasero. Utiliza solamente dos dedos. Encontrarás allí un cuchillo de doce centímetros de largo. Ponlo sobre la mesa… Gracias.

Graham dejó caer el cuchillo en su bolsillo. Estaba grasiento.

—Bien, en el otro bolsillo tienes la billetera. Sácala. Hoy has vendido sangre, ¿verdad?

—¿Y qué pasa?

—Pues entonces entrégame el recibo que te dieron, el que mostrarás la próxima vez en el banco de sangre. Ábrelo sobre la mesa.

La sangre de Randy era del grupo 0. Randy quedaba descartado.

—¿Cuánto tiempo hace que saliste de la cárcel?

—Tres semanas.

—¿Quién es tu oficial de libertad condicional?

—No estoy en libertad condicional.

—Eso es posiblemente una mentira.

Graham quería provocar a Randy. Podía detenerlo por llevar un cuchillo más largo de lo legalmente permitido. Estar en un lugar donde se vendían bebidas alcohólicas era violación de su libertad condicional. Graham sabía que estaba irritado con Randy porque le había hecho sentir miedo.

—Randy.

—¿Qué?

—Sal de aquí.

—No sé qué puedo contarle, no conocí mucho a mi padre —dijo Niles Jacobi mientras Graham le llevaba al colegio en su coche—. Abandonó a mi madre cuando yo tenía tres años y no le he vuelto a ver. Mamá no lo permitía.

—Fue a visitarte la pasada primavera.

—Sí.

—A la cárcel.

—Lo adivinó.

—Sólo quiero conocer bien todos los detalles. ¿Qué ocurrió?

—Bueno, apareció en la sala de visitas, muy tieso y tratando de no mirar alrededor; la gente parece sentirse allí como en el zoológico… Mi madre me había hablado mucho de él, pero no me pareció tan mal. Era sencillamente un hombre con un ajada chaqueta de sport.

—¿Qué te dijo?

—Bueno, yo esperaba que me recordara todas mis culpas o bien que pareciera realmente culpable, eso es lo que suele ocurrir en la sala de visitas. Pero me preguntó simplemente si creía que podía ir al colegio. Me dijo que él sería mi tutor si aceptaba volver al colegio, intentarlo. «Tienes que tratar de ayudarte un poco. Haz el esfuerzo y yo me encargaré de que te acepten en un colegio», algo así.

—¿Cuánto tiempo pasó hasta que saliste?

—Dos semanas.

—Niles, ¿hablaste alguna vez de tu familia mientras estuviste preso? ¿Con tus compañeros de celda o con cualquier otra persona?

Niles Jacobi dirigió una rápida mirada a Graham.

—Oh, oh, comprendo. No. No hablé sobre mi padre. No había pensado en él durante años, ¿por qué iba a mencionarlo?

—¿Y aquí? ¿Llevaste a algún amigo a casa de tus padres?

—Padre, no padres. Ella no era mi madre.

—¿Llevaste alguna vez a alguien allí? Amigos del colegio o…

—¿O compinches, oficial Graham?

—Correcto.

—No.

—¿Nunca?

—Ni una vez.

—¿Tu padre mencionó alguna vez algún tipo de amenazas, estaba preocupado por algo el mes o los meses anteriores a lo que pasó?

—Estaba perturbado la última vez que hablé con él, pero era por mis notas. Tenía muchos retratos. Me compró dos despertadores. Pero nada más, que yo sepa.

—¿Tienes papeles personales de él, cartas, fotografías, cualquier cosa?

—No.

—Tienes una foto de la familia. Está sobre la cómoda de tu cuarto. Cerca de la gran pipa.

—Esa pipa no es mía. Por nada del mundo metería esa cosa roñosa en mi boca.

—Necesito la fotografía. Haré una copia y te la devolveré. ¿Qué otra cosa tienes?

Jacobi sacó un cigarrillo del paquete y tanteó sus bolsillos en busca de una cerilla.

—Eso es todo. No sé por qué me dieron eso a mí. Mi padre sonriendo a la señora Jacobi y a los otros monigotes. Se la regalo. A mí nunca me miró así.

Graham necesitaba conocer a los Jacobi. Sus nuevas relaciones en Birmingham no le sirvieron de mucho.

Byron Metcalf le condujo hasta la caja de seguridad del banco. Leyó el pequeño fajo de cartas, casi todas comerciales, y hurgó entre las joyas y los objetos de plata.

Durante tres calurosos días trabajó en el depósito donde estaban guardados los muebles y demás pertenencias. Metcalf le ayudaba por la noche. Todas las cajas guardadas en cajones fueron abiertas y su contenido examinado. Las fotografías de la policía le sirvieron a Graham para ver en qué lugar de la casa habían estado colocadas las cosas.

Los muebles eran nuevos en su mayoría, comprados con el dinero del seguro del incendio de Detroit. Los Jacobi no habían tenido prácticamente tiempo para dejar huellas en sus cosas.

Una mesa de noche que conservaba todavía rastros del polvo utilizado para obtener las huellas digitales llamó la atención de Graham. En el centro de la mesa había un pegote de cera verde.

Se preguntó por segunda vez si al asesino le gustaba la luz de las velas.

El equipo forense de Birmingham fue efectivo en la división del trabajo.

La borrosa marca de la punta de una nariz fue lo mejor que en Birmingham y Jimmy Price en Washington pudieron sacar de la lata de gaseosa encontrada en el árbol.

La sección de armas de fuego y herramientas del laboratorio del FBI presentó su informe sobre la rama seccionada. Las hojas que la cortaron eran gruesas, con un ángulo agudo: había sido hecho con un cortador de hierro.

La sección de documentación había pasado la marca hecha con un cuchillo en la corteza al Departamento de Estudios Asiáticos de Langley.

Graham estaba sentado sobre un cajón en el depósito leyendo el extenso informe. En Estudios Asiáticos informaban de que la marca era un signo chino que significaba «Ha hecho blanco» o «Ha hecho blanco en la cabeza», una expresión utilizada a veces entre jugadores. Era considerado un signo «positivo» o «afortunado». Ese signo aparecía también en una pieza del juego de Mah-Jongg, según informaban los especialistas. Simbolizaba al Dragón Rojo.

CAPÍTULO 13

La secretaria de Crawford se asomó a la puerta de su oficina en la sede del FBI en Washington mientras hablaba por teléfono con Graham, que se encontraba en el aeropuerto de Birmingham.

—El doctor Chilton del Hospital de Chesapeake en el 2706. Dice que es urgente.

—No cortes, Will —dijo Crawford al tiempo que asentía y conectaba el otro teléfono.

—Señor Crawford, soy Frederick Chilton, desde…

—Sí, doctor.

—Tengo aquí una nota, mejor dicho, dos pedazos de una nota, que parecen ser del hombre que mató a esa gente en Atlanta y…

—¿De dónde la ha sacado?

—De la celda de Hannibal Lecter. Aunque no lo crea, está escrita en papel higiénico y tiene marcas de dientes.

—¿Puede leérmela sin tocarla más?

Luchando por mantenerse tranquilo, Chilton leyó:

Mi querido doctor Lecter:

Quería decirle que estoy encantado de que se haya interesado por mi persona. Y al enterarme de su nutrida correspondencia pensé: ¿me atreveré? Claro que sí. No creo que usted les cuente quién soy, aunque lo sepa. Además el cuerpo que ocupo actualmente no tiene importancia.

Lo importante es en lo que me estoy transformando. Sé que sólo

129

usted es capaz de entenderlo. Tengo algo que me gustaría mucho mostrarle. Tal vez algún día, si las circunstancias lo permiten. Espero que podamos escribirnos…

—Señor Crawford, hay un pedazo arrancado y roto y luego sigue diciendo:

Lo he admirado durante años y tengo una colección completa de recortes de diarios en los que aparece usted. En realidad las considero críticas injustas, tanto como las que me hacen a mí. ¿No le parece que les gusta ponernos apodos degradantes? El Duende Dientudo. ¿Imagina algo menos apropiado? Me daría vergüenza que usted lo viera si no supiera que ha pasado por la misma experiencia con la prensa.

Me interesa el investigador Graham. No parece un policía, ¿verdad? No es muy buen mozo, pero tiene un aire muy decidido.

Lo que usted le hizo debería haberle enseñado a no entrometerse.

Disculpe el papel. Lo elegí porque se deshace muy rápidamente si se ve obligado a tragárselo.

—Aquí falta un pedazo, señor Crawford. Le leeré la última parte:

Si tengo noticias suyas quizá la próxima vez pueda enviarle algo especial. Hasta entonces, reciba un afectuoso saludo de su

Admirador Ansioso

Un silencio después que Chilton terminó de leer.

—¿Hola, está usted ahí?

—Sí. ¿Sabe el doctor Lecter que usted tiene la nota?

—Todavía no. Esta mañana fue trasladado a una celda auxiliar mientras limpiaban la suya. En lugar de usar un trapo apropiado, el hombre que hacía la limpieza arrancaba tiras de papel higiénico para limpiar el inodoro. Encontró la nota escondida en el rollo y me la trajo. Me traen todo lo que encuentran escondido.

—¿Dónde está Lecter ahora?

—Todavía en la celda auxiliar.

—¿Puede ver la suya desde allí?

—Déjeme pensar… No, no puede.

—Espere un momento, doctor.

Crawford interrumpió la conversación con Chilton. Se quedó mirando fijamente durante unos segundos los dos botones que parpadeaban en su teléfono sin verlos. Crawford, cazador de hombres, observaba el corcho de su caña, que se movía contracorriente. Pasó la comunicación nuevamente con la línea de Graham.

—Will… una nota, quizá del Duende Dientudo, escondida en la celda de Lecter en Chesapeake. Suena como la carta de un admirador. Solicita la aprobación de Lecter, se muestra curioso respecto a ti. Hace preguntas.

—¿Cómo se supone que la va a contestar Lecter?

—Todavía no lo sé. Una parte está rota, la otra arrancada. Parece ser que existe una posibilidad de que mantengan correspondencia siempre y cuando Lecter no se dé cuenta de que estamos al tanto. Quiero la nota para el laboratorio y quiero revisar su celda rápidamente, pero es arriesgado. Si Lecter se da cuenta, Dios sabe cómo avisará al degenerado. Necesitamos el vínculo, pero necesitamos también la nota.

Crawford le explicó a Graham dónde estaba Lecter y dónde había sido encontrada la carta.

—Hay casi doscientos kilómetros hasta Chesapeake. No puedo esperarte, muchacho. ¿Qué opinas?

—Diez personas muertas en un mes; no podemos mantener un juego epistolar prolongado. Adelante.

—Allá voy —respondió Crawford.

—Te veré dentro de un par de horas.

Crawford llamó a su secretaria.

—Sarah, consígame un helicóptero. Sin perder un segundo. No me importa si es nuestro, de la policía del distrito de Columbia o de la infantería de marina. Dentro de cinco minutos estaré en la azotea. Llame a documentación y dígales que manden allí una caja para documentos. Que Herbert consiga un equipo de investigadores. En la azotea dentro de cinco minutos.

–Doctor Chilton –dijo, reanudando la conversación–, tendremos que registrar la celda de Lecter sin que se entere y necesitamos su ayuda. ¿Ha mencionado esto a alguna otra persona?

–No.

–¿Dónde está el hombre de la limpieza que encontró la nota?

–Aquí, en mi oficina.

–Manténgale ahí, por favor, y dígale que no abra la boca. ¿Cuánto tiempo ha pasado Lecter fuera de su celda?

–Alrededor de media hora.

–¿Es más de lo acostumbrado?

–No, todavía no. Pero la limpieza normalmente dura media hora. Pronto va a preguntarse qué ocurre.

–Muy bien, entonces haga lo siguiente. Llame al intendente del edificio, al ingeniero o al encargado. Dígale que corte el agua del edificio y que haga funcionar los grifos del pasillo de Lecter. Haga que el intendente pase frente a la celda auxiliar llevando herramientas. Debe aparentar estar muy apurado, terriblemente apurado, demasiado atareado para contestar preguntas. ¿Ha entendido? Dígale que yo se lo explicaré luego. Suspenda la entrega de basura si es que todavía no la han recogido. No toque la nota. ¿Comprendido? Perfecto. Salimos para allá.

Crawford llamó al jefe de la sección de análisis científicos.

–Brian, tengo una nota urgente que probablemente sea del Duende Dientudo. Prioridad uno. Tiene que volver al lugar de donde la trajimos dentro de una hora y sin marcas. Deberá pasar por pelos y fibras, huellas ocultas y documentos y luego a sus manos, por lo tanto coordine el movimiento con los demás, por favor. Sí, yo la llevaré y después se la entregaré personalmente a usted.

Hacía calor en el ascensor cuando Crawford bajó de la azotea trayendo la nota, totalmente despeinado por la ventolera del helicóptero. Se estaba secando la cara con un pañuelo cuando llegó a la sección de pelos y fibras.

Pelos y fibras era una sección pequeña y atareada. El cuarto de recepción estaba repleto de cajas con pruebas enviadas por los departamentos de policía de todo el país, bultos que contenían tela adhesiva usada para sellar bocas y atar muñecas, ropa desgarrada y manchada o sábanas de lechos mortuorios.

Crawford divisó a Beverly Katz a través del cristal del laboratorio mientras avanzaba entre las cajas. Tenía colgado de una percha, sobre una mesa cubierta con papel blanco, un mono de niño. A la luz de las potentes lámparas en aquella habitación mal aireada, cepillaba los pantaloncitos con una espátula metálica, siguiendo cuidadosamente la trama y en sentido inverso, en la dirección del pelo y a contrapelo. Una partícula de tierra y arena cayó sobre el papel. Junto con ella y descendiendo en medio de la densidad del aire, más lentamente que la arena pero más rápidamente que un hilo, cayó un pelo rizado. Inclinó la cabeza hacia un lado y lo contempló con su penetrante mirada.

Crawford advirtió que sus labios se movían. Y adivinó lo que decía.

–Te pesqué.

Era lo que siempre decía.

Crawford golpeó en el cristal y ella salió rápidamente, quitándose los guantes blancos.

–Todavía no han buscado las huellas dactilares, ¿verdad?

–No.

–Yo tengo que trabajar en el laboratorio contigo.

Se puso un nuevo par de guantes mientras Crawford abría la caja de documentos.

La nota, dos pedazos, estaba cuidadosamente guardada entre dos láminas de plástico. Beverly Katz vio las marcas de los dientes y alzó la vista hacia Crawford, sin perder tiempo con preguntas.

Él asintió: las marcas coincidían con el molde de la mordedura del asesino que había llevado a Chesapeake.

Crawford observó a través de la ventana mientras ella levantaba la nota con la ayuda de una varita delgada y la mantenía en vilo sobre un papel blanco. La examinó con una potente lupa y luego la abanicó suavemente. Golpeó la varita con el borde de una espátula y examinó el papel de abajo con una lente de aumento.

Crawford miró el reloj.

Katz pasó la nota hacia otra varita para observar la otra cara. Quitó de la superficie un objeto diminuto valiéndose de unas pinzas casi tan delgadas como un cabello.

Fotografió los extremos rotos de la nota con lentes de gran aumento y la colocó nuevamente en su caja, a la que agregó un par nuevo de guantes blancos. Los guantes blancos —señal de que no debía tocarse— estarían siempre junto a la prueba hasta que fuera revisada para buscar huellas digitales.

—Listo —dijo ella entregándole la caja a Crawford—. Un cabello, quizá de ocho décimas de milímetro. Un par de granos azules. Los analizaré. ¿Qué otra cosa tiene?

Crawford le entregó tres sobres marcados.

—Pelos del peine de Lecter. Pelos de bigote de la máquina de afeitar eléctrica que le permiten utilizar. Este pelo es del hombre de la limpieza. Tengo que irme.

—Le veré luego —dijo Katz—. Me encanta su peinado.

Jimmy Price, que estaba en la sección de huellas ocultas, frunció el ceño al ver el papel higiénico poroso. Miró de soslayo por encima del hombro del ayudante que manipulaba el láser de helicadmio mientras trataban de encontrar una huella digital para pasarla por el fluoroscopio. Diversas manchas brillantes aparecían en el papel, marcas de transpiración, lamentablemente nada más.

Crawford estuvo a punto de preguntarle algo, recapacitó y esperó, mientras la luz azulada se reflejaba en sus gafas.

—Sabemos que tres tipos tocaron esto sin guantes, ¿verdad? —preguntó Price.

—En efecto, el que hizo la limpieza, Lecter y Chilton.

—El que limpió el inodoro probablemente ya no tenía grasa en los dedos. Pero los otros… Este material es imposible.

Price alzó el papel contra la luz sujetando firmemente las pinzas con sus viejas manos salpicadas de manchas.

—Podría ahumarlo, Jack, pero no puedo garantizar que las manchas de yodo se desvanezcan dentro del tiempo con que contamos.

—¿Ninhidrina? ¿Realzarlo con calor? —normalmente Crawford no se habría atrevido a hacer ninguna clase de sugerencia técnica a Price, pero en ese momento no le importaba intentar cualquier cosa. Esperó recibir una respuesta seca, pero el viejo seguía apesadumbrado y triste.

—No, no podríamos lavarlo después. No puedo conseguir ninguna huella digital con esto, Jack. No hay ninguna.

—Vaya —dijo Crawford.

El viejo se dio la vuelta. Crawford puso su mano sobre el hombro huesudo de Price.

—Caray, Jimmy. Estoy seguro que si hubiera alguna tú la habrías encontrado.

Price no contestó. Estaba desembalando un par de manos que habían llegado relacionadas con otro caso. El hielo seco humeaba en la papelera. Crawford dejó caer los guantes blancos sobre el humo.

Crawford se dirigió rápidamente hacia la sección de documentación, donde le esperaba Lloyd Bowman, sintiendo un nudo de desilusión en el estómago. Bowman había sido sacado del tribunal y la brusca interrupción en su concentración le dejó parpadeando como si acabara de despertarse.

—Lo felicito por su peinado. Un golpe de audacia —dijo Bowman mientras trasladaba con manos rápidas y expertas la nota hacia la mesa de trabajo—. ¿De cuánto tiempo dispongo?

—Veinte minutos a lo sumo.

Las dos partes de la nota parecían refulgir bajo las luces de Bowman. Una mancha verde oscura del secante se veía a través del agujero ovalado de la parte superior.

—Lo más importante, lo primordial, es cómo pensaba contestar Lecter —dijo Crawford cuando Bowman terminó la lectura.

—Posiblemente las instrucciones para contestarle estaban en la parte que falta. —Bowman trabajaba concienzudamente con las luces, los filtros y la máquina copiadora mientras hablaba—. En la parte de arriba dice: «Espero que podamos mantener correspondencia...», y luego está el agujero. Lecter raspó esa parte con un rotulador y después la dobló y arrancó casi todo el pedazo.

—No tiene nada con que cortar.

Bowman fotografió las marcas de los dientes y la parte de atrás de la nota bajo una luz extremadamente oblicua, cuya sombra saltaba de una pared a otra al mover la luz en un ángulo de trescientos sesenta grados sobre el papel, mientras sus manos reproducían fantasmagóricos movimientos al doblar algo en el aire.

—Ahora podremos exprimirla un poco. —Bowman colocó la nota entre dos placas de vidrio para achatar los bordes dentados del agujero. Las rasgaduras estaban teñidas con tinta roja. Bowman canturreaba en voz baja. A la tercera vez Crawford entendió lo que decía—: Eres muy astuto, pero yo también lo soy.

Bowman cambió los filtros de su pequeña cámara de televisión y enfocó la nota. Oscureció el cuarto hasta que no quedó más que el débil resplandor rojo de la lámpara y el azulverdoso de la pantalla de su monitor.

Las palabras «Espero que podamos mantener correspondencia» y el agujero dentado aparecieron ampliados en la pantalla. La mancha de tinta había desaparecido y en los bordes desiguales se veían fragmentos de escritura.

—Las tinturas de anilinas en tintas de colores son transparentes bajo los infrarrojos —explicó Bowman—. Estas de aquí y las de allí podrían ser las barras de una T. Al final está la cola de lo que tal vez sea una M o una N, o, posiblemente, una R. —Bowman tomó una fotografía y encendió las luces—. Jack, existen solamente dos formas de mantener una comunicación que tiene una vía muerta: el teléfono y los diarios. ¿Puede Lecter responder rápidamente a una llamada telefónica?

—Puede recibir llamadas, pero el procedimiento es lento, porque además tienen que pasar por la centralita del hospital.

—Por lo tanto, la única forma segura es publicarlo en un diario.

—Sabemos que su amiguito lee el *Tattler*. La historia de Graham y Lecter apareció en ese diario. No estoy enterado de que haya sido publicada en otro periódico.

—En *Tattler* hay tres T y una R. ¿Qué te parece en la sección de anuncios? Podría ser el lugar para buscar.

Crawford se comunicó con la biblioteca del FBI y luego dio instrucciones por teléfono a la oficina de Chicago.

Bowman le devolvió la caja cuando terminó su trabajo.

—El *Tattler* sale esta tarde —anunció Crawford—. Se imprime en Chicago los lunes y jueves. Conseguiremos pruebas de las páginas de clasificados.

—Tendré más material, pero menos importante —dijo Bowman.

—Cualquier cosa útil que encuentres envíala directamente a Chicago. Ponme al corriente cuando vuelvas del hospital —dijo Crawford mientras caminaba hacia la puerta.

CAPÍTULO 14

El molinete del subterráneo de Washington le devolvió a Graham el billete del viaje y él salió a la luz y al calor de la tarde con su bolsa colgada del hombro.

El edificio J. Edgar Hoover parecía una enorme jaula de cemento suspendida sobre el ardiente resplandor de la calle Diez. La mudanza del FBI hacia su nuevo cuartel general estaba en vías de realizarse cuando Graham abandonó Washington. Nunca había trabajado allí.

Crawford le esperaba en el escritorio de recepción, a poca distancia del acceso al aparcamiento subterráneo, para agregar a las credenciales de Graham, expedidas apresuradamente, las suyas. Graham parecía cansado y algo impaciente cuando se registró. Crawford se preguntó cómo se sentiría cuando supiera que el asesino se había mostrado interesado por él.

Le entregaron a Graham una tarjeta magnética codificada, como la que lucía Crawford en la chaqueta. La introdujo en la ranura de la puerta y se internó en los largos y blancos pasillos. Crawford le llevaba la bolsa.

—Olvidé decirle a Sarah que enviara un coche a buscarte.

—Probablemente haya sido más rápido así. ¿Conseguiste devolverle a tiempo la nota a Lecter?

—En efecto. Acabo de llegar —dijo Crawford—. Tiramos agua en el piso del vestíbulo, simulando una tubería rota y un fallo eléctrico. Contábamos con Simmons —actualmente es asistente de SAC en Baltimore— y le hicimos secar el piso cuando llevaron a Lecter a su celda. Simmons cree que se lo tragó.

—En el avión estuve pensando si no sería el propio Lecter el que escribió la nota.

—Yo tuve la misma preocupación hasta que la vi. Las marcas de dientes en el papel coinciden con las de las mujeres. Además está escrita con bolígrafo, y Lecter no tiene ninguno. La persona que la escribió había leído el *Tattler* y Lecter no lo recibe. Rankin y Willingham revisaron la celda de arriba abajo. Un buen trabajo, pero no encontraron nada. Tomaron primero unas fotografías con Polaroid para volver a colocar todo como estaba. Y después entró el hombre de la limpieza y limpió como hace siempre.

—Entonces, ¿qué piensas?

—Respecto a pruebas físicas para una identificación, la nota no sirve para nada —dijo Crawford—. Tenemos que conseguir de alguna forma que la comunicación entre ellos resulte útil para nosotros, pero no sé todavía cómo demonios lograrlo. Dentro de pocos minutos tendremos el resto de las pruebas del laboratorio.

—¿Tienes vigilada la correspondencia y el teléfono del hospital?

—Listos para grabar y rastrear en cuanto Lecter reciba una llamada. El sábado por la tarde hizo una. Le dijo a Chilton que quería comunicarse con su abogado. Es una línea WATS y no puedo estar seguro.

—¿Qué dijo su abogado?

—Nada. Hemos añadido una línea suplementaria a la centralita del hospital para que en el futuro sea la que utilice Lecter, así no podrá eludirnos. Controlaremos su correspondencia, tanto la que reciba como la que envíe, a partir de la próxima entrega. Gracias a Dios no ha habido ningún problema con las autorizaciones.

Crawford se detuvo frente a una puerta e introdujo la tarjeta que colgaba de su americana en la ranura de la cerradura.

—Mi nueva oficina. Pasa. Al decorador le sobraba un poco de pintura para barcos de guerra. Aquí tienes la nota. Esta copia tiene el mismo tamaño.

Graham la leyó dos veces. Un timbre de alarma sonó en su cabeza al contemplar los rasgos puntiagudos que componían su nombre.

—La biblioteca confirma que el *Tattler* es el único periódico que publicó un artículo sobre ti y Lecter —dijo Crawford mientras se preparaba un Alka-Seltzer—. ¿Quieres uno de estos? Te vendría bien. Se publicó el lunes de la semana pasada. El martes estaba en los puestos de venta en todo el país, a excepción de Alaska y Maine, donde apareció el miércoles. El Duende Dientudo poseía un ejemplar y no pudo haberlo comprado antes del martes. Lo leyó y escribió a Lecter. Rankin y Willingham siguen revisando todavía la basura del hospital en busca del sobre. Feo trabajo. En Chesapeake no suelen separar los papeles de los pañales.

—Muy bien, Lecter no pudo recibir la nota del Duende Dientudo antes del miércoles. Rompe la parte en la que le dice cómo contestarle y emborrona y manosea un dato previo; no comprendo por qué no rompió también ese pedazo.

—Porque estaba en medio de un párrafo lleno de ponderaciones —dijo Graham—. No podía destruirlas. Por eso no lo tiró todo.

Se frotó las sienes con los nudillos.

—Bowman piensa que Lecter utilizará el *Tattler* para contestar al Duende Dientudo. Dice que probablemente ése sea el plan. ¿Crees que contestará?

—Por supuesto. Mantiene una nutrida correspondencia. Tiene muchísimas relaciones epistolares por todas partes.

—Si piensan valerse del *Tattler,* Lecter no tiene prácticamente tiempo de que su respuesta llegue a tiempo para la edición que se imprime esta noche, por más que la haya enviado urgente el mismo día en que recibió la nota del Duende. Chester, de la oficina de Chicago, está en el *Tattler* revisando los avisos. Los impresores compaginarán el diario esta noche.

—Por el amor de Dios, no alerten al *Tattler* —dijo Graham.

—El jefe del taller cree que Chester es un corredor de fincas que trata de adelantarse a los anuncios. Le vende las hojas de pruebas bajo cuerda, una a una, en cuanto salen. Recibimos todo, los clasificados y demás, sólo para hacer una cortina de humo. Pues bien, supón que descubrimos cómo piensa contestarle Lecter y copiamos el método. Podemos enviarle un mensaje falso al Duende Dientudo, pero ¿qué le decimos? ¿Cómo lo utilizamos?

—Lo mejor sería tratar de que se acercara a un apartado postal —sugirió Graham—. Atraerlo con algo que quiera ver. «Datos importantes» que Lecter conoce por su conversación conmigo. Un error que cometió y que esperamos repita.

—Sería un idiota si le hiciera caso.

—Lo sé. ¿Quieres saber cuál sería el mejor cebo?

—No sé si quiero saberlo.

—Lecter sería el mejor cebo —dijo Graham.

—Pero ¿cómo?

—Será una tarea infernal, no lo dudo. Tendríamos que solicitar que Lecter fuera puesto bajo custodia federal (Chilton no permitiría esto en Chesapeake), lo encerraríamos en la sección de máxima seguridad de un hospital psiquiátrico para veteranos de guerra. Simularíamos una huida.

—Dios mío.

—Enviamos un mensaje al Duende Dientudo después de la huida, en el *Tattler* de la próxima semana: Lecter solicitándole una cita.

—Por el amor de Dios, ¿a quién puede interesarle encontrarse con Lecter? Lo que quiero decir es: ¿por qué puede tener interés en ello el Duende Dientudo?

—Para matarle, Jack. —Graham se puso de pie. No había ninguna ventana para mirar hacia afuera mientras hablaba. Se paró frente a «los diez más buscados», única decoración de las paredes—. ¿Sabes?, el Duende Dientudo podrá absorberle de esa forma, asimilarle, convertirse en algo más importante de lo que es.

—Pareces muy seguro.

—No estoy seguro. ¿Quién puede estarlo? En la nota decía: «Tengo algunas cosas que me gustaría mostrarle. Tal vez algún día, si las circunstancias lo permiten». Quizá era una invitación en serio. No creo que fuera sólo amabilidad.

—¿Qué puede querer mostrarle? Las víctimas estaban intactas. No faltaba nada, excepto un pedacito de piel y pelo y eso fue probablemente… ¿Cómo lo expresó Bloom?

—Ingerido —respondió Graham—. Sólo Dios sabe lo que tiene. Tremont, ¿recuerdas los trajes de Tremont en Spokane? Señalaba con el mentón desde la camilla a la que estaba atado, tratando todavía de mostrárselos al jefe de policía de Spokane. No estoy seguro, Jack, de que Lecter sirva de anzuelo para el Duende Dientudo. Pero me parece que es lo que ofrece más posibilidades de éxito.

—Tendremos una terrible estampida si la gente cree que Lecter está libre. Todos los diarios se nos echarán encima. La mejor posibilidad, tal vez, pero la reservaremos para el final.

—Probablemente no se acercará a ningún apartado postal, pero puede ser lo suficientemente curioso como para echar un vistazo para ver si Lecter le traicionó… si pudiera hacerlo a cierta distancia. Podríamos elegir uno que pueda observarse solamente desde unos pocos lugares a distancia considerable y apostar a alguien en los sitios indicados.

Inclusive a Graham le sonaba poco convincente a medida que lo decía.

—El Servicio Secreto tiene uno que no ha utilizado nunca. Nos permitirían usarlo. Pero si no ponemos hoy un anuncio, tendremos que esperar hasta el lunes, para que aparezca en el próximo número. La rotativa se pone en marcha a las cinco, hora local. Eso supone una hora y cuarto más para que en Chicago puedan publicar el aviso de Lecter, si es que hay alguno.

—¿Qué ocurre con la orden de Lecter para la publicación? La carta que debe haber enviado al *Tattler* solicitando que inserten el anuncio, ¿no tenemos acceso más rápido a eso?

—Chicago le puso ciertos controles al jefe del taller —dijo Crawford—. La correspondencia permanece en la oficina del encargado de los anuncios por palabras. Venden los datos, nombres y direcciones, a empresas que ofrecen productos por correo para personas solitarias: amuletos de amor, píldoras mágicas, «conozca a bella muchacha asiática», cursos para desarrollar la personalidad, ese tipo de cosas.

—Podríamos apelar al espíritu ciudadano del gerente de la sección de clasificados para echar un vistazo, pedirle que no abra la boca, pero no quiero correr el riesgo de que el *Tattler* se nos eche encima. Se precisa una autorización judicial para entrar allí y revisar la correspondencia. Estoy considerándolo.

—Si no conseguimos nada con Chicago, podríamos poner un anuncio por si acaso. Si estamos equivocados respecto al *Tattler* no perderemos nada —acotó Graham.

—Y si estamos en lo cierto respecto a que el *Tattler* es el medio de comunicación y publicamos una contestación basándonos en lo que dice esta nota y nos equivocamos, si a él no le parece convincente, nos quedamos a dos velas. No te he preguntado cómo te fue en Birmingham. ¿Obtuviste algún dato?

—Birmingham es un caso listo y cerrado. La casa de los Jacobi ha sido pintada y decorada y está en venta. Lo que había en ella está guardado en un depósito esperando la aprobación del testamento. Revisé todas las cajas. Las personas con las que hablé no conocían muy bien a los Jacobi. Lo único que todos mencionaron fue lo afectuosos que eran los Jacobi entre ellos. Siempre estaban acariciándose. Todo lo que queda ahora son unos cuantos cajones amontonados en un depósito. Desearía haber…

—Deja de desear; ya estás metido en esto.

—¿Qué pasó con la marca que encontré en el árbol?

—¿«Ha hecho blanco en la cabeza»? Para mí no significa nada —dijo Crawford—. Y tampoco el Dragón Rojo. Beverly conoce el Mah-Jongg. Es astuta, y sin embargo no encuentra relación alguna. Por su pelo sabemos que no es chino.

—Cortó la rama con un cortador de hierro. Yo no veo…

Sonó el teléfono y Crawford mantuvo un breve diálogo.

—El laboratorio tiene listo el informe sobre la nota, Will. Vayamos a la oficina de Zeller. Es más grande y menos gris.

Lloyd Bowman, seco como un papel a pesar del calor, les alcanzó en el corredor. Aireaba unas fotografías húmedas con cada mano y sujetaba bajo el brazo un grueso expediente.

—Jack, tengo que estar en el tribunal a las cuatro y cuarto —anunció mientras se adelantaba—. Es por Nilton Eskew, el falsificador de cheques y su novia, Nan. Ella es capaz de copiar de corrido una nota del Tesoro. Hace dos años que me están volviendo loco, fabricando sus propios cheques de viaje con una Xerox de color. No descansaré hasta terminar con ellos. ¿Llegaré a tiempo o debo avisar al fiscal?

—Llegarás —afirmó Crawford—. Ya estamos.

Beverly Katz dirigió una sonriente mirada a Graham desde el sofá de la oficina de Zeller, para compensar la expresión enfurruñada de Price, que estaba sentado junto a ella.

Brian Zeller, jefe de la sección de análisis científicos, era joven para el tipo de trabajo que hacía, pero ya tenía el pelo algo ralo y usaba gafas. En un estante de la biblioteca, detrás del escritorio de Zeller, Graham vio un ejemplar de la *ciencia forense*, de H. J. Walls, los tres grandes volúmenes de la *Medicina forense,* de Tedeschi, y una edición antigua de *El derrumbe de Alemania,* de Hopkins.

—Creo que nos conocimos en una ocasión en la Universidad de Washington, Will —dijo Zeller—. ¿Conoce a todos los demás?… Perfecto.

Crawford se apoyó en una esquina del escritorio de Zeller, cruzando los brazos.

—¿Alguien tiene alguna noticia bomba? Muy bien, ¿alguno de ustedes ha encontrado algo que permita suponer que la nota no procede del Duende Dientudo?

—No —respondió Bowman—. Hace unos minutos llamé a Chicago para darles unos números que obtuve de una impresión en la parte de atrás de la nota: seis-seis-seis. Se los mostraré cuando lleguemos a ese punto. Hasta el momento en Chicago se han recibido más de doscientos anuncios por palabras. —Le entregó a Graham una pila de hojas—. Los he leído y son lo habitual: propuestas de matrimonio, mensajes para personas fugadas de su hogar. No estoy muy seguro de que reconozcamos el aviso si es que figura allí.

Crawford meneó la cabeza.

–Yo tampoco. Acabemos con los datos que tenemos. Bien, Jimmy Price hizo todo lo que podía hacerse y no aparecieron huellas. ¿Qué puedes decirnos tú, Bev?

–Tengo un pelo de bigote. El grosor y la textura coinciden con las muestras de Hannibal Lecter, y también el color. Es totalmente distinto de las muestras obtenidas en Atlanta y Birmingham. Tres granitos azules y unos puntos oscuros pasaron a manos de Brian.

Alzó las cejas al mirar a Brian Zeller.

–Los granitos son de un polvo comercial para limpieza que tiene color inalterable. Deben de provenir de las manos del hombre que hizo la limpieza. Había varias diminutas partículas de sangre seca. Es indiscutiblemente sangre, pero no hay cantidad suficiente como para saber de qué grupo.

–Los desgarrones en los bordes de los trozos hicieron desaparecer las perforaciones del papel –prosiguió diciendo Beverly Katz–. Si encontramos a alguien que tenga el rollo y no lo haya roto nuevamente se podría hacer una confrontación precisa. Aconsejaría publicar un anuncio ahora, para que los oficiales encargados de la detención no dejen de buscar el rollo.

Crawford asintió.

–¿Bowman?

–Sharon, mi asistente, se ocupó de investigar qué clase de papel es. Es el papel higiénico que se utiliza en los barcos y las *roulottes*. La textura es idéntica a la de una marca llamada Wedeker fabricada en Minneapolis. Se distribuye por todo el país.

Bowman instaló sus fotografías sobre un caballete cerca de las ventanas. Su voz era sorprendentemente profunda en relación con su escasa estatura y su corbata de pajarita se movía ligeramente cuando hablaba.

–Respecto a la escritura, se trata de una persona diestra que utiliza la mano izquierda deliberadamente y escribe con letras mayúsculas. Pueden apreciar la falta de firmeza en los trazos y la variación en el tamaño de las letras.

»Las proporciones me inducen a pensar que este sujeto tiene un débil astigmatismo que no ha sido corregido.

»La tinta de los dos pedazos de la nota parece ser del mismo tipo corriente de bolígrafo azul marino a la luz natural, pero bajo los filtros de colores surge una pequeña diferencia. Utilizó dos bolígrafos, y el cambio se realizó en alguna parte del pedazo que falta de la nota. Pueden ver dónde empezó a fallar la primera vez. El primer bolígrafo no se usa frecuentemente, ¿ven que hay un borrón donde empieza a escribir? Puede haber estado guardado sin tapar y con la punta hacia abajo en un portalápices o una lata, lo que sugiere un escritorio. Además, la superficie sobre la que se apoyó el papel era lo suficientemente blanda como para poder tratarse de un secante. Un secante puede conservar huellas. Quisiera agregar el secante a la recomendación de Beverly.

Bowman cambió la fotografía por otra del reverso de la nota. La enorme ampliación hacía que el papel pareciera tener pelusas. Estaba cubierto de huellas borrosas.

—Dobló la nota para escribir la parte de abajo, incluso la que fue luego arrancada. En esta ampliación del reverso la luz oblicua descubre algunas huellas. Se puede leer «666 an». Quizá allí fue donde tuvo problemas con el bolígrafo y tuvo que escribir nuevamente por encima. No lo advertí hasta que obtuve esta muestra tan contrastada. Pero por el momento en ningún anuncio figura el 666.

»La estructura de las frases es ordenada y no hay divagaciones. El doblez indica que fue entregada en un sobre de tamaño común. Estas dos manchas oscuras son borrones de tinta de imprenta. Probablemente la nota estaba metida dentro de un papel impreso inocuo y el conjunto dentro del sobre.

—Eso es todo —concluyó Bowman—. A menos que tengas alguna pregunta que hacer, Jack, creo que será mejor que me apresure para llegar al juzgado. Me pondré nuevamente en contacto con ustedes después de testificar.

—Húndelos —acotó Crawford.

Graham estudiaba la sección de anuncios por palabras del *Tattler*. («Atractiva dama de buena estatura, frescos 52, busca cristiano de Leo que no fume, entre 40 y 70. Sin niños, por favor. Acepta o miembros artificiales. Sin trampas. Enviar foto con primera carta.»)

Inmerso en la tristeza y la desesperación de los anuncios, no se dio cuenta de que los demás se estaban yendo hasta que Beverly Katz le habló.

—Disculpa, Beverly, ¿qué fue lo que dijiste? —preguntó contemplando sus ojos vivos y su bondadosa cara con signos de cansancio.

—Sólo dije que me alegraba de verte otra vez, campeón. Tienes buen aspecto.

—Gracias, Beverly.

—Saul va a una academia de cocina. Todavía no cocina muy bien, pero cuando todo esto se calme ven a casa y deja que practique contigo.

—Lo haré.

Zeller se marchó a su laboratorio. Quedaron solamente Crawford y Graham, contemplando el reloj.

—Cuarenta minutos para que se imprima el *Tattler* —dijo Crawford—. Averiguaré qué pasa con las cartas. ¿Qué opinas?

—Que debes hacerlo.

Crawford dio instrucciones a Chicago desde el teléfono de Zeller.

—Will, tenemos que tener preparado algo por si el anuncio de Chicago fracasa.

—Me ocuparé de eso.

—Yo prepararé el lugar para que recoja la carta —Crawford llamó al Servicio Secreto y habló durante un buen rato. Graham seguía escribiendo atareado cuando cortó.

—Listo, el apartado postal es una monada —dijo Crawford finalmente—. Es una casilla exterior instalada en una empresa de extintores en Annapolis. Territorio de Lecter. El Duende Dientudo se dará cuenta de que se trata de algo que Lecter puede conocer. Casillas en orden alfabético. Los empleados del servicio van allí en automóvil para buscar comisiones y recoger correspondencia. Nuestro hombre puede vigilarle desde una plaza al otro lado de la calle. El Servicio Secreto afirma que parece convincente. La instalaron para atrapar a un falsificador, pero no necesitaron utilizarla. Ésta es la dirección. ¿Qué tal el mensaje?

—Tendremos que usar los mensajes en la misma edición. En el primero, Lecter le advertirá al Duende Dientudo que sus enemigos están más cerca de lo que supone. Le indica que cometió un grave error en Atlanta y que si lo repite está perdido. Le dice que le envía por correo «información secreta» de lo que yo le expliqué que estábamos haciendo, de lo cerca que estamos, de las pistas que tenemos. Finalmente, remite al Duende Dientudo un segundo mensaje que empieza con «su firma».

»El segundo mensaje comienza "Admirador Ansioso"… y tiene la dirección del apartado postal. Tenemos que hacerlo de esa forma. La advertencia del primer mensaje va a atraer a unos cuantos chiflados. Pero si no pueden descubrir la dirección no podrán llegar a la casilla para estropear todo el asunto.

—Bueno. Muy bueno. ¿Quieres esperar los resultados en mi oficina?

—Prefiero estar ocupado en algo. Necesito ver a Brian Zeller.

—Ve delante, puedo localizarte en caso de urgencia.

Graham encontró al jefe de la sección en serología.

—¿Podría mostrarme un par de cosas, Brian?

—Por supuesto, ¿qué quiere?

—Las muestras que utilizó para averiguar el grupo sanguíneo del Duende Dientudo.

Zeller miró a Graham por la luneta pequeña de sus bifocales.

—¿Había algo en el informe que no entendió?

—No.

—¿Algo que no estaba claro?

—No.

—¿Algo incompleto? —Zeller pronunció la última palabra como si paladeara algo de gusto desagradable.

—Su informe es muy bueno, no podría pedirse nada mejor. Todo lo que quiero es tener las pruebas en mi mano.

—Ah, por supuesto. Ningún problema. —Zeller creía que todos los agentes que participaban en una investigación de una forma activa, conservaban las supersticiones de la cacería. Se alegraba de poder contentar a Graham—. Está todo junto en aquel rincón.

Graham le siguió entre los largos mostradores de instrumentos.

—Está leyendo a Tedeschi.

—Sí —respondió Zeller por encima del hombro—. Como usted sabe, aquí no se practica medicina forense, pero Tedeschi tiene gran cantidad de información muy útil. Graham. Will Graham. Usted escribió la monografía clásica sobre la determinación del momento de la muerte por la actividad de los insectos, ¿verdad? ¿O no es usted ese Graham?

—Yo la escribí. —Una pausa—. Tiene razón, Mant y Nuorteva en el Tedeschi son mejores en cuanto a los insectos.

Zeller se sorprendió al oír en boca de Graham sus propios pensamientos.

—Bueno, tiene más ilustraciones y una tabla de ondas invasivas. No he querido ofenderle.

—Por supuesto que no. Son mejores. Ya se lo he dicho.

Zeller sacó unos frascos y portaobjetos de un armario y una nevera y los puso sobre el mostrador del laboratorio.

—Para cualquier cosa que quiera preguntarme, estaré a su disposición donde me encontró. La luz del microscopio se enciende en este lado.

A Graham no le interesaba el microscopio. No ponía en tela de juicio ninguno de los descubrimientos de Zeller. No sabía lo que quería. Levantó los frascos y las placas de vidrio hacia la luz, y un sobre transparente que contenía cabellos rubios encontrados en Birmingham. En un segundo sobre había tres cabellos encontrados en la señora Leeds.

Había saliva, pelos y semen en la mesa frente a Graham y un vacío en el aire donde trataba de descubrir una imagen, una cara, algo que reemplazara el terror informe que le agobiaba.

Una voz femenina resonó en un altavoz del techo.

Graham, Will Graham, diríjase a la oficina del agente especial Crawford. Urgente.

Encontró a Sarah con los auriculares puestos y sentada frente a la máquina de escribir y Crawford mirando por encima del hombro.

—Chicago tiene un pedido de publicación de un anuncio en el que figura el 666 —dijo Crawford torciendo la boca hacia un lado—. Se lo están dictando ahora a Sarah. Dicen que hay una parte que parece un código.

Las líneas iban apareciendo en la máquina de Sarah.

Querido Peregrino,
usted me honra…

—Eso es. Eso es —dijo Graham. Lecter le llamó peregrino cuando conversó conmigo.

Usted es muy bello…

—Dios —dijo Crawford.

Ofrezco cien oraciones por su seguridad.
Busque ayuda en Juan 6,22, 8,16, 9,1; Lucas 1,7, 3,1; Gálatas 6,11, 15,2; Hechos 3,3; Apocalipsis 18,7; Jonás 6,8…

La escritura se hizo más lenta a medida que Sarah repetía cada par de números al agente de Chicago. Cuando terminó, la lista de referencias bíblicas ocupaba un cuarto de página. Estaba firmada «Bendito sea, 666».

—Eso es todo —informó Sarah.

Crawford cogió el teléfono.

—Muy bien. Chester, ¿qué tal le fue con el gerente de la sección de anuncios?... No, hizo usted bien... Un fallo total, correcto. No se aleje del teléfono, me comunicaré nuevamente con usted.

—Código —dijo Graham.

—Es necesario. Disponemos de veinte minutos para enviarle un mensaje si es que conseguimos descifrarlo. El jefe de imprenta necesita diez minutos de preaviso y trescientos dólares para insertar un anuncio en esta edición. Bowman está en su oficina, ha conseguido un aplazamiento. Mientras tú le llamas sin perder un segundo, yo me comunicaré con criptografía en Langley. Sarah, envíe un télex con el aviso a la sección de criptografía de la CIA. Les avisaré de que ya sale.

Bowman depositó el mensaje sobre su escritorio y lo alineó cuidadosamente con los ángulos de su secante. Limpió los cristales de sus gafas durante unos segundos que a Graham se le hicieron eternos.

Bowman tenía fama de ser rápido. Incluso la sección de explosivos le perdonaba no ser un ex infante de marina y se lo reconocían.

—Tenemos veinte minutos —anunció Graham.

—Comprendo. ¿Han llamado a Langley?

—Crawford se encargó de hacerlo.

Bowman leyó repetidas veces el mensaje, mirándolo de arriba abajo y de costado, pasando el dedo sobre sus márgenes. Sacó una Biblia de la biblioteca. Los únicos ruidos que se oyeron durante cinco minutos fueron el de la respiración de los dos hombres y el crujido de las finísimas páginas.

—No —dijo—. No lo tendremos listo a tiempo. Será mejor utilizar el que le queda para cualquier otra cosa que pueda hacer.

Graham le mostró una mano vacía.

Bowman dio media vuelta para mirar a Graham y se quitó las gafas. Tenía una marca rosada a ambos lados de la nariz.

—¿Está usted lo bastante seguro como para pensar que la nota que recibió Lecter es la única comunicación que ha tenido con el Duende Dientudo?

—Correcto.

—Pues entonces el código es sencillo. Sólo necesitaban protegerse de lectores fortuitos. Teniendo como medida las perforaciones de la nota que recibió Lecter faltarían solamente unos siete centímetros. No es un espacio tan grande como para escribir muchas instrucciones. Supongo que debe tratarse de un libro utilizado como código.

Crawford se les unió.

—¿Un libro como código?

—Eso parece. Los primeros números, las «cien oraciones», podría ser el número de la página. Los pares de números como referencias bíblicas podrían ser una línea y una letra. Pero ¿qué libro?

—¿No será la Biblia? —preguntó Crawford.

—No, la Biblia no. Lo pensé en un primer momento. Me desconcertó la cita de Gálatas 6,11: «Ves qué carta larga te he escrito con mis propias manos». Es apropiado, pero pura coincidencia, porque luego viene Gálatas 15,2. La epístola a los Gálatas tiene sólo seis capítulos. Lo mismo sucede con Jonás 6:8. Jonás tiene cuatro capítulos. No utilizó una Biblia.

—Quizá el título del libro esté disimulado en la parte clara de la nota de Lecter —sugirió Crawford.

Bowman meneó la cabeza.

—No lo creo.

—Pues entonces el Duende Dientudo nombró el libro que debía utilizar. Lo especificó en la nota —dijo Graham.

—Eso parece —acotó Bowman—. ¿Y si tratan de sacárselo a Lecter? Pienso que en un hospital mental algunas drogas…

—Hace tres años probaron con amital sódico, tratando de averiguar dónde había enterrado a un estudiante de Princeton —replicó Graham—. Les dio una receta de una salsa. Además, si tratáramos de averiguarlo por la fuerza, lo perderíamos

152

como conexión. Si el Duende Dientudo eligió ese libro, es porque sabía que Lecter lo tenía en su celda.

—Tengo la certeza de que no le pidió a Chilton que le comprara uno —afirmó Crawford.

—¿Qué información dieron los diarios, Jack? Sobre los libros de Lecter.

—Que tiene libros de medicina, de psicología, de cocina.

—Entonces podría ser alguno de los clásicos de esos temas, algo tan clásico que el Duende Dientudo sabría a ciencia cierta que Lecter lo tiene —acotó Bowman—. Necesitamos una lista de los libros de Lecter. ¿Tiene una?

—No —respondió Graham mirándose los zapatos—. Podría pedirle a Chilton... Esperen. Rankin y Willingham, cuando revisaron su celda, tomaron fotos con una Polaroid para poder colocarlo todo en su lugar.

—¿Les puede pedir que busquen las fotografías y se reúnan conmigo?

—¿Dónde?

—En la biblioteca del Congreso.

Crawford hizo una última comprobación en la sección de criptografía de la CIA. El ordenador de Langley estaba probando una larga sustitución progresiva de letras por números y una apabullante variedad de claves alfabéticas, pero sin ningún éxito. El criptógrafo estuvo de acuerdo con Bowman en que probablemente se trataba de una clave en un libro.

Crawford miró el reloj.

—Will, nos quedan tres opciones y tenemos que decidirnos ya. Podemos retirar el mensaje de Lecter del diario y no publicar nada. Podemos sustituir nuestros mensajes en lenguaje coloquial invitando al Duende Dientudo a buscar en la apartado de correos. O podemos dejar que salga tal cual lo mandó, el anuncio de Lecter.

—¿Está seguro de que hay tiempo todavía para poder sacar el mensaje de Lecter del *Tattler*?

—Chester piensa que el jefe lo haría por otros quinientos dólares.

—No me gusta la idea de publicar un mensaje en lenguaje coloquial, Jack. Probablemente, Lecter no volvería a tener más noticias de él.

—Lo sé, pero siento cierto resquemor al permitir que se publique el mensaje de Lecter sin conocer su significado —respondió Crawford—. ¿Qué puede decirle Lecter que él no sepa todavía? Si ha descubierto que tenemos una huella parcial de su pulgar y que sus huellas dactilares no están en ningún archivo, podría cortarse el pulgar y arrancarse los dientes y con una estentórea carcajada exhibir sus encías desnudas ante el tribunal.

—La huella del pulgar no figuraba en el resumen que leyó Lecter. Será mejor que dejemos que se publique su mensaje. Por lo menos alentará al Duende Dientudo para comunicarse otra vez con él.

—¿Qué pasa si le alienta a hacer alguna otra cosa además de escribir?

—Nos sentiremos mal durante mucho tiempo —contestó Graham—. Tenemos que hacerlo.

Quince minutos más tarde, en Chicago, las enormes rotativas del *Tattler* comenzaron a girar, aumentando paulatinamente de velocidad, hasta que su estrépito levantó una nube de polvo en el cuarto de máquinas. El agente del FBI que esperaba en aquel ambiente impregnado de olor a tinta y papel recién impreso, cogió uno de los primeros ejemplares.

Los titulares decían: «¡Trasplante de una Cabeza!» y «¡Astrónomos vislumbran a Dios!».

Después de verificar que el anuncio de Lecter estaba debidamente insertado, el agente introdujo el diario en un sobre urgente rumbo a Washington. Años más tarde volvería a ver ese diario y recordaría el borrón de su pulgar en la primera página, cuando llevara a sus niños al FBI para ver la exposición de documentos especiales.

CAPÍTULO 15

Crawford se despertó de un sueño profundo una hora antes de que amaneciera. Vio el cuarto oscuro y sintió el generoso trasero de su esposa cómodamente apoyado contra sus riñones. No supo por qué se había despertado hasta que el teléfono sonó por segunda vez. Lo encontró sin dificultad.

—Jack, soy Lloyd Bowman. He encontrado la clave. Es preciso que sepa ahora mismo lo que dice.

—Muy bien, Lloyd. —Crawford buscó con los pies sus pantuflas.

—Dice: «Domicilio Graham Marathon, Florida. Sálvese. Mátelos a todos».

—Maldición. Tengo que ir.

—Lo sé.

Crawford se dirigió al escritorio sin detenerse a buscar el batín. Llamó dos veces a Florida, una al aeropuerto y luego a Graham, al hotel.

—Will, Bowman acaba de descifrar la clave.

—¿Qué dice?

—Te lo diré enseguida. Pero ahora escúchame. Todo va bien. Me he encargado de ello, por lo tanto no cuelgues cuando te lo diga.

—Dímelo ya.

—Es tu dirección. Lecter le dio a ese degenerado tu dirección. Espera, Will. Dos coches de la policía están ya camino de Sugarloaf. La lancha de la aduana de Marathon se dirige hacia allí. El Duende Dientudo no ha tenido tiempo todavía de hacer nada. Espera, no cortes. Puedes moverte más rápido si yo te ayudo. Escucha lo que voy a decirte.

»Los agentes no van a asustar a Molly. Los coches cerrarán el camino que lleva a la casa. Dos hombres se acercarán lo suficiente como para poder vigilarla. Puedes decírselo cuando se despierte. Pasaré a buscarte dentro de media hora.

—Ya me habré ido.

—El próximo avión hacia allí no sale hasta las ocho. Será más rápido hacerles venir aquí. La casa de mi hermano en Chesapeake está disponible. Tengo un buen plan, Will, espera que te lo cuente. Si no te gusta, yo mismo te llevaré al avión.

—Necesito algunas cosas del arsenal.

—Las buscaremos cuando te recoja.

Molly y Willy estaban entre los primeros que bajaron del avión en el Aeropuerto Nacional de Washington. Ella divisó a Graham entre el gentío, no sonrió, pero se dio la vuelta hacia Willy y le dijo algo mientras caminaban rápidamente adelantándose a la oleada de turistas que volvían de Florida.

Le miró de arriba abajo, se acercó y le dio un rápido beso. Sus dedos bronceados y fríos le tocaron en la mejilla.

Graham sintió que el niño le observaba. Willy le estrechó la mano sin acercarse.

Graham bromeó sobre el peso de la maleta de Molly mientras caminaban hacia el automóvil.

—Yo la llevaré —anunció Willy.

Un Chevrolet marrón con patente de Maryland se situó detrás de ellos cuando salieron del aparcamiento.

Graham cruzó el puente en Arlington y les señaló los monumentos conmemorativos de Lincoln y Jefferson y el de George Washington antes de tomar rumbo este en dirección a la bahía de Chesapeake. Después de haber recorrido veinticinco kilómetros desde Washington, el Chevrolet marrón se les puso al lado por el carril interno. El conductor miró hacia ellos cubriéndose la boca con la mano y una voz extraña resonó en el interior del automóvil.

—Fox Edward, no hay moros en la costa. Buen viaje.

Graham buscó el micrófono oculto bajo el tablero.

—Entendido, Bobby. Muchas gracias.

El Chevrolet quedó nuevamente atrás y se encendieron los intermitentes.

—Sólo para estar seguro de que ningún periodista o lo que sea nos sigue —aclaró Graham.

Ya entrada la tarde se detuvieron en un restaurante junto a la carretera y comieron cangrejos. Willy fue a curiosear en la pileta de langostas vivas.

—Lo siento, Molly, todo esto no me gusta nada —dijo Graham.

—¿Es a ti a quien busca ahora?

—No tenemos motivos para pensarlo. Lecter se lo sugirió. Le instó a hacerlo.

—Es una sensación opresiva, desagradable.

—Lo sé. Tú y Willy estaréis seguros en casa del hermano de Crawford. Nadie, a excepción de Crawford y yo, sabrá que estáis allí.

—Preferiría no hablar de Crawford.

—Verás qué bonito lugar.

Molly aspiró hondo y cuando soltó el aire toda su furia salió con él, y se quedó descansada y tranquila. Le miró con una sonrisa aviesa.

—Caray, qué rabieta me cogió allí. ¿Tendremos que convivir con algún Crawford?

—No. —Apartó la caja de las galletitas para cogerle la mano—. ¿Qué es lo que sabe Willy?

—Bastante. La madre de su amigo Tommy tenía en su casa un periódico inmundo que trajo del supermercado. Tommy se lo enseñó a Willy. Había un largo artículo sobre ti, aparentemente bastante tergiversado. Hablaba sobre Hobbs, el lugar donde estuviste después, Lecter, todo. Le afectó mucho. Le pregunté si quería que habláramos sobre eso. Pero se limitó a preguntarme si yo lo sabía. Le contesté que sí, que tú y yo habíamos conversado sobre eso una vez, que me habías contado todo antes de casarnos. Le pregunté si quería que yo le contara cómo fue en realidad. Me dijo que te lo preguntaría a ti directamente.

—Me alegro. Bien por él. ¿Qué era, el *Tattler*?

—No sé, creo que sí.

—Muchas gracias, Freddy.

Una ola de furia contra Freddy Lounds le hizo levantarse de su asiento. Se lavó la cara con agua fría en el baño.

Sarah estaba dando las buenas noches a Crawford en la oficina cuando sonó el teléfono. Dejó la cartera y el paraguas para contestar.

—Oficina del agente especial Crawford… No, el señor Graham no está en la oficina, pero permítame… Espere, será un placer… Sí, estará aquí mañana por la tarde, pero permítame…

El tono de su voz hizo que Crawford se acercara al escritorio.

Sarah sujetaba el receptor como si hubiera muerto en su mano.

—Preguntó por Will y dijo que tal vez llamaría mañana por la tarde. Traté de retenerle.

—¿Quién era?

—Me dijo: «Dígale simplemente a Graham que era el Peregrino». Así es como el doctor Lecter llamó…

—Al Duende Dientudo —acotó Crawford.

Graham fue al mercado mientras Molly y Willy vaciaban sus maletas. Compró melones y moras maduras. Aparcó el coche en la acera de enfrente de la casa y se quedó sentado durante unos minutos con las manos sobre el volante. Estaba avergonzado de que por culpa suya Molly hubiera tenido que abandonar la casa que amaba y tuviera que instalarse en una ajena.

Crawford hizo todo lo que pudo. Aquella casa no era uno de esos refugios federales en los que los brazos de los sillones estaban desteñidos por la transpiración de las manos. Era un chalé simpático, recién pintado, con flores junto a la escalera de entrada. Era el producto de unas manos cuidadosas y un espíritu ordenado. El jardín de atrás descendía hacia la bahía de Chesapeake y había un bote inflable.

La luz azul verdosa de la televisión se veía a través de las cortinas. Graham sabía que Molly y Willy estaban viendo un partido de béisbol.

El padre de Willy había sido jugador de béisbol, y muy bueno. Él y Molly se conocieron en el autobús del colegio y se casaron antes de terminar los estudios.

Hicieron una gira por Florida con un equipo cuando jugaba con los Cardinals. Llevaron a Willy con ellos y lo pasaron maravillosamente bien. Los Cardinals le dieron la oportunidad de formar parte de la primera división y los dos primeros partidos confirmaron la confianza depositada en él. Pero después empezó a tener dificultades para tragar. El cirujano trató de extirparle todo el tumor, pero hizo una metástasis y eso acabó con él. Murió al cabo de cinco meses, cuando Willy tenía seis meses.

Willy seguía los partidos de béisbol siempre que podía. Molly los veía cuando estaba alterada.

Graham no tenía llave. Llamó a la puerta.

—Yo abriré —dijo Willy.

—Espera. —Molly espió por las cortinas—. Está bien.

Willy abrió la puerta. Tenía en la mano, apretado contra la pierna, un pesado garrote.

La vista de ese objeto molestó a Graham. El chico debía de haberlo traído en la maleta.

Molly cogió la bolsa del mercado.

—¿Quieres un poco de café? Hay ginebra, pero no es la marca que te gusta.

Cuando se fue a la cocina, Willy le propuso a Graham salir afuera.

Desde el porche de atrás podían ver las luces de posición de las embarcaciones ancladas en la bahía.

—Will, ¿hay algo que debo saber para cuidar bien de mamá?

—Ambos estáis seguros aquí, Willy. ¿Recuerdas el automóvil que nos siguió desde el aeropuerto para comprobar que nadie sabía adónde íbamos? Nadie puede averiguar dónde estáis tú y tu madre.

—Ese maniático quiere matarte, ¿verdad?

—No lo sabemos. Pero no me sentí tranquilo al enterarme de que él sabía dónde estaba mi casa.

—¿Vas a matarle?

Graham cerró los ojos un instante.

—No. Mi trabajo consiste en encontrarle. Luego le confinarán en un hospital mental para poder vigilarle y evitar que haga daño a nadie más.

—La madre de Tommy tenía un periódico, Will. Ahí decía que tú habías matado a un tipo en Minnesota y que habías estado en un psiquiátrico. Yo no lo sabía. ¿Es verdad?

—Sí.

—Empecé a preguntárselo a mamá, pero preferí preguntártelo a ti.

—Me gusta que me lo hayas preguntado a mí. No era sólo un hospital para locos; tratan a toda clase de enfermos. —La distinción era importante—. Yo estaba en el ala de psiquiatría. Te molesta saber que estuve allí porque estoy casado con tu madre.

—Le dije a mi padre que cuidaría de ella. Y lo haré.

Graham sintió que tenía que contarle lo suficiente, pero no quería decirle demasiado.

Las luces de la cocina estaban apagadas. Pudo ver la borrosa silueta de Molly detrás de la puerta de alambre tejido y se sintió enjuiciado. Al hablar de todo eso con Willy se estaba jugando el corazón de Molly.

Era evidente que Willy no sabía qué más debía preguntarle. Graham lo hizo por él.

—Lo del hospital fue después del asunto de Hobbs.

—¿Le disparaste?

—Sí.

—¿Cómo ocurrió?

—Para empezar, Garret Hobbs estaba loco. Atacaba a adolescentes y… las mataba.

—¿Cómo?

–Con un cuchillo; finalmente, encontré una pequeña esquirla de metal en la ropa de una de las chicas. Era una viruta como las que quedan al recortar una cañería. ¿Recuerdas cuando arreglamos la ducha de fuera?

»Yo estaba interrogando a instaladores de calefacción, fontaneros y otras personas. Me llevó mucho tiempo. Hobbs había dejado una carta renunciando a su trabajo en una empresa constructora a la que yo estaba investigando. La vi y me pareció… rara. No trabajaba en ninguna parte y tuve que buscarle en su casa.

»Estaba subiendo la escalera del apartamento de Hobbs. Me acompañaba un policía uniformado. Hobbs debió vernos llegar. Estaba a mitad de camino cuando empujó a su esposa y cayó rodando por las escaleras, muerta.

–¿La había matado?

–En efecto. Entonces le pedí al oficial que me acompañaba que llamara a SWAT para pedir ayuda. Pero en ese momento oí a unos niños dentro del apartamento y enseguida unos gritos. Quise esperar, pero no pude.

–¿Tú entraste en el apartamento?

–Sí. Hobbs había agarrado a su hija por detrás y tenía un cuchillo. La estaba apuñalando. Y entonces le disparé.

–¿La chica murió?

–No.

–¿Se curó?

–Después de un tiempo. Ahora está perfectamente bien.

Willy digirió lentamente y en silencio todo aquello. Se oía el débil sonido de una música proveniente de un barco anclado en la bahía.

Graham podía obviar ciertos detalles por el bien de Willy, pero no pudo evitar revivirlos.

Omitió contarle que la señora Hobbs, apuñalada numerosas veces, se aferraba a él en el rellano de la escalera. Que al comprobar que había muerto y al escuchar los gritos que provenían del apartamento, se libró de aquellos dedos ensangrentados y empujando con el hombro abrió la puerta. Que Hobbs sujetaba a su propia hija y que con el cuchillo le cortaba el cuello, y cómo ella se defendía con la cabeza colgando, mientras la 38 le agujereaba el cuerpo sin que se desplomara ni dejara de acuchillarla. Que Hobbs estaba sentado en el suelo llorando y su hija gemía. Que al levantarla comprobó que Hobbs le había seccionado la tráquea pero no las arterias. Que la muchacha le miraba a él con enormes ojos vidriosos y luego miraba a su padre sentado en el suelo, que lloriqueaba y decía «¿Ves? ¿Ves?» hasta caer muerto.

Ahí fue donde Graham perdió su fe en las 38.

—Willy, ese asunto de Hobbs me preocupó mucho. ¿Sabes?, lo conservaba en mi mente y lo recordaba una y otra vez. Llegó un momento en que no podía pensar en otra cosa. Tenía la idea fija de que debía haber existido una forma mejor de resolver todo aquello. Y luego ya no sintió nada más. No podía comer y dejé de hablar. Sufrí una fuerte depresión. Entonces un médico me aconsejó que me internara en el hospital y le hice caso. Al cabo de un tiempo conseguí poner cierta distancia entre los hechos y yo. La niña que fue herida en el apartamento de Hobbs vino a verme. Estaba muy bien y hablamos mucho. Finalmente lo olvidé y volví a mi trabajo.

—¿Es tan espantoso matar a alguien, incluso si uno tiene que hacerlo?

—Willy, no hay nada peor en el mundo entero.

—Oye, voy un momento a la cocina. ¿Quieres tomar algo, una Coca? —A Willy le gustaba llevarle cosas a Graham, pero siempre lo hacía como si fuera algo que de todas formas pensaba hacer. Nunca lo hacía como un favor especial o algo por el estilo.

—Por supuesto, una Coca.

—Mamá debería salir y ver estas luces.

Más tarde, ya de noche, Molly y Graham estaban sentados en la hamaca del porche de atrás. Caía una fina lluvia y las luces de los barcos formaban halos punteados en la bruma. La brisa que provenía de la bahía les puso la carne de gallina en los brazos.

—Esto puede durar bastante, ¿no es así? —preguntó Molly.

—Espero que no, pero es posible.

—Will, Evelyn dijo que podía encargarse de la tienda durante esta semana y cuatro días de la próxima. Pero tengo que volver a Marathon, por lo menos uno o dos días para estar allí cuando lleguen los representantes. Podría quedarme en casa de Evelyn y Sam. Tengo que ir a Atlanta a abastecerme para septiembre.

—¿Evelyn sabe dónde estás?

—Le dije Washington, nada más.

—Bien.

—Qué difícil es tener algo, ¿verdad? Difícil conseguirlo, complicado conservarlo. Éste es un planeta terriblemente resbaladizo.

—Resbaladizo como el infierno.

—Volveremos a Sugarloaf, ¿verdad?

—Volveremos.

—No te apresures ni arriesgues demasiado. No lo harás, ¿verdad?

—No.

—¿Vas a regresar temprano?

Había hablado por teléfono con Crawford durante media hora.

—Antes del almuerzo. Hay algo que tenemos que solucionar mañana, si piensas volver a Marathon. Willy podría darse cuenta de lo que pasa.

—Tuvo que preguntarte por el otro.

—Lo sé y no le culpo.

—Maldito sea ese periodista, ¿cómo se llama?

—Lounds. Freddy Lounds.

—Parece que le odias. Y desearía no haber mencionado el tema. Ven, vamos a acostarnos y te haré un buen masaje en la espalda.

El resentimiento produjo un ligero malestar a Graham. Se había justificado ante un niño de once años. El niño había dicho que no había nada malo en haber estado encerrado en un manicomio. Ahora ella iba a darle un masaje en la espalda.

—Vamos a la cama, no hay problemas con Willy.

«Cuando te sientas tenso, mantén la boca cerrada si puedes.»

—Te dejaré solo si quieres pensar un rato —dijo ella.

Él no quería pensar. De ningún modo.

—Dame un masaje en la espalda y yo te lo daré en el pecho —contestó.

—Adelante, muchacho.

El viento barrió la fina llovizna más allá de la bahía y a las nueve de la mañana una nube de vapor se levantaba del suelo. Los distantes blancos del campo de tiro dependiente del sheriff local parecían vacilar en aquella trémula atmósfera.

El jefe del campo de tiro observó con sus prismáticos hasta tener la seguridad de que el hombre y la mujer que estaban en el extremo más alejado de la línea de tiro cumplían con las reglas de seguridad.

La credencial del Ministerio de Justicia que exhibió el hombre cuando pidió permiso para usar el campo de tiro decía «Investigador». Eso podría ser cualquier cosa. El jefe no veía con buenos ojos que personas que no fueran instructores de tiro calificados enseñaran a otras el manejo de una pistola.

No obstante, tuvo que reconocer que el agente federal sabía lo que estaba haciendo.

Utilizaban solamente un revólver del calibre 22, pero estaba enseñando a la mujer a disparar en combate desde la posición Weaver, con el pie izquierdo ligeramente adelantado y las dos manos sujetando fuertemente el revólver con tensión isométrica en los brazos. Ella disparaba a una silueta situada a seis metros y medio de distancia. Una y otra vez sacó el arma del bolsillo exterior del bolso que colgaba de su hombro. Lo repitió hasta que el jefe de tiro se aburrió de mirarles.

Un cambio de sonido en los disparos le hizo recurrir nuevamente a los prismáticos. Se habían colocado protectores para los oídos y estaban trabajando con un arma corta y pesada. El jefe reconoció el estampido de los proyectiles ligeros.

Pudo ver la pistola que esgrimía en sus manos y le interesó. Caminó junto a la línea de tiro y se detuvo unos metros detrás de ellos.

Quería examinar la pistola, pero aquel no era buen momento para interrumpir. Echó una buena mirada mientras la mujer la vaciaba de cápsulas usadas y colocaba otras cinco de un cargador especial.

Extraña arma para un agente federal. Era un Bulldog 44 Special, corto y feo, con una enorme boca. Había sido muy modificado por Mag Na Port. El cañón estaba ventilado cerca de la boca para que no se levantara con el retroceso, el percutor estaba reforzado y tenía un par de sólidas agarraderas. Sospechaba que estaba preparado especialmente para ese tipo de cargador. Una pistola increíblemente maligna cuando estuviera cargada con lo que tenía preparado el agente federal. Se preguntaba cómo lo soportaba aquella mujer.

Los proyectiles alineados en la tarima junto a ellos ofrecían una interesante progresión. El primer lugar lo ocupaba una caja de munición ligera. Le seguía la utilizada normalmente por la policía y por último había algo de lo que el instructor había oído hablar mucho, pero que rara vez había visto. Una hilera de proyectiles de seguridad Glaser. Los extremos parecían sacapuntas para lápices. Detrás de cada punta había una cápsula de cobre que contenía munición del número doce en una suspensión de teflón líquido.

Ese ligero proyectil había sido diseñado para volar a una velocidad tremenda, incrustarse en el blanco y soltar su carga. Sus consecuencias en la carne eran devastadoras. El instructor recordaba incluso cifras. Hasta el momento, noventa Glaser se habían disparado contra personas. Las noventa quedaron eliminadas inmediatamente con un solo disparo. Ochenta y nueve de ellas murieron enseguida. Un hombre sobrevivió, para asombro de los médicos. Los Glaser tenían además una ventaja en lo relativo a seguridad: no producían rebotes, y no atravesarían la pared, matando al que estuviera en el otro cuarto.

El hombre se mostraba muy atento hacia ella, alentándola, pero parecía triste por algo.

La mujer había agotado ya los proyectiles utilizados por la policía y el instructor se alegró al comprobar que controlaba bien el retroceso, mantenía los dos ojos abiertos y no vacilaba. Era verdad también que tardó casi cuatro segundos en sacar el primer cargador de su cartera, pero tres habían hecho blanco en el círculo marcado con una X. No estaba mal para una principiante. Tenía habilidad.

Hacía un rato que estaba nuevamente en la torre cuando oyó el terrible estrépito de los Glaser.

La mujer disparaba todo el cargador. No era una práctica común y corriente.

El inspector se preguntó qué demonios verían en la silueta para que fueran necesarios cinco Glasers para matarla.

Graham se dirigió a la torre para devolver los protectores de oídos, dejando a su alumna sentada en un banco, con la cabeza gacha y los codos apoyados sobre las rodillas.

El instructor pensó que debería estar contento con ella y así se lo dijo. Había aprendido mucho en un solo día. Graham se lo agradeció algo abstraído. Su expresión intrigó al instructor. Parecía un hombre que hubiera sufrido una pérdida irreparable.

CAPÍTULO 16

El «señor Peregrino» le había dicho a Sarah que tal vez llamase durante la tarde del día siguiente. Una serie de arreglos se llevaron a cabo en el cuartel general del FBI para recibir la llamada.

¿Quién era el señor Peregrino? No era Lecter, Crawford lo había constatado. ¿Sería el señor Peregrino el Duende Dientudo? Tal vez, pensaba Crawford.

Los escritorios y teléfonos de su oficina habían sido trasladados durante la noche a una habitación más grande.

Graham estaba junto a la puerta entreabierta de una cabina a prueba de ruidos. Detrás de él, dentro de la cabina, estaba el teléfono de Crawford. Sarah lo había limpiado con Windex. Sobre el escritorio de Sarah y en una mesa auxiliar estaban desparramados el espectógrafo para imprimir la voz, los grabadores y el evaluador de acento tónico, y como Beverly Katz se había apropiado además de su silla, Sarah necesitaba hacer algo.

El gran reloj de la pared marcaba las 11.50.

El doctor Alan Bloom y Crawford permanecían junto a Graham. Habían adoptado una misma posición, apoyados sobre una cadera, con las manos en los bolsillos.

Un técnico sentado frente a Beverly Katz hizo tamborilear los dedos sobre el escritorio hasta que una mirada de Crawford le detuvo.

Sobre el escritorio de Crawford habían instalados dos teléfonos nuevos, una línea abierta a la centralita electrónica del

Bell System (ESS) y una línea directa con la sección de comunicaciones del FBI.

—¿Cuánto tiempo necesita para localizar una llamada? —preguntó el doctor Bloom.

—Con la nueva centralita se hace mucho más rápido de lo que piensa la mayoría de la gente —respondió Crawford—. Un minuto, tal vez, si procede de una centralita totalmente electrónica. Más si es desde un lugar donde las paredes están aisladas.

Crawford alzó la voz dirigiéndose a los que estaban en el cuarto.

—Si es que llega a llamar, será breve, de modo que debemos hacerlo a la perfección. ¿Quieres que lo repasemos otra vez, Will?

—Por supuesto. Cuando lleguemos al punto en que yo hablo, quisiera hacerle un par de preguntas, doctor.

Bloom había llegado después que los otros. Había tenido que pronunciar una conferencia en la sección de ciencias del comportamiento, en la Academia del FBI en Quantico. Bloom notó el olor a pólvora en la ropa de Graham.

—De acuerdo —dijo Graham—. Suena el teléfono. El circuito se completa inmediatamente y en el ESS comienza la localización, pero el generador de tono prosigue repitiendo el ruido de llamada y, por lo tanto, no sabe que hemos contestado. Eso nos da veinte segundos de ventaja —señaló al técnico—. Generador de tono a off al final de la cuarta llamada, ¿entendido?

El técnico asintió.

—Final de la cuarta llamada.

—Bien, Beverly contesta. Su voz es diferente de la que él oyó ayer. Aparenta no reconocerle. La voz de Beverly parece aburrida. El hombre pregunta por mí. Bev dice: «Tendré que buscarle. ¿Puede esperar un momento?». ¿Lista para eso, Bev?

Graham pensó que sería mejor no ensayar las respuestas. La rutina les restaría espontaneidad.

—Muy bien, la línea está abierta para nosotros, cerrada para él. Creo que esperará más tiempo del que hablará.

—¿Seguro que no quiere que conectemos el tono de espera? —preguntó el técnico.

—Por Dios, no.

—Lo mantenemos esperando veinte segundos y entonces Beverly interviene nuevamente para decirle: «El señor Graham viene enseguida; le paso con él». Yo me pongo al habla.

Graham se dio la vuelta hacia el doctor Bloom.

—¿Cómo le encararía, doctor?

—Él espera que usted se muestre escéptico respecto a que él sea realmente el Duende Dientudo. Yo sugeriría un escepticismo cortés. Yo haría una marcada diferenciación entre los que llaman haciéndose pasar por él y la importancia de una llamada del auténtico personaje. Los falsos son fáciles de reconocer porque no tienen la capacidad de comprender lo que ha ocurrido, ese tipo de cosas.

»Hágale decir algo que pruebe quién es. —El doctor Bloom fijó la vista en el suelo y se restregó la nuca.

»Usted no sabe lo que él quiere. Tal vez busque comprensión, quizás le considera a usted un adversario y quiere gozar con su sufrimiento… ya lo veremos. Trate de descubrir de qué humor está y dele lo que desea, una cosa cada vez. Me cuidaría mucho de pedirle que recurriera a nosotros para ayudarle, a no ser que usted se dé cuenta de que es lo que él desea.

»Se dará cuenta rápidamente si se trata de un paranoico. En ese caso utilizaría sus sospechas o rencores. Déjele que los ventile. Si pica con eso tal vez no se dé cuenta del tiempo que habla. Eso es todo lo que puedo decirle. —Bloom apoyó su mano sobre el hombro de Graham y agregó pausadamente—: Escuche, ésta no es una arenga ni nada por el estilo; usted puede tomar la delantera, haga lo que le parezca correcto.

Esperar. Media hora de silencio fue más que suficiente.

—Llame o no, tenemos que decidir qué haremos después —dijo Crawford—. ¿Quieren que probemos con el apartado de correos?

—No se me ocurre nada mejor —dijo Graham.

—Eso nos proporcionaría dos trampas; tu casa de los cayos rodeada de policías y el apartado de correos.

Sonó el teléfono.

Conectaron el generador de tono. La localización comenzó en ESS. Cuatro llamadas. El técnico conectó la centralita y Beverly contestó. Sarah escuchaba.

—Oficina del agente especial Crawford.

Sarah meneó negativamente la cabeza. Conocía al que llamaba, era un colega de Crawford de la sección de alcohol, tabaco y armas de fuego. Beverly se libró de él rápidamente y anotó la localización de la llamada. Todos los del FBI sabían que no debía ocuparse esa línea.

Crawford repasó una vez más las detalles del apartado de correos. Estaban aburridos y tensos al mismo tiempo. Lloyd Bowman se presentó para mostrarles que los números de las supuestas citas bíblicas de Lecter coincidían con la página 100 del ejemplar en rústica de *La alegría de cocinar*. Sarah sirvió café en vasos de papel.

El teléfono volvió a sonar.

Generador de tono conectado y comenzó la localización en el ESS. Cuatro llamadas. El técnico pulsó la palanca. Beverly contestó.

—Oficina del agente especial Crawford.

Sarah movía afirmativamente la cabeza, con gran energía.

Graham entró a la cabina y cerró la puerta. Podía ver los labios de Beverly que se movían. Articuló «Un momento» y miró la aguja del segundero del reloj de pared.

Graham vio su cara en el reluciente aparato. Dos caras borrosas en el auricular y en el micrófono. Sintió en su camisa el olor a pólvora del campo de tiro. «No cuelgues. Por el amor de Dios, no cuelgues.» Habían transcurrido cuarenta segundos. «Déjalo sonar. Una vez más.» Cuarenta y cinco segundos. «Ahora.»

—Will Graham. ¿Puedo ayudarle en algo?

Una risa ahogada. Una voz velada dijo:

—Vaya si puede.

—¿Puedo saber quién habla, por favor?

—¿No se lo ha dicho su secretaria?

—No, pero me ha sacado de una reunión y…

—Si me dice que no piensa hablar con el Peregrino colgaré inmediatamente. ¿Sí o no?

—Señor Peregrino, no tengo ningún inconveniente en hablar con usted si tiene algún problema que pueda solucionarle.

—Creo que el problema lo tiene usted, señor Graham.

—Lo siento, pero no comprendo.

La aguja del segundero se acercaba al minuto.

—Usted ha estado muy atareado, ¿verdad?

—Demasiado atareado para seguir conversando a menos que me diga qué es lo que quiere.

—Yo quiero lo mismo que usted. Atlanta y Birmingham.

—¿Sabe algo al respecto?

Leve risita.

—¿Si sé algo al respecto? ¿Está interesado usted en el señor Peregrino, sí o no? Colgaré si miente.

Graham podía ver a Crawford a través de la puerta de cristal. Sujetaba un auricular con cada mano.

—Sí. Pero, ¿sabe usted?, recibo numerosas llamadas y la mayoría son de personas que dicen tener información. —Un minuto.

Crawford soltó uno de los auriculares y escribió algo en una hoja de papel.

—Le sorprendería enterarse de la cantidad de aspirantes que hay —respondió Graham—. Al cabo de unos minutos de conversación se advierte que no tienen la capacidad necesaria para comprender lo que está ocurriendo. ¿Usted sí?

Sarah acercó una hoja de papel al cristal para que Graham pudiera verla. Decía: «Teléfono público de Chicago. Policía se dirige allí».

—Le propongo algo: usted me cuenta algún dato que tenga sobre el señor Peregrino y tal vez yo le conteste si está o no en lo cierto —manifestó la voz velada.

—Aclaremos de quién estamos hablando —insistió Graham.

—Estamos hablando del señor Peregrino.

—¿Y cómo sé yo que el señor Peregrino ha hecho algo que pueda interesarme? ¿Es realmente así?

—Digamos que sí.

—¿Es usted el señor Peregrino?

—No creo que se lo diga.

—¿Es usted su amigo?

—Más o menos.

—Pues entonces demuéstremelo. Dígame algo que me indique si le conoce bien.

—Usted primero. Dígame lo suyo —una risita nerviosa—. A la primera equivocación cuelgo.

—Muy bien, el señor Peregrino es diestro.

—Eso no vale. La mayoría de las personas son diestras.

—El señor Peregrino es un incomprendido.

—Nada de trivialidades, por favor.

—El señor Peregrino es muy fuerte físicamente.

—Sí, podría serlo.

Graham miró el reloj. Un minuto y medio. Crawford asintió con la cabeza, alentándole.

«No le digas nada que él pueda modificar.»

—El señor Peregrino es blanco y mide alrededor de un metro ochenta y cinco. Usted no me ha dicho nada, ¿sabe? No estoy seguro ni siquiera de que le conozca.

—¿Quiere dar por terminada la conversación?

—No, pero usted propuso un intercambio de información. Estaba cumpliendo sus condiciones.

—¿Piensa usted que el señor Peregrino está loco?

Bloom meneó negativamente la cabeza.

—No creo que nadie que sea tan cuidadoso como él pueda estar loco. Creo que es diferente. Pienso que muchas personas creen que está loco y la razón de eso es que no ha permitido a la gente que llegasen a conocerle realmente.

—Describa exactamente lo que le hizo a la señora Leeds y tal vez entonces le diga si está o no en lo cierto.

—No quiero hacerlo.

—Adiós.

El corazón de Graham dio un salto, pero podía oír todavía el ruido de la respiración en el otro extremo de la línea.

—No puedo entrar en detalles hasta saber...

Graham oyó el ruido de la puerta de la cabina telefónica de Chicago al abrirse violentamente y el clang del auricular al caer. Débiles voces y golpes se escuchaban a través del aparato colgando del cable. Todos los que estaban en la oficina lo oyeron por el altavoz.

—No se mueva. No se le ocurra ni pestañear. Ahora junte las manos detrás de la cabeza y salga lentamente de la cabina. Lentamente. Las manos sobre el cristal y separe los brazos.

Una oleada de alivio inundó a Graham.

—No estoy armado, Stan. Encontrará el documento de identidad en el bolsillo de la chaqueta. Me hace cosquillas.

Una voz sonora y confusa se oyó en el teléfono.

—¿Con quién hablo?

—Will Graham, FBI.

—Soy el sargento Stanley Riddle, del Departamento de Policía de Chicago. —Algo molesto, añade—: ¿Puede decirme qué demonios pasa?

—Dígamelo usted. ¿Ha detenido a alguien?

—Por. supuesto. A Freddy Lounds, el periodista. Hace diez años que le conozco... Aquí tiene su agenda, Freddy... ¿Va a presentar cargos contra él?

Graham palideció. Crawford parecía un tomate. El doctor Bloom contemplaba cómo giraban las cintas de la grabadora.

—¿Puede oírme?

—Sí, presentaré cargos —la voz de Graham era ahogada—. Obstrucción de la justicia. Lléveselo, por favor, y déjele hasta que le vea el fiscal federal.

De repente, Lounds apareció en el otro extremo de la línea. Hablaba rápida y claramente después de haberse quitado los algodones de las mejillas.

—Will, escuche...

—Dígaselo al fiscal federal. Pásele el teléfono al sargento Riddle.

—Yo sé algo…

—Pásele de una vez ese maldito teléfono a Riddle.

La voz de Crawford intervino en la línea.

—Déjame hablar, Will.

Graham colgó el auricular con un golpe que hizo dar un respingo a todos los que estaban dentro del alcance del altavoz. Salió de la cabina y abandonó el cuarto sin mirar a nadie.

—Lounds, qué lío ha armado —dijo Crawford.

—¿Quieren o no atraparle? Yo puedo ayudarles. Déjeme hablar un minuto. —Lounds aprovechó el silencio de Crawford—. Escuche, usted acaba de demostrarme cuánto necesitan al *Tattler*. Antes no estaba tan seguro, pero ahora sí. Ese anuncio forma parte del caso del Duende Dientudo, porque de lo contrario no se habrían tomado tanto trabajo para localizar esta llamada. Fantástico. Aquí está el *Tattler* para servirles. Para lo que quieran.

—¿Cómo lo ha averiguado?

—El jefe de la sección de anuncios vino a verme. Dijo que su oficina de Chicago había enviado a un agente para revisar los anuncios. Su candidato eligió cinco cartas de entre las que solicitaban la publicación de anuncios. Dijo que estaba relacionado con una «estafa postal». ¡Estafa! El jefe de la sección de anuncios hizo fotocopiar las cartas y los sobres antes de entregárselos al agente.

»Yo los revisé. Sabía que había elegido cinco para disimular la que realmente le interesaba. Nos llevó uno o dos días revisarlos. La clave estaba en el sobre. Matasellos de Chesapeake. El número del código postal correspondía al Hospital Estatal de Chesapeake. Yo estuve allí, ¿recuerda?, siguiéndole los pasos a su amigo el de los pelos tiesos. ¿Qué otra cosa podía ser?

»No obstante, tenía que estar perfectamente seguro. Por eso he llamado, para ver si les interesaba hablar con el "señor Peregrino" y así fue.

—Ha cometido un grave error, Freddy.

—Ustedes necesitan al *Tattler* y yo puedo ayudarles en eso. Anuncios, editoriales, vigilancia de las cartas que se reciben, cualquier cosa. Basta que lo pida. Puedo ser discreto, de veras. Deme una oportunidad, Crawford.

—No hay ninguna oportunidad para usted.

—De acuerdo, entonces no habrá problemas si a alguien se le ocurre poner seis anuncios personales en la próxima edición. Todos dirigidos al «señor Peregrino» y firmados de la misma forma.

—Conseguiré una orden de arresto para usted y que se le abra expediente por obstrucción de la justicia.

—Y trascenderá a la prensa de todo el país —Lounds sabía que su conversación estaba grabándose, pero ya no le importaba—. Juro por Dios que lo haré, Crawford. Destrozaré su oportunidad antes de perder la mía.

—Añada transmisión interestatal de una amenaza a lo que acabo de decir.

—Déjeme ayudarle, Jack. Le aseguro que puedo hacerlo.

—Vaya de una vez a la comisaria, Freddy. Y póngame de nuevo con el sargento.

El Lincoln Versailles de Freddy Lounds olía a loción para el pelo y para después del afeitado, y a medias y cigarros, y el sargento de policía se alegró de bajarse del vehículo al llegar a la comisaría.

Lounds conocía al capitán encargado y a muchos de los policías. El capitán le ofreció café y llamó a la oficina del fiscal federal para «tratar de solucionar este lío».

Ninguna autoridad federal se presentó para interrogar a Lounds. Al cabo de media hora recibió una llamada de Crawford en el despacho del comisario. Y entonces quedó en libertad. El capitán lo acompañó hasta su coche.

Lounds estaba nervioso y condujo veloz y atropelladamente al cruzar el Loop en dirección hacia el este, hacia su apartamento con vistas al lago Michigan. Quería sacar varias cosas de aquel asunto y sabía que podría conseguirlas. Una de ellas era dinero, y la mayoría del dinero provendría de una edición especial. Los puestos de venta de diarios se forrarían con esa edición a las treinta y seis horas de la captura. Una exclusiva en la prensa sería un golpe. Tendría la satisfacción de ver en la prensa seria —el *Chicago Tribune, Los Angeles Times,* el sacrosanto *Washington Post* y el bienaventurado *New York Times*— su crónica firmada junto con su foto.

Y entonces los corresponsales de esos grandes diarios, que no se dignaban mirarle ni compartir un trago con él, se comerían las uñas de envidia.

Lounds se había convertido para ellos en un paria porque había abrazado una fe diferente. Si hubiera sido un incompetente, un tonto sin recursos, los veteranos de la gran prensa le habrían perdonado trabajar para el *Tattler,* como se disculpa a un incompetente. Pero Lounds era bueno. Tenía las cualidades de un buen reportero, inteligencia, coraje y buen ojo. Tenía gran energía y paciencia.

En su contra estaba el hecho de ser odioso y, por lo tanto, detestado por los ejecutivos de los diarios, y el no tener la habilidad para ser objetivo en sus crónicas.

Lounds experimentaba la imperiosa necesidad de llamar la atención, lo que por lo general se conoce erróneamente bajo el nombre de ego. Era gordito, feo y bajo. Tenía dientes grandes y sus ojos pequeños como los de un ratón tenían un brillo repulsivo.

Trabajó durante diez años con la prensa seria y finalmente se dio cuenta de que nadie lo enviaría jamás a la Casa Blanca. Se dio cuenta de que los editores le harían ir de acá para allá, utilizándolo hasta que llegara el momento en que sólo fuera un arruinado y viejo borracho, plantado ante su escritorio, destinado inevitablemente a una cirrosis o a un colchón incendiado.

Querían la información que podía conseguir, pero no querían a Freddy. Le pagaban el sueldo más alto correspondiente al escalafón, lo que no es demasiado cuando se tiene que comprar a las mujeres. Le daban palmaditas en la espalda y le

176

decían que tenía mucho valor y se negaban a reservarle una plaza con su nombre en la zona de aparcamiento.

Una tarde del año 1969, mientras escribía en su oficina, Freddy tuvo un momento de inspiración.

Frank Larkin estaba sentado junto a él escribiendo algo que le dictaban por teléfono. El dictado era la muerte lenta para los reporteros viejos en el diario en que Freddy trabajaba. Frank Larkin tenía cincuenta y cinco años, pero aparentaba setenta. Sus ojos estaban entornados y cada media hora iba a su armario para tomar un trago. Freddy podía olerlo desde su silla.

Larkin se levantó y arrastrando los pies se acercó a la redactora de noticias y le habló en voz baja. Freddy escuchaba siempre las conversaciones ajenas.

Larkin pidió a la mujer que le consiguiera un tampón de la máquina del baño de señoras. Tenía que usarlos para sus hemorroides.

Freddy dejó de escribir. Sacó la crónica que estaba escribiendo de la máquina, puso una hoja nueva y redactó su dimisión.

Una semana después trabajaba en el *Tattler*.

Comenzó como redactor sobre el cáncer, cobrando el doble de sueldo que ganaba antes. La gerencia quedó impresionada por su trabajo.

El *Tattler* podía permitirse el lujo de pagarle bien porque el cáncer resultó muy lucrativo para el periódico.

Uno de cada cinco norteamericanos muere de esa enfermedad. Los parientes de los agonizantes, agotados, desalentados, tratando de luchar contra una enfermedad devastadora con caricias y postres y chistes malos, tienen un desesperado afán por cualquier cosa que les brinde esperanza.

Estudios de mercado revelaron que un título audaz, como «Nueva cura para el cáncer» o «Droga milagrosa para el cáncer», aumentaba las ventas del *Tattler* en los supermercados en un 22,3 por ciento. Las ventas caían un seis por ciento cuando la crónica se publicaba en la primera página debajo del título ya que el lector tenía tiempo de ojear el banal contenido del artículo, mientras guardaba cola en el supermercado.

Expertos en marketing descubrieron que era mejor publicar el gran titular en colores en la primera página y la crónica en las páginas centrales, pues resultaba difícil mantener el diario abierto y sujetar el monedero y el carrito al mismo tiempo.

La vulgar historia se imprimía en los cinco primeros renglones en tipo del número diez, bajaba luego a ocho y después a seis, antes de mencionar que la «droga milagrosa» no estaba a la venta aún o que se estaba ensayando su aplicación en animales.

Freddy se ganaba la vida escribiendo esas crónicas que incrementaban las ventas del *Tattler.*

Además de aumentar el número de lectores, se producían muchas ventas adicionales de medallas milagrosas y reliquias curativas. Los fabricantes pagaban una prima para que la publicidad de esos artículos se colocaran cerca del artículo dedicado al cáncer.

Muchos lectores escribían al diario en busca de mayor información. Se obtenían ingresos extra vendiendo sus nombres a algún «predicador», o a algún sociópata chillón que les escribía en busca de dinero, utilizando sobres impresos con las palabras «Alguien que usted ama morirá a no ser que...».

Freddy Lounds era de gran valor para el *Tattler,* y el *Tattler* le vino a él de perlas. Ahora, al cabo de once años de trabajo, ganaba setenta y dos mil dólares al año. Cubría las noticias que más le gustaban, y gastaba el dinero tratando de pasarlo bien. Vivía de la mejor manera que sabía.

A juzgar por el giro de los acontecimientos, pensaba que podía aumentar su prima con el suplemento extra, y además interesar a la industria cinematográfica.

Había oído decir que Hollywood era un lugar ideal para personajes desagradables con dinero.

Freddy se sentía bien. Bajó por la rampa al garaje situado en el subsuelo del edificio en que vivía y con un chirrido de frenos detuvo el automóvil en el lugar que tenía asignado. Su nombre estaba escrito con letras de treinta centímetros de altura: señor Frederick Lounds.

Wendy ya había llegado; su Datsun estaba aparcado allí. Bien. Quería llevarla a Washington con él. Así esos vigilantes se quedarían boquiabiertos. Subió silbando en el ascensor que le condujo a su piso.

Wendy estaba preparándole la maleta. Se pasaba la vida haciendo y deshaciendo equipajes y era muy eficiente.

Vestía pantalones vaqueros y una camisa a cuadros, y llevaba el pelo sujeto en una cola de caballo; podía haber pasado por una granjera si no fuera por su palidez y su figura. La figura de Wendy era casi una caricatura de la pubertad.

Miró a Lounds con ojos que no habían expresado sorpresa en muchos años. Notó que temblaba.

—Estás trabajando demasiado, Roscoe. —Le gustaba llamarlo Roscoe y por alguna razón a él parecía agradarle—. ¿Qué avión tomas, el de las seis de la tarde? —Le alcanzó un trago y retiró de la cama un salto de cama con lentejuelas y la caja de la peluca para que pudiera recostarse—. Puedo llevarte al aeropuerto. No tengo que ir al club hasta las seis.

Tenía su propio local de topless, el Wendy City, así que ya no necesitaba seguir bailando. Lounds se había hecho cargo de todo.

—Parecías Morocco Mole cuando me llamaste —dijo ella.

—¿Quién?

—Ya sabes, el que sale en televisión los sábados por la mañana, es un personaje realmente misterioso y ayuda a la Ardilla Secreta. Le vimos cuando estabas enfermo con gripe… Parece que conseguiste la noticia del día, ¿verdad? Estás muy satisfecho contigo mismo.

—Así es. Me arriesgué y resultó. ¿Sabes, querida?, tengo perspectivas de dar con un buen filón.

—Tienes tiempo de dormir una siesta antes de salir. Te estás matando.

Lounds encendió un cigarrillo. Ya había dejado otro consumiéndose en el cenicero.

—¿Sabes una cosa? —insistió ella—. Apuesto a que si terminas esa copa y me lo cuentas todo vas a poder dormir.

La cara de Lounds, como un puño apretado contra su cuello, se relajó por fin; recuperó el movimiento tan súbitamente como un puño al volver a ser una mano. Dejó de temblar. Le contó todo a Wendy, susurrando sobre la prominente curva de sus pechos exageradamente aumentados, mientras ella le dibujaba ochos con un dedo sobre la nuca.

—Qué astuto has sido, Roscoe —dijo ella—. Ahora duerme. Te despertaré a tiempo para tu avión. Todo va a ir bien. Y luego nos divertiremos de lo lindo.

Enumeraron los lugares a los que irían. Y él se durmió.

CAPÍTULO 17

El doctor Alan Bloom y Jack Crawford estaban sentados en unas sillas plegables, único mobiliario que quedaba en la oficina de este último.

—El ropero está vacío, doctor.

El doctor Bloom estudió el rostro de facciones simiescas de Crawford y se preguntó para sus adentros qué más diría. Detrás de las quejas y los Alka-Seltzer de Crawford, el médico percibió una inteligencia fría como una mesa de rayos X.

—¿Adónde ha ido Will?

—Dará una vuelta y se tranquilizará —dijo Crawford—. Odia a Lounds.

—¿Creyó usted que perdería a Will después que Lecter publicase la dirección de su casa? ¿Que regresaría con su familia?

—Lo creí por un minuto. Fue un golpe para él.

—Comprensible —acotó el doctor Bloom.

—Pero luego me di cuenta de que no puede volver a su casa, como tampoco pueden volver Molly y Willy, no hasta que desaparezca el Duende Dientudo.

—¿Conoce a Molly?

—Sí. Es encantadora, me gusta mucho. Por supuesto que nada le gustaría más que verme en el infierno con el cuerpo roto. Actualmente más vale que no me encuentre con ella.

—¿Ella piensa que usted utiliza a Will?

—Tengo que hablar con él de unas cuantas cosas —dijo Crawford mirando inquisitivamente al doctor Bloom—. Tendremos que repasarlo con usted. ¿Cuándo debe volver a Quantico?

—El jueves por la mañana. Lo he retrasado.

El doctor Bloom estaba invitado a pronunciar una conferencia en la sección de ciencias del comportamiento de la Academia del FBI.

—Graham lo aprecia. Piensa que usted no practica ninguna clase de trucos mentales con él —dijo Crawford—. Se le había atragantado la observación de Bloom respecto a que utilizaba a Graham.

—No lo hago. Ni trataría de hacerlo —respondió el doctor Bloom—. Soy tan honesto con él como lo sería con un paciente.

—Exacto.

—No; quiero ser su amigo y lo soy, Jack, la observación es parte de mi campo de estudio. Recuerdo, no obstante, que cuando usted me pidió que realizara un estudio de Graham me negué.

—El que quería un estudio sobre él era Peterson, del piso de arriba.

—Usted fue el que lo solicitó. No importa, si hice alguna vez algo con Graham, si alguna vez hubo algo que hubiera podido ser de cierto beneficio terapéutico para otros, le hubiera perturbado de tal forma que sería completamente irreconocible. Si alguna vez llegara a hacer un trabajo académico, sólo sería publicado póstumamente.

—¿Tras su muerte o la de Graham?

El doctor Bloom no respondió.

—Me he dado cuenta de una cosa que despierta mi curiosidad: usted no está nunca a solas en un cuarto con Graham, ¿verdad? Lo hace sutilmente, pero nunca se queda a solas con él. ¿Por qué? ¿Es porque considera que tiene una especial sensibilidad psíquica?

—No. Es un *eideteker;* tiene una extraordinaria memoria visual, pero no creo que tenga esa sensibilidad psíquica. No quiso que Duke le hiciera tests, pero eso no quiere decir nada. Detesta que le sondeen y analicen. Y yo también.

—Pero...

—Will quiere pensar en esto estrictamente como un ejercicio intelectual, y de acuerdo con las ajustadas definiciones forenses es exactamente eso. Es bueno en su trabajo, pero supongo que existirán otras personas igualmente buenas.

—No muchas —respondió Crawford.

—Lo que posee además es pura empatía y proyección —afirmó el doctor Bloom—. Él puede asumir su punto de vista, o el mío, y quizá algunos otros que le asustan y asquean. Es un don molesto, Jack. La percepción es una espada de doble filo.

—¿Por qué no se queda nunca a solas con él?

—Porque siento cierta curiosidad profesional por él y lo advertiría inmediatamente. Es muy rápido.

—Si le encuentra observándole, enseguida cerraría las persianas.

—Una analogía desagradable pero exacta. Ya se ha vengado lo suficiente, Jack. Vayamos al grano. Y abreviemos. No me siento muy bien.

—Una manifestación psicosomática, probablemente —dijo Crawford.

—En honor a la verdad, se trata de mi vesícula. ¿Qué es lo que quiere?

—Dispongo de un medio para hablar con el Duende Dientudo.

—El *Tattler* —acotó el doctor Bloom.

—Exacto. ¿Cree usted que existe alguna forma de empujarle a la autodestrucción con lo que podamos decirle?

—¿Empujarle al suicidio?

—El suicidio me vendría de perlas.

—Lo dudo. Eso es posible en ciertos tipos de enfermedades mentales, pero en este caso lo dudo. No sería tan meticuloso si fuera autodestructivo. No se protegería tan bien. Si fuera el prototipo del esquizofrénico paranoico se podría tal vez influenciarle para enfurecerle y conseguir que saliera a la luz. Se podría incluso conseguir que se autodestruyera. Pero yo no le ayudaría a hacerlo.

El suicidio era el enemigo mortal de Bloom.

—No, supongo que no —replicó Crawford—. ¿Podríamos enfurecerle?

—¿Por qué quiere saberlo? ¿Con qué objeto?

—Permítame que le pregunte lo siguiente: ¿podríamos hacerle enfadar y centrar su atención en algo?

—Ya la ha fijado en Graham, a quien considera ahora como su adversario, y usted lo sabe perfectamente. No dé más vueltas. Ha decidido arriesgar a Graham, ¿verdad?

—Creo que debo hacerlo. De lo contrario tendremos otra masacre el veinticinco. Ayúdeme.

—No sé si se da cuenta de lo que está pidiendo.

—Que me aconseje, eso es lo que le pido.

—No me refiero a mí —respondió el doctor Bloom—. Lo que le pide a Graham. No quiero que lo interprete mal, y en circunstancias normales no lo diría, pero creo que debe saberlo: ¿cuál cree usted que es uno de los principales incentivos de Will?

Crawford meneó negativamente la cabeza.

—El miedo, Jack. Este hombre lucha contra un miedo enorme.

—¿Porque le hirieron?

—No, no es sólo por eso. El miedo es producto de la imaginación, es un castigo, es el precio de la imaginación.

Crawford se quedó mirando sus manos cruzadas sobre el estómago. Se había sonrojado. Era embarazoso hablar de aquello.

—Por supuesto. Es lo que no se menciona jamás de los grandes personajes, ¿no es así? No se preocupe por decirme que tiene miedo. No voy a pensar por eso que es un cobarde. No soy tan tonto, doctor.

—Nunca pensé que lo fuera, Jack.

—No le enviaría si no pudiera protegerle. Está bien, si no pudiera protegerle en un ochenta por ciento. Él no es precisamente un inepto. No será el mejor, pero es muy rápido. ¿Nos ayudará a coger al Duende Dientudo, doctor? Ha muerto mucha gente.

—Sólo si Graham conoce de antemano y a la perfección el

riesgo que corre y lo acepta voluntariamente. Tengo que oírselo decir.

—Pienso igual que usted, doctor. Nunca le tomo el pelo. Por lo menos no más de lo que nos lo tomamos mutuamente.

Crawford encontró a Graham en el pequeño cuarto de trabajo del cual se había apropiado, junto al laboratorio de Zeller, llenándolo de fotografías y papeles personales de las víctimas.

Crawford esperó hasta que Graham abandonó la lectura del *Boletín del cumplimiento de la ley.*

—Deja que te ponga al tanto de lo que ocurrirá el veinticinco. —No necesitaba explicarle a Graham que el veinticinco habría luna llena.

—¿Cuando lo haga otra vez?

—Así es, si es que tenemos algún problema el veinticinco.

—No digas si, sino más bien cuándo.

—En ambas oportunidades fue un sábado por la noche. Birmingham, el veintiocho de junio, día de luna llena, era un sábado por la noche. En Atlanta fue el veintiséis de julio, un día antes de la luna llena, pero también un sábado por la noche. Esta vez la luna llena es el lunes veinticinco de agosto. Pero como parece que prefiere el fin de semana, estaremos preparados a partir del viernes.

—¿Preparados? ¿Estaremos preparados?

—Exacto. Tú sabes cómo figura en los libros de texto… la forma ideal de investigar un homicidio.

—Jamás he visto que se hiciera así —respondió Graham—. Nunca da resultado.

—No. Casi nunca. No obstante, sería espléndido poder hacerlo. Enviar a una persona allí. Una sola. Que recorra todo el lugar. Tiene un micrófono y un dictáfono todo el tiempo. El lugar intacto durante todo el tiempo que le haga falta. Sólo él… sólo tú.

Un largo silencio.

—¿Qué es lo que estás diciendo?

185

—A partir del viernes por la noche, día veintidós, tenemos un Grumman Gulfstream esperando en la base de las fuerza aéreas de Andrews. Lo pedí prestado al Ministerio del Interior. El material básico de laboratorio estará allí. Nosotros estamos a la expectativa; yo, tú, Zeller, Jimmy Price, un fotógrafo y dos personas para hacer los interrogatorios. En cuanto recibimos la llamada nos ponemos en marcha. Cualquier lugar que sea, al este o al sur, podremos llegar allí en una hora y quince minutos.

—¿Y qué pasará con los locales? Ellos no tienen que cooperar. No esperarán.

—Estamos contando a los jefes de policía y los sheriffs de los condados. Uno por uno. Les pedimos que pongan una nota en los escritorios de los oficiales de guardia y operadores de comandos radioeléctricos.

—Pamplinas. Ni sueñes con que van a esperar. No pueden —dijo Graham meneando la cabeza.

—Es lo que les pedimos y no es tanto. Les solicitamos que cuando reciban un parte, los primeros oficiales de la zona entren y echen una mirada. Que el personal médico acuda y se fije bien si queda alguien vivo. Luego se retiran todos. Que bloqueen calles, interroguen, etcétera, como mejor les parezca, pero que el lugar permanezca intacto hasta que lleguemos nosotros. Nos hablas cuando tienes ganas y no dices nada si no tienes ganas. Te tomas todo el tiempo que te haga falta. Y después entramos todos.

—Los agentes locales no esperarán.

—Seguro que no. Enviarán algunos agentes de homicidios. Pero la solicitud que presentamos va a tener cierto efecto. Reducirá el movimiento en el lugar y tú encontrarás todo fresco.

Fresco. Graham echó la cabeza hacia atrás, contra el respaldo de su silla, y se quedó mirando el techo.

—Por supuesto —agregó Crawford—, todavía nos quedan trece días.

—Vamos, Jack.

—¿Qué pasa con Jack? —preguntó Crawford.

—Me matas, de veras me matas.

—No te entiendo.

—Claro que me entiendes. Lo que has hecho; has decidido utilizarme como cebo porque no tienes nada mejor. Por lo tanto, antes de hacer la pregunta me presionas indirectamente al sonsacarme cómo va a ser de terrible la próxima vez. No es una mala técnica para aplicarla a un idiota rematado como yo. ¿Qué creías que iba a decir? ¿Tenías miedo de que no tuviera suficientes agallas después de lo de Lecter?

—No.

—No te culparía por pensarlo. Ambos conocemos a personas a las que les ha pasado eso mismo. No me gusta ir por ahí con un chaleco antibalas y muerto de miedo. Pero caray, ya estoy metido en el baile. No podremos volver a casa mientras ése ande suelto.

—Jamás dudé de que lo harías.

—¿Entonces hay algo más? —preguntó Graham comprendiendo que era cierto lo que decía.

Crawford no contestó.

—Molly no. De ningún modo.

—Por Dios, Will, ni siquiera yo te pediría semejante cosa.

Graham le miró durante un momento.

—Por el amor de Dios, Jack, no me digas que has decidido hacer intervenir a Lounds. ¿Habéis hecho ya un arreglo?

Crawford estudió una mancha en su corbata y luego miró a Graham.

—Sabes que es la mejor carnada. El Duende Dientudo va a vigilar el *Tattler*. ¿Qué otra cosa nos queda?

—¿Y qué tiene que ver Lounds?

—Él nos proporciona el contacto con el *Tattler*.

—Entonces yo provoco al Duende Dientudo en el *Tattler* y luego le preparamos el terreno. ¿Te parece mejor que el apartado de correos? No contestes, sé que es mejor. ¿Has hablado con Bloom al respecto?

—Sólo de pasada. Ambos nos reuniremos con él. Y con

187

Lounds. Haremos al mismo tiempo lo proyectado con el apartado de correos.

—¿Y qué me dices de la organización? Tenemos que prepararle algo que le guste. Un lugar abierto adonde pueda acercarse. No creo que dispare desde lejos. Tal vez me equivoque, pero no me lo imagino con un rifle.

—Apostaremos agentes en los lugares altos.

Ambos pensaban en lo mismo. La protección de un chaleco antibalas Kevlar sería efectiva para un calibre de nueve milímetros y un cuchillo, siempre y cuando Graham no fuera herido en la cara. No había forma de protegerle si un francotirador le disparaba a la cabeza.

—Habla tú con Lounds. Yo no necesito hacerlo.

—Él tiene que entrevistarte, Will —replicó suavemente Crawford—. Tiene que hacerte una foto.

Bloom le había advertido a Crawford que tendría dificultades con ese punto.

CAPÍTULO 18

Llegado el momento, Graham sorprendió tanto a Crawford como a Bloom. Pareció dispuesto a reunirse con Lounds, como una concesión, y sus fríos ojos azules tenían una expresión cordial.

El estar dentro de la sede central del FBI tuvo un saludable efecto sobre los modales de Lounds. Se mostró amable, tanto como era capaz, y el manejo de su equipo fue rápido y silencioso.

Graham se plantó solamente una vez, negándose rotundamente a que Lounds revisara el diario de la señora Leeds y la correspondencia privada de cualquiera de las familias.

Cuando comenzó la entrevista contestó a las preguntas de Lounds con tono afable. Ambos consultaron notas tomadas durante una reunión con el doctor Bloom. Las preguntas y respuestas eran a menudo reiteraciones.

A Alan Bloom le resultó muy difícil hacer planes con miras a ofender. Al final se limitó simplemente a exponer sus teorías sobre el Duende Dientudo. Los demás escuchaban como alumnos de kárate durante una lección de anatomía.

El doctor Bloom dijo que los actos y la carta del Duende Dientudo parecían indicar una personalidad engañosamente violenta, un intolerable sentimiento de insuficiencia o falta de adecuación. La rotura de los espejos asociaba esos sentimientos con su aspecto.

Según Bloom, la objeción del asesino al apodo de «Duende Dientudo» se basaba en las implicaciones homosexuales de la palabra «duende». El psiquiatra pensaba que «el duende» tenía un problema homosexual subyacente, un miedo terrible de ser marica. La opinión del doctor Bloom se veía reforzada por un curioso descubrimiento en casa de los Leeds: dobleces y manchas de sangre cubiertas indicaban que el Duende Dientudo le había puesto calzoncillos a Charles Leeds después de muerto. El doctor Bloom creía que lo había hecho para enfatizar su falta de interés por Leeds.

El psiquiatra habló sobre el fuerte lazo entre impulsos agresivos y sexuales que se presenta en sádicos a muy tierna edad.

Los ataques salvajes dirigidos principalmente a mujeres y perpetrados frente a sus familiares eran claros ataques a la figura materna. Bloom, paseando de un lado a otro de la habitación, hablando como consigo mismo, llamó a ese individuo «el fruto de una pesadilla». Los párpados de Crawford se entornaron ante la compasión reflejada en su voz.

Durante la entrevista con Lounds, Graham formuló declaraciones que no haría ningún investigador y a las que ningún diario serio podría dar crédito.

Especuló con que el Duende Dientudo era feo, impotente con personas del sexo opuesto y adujo, equivocadamente, que el asesino había atacado sexualmente a sus víctimas masculinas. Graham dijo que sin duda alguna el Duende Dientudo era el hazmerreír de sus conocidos y el producto de un hogar incestuoso.

Puso énfasis al recalcar que el Duende Dientudo no era tan inteligente como Hannibal Lecter. Prometió suministrarle al *Tattler* más datos y detalles sobre el asesino a medida que se le presentaran. Dijo que muchos integrantes de las fuerzas del orden no estaban de acuerdo, pero mientras él estuviera al frente de la investigación, el *Tattler* podría contar con obtener informes fidedignos de su parte.

Lounds hizo muchas fotografías.

La foto clave fue sacada en el «escondite en Washington» de Graham, un apartamento que había «pedido prestado para ocuparlo hasta capturar al Duende». Era el único lugar donde podía gozar de «soledad» en medio del «ambiente carnavalesco» que rodeaba la investigación.

La foto mostraba a Graham vestido con un batín sentado frente a un escritorio, estudiando hasta muy avanzada la noche. Estaba examinando una «grotesca concepción» del dibujante sobre «el Duende».

A espaldas de él podía apreciarse por la ventana una parte iluminada de la cúpula del Capitolio. Pero lo más importante, era que, en el ángulo bajo izquierdo, algo borroso pero legible, se veía el cartel de un conocido motel al otro lado de la calle.

El Duende Dientudo podría encontrar el apartamento si lo deseaba.

Dentro del cuartel general del FBI, Graham fue fotografiado frente a un espectrómetro. No tenía nada que ver con el caso, pero a Lounds le pareció que era impresionante.

Graham consintió en que le tomaran una fotografía mientras Lounds le entrevistaba. La sacaron frente a los inmensos armeros de la sección de armas de fuego y herramientas. Lounds esgrimía un arma automática de nueve milímetros, similar a la utilizada por el Duende Dientudo. Graham señalaba el silenciador de fabricación casera, confeccionado con un trozo de una torre de una antena de televisión.

El doctor Bloom se sorprendió al ver que Graham apoyaba amistosamente una mano sobre el hombro de Lounds antes de que Crawford accionara el disparador.

La entrevista y las fotografías debían aparecer en el *Tattler* del día siguiente, lunes once de agosto. Lounds partió para Chicago en cuanto tuvo todo el material. Dijo que quería supervisar personalmente la compaginación. Se puso de acuerdo con Crawford en que se encontrarían el jueves por la tarde a cinco manzanas de la trampa.

Desde el jueves, cuando el *Tattler* estuviera al alcance de todos, dos trampas estarían preparadas para el monstruo.

Graham iría todas las tardes a su «residencia temporal» fotografiada en el *Tattler*.

En ese mismo número un anuncio personal cifrado invitaba al Duende Dientudo a acercarse a la casilla del apartado de correos de Annapolis, vigilada día y noche. Si sospechaba del apartado de correos, pensaría que todo el esfuerzo por capturarle estaba centrado allí. Entonces, según pensaba el FBI, Graham resultaría un blanco más atractivo.

Las autoridades de Florida instalaron un equipo de vigilancia en el cayo Sugarloaf.

Había cierto aire de descontento entre los cazadores, dos cebos tan grandes restaban mucho potencial humano que podía ser utilizado en otra parte, y la presencia de Graham todas las tardes en su trampa limitaría sus movimientos a la zona de Washington.

A pesar de que su buen juicio indicaba a Crawford que era la mejor jugada, todo el asunto resultaba demasiado pasivo para su gusto. Tenía la sensación de que estaban jugando entre ellos mismos en esas noches sin luna, cuando faltaban menos de dos semanas para el plenilunio.

El domingo y el lunes transcurrieron a un curioso ritmo. Los minutos eran eternos y las horas parecían volar.

Spurgen, jefe de instructores de SWAT en Quantico, dio la vuelta a la manzana del apartamento el lunes por la tarde. Graham le acompañaba. Crawford ocupaba el asiento de atrás.

—El tráfico peatonal disminuye alrededor de las siete y cuarto. Todos vuelven a sus casas a comer —dijo Spurgen. Su cuerpo delgado pero musculoso y su gorra con visera echada ligeramente hacia atrás le daban el aspecto de un jugador de béisbol—. Háganos una señal en la banda disponible mañana por la noche una vez que cruce las vías del ferrocarril. Intenté hacerlo entre las ocho y media y las ocho cuarenta.

Detuvo el automóvil en el aparcamiento del edificio de apartamentos.

—Esta trampa no es la octava maravilla, pero podría ser peor. Aparque aquí mañana por la noche. A partir de entonces cambiaremos todas las noches el lugar donde estacionará, pero siempre en este lado. Hay casi setenta metros hasta la entrada del apartamento. Caminemos.

Spurgen, más bien bajo y patizambo, se adelantó a Graham y Crawford.

«Está buscando lugares desde los que pueda atacarme», pensó Graham.

—Durante la caminata es probablemente cuando ocurrirá, si es que ocurre —afirmó el jefe de SWAT—. Mire, desde aquí la línea directa de su automóvil hasta la entrada, el recorrido normal, es por el centro del aparcamiento. Es lo más lejos que puede apartarse de la línea de coches que están aquí todo el día. Él tendrá que salir al espacio abierto para acercarse. ¿Qué tal oye usted?

—Bastante bien —respondió Graham—. Muy bien en este lugar.

Surgen trató de descubrir algo en el rostro de Graham, pero no encontró nada que pudiera reconocer.

Se detuvo en medio del aparcamiento.

—Vamos a reducir un poco la intensidad de los faroles de la calle para que a un francotirador le resulte más difícil apuntar.

—Dificultará el trabajo de sus hombres también —acotó Crawford.

—Dos de los nuestros tienen miras especiales para la noche —manifestó Spurgen—. Tengo un aerosol brillante que deberá usar en sus chaquetas, Will. A propósito, no me importa si hace o no mucho calor, pero tendrá que utilizar chaleco antibalas todo el tiempo. ¿Entendido?

—Sí.

—¿De qué tipo?

—Es Kevlar; ¿qué dices, Jack? ¿Second Chance?

—Second Chance —afirmó Crawford.

—Posiblemente le atacará por detrás o tal vez le adelantará y enseguida se dará la vuelta para dispararle cuando lo haya de-

jado atrás —dijo Spurgen—. En siete oportunidades ha disparado a la cabeza, ¿verdad? Ha comprobado que es efectivo. Lo
repetirá con usted si le da tiempo para que lo haga. No le dé
tiempo. Después de que le muestre un par de cosas en el vestíbulo y en el departamento iremos al campo de tiro. ¿Puede
hacerlo?

—Puede —respondió Crawford.

Spurgen parecía el sumo sacerdote del campo de tiro. Hizo
que Graham se colocara tapones bajo los protectores de oídos
y disparó desde todos los ángulos. Sintió alivio al comprobar
que Graham no portaba la 38 reglamentaria, pero le preocupó el chispazo del cañón agujereado. Trabajaron durante dos
horas. El hombre insistió en verificar el tambor y los seguros
del 44 de Graham cuando terminó de tirar.

Graham se bañó y se cambió de ropa para no oler a pólvora antes de dirigirse en coche hacia la bahía para pasar su última noche libre en compañía de Molly y Willy.

Después de comer llevó a su esposa y a su hijastro a la verdulería e hizo grandes aspavientos para elegir unos melones. Se
aseguró de que compraran suficientes provisiones; un ejemplar atrasado del *Tattler* estaba todavía en los estantes junto al
mostrador de salida y confió en que Molly no viera el número que aparecería al día siguiente. No quería contarle lo que
ocurría.

Cuando ella le preguntó qué quería comer la semana próxima, le dijo que iba a estar fuera, que tenía que volver a Birmingham. Fue la primera vez que mintió realmente a Molly
y al hacerlo se sintió tan asqueroso como un billete viejo.

La observaba en los pasillos de la verdulería: Molly, su bonita esposa y la ex de un jugador de béisbol, con la continua preocupación por encontrar bultitos, su insistencia en que él y
Willy se hicieran revisiones médicas periódicas, su controlado
miedo a la oscuridad, y el elevado precio que había paga-
do por comprender que el tiempo es suerte. Conocía el valor
de sus días. Podía aprisionar un momento intangible. Le había
enseñado a saborear.

«El aroma de Pachelbel Canon impregnaba el cuarto bañado por el sol donde sus cuerpos se conocieron y ese gozo tan enorme no pudo ser reprimido y aun entonces el miedo se hizo presente en él como la sombra de un águila enorme: "Esto es demasiado maravilloso para que dure mucho".»

Molly cambiaba el bolso de uno a otro hombro mientras recorría los pasillos, como si el arma pesara mucho más de seiscientos gramos.

Graham se habría sorprendido si hubiera escuchado las cosas que musitaba a los melones. «Tengo que destruir a ese hijo de puta. Tengo que hacerlo».

Diversamente equipados con mentiras, revólveres y verduras, los tres formaban una pequeña y solemne procesión.

Molly pensaba que había gato encerrado. Ella y Graham no hablaron después de apagar las luces. Molly soñó con pesados y dementes pasos que entraban en una casa de habitaciones cambiantes.

CAPÍTULO 19

En el Aeropuerto Internacional de Lambert, St. Louis, hay un puesto de diarios en el que pueden comprarse los principales periódicos de los Estados Unidos. Los de Nueva York, Washington, Chicago y Los Ángeles llegan por vía aérea y pueden adquirirse el mismo día en que se publican.

Como muchos otros, ese puesto es propiedad de una cadena, y junto con los diarios y revistas tradicionales el vendedor se ve obligado a aceptar una cierta cantidad de publicaciones sin interés.

Al mismo tiempo que el lunes a las diez de la noche el vendedor recibía la remesa del *Chicago Tribune,* un paquete de *Tattler* era arrojado al suelo junto al anterior. El paquete estaba todavía caliente.

El encargado del puesto se puso en cuclillas frente a las estanterías para colocar los ejemplares del *Tribune.* Tenía bastante que hacer. Los del turno de la tarde jamás se molestaban en ordenar.

Un par de botas negras con cierre de cremallera aparecieron en su campo de visión. Un mirón. No; las botas apuntaban hacia él. Alguien quería vaya usted a saber qué maldita porquería. El vendedor quería terminar de arreglar los *Tribune,* pero la insistente atención del otro le hizo sentir un cosquilleo en la nuca.

Su trabajo era coyuntural, no necesitaba mostrarse amable.

—¿Qué quiere? —preguntó a las rodillas.

—El *Tattler.*

—Tendrá que esperar hasta que deshaga el paquete.

Las botas no se alejaron. Estaban muy cerca.

—He dicho que tendrá que esperar hasta que desate el paquete, ¿entiende? ¿No ve que estoy ocupado con este?

Una mano, el brillo de una hoja de acero y el nudo del paquete que estaba junto a él quedó cortado con un chasquido. Una moneda de un dólar sonó en el suelo frente a él. Un ejemplar intacto del *Tattler* sacado de la mitad del paquete de un tirón hizo que todos los de arriba cayeran al suelo.

El vendedor de diarios se puso en pie. Tenía las mejillas coloradas. El hombre se alejaba con el periódico bajo el brazo.

—Eh, eh, usted.

El hombre se dio la vuelta y le miró.

—¿Quién, yo?

—Sí, usted. Le he dicho…

—¿Qué fue lo que me dijo? —Regresaba. Se paró demasiado cerca—. ¿Qué fue lo que dijo?

Por lo general un vendedor maleducado puede intimidar a sus clientes. Pero había algo espantoso en la calma de éste.

El vendedor miró al suelo.

—Tengo que darle veinticinco centavos de vuelta. Dolarhyde dio media vuelta y se alejó. Al vendedor le ardieron las mejillas durante media hora. «Sí, ese tipo vino también la semana pasada. Si se presenta otra vez le diré dónde mierda puede irse. Tengo una cosa debajo del mostrador para esa clase de espabilados.»

Dolarhyde no leyó el *Tattler* en el aeropuerto. El mensaje de Lecter del jueves anterior lo había dejado algo incómodo. El doctor Lecter había estado en lo cierto, por supuesto, al afirmar que él era hermoso y resultó muy emocionante leerlo. Él era hermoso. Sintió cierto desprecio ante el miedo del médico por el policía. Lecter no comprendía mucho más que el resto de la gente.

No obstante, estaba ansioso por saber si le había enviado otro mensaje. Esperaría hasta llegar a su casa para mirarlo. Dolarhyde se sentía orgulloso de su autocontrol.

Mientras conducía el coche pensó en el vendedor de diarios. En una época anterior se habría disculpado por molestar al hombre y no habría vuelto a aparecer por allí. Durante años había tolerado que los demás le insultaran. Pero eso se había acabado. Aquel hombre podría insultar a Francis Dolarhyde: pero no podía hacer frente al Dragón. Todo formaba parte de la transformación.

La lámpara de su escritorio estaba todavía encendida a medianoche. El mensaje del *Tattler* había sido descifrado y estaba tirado por el suelo. Recortes del *Tattler* que Dolarhyde había recortado para incluirlos en su diario estaban desparramados por todas partes. El enorme volumen estaba abierto por el grabado del Dragón, con el pegamento fresco todavía en los bordes de los recortes. Debajo de éstos, y recientemente incorporada, había una pequeña bolsa de plástico todavía vacía.

Junto a ella podía leerse: «Con esto me ofendió».

Dolarhyde había abandonado el escritorio.

Estaba sentado en la escalera del sótano, cubierta por una fría capa de polvo y moho. El haz de luz de su linterna se movía sobre muebles tapados con telas, los polvorientos dorsos de grandes espejos que en un tiempo colgaban de las paredes de la casa ahora estaban apoyados contra ellas, y el baúl donde guardaba la caja con la dinamita.

El haz de luz se detuvo sobre una silueta alta y oculta por un lienzo, una entre varias que había en un rincón del sótano. Las telas de araña rozaron su cara al acercarse allí. El polvo lo hizo estornudar cuando retiró el lienzo.

Retuvo unas lágrimas al iluminar la vieja silla de ruedas de roble que había destapado, una de las tres que había en el sótano, con su respaldo alto, pesada y sólida. El municipio se las había dado a su abuela en 1940 cuando convirtió su casa en un hogar para ancianos.

Las ruedas chirriaron al empujarla. La transportó fácilmente escaleras arriba a pesar de su peso. Una vez en la cocina, engrasó las ruedas. Las pequeñas de adelante seguían chirriando, pero las de atrás tenían buenos cojinetes y giraron fácilmente al impulso de su dedo.

La creciente ira de Dolarhyde se aplacó por el zumbido de las ruedas al girar y comenzó a canturrear suavemente acompañando ese sonido.

CAPÍTULO 20

Freddy Lounds estaba cansado y animado al mismo tiempo cuando salió del *Tattler* el jueves al mediodía. En escasos treinta minutos había depositado el artículo en el avión para Chicago y lo había dejado en la oficina de compaginación.

El resto del tiempo lo había ocupado escribiendo su gacetilla, suspendiendo todas las llamadas. Era un buen organizador y contaba ya con un sólido respaldo de cincuenta mil palabras.

Escribiría un violento artículo y un relato de la captura cuando atraparan al Duende Dientudo. El material que tenía les vendría de perillas. Había hecho los arreglos necesarios para que tres de los mejores reporteros del *Tattler* estuvieran preparados para entrar en acción rápidamente. A las pocas horas de la detención del Duende Dientudo estarían inspeccionando su casa.

Su agente hablaba de cifras enormes. En honor a la verdad, el haber discutido el proyecto antes de tiempo con su agente era violar el acuerdo que había hecho con Crawford. Todos los contratos y memorandos tendrían fecha posterior a la captura para disimularlo.

Crawford guardaba un as en la manga: la grabación de la amenaza de Lounds. La transmisión interestatal de una amenaza podía ser causa de un proceso, a pesar de la protección que le brindaba a Lounds la primera enmienda. Lounds sabía además que a Crawford le bastaba con realizar una llamada telefónica para causarle un problema permanente con el servicio de impuestos internos.

Lounds tenía ciertos resabios de honestidad; no se hacía demasiadas ilusiones respecto a la índole de su trabajo. Pero había mantenido una especie de fervor casi religioso por este proyecto.

Estaba henchido por la visión de una vida mejor, más allá del dinero. Cubiertas por toda la mugre que había acumulado, sus viejas esperanzas apuntaban todavía hacia el Este. En ese momento esas esperanzas revivían y trataban de manifestarse.

Satisfecho al comprobar que sus cámaras y el equipo de grabación estaban a punto, se puso al volante del automóvil, en dirección a su casa, para dormir durante tres horas antes de tomar el avión hacia Washington, donde debería encontrarse con Crawford, cerca de la emboscada.

Tropezó con un molesto inconveniente en el garaje del sótano. Una furgoneta negra, estacionada junto a su coche, estaba sobre la línea. Invadía el lugar asignado notoriamente al «señor Frederick Lounds».

Lounds abrió bruscamente la puerta de su coche, golpeando el costado de la furgoneta y dejando una marca y una abolladura. Eso serviría de lección al desconsiderado bastardo.

Lounds estaba echando la llave a la puerta de su automóvil, cuando se abrió la de la furgoneta a sus espaldas. Estaba dándose la vuelta, había dado casi media vuelta, cuando algo le golpeó encima de la oreja. Alzó las manos, pero sus rodillas se aflojaron y sintió una gran presión en el cuello que le impedía respirar. Cuando su pecho oprimido pudo tomar aire nuevamente, aspiró cloroformo.

Dolarhyde estacionó la furgoneta detrás de su casa, se bajó y se estiró. Había tenido el viento en contra desde que salió de Chicago y sus brazos estaban doloridos. Escudriñó el cielo nocturno. No faltaba mucho para la lluvia de meteoros de la constelación de Perseo y no debía perdérsela.

Libro de la Revelación: «Su cola arrastraba la tercera parte de las estrellas del firmamento y las arrojó a la tierra».

Su obra de antaño. Tendría que observarla y recordar.

Dolarhyde abrió la puerta de atrás, cerrada con llave, y realizó su rutinaria inspección de la casa. Cuando salió nuevamente tenía la cara cubierta por una media.

Abrió la furgoneta y le adosó una pequeña rampa. Acto seguido deslizó por ella a Freddy Lounds. Éste, vestido solamente con los calzoncillos, estaba amordazado y con los ojos vendados. A pesar de estar semiinconsciente no se inclinó hacia adelante. Permaneció sentado muy derecho, con la cabeza apoyada contra el alto respaldo de la vieja silla de ruedas. Estaba pegado a la silla, de la cabeza a los pies, con un pegamento especial.

Dolarhyde le empujó hasta la casa y le instaló en un rincón de la sala de estar, de cara a la pared, como un chico castigado.

—¿Tiene frío? ¿Quiere una manta?

Dolarhyde despegó los apósitos que cubrían los ojos y la boca de Lounds. Éste no respondió. Estaba mareado por el olor del cloroformo.

—Le traeré una manta. —Dolarhyde retiró una manta del sofá y cubrió con ella a Lounds y luego le acercó un frasquito de amoníaco a la nariz.

Lounds abrió mucho los ojos y contempló una borrosa imagen de dos paredes que se unían. Tosió y comenzó a hablar.

—¿Un accidente? ¿Estoy malherido?

La voz a espaldas de él respondió:

—No, señor Lounds. Se va a poner bien.

—Me duele la espalda. La piel. ¿Me he quemado? Espero no haberme quemado.

—¿Quemado? Quemado. No. Descanse. Estaré con usted en un momento.

—Permítame acostarme. Oiga, quiero que llame a mi oficina. ¡Dios mío, estoy totalmente inmovilizado! ¡Tengo la columna rota, dígame la verdad!

Los pasos se alejaban.

—¿Qué estoy haciendo aquí?

—Expiando, señor Lounds —la respuesta llegó desde una considerable distancia.

Lounds oyó pasos que subían una escalera. Escuchó el ruido de una ducha. Su mente estaba más despejada. Recordó haber salido de la oficina y conducir su automóvil, pero después no se acordaba de nada más. Sentía palpitaciones en un lado de la cabeza y el olor a cloroformo le provocaba náuseas. Como estaba sentado exageradamente erguido, tenía miedo de vomitar y ahogarse. Abrió mucho la boca y respiró hondo. Podía oír su corazón.

Lounds esperaba que todo fuera un sueño. Trató de levantar el brazo del apoyabrazos, tirando con fuerza hasta que el dolor en la palma de la mano y en el brazo fue suficiente como para despertarle de cualquier sueño. No estaba dormido. Su mente comenzó a desperezarse.

Haciendo un terrible esfuerzo pudo girar los ojos lo suficiente como para ver durante breves instantes su brazo. Advirtió cómo estaba sujeto. Ése no era un sistema para proteger espaldas rotas. Eso no era un hospital. Alguien le tenía secuestrado.

Le pareció oír ruido de pasos en el piso de arriba; pero quizá eran los latidos de su corazón.

Trató de pensar. Se esforzó en pensar.

«Mantén la calma y reflexiona», se dijo.

Calma y reflexión.

Las escaleras crujieron cuando bajó Dolarhyde.

Lounds sintió su peso en cada paso. En ese momento percibió una presencia detrás de él.

El periodista pronunció varias palabras antes de poder ajustar el volumen de su voz.

—No he visto su cara. No podría identificarle. No sé qué aspecto tiene. El *Tattler*, yo trabajo para el *National Tattler*, pagaría un rescate… un buen rescate por mí. Medio millón, quizá un millón. Un millón de dólares.

Silencio detrás de él. Luego ruido de muelles de un sofá. Por lo visto, se había sentado.

—¿Qué cree usted, señor Lounds?

«Haz a un lado el dolor y el miedo y piensa. Ahora. Justamente ahora y para siempre. Disponer de tiempo. Disponer de años. No ha decidido matarme. No me ha permitido ver su cara.»

—¿Qué cree usted, señor Lounds?

—No sé lo que me ha pasado.

—¿Sabe usted quién soy yo, señor Lounds?

—No. Y le aseguro que no quiero saberlo.

—Según usted, soy un pervertido y un vicioso, un fracasado sexual. Un animal, según sus propias palabras. Probablemente rescatado de un manicomio por un juez indulgente. —Normalmente Dolarhyde habría evitado la «s» sibilante de sexual, pero ante este público, totalmente ajeno a la burla, no tenía inhibiciones—. Ahora lo sabe, ¿no es así?

«No mientas. Piensa rápido.»

—Sí.

—¿Por qué escribe mentiras, señor Lounds? ¿Por qué dice que estoy loco? Contésteme.

—Cuando una persona... cuando una persona hace cosas que la mayoría de la gente no puede comprender, le llaman...

—Loco.

—Lo mismo les dijeron a... los hermanos Wright. En la historia...

—Historia. ¿Usted comprende lo que estoy haciendo, señor Lounds?

«Comprender.» Ahí estaba su oportunidad. «No la desperdicies.»

—No, pero creo que tengo una oportunidad de comprender, y entonces todos mis lectores comprenderían también.

—¿Se siente privilegiado?

—Es un privilegio. Pero debo decirle, de hombre a hombre, que estoy asustado. Es difícil concentrarse cuando se está asustado. Si usted tiene una idea genial, no sería necesario asustarme para impresionarme.

–De hombre a hombre. De hombre a hombre. Usted utiliza esa expresión para denotar franqueza, señor Lounds, y créame que lo aprecio. Pero verá usted, yo no soy un hombre. Empecé como tal, pero con la gracia de Dios y mi propia voluntad me he convertido en algo más que un hombre. Usted dice que está asustado. ¿Cree que Dios le asistirá aquí, señor Lounds?

–No lo sé.

–¿Está rezándole en este momento?

–A veces rezo. Pero debo confesarle que por lo general solamente lo hago cuando estoy asustado.

–¿Y Dios le ayuda?

–No lo sé. Después no pienso más. Debería pensar.

–Debería pensar. Ajá… Hay muchas cosas que debería comprender. Dentro de poco le ayudaré a entender. ¿Me disculpa ahora un momento?

–Por supuesto.

Ruido de pasos que se alejaban del cuarto. Un cajón de la cocina que se abría. Lounds había escrito sobre numerosos crímenes perpetrados en cocinas, donde las cosas están muy a mano. Un informe policial puede hacernos cambiar definitivamente nuestro concepto de una cocina. Ruido de agua que corre.

Lounds pensaba que debía ser de noche ya. Crawford y Graham estaban esperándole. Con toda seguridad ya les habría llamado la atención su ausencia. Una tristeza profunda y hueca se mezcló brevemente con su miedo.

Sintió una respiración a sus espaldas y con el rabillo del ojo percibió algo blanco. Una mano, poderosa y pálida. Sujetaba una taza de té con miel. Lounds bebió con una pajita.

–Escribiré una gran crónica –dijo entre sorbo y sorbo–. Todo lo que usted quiera decir. Lo describiré de la forma que más le guste, o no haré descripción alguna, sin descripción.

–Shhh. –El golpeteo de un dedo sobre su cabeza. Las luces se hicieron más brillantes. La silla empezó a girar.

–No. No quiero verle.

—Ah, pero es preciso, señor Lounds. Usted es un periodista. Está aquí para hacer un reportaje. Cuando le dé la vuelta, abra los ojos y míreme. Si no lo hace se los abriré yo, le pegaré los párpados a la frente.

El ruido de una boca húmeda, un clic y la silla giró. Lounds estaba de frente a la habitación con los ojos cerrados. Un dedo golpeó insistentemente su pecho. Un toque en los párpados. Abrió los ojos.

Al verle desde la silla vestido con un quimono, Lounds tuvo la impresión de que era un hombre muy alto. Su cara estaba cubierta hasta la nariz por una media. Dio media vuelta y dejó caer el quimono. Los grandes músculos se flexionaron sobre el brillante tatuaje de la cola que corría por su nalga y se enroscaba en una pierna.

El Dragón giró lentamente la cabeza, miró por encima del hombro a Lounds y sonrió exhibiendo los inmensos dientes con manchas oscuras.

—Dios mío —musitó Lounds.

Lounds se encontró en el centro del cuarto, desde donde podía ver la pantalla. Dolarhyde, detrás de la silla, se había puesto nuevamente el quimono y los dientes que le permitían hablar.

—¿Quiere saber quién soy?

Lounds trató de asentir con la cabeza; pero la silla le tiraba del cuero cabelludo.

—Más que cualquier otra cosa. Tenía miedo de preguntarle.

—Mire.

La primera diapositiva era el cuadro de Blake representando al gran Hombre-Dragón, con las alas desplegadas y la cola agitándose, suspendido sobre la Mujer Revestida de Sol.

—¿Ve ahora?

—Veo.

Dolarhyde pasó rápidamente las otras diapositivas.

Clic. La señora Leeds viva.

—¿Ve?

—Sí.

Clic. La señora Jacobi viva.

—¿Ve?

—Sí.

Clic. Dolarhyde, el Dragón rampante, sus músculos flexionados y el tatuaje de la cola sobre la cama de los Jacobi.

—¿Ve?

—Sí.

Clic. La señora Jacobi esperando.

—¿Ve?

—Sí.

Clic. La señora Jacobi después.

—¿Ve?

—Sí.

Clic. El Dragón rampante.

—¿Ve?

—Sí.

Clic. La señora Leeds esperando, su esposo tendido junto a ella.

—¿Ve?

—Sí.

Clic. La señora Leeds después, salpicada de sangre.

—¿Ve?

—Sí.

Clic. Una copia de una fotografía del *Tattler* de Freddy Lounds.

—¿Ve?

—¡Dios mío!

—¿Ve?

—¡Oh, Dios mío! —Las palabras sonaron entrecortadas, como cuando un niño habla entre sollozos.

—¿Ve?

—Por favor, no.

—¿No qué?

—Yo no.

—¿No qué? Usted es un hombre, señor Lounds. ¿Es usted un hombre?

—Sí.

—¿Quiere dar usted a entender que yo soy un maricón?

—Dios, no.

—¿Es usted maricón, señor Lounds?

—No.

—¿Va a escribir más mentiras sobre mí, señor Lounds?

—Oh no, no.

—¿Por qué escribió mentiras, señor Lounds?

—La policía me dijo que lo hiciera. Fue lo que ellos dijeron.

—Usted citó a Will Graham.

—Graham me dijo las mentiras. Graham.

—¿Dirá ahora la verdad? Respecto a mí, mi trabajo. Mi transformación. Mi arte, señor Lounds. ¿Es esto arte?

—Arte.

El miedo reflejado en la cara de Lounds permitía a Dolarhyde hablar sin cuidarse de pronunciar las «s»; sólo sus grandes alas con membranas podían ahora llamar la atención.

—Usted dijo que yo, que veo mucho más allá que usted, estaba loco. Yo, que impulso al mundo mucho más lejos que usted, soy un loco. He arriesgado mucho más que usted, he impreso mi sello único mucho más profundamente en la tierra, donde durará mucho más tiempo que sus cenizas. Su vida, en relación a la mía, es como la huella de una babosa sobre la piedra. Una mucosidad delgada y plateada que entra y sale de las letras en mi monumento. —Dolarhyde repetía las palabras que había escrito en su diario.

»Yo soy el Dragón, ¿usted me califica de loco? Mis movimientos son seguidos y anotados tan detenidamente como los de una potente estrella fugaz. ¿Ha oído hablar de la de 1054? Por supuesto que no. Sus lectores le siguen como un niño sigue el rastro de una babosa con el dedo, y con los mismos y fatigosos altibajos de la razón. Vuelta a su cabeza hueca y a su cara de patata, como una babosa que sigue su propio rastro para regresar a su agujero.

»Ante mí, usted es una babosa al sol. Es espectador de una gran transformación y no entiende nada. Es una hormiga en la placenta.

»Está dentro de su naturaleza hacer algo correcto: temblar como se debe ante de mí. Pero no es miedo lo que usted, Lounds y las otras hormigas deben sentir por mí. Usted me debe temor reverente.

Dolarhyde permanecía con la cabeza agachada, el pulgar y el índice sobre el puente de su nariz. Acto seguido salió del cuarto.

«No se ha quitado la máscara —pensó Lounds—. No se ha quitado la máscara. Si vuelve sin ella estoy perdido. Dios mío, estoy completamente empapado.»

Giró los ojos hacia la puerta y esperó escuchando los ruidos de la parte de atrás de la casa.

Cuando Dolarhyde regresó todavía tenía puesta la máscara. Traía una caja con comida y dos termos

—Para el viaje de vuelta a su casa. —Alzó un termo—. Hielo. Nos hará falta. Antes de partir grabaremos un poco.

Sujetó un micrófono a la manta cerca de la cara de Lounds.

—Repita lo que yo digo.

Grabaron durante media hora y finalmente le dijo:

—Eso es todo, señor Lounds. Lo ha hecho muy bien.

—¿Ahora me dejará volver?

—Lo haré. No obstante, hay una forma en que puedo ayudarle a comprender y recordar mejor.

Dolarhyde se alejó.

—Yo quiero comprender. Quiero que sepa lo que le agradezco que me deje en libertad. De ahora en adelante voy a ser realmente justo, usted lo sabe.

Dolarhyde no podía contestarle. Había cambiado de dentadura.

La grabadora funcionaba nuevamente.

Miró a Lounds sonriendo, con una sonrisa llena de manchas marrones. Apoyó su mano sobre el corazón de Lounds, e inclinándose hacia él cariñosamente, como si fuera a besarle, le arrancó los labios de un mordisco y los escupió en el suelo.

CAPÍTULO 21

Amanecía en Chicago. El aire era pesado y el cielo estaba gris.

Un guardia de seguridad del edificio del *Tattler* salió del vestíbulo y se paró al borde de la acera, fumando un cigarrillo y restregándose la cintura. Estaba solo en la calle y el silencio le permitía oír el apagado ruido del semáforo situado al final de la cuesta, a una manzana larga de distancia, cada vez que cambiaba la luz.

Media manzana al norte del semáforo y fuera del alcance de la vista del guardia, Francis Dolarhyde se acurrucó junto a Lounds en la parte trasera de la furgoneta. Colocó la manta como una gran capucha que ocultaba la cabeza de Lounds.

El periodista sentía un dolor intenso. Parecía aletargado, pero su mente trabajaba sin descanso. Debía recordar unas cuantas cosas. Podía ver por debajo de la venda que le cubría los ojos y parte de la nariz los dedos de Dolarhyde tanteando la mordaza ensangrentada.

Dolarhyde se puso una chaqueta blanca de enfermero, depositó un termo sobre el regazo de Lounds y deslizó la silla fuera de la furgoneta. Cuando puso el freno a la silla de ruedas y se dio la vuelta para guardar la pequeña rampa dentro del vehículo, Lounds vio por debajo de la venda el extremo del parachoques posterior.

Le dieron la vuelta, vio el soporte del parachoques… ¡Sí! La chapa con el número de la matrícula. Solamente un segundo, pero quedó grabada en la memoria de Lounds.

La silla comenzó a moverse. Sintió las juntas de las baldosas. Dieron la vuelta a una esquina y bajaron de la acera. Crujido de papeles bajo las ruedas.

Dolarhyde detuvo la silla de ruedas al llegar a un hueco cubierto de suciedad entre un contenedor de basura y un camión estacionado. Le quitó la venda de los ojos. Lounds los cerró. Luego le colocó un frasco con amoníaco bajo la nariz.

Una voz suave le preguntó:

—¿Puede oírme? Está casi en su casa. —Tenía ya los ojos descubiertos—. Pestañee si me oye.

Dolarhyde le abrió un ojo con el pulgar y el índice. Lounds miró la cara de Dolarhyde.

—Le dije una mentirijilla. —Dolarhyde golpeó suavemente el termo—. No guardé realmente sus labios en hielo. —Apartó la manta de un tirón y abrió el termo.

Lounds hizo un esfuerzo terrible al sentir el olor a gasolina, despellejándose los antebrazos y haciendo crujir la pesada silla. El líquido frío se desparramó por todo su cuerpo, los efluvios le cerraron la garganta mientras la silla avanzaba hacia el centro de la calle.

—¿Le gusta ser el animalito preferido de Graham, Freeeeedyyyy?

Hubo una sorda explosión al arder el combustible justo antes de que le empujara y saliera rodando barranco abajo hacia el *Tattler,* en medio del chirrido de las ruedas.

El guardia levantó la vista al escuchar el alarido que hizo volar la mordaza en llamas. Vio acercarse aquella bola de fuego, saltando por los baches, con una cola de humo y chispas y las llamas semejantes a unas alas, provocando distorsionados reflejos en las vidrieras de las tiendas.

Desvió el rumbo, chocó contra un automóvil aparcado y dio la vuelta frente al edificio, una rueda girando en el aire, lenguas de fuego saliendo entre los rayos y brazos que se alzaban en la típica posición de defensa de los quemados.

El guardia corrió hacia el vestíbulo. Se preguntaba si estallaría y si no sería mejor alejarse de las ventanas. Accionó la alarma de incendios. ¿Qué más? Cogió el extintor que colgaba de la pared y miró afuera. Todavía no había estallado.

Se acercó con cuidado en medio del humo grasiento que se desparramaba sobre al pavimento y, finalmente, arrojó la espuma sobre Freddy Lounds.

CAPÍTULO 22

De acuerdo con el plan preestablecido, Graham debía salir del apartamento de Washington preparado como un cebo, a las seis menos cuarto de la mañana, con la antelación suficiente para evitar el denso tráfico matinal.

Crawford le llamó por teléfono mientras estaba afeitándose.

—Buenos días.

—No tan buenos —respondió Crawford—. El Duende Dientudo atrapó a Lounds en Chicago.

—Caray, no.

—Todavía no ha muerto y pregunta por ti. No aguantará mucho.

—Voy para allá.

—Nos encontraremos en el aeropuerto. Vuelo 245 de la United. Sale dentro de cuarenta y cinco minutos. Podrás volver a tiempo para la emboscada, si es que todavía tiene sentido.

El agente especial Chester, de la oficina del FBI de Chicago, les esperaba en el aeropuerto O'Hare, en medio de un diluvio. Chicago es una ciudad acostumbrada a las sirenas. El tráfico se abrió de mala gana delante de ellos, al internarse Chester ululando en medio de la autopista, mientras la luz roja del coche patrulla lanzaba destellos rosados entre la cortina de agua.

Tuvo que alzar la voz por el ruido de la sirena.

—La policía de Chicago dice que le atacaron en su garaje.

Mi versión es de segunda mano. No somos populares actualmente por aquí.

—¿Qué es lo que saben? —preguntó Crawford.

—Todo, la emboscada, absolutamente todo.

—¿Lounds le pudo ver?

—No he escuchado ninguna descripción. La policía de Chicago ha transmitido un boletín solicitando informes sobre una matrícula alrededor de las seis y veinte.

—¿Conseguiste hablar con el doctor Bloom, como te pedí?

—Hablé con su esposa, Jack. Al doctor Bloom le extirparon la vesícula esta mañana.

—Fantástico —acotó Crawford.

Chester se detuvo bajo el pórtico del hospital, al resguardo de la lluvia. Se dio la vuelta en su asiento y dijo:

—Jack, Will, antes de que suban... Tengo entendido que ese chiflado se ensañó realmente con Lounds. Deben estar preparados para ello...

Graham asintió. Desde que partió para Chicago había luchado para ahogar las esperanzas de que Lounds muriera antes que él llegara, para no tener que verle.

El corredor del Centro de Quemados Paege era un pasadizo cubierto por impecables azulejos. Un médico alto con una curiosa cara mezcla de joven y viejo hizo señas a Graham y a Crawford y les condujo lejos de las otras personas apiñadas frente a la puerta de la habitación de Lounds.

—Las quemaduras del señor Lounds son mortales —dijo el doctor—. Yo puedo calmar su dolor y pienso hacerlo. Respiró fuego y tiene dañada la garganta y los pulmones. Tal vez no recupere el conocimiento. Dado su estado, eso sería una bendición.

—En el caso de que lo recupere, la policía me ha pedido que le quite el tubo de la garganta para que pueda contestar algunas preguntas. He dado mi consentimiento, pero parcialmente.

—Por el momento las terminales nerviosas están anestesiadas por el fuego. Sufrirá un gran dolor si vive mucho más tiempo. Le he hecho una clara advertencia a la policía que les repetiré a ustedes: interrumpiré cualquier interrogatorio para aplicarle un sedante si él me lo pide. ¿Comprenden?

—Sí —respondió Crawford.

Después de hacer una seña al agente que estaba frente a la puerta, el médico juntó sus manos en la espalda debajo del delantal blanco y se alejó caminando como una garza en medio de una laguna.

Crawford miró a Graham.

—¿Estás bien?

—Muy bien. Yo estaba custodiado por el equipo de SWAT.

Lounds tenía la cabeza en alto. Habían desaparecido su pelo y sus orejas y unas compresas sobre sus ojos ciegos reemplazaban a los párpados quemados. Las encías estaban hinchadas y llenas de llagas.

La enfermera que estaba junto a él corrió el aparato que sujetaba el suero intravenoso para que Graham pudiera acercársele más. Lounds olía a paja quemada.

—Freddy, soy Will Graham.

Lounds arqueó el cuello contra la almohada.

—Es un movimiento reflejo, está inconsciente —aclaró la enfermera.

El tubo de plástico que mantenía abierta su garganta hinchada y quemada silbaba al mismo tiempo que la careta.

Un pálido detective con el grado de sargento estaba sentado en el rincón con una grabadora y un cuaderno en sus rodillas. Graham no lo vio hasta que habló.

—Lounds pronunció su nombre en la sala de urgencias antes de que le colocaran el tubo para respirar.

—¿Usted estaba allí?

—Llegué poco después. Pero tengo grabado todo lo que dijo. Al bombero que fue de los primeros en llegar le dio el número de una matrícula de un coche. Perdió el conocimiento y no lo recuperó mientras estuvo en la ambulancia, pero reaccionó durante un instante cuando le aplicaron una inyección en el pecho en la sala de urgencias. Algunos de los que trabajan en el *Tattler* le siguieron y estaban presentes. Tengo una copia de la grabación.

—Permítame oírla.

El agente manipuló el grabador.

—Creo que preferirá utilizar los auriculares —dijo, evitando cuidadosamente que la expresión de su rostro permitiera traslucir algo. Pulsó la tecla.

Graham oyó voces, el ruido de ruedas, «...llévenle a la tres», el golpe de una camilla contra una puerta de vaivén, una tos seguida de una arcada, una voz que hablaba sin labios.

»—Uende ientudo.

»—¿Lo viste, Freddy? ¿Qué aspecto tenía, Freddy?

»—¿Wendy? Or avor Wendy. Graham me odió. Ese ierda lo sabía. Graham me odió. Ese ierda uso la mano sobre mí en la otografía como si fuera su rotegido. ¿Wendy?»

Un ruido como el de un desagüe. La voz de un médico: «—Eso es. Déjeme acercarme. Quítense de en medio. Ahora.» Eso era todo.

Graham estaba junto a Lounds mientras Crawford escuchaba la grabación.

—Estamos buscando el automóvil con ese número de matrícula —dijo el agente—. ¿Pudo entender lo que decía?

—¿Quién es Wendy? —preguntó Crawford.

—Esa rubia pechugona que está en el pasillo. Ha tratado de verle. No sabe nada.

—¿Por qué no la dejan entrar? —preguntó Graham, que seguía junto a la cama de espaldas a ellos.

—No quieren visitas.

—Este hombre se está muriendo.

—¿Cree que no lo sé? ¿Qué carajo cree que he estado haciendo desde las doce hasta las seis? —Disculpe, señorita.

—Descanse un par de minutos —sugirió Crawford—. Vaya a tomar un café, lávese la cara. Él no puede decir nada. Si llegara a hacerlo, tengo la grabadora aquí al lado.

—De acuerdo. Me vendrá muy bien.

Cuando el agente salió, Graham dejó a Crawford junto al

lecho del enfermo y se acercó a la mujer que esperaba en el pasillo.

—¿Wendy?

—Así es.

—Si de veras cree que quiere entrar allí, yo le acompañaré.

—Quiero entrar. Tal vez sea mejor que me peine.

—No tiene importancia —respondió Graham.

El agente no trató de hacerla salir cuando entró en la habitación.

Wendy, la de Wendy City, sujetaba el chamuscado muñón de Lounds y tenía los ojos fijos en él. Poco antes del mediodía, Lounds se estremeció ligeramente.

—Todo va a ir bien, Roscoe —dijo ella—. Vamos a darnos la gran vida.

Lounds se estremeció nuevamente y murió.

CAPÍTULO 23

El capitán Osborne, de la sección de Homicidios de la policía de Chicago, tenía la cara gris y puntiaguda de un zorro de piedra. Por toda la comisaría se veían ejemplares del *Tattler*. Había uno sobre su escritorio.

No les ofreció sentarse a Graham y a Crawford.

—¿Tenían planeado algo con Lounds en Chicago?

—No, debía venir a Washington —respondió Crawford—. Había reservado un pasaje de avión. Estoy seguro de que lo ha verificado.

—En efecto, así lo hice. Salió ayer de su oficina a la una y media. Fue atacado en el garaje de su apartamento, posiblemente alrededor de las dos y diez.

—¿Encontraron algo en el garaje?

—Sus llaves fueron arrojadas bajo el coche. No hay ningún encargado en el garaje. Antes tenían una puerta accionada por control remoto, pero cayó sobre un par de automóviles y la retiraron. Nadie lo presenció. Eso parece ser el tema de hoy. Estamos trabajando en su automóvil.

—¿Podríamos ayudarle?

—Les facilitaré los resultados cuando los tenga. No ha dicho gran cosa, Graham. Parecía mucho más comunicativo en el diario.

—Tampoco me he enterado de muchas cosas al escucharle a usted.

—¿Está enojado, capitán? —inquirió Crawford.

—¿Yo? ¿Y por qué? Localizamos una llamada telefónica a solicitud de ustedes y atrapamos a un maldito periodista. Luego nos comunican que no presentarán cargos en su contra. Hacen no sé qué clase de arreglo con él y aparece en primera plana de ese panfleto. Los otros diarios lo aceptan enseguida como si fuera uno de ellos.

»Y ahora tenemos el primer asesinato del Duende Dientudo aquí, en Chicago. Qué maravilla. «El Duende Dientudo en Chicago», fantástico. Antes de la medianoche tendremos seis tiroteos por accidente en distintos hogares, un tipo borracho que trata de entrar a hurtadillas en su casa, la mujer le oye y bang. Tal vez al Duende Dientudo le agrade Chicago y decida quedarse y divertirse un poco.

—Podemos hacer lo siguiente —anunció Crawford—. Armar un gran alboroto, movilizar al jefe de policía y al fiscal federal, hacer correr a todo el mundo, incluidos usted y yo. O podemos tranquilizarnos y tratar de atrapar a ese degenerado. La idea era mía y ha ido a parar a la basura, lo sé. ¿Le ha ocurrido alguna vez algo parecido en Chicago? No quiero enfrentarme a usted, capitán. Queremos atraparlo y volver a nuestras casas. ¿Qué es lo que quiere usted?

—Por el momento una taza de café. ¿Puedo ofrecerles una a ustedes?

—Yo acepto —dijo Crawford.

—Y yo también —acotó Graham.

Osborne distribuyó los vasos de papel. Acto seguido les invitó a sentarse.

—El Duende Dientudo debía de tener una furgoneta o una camioneta para poder trasladar a Lounds en esa silla de ruedas —dijo Graham.

Osborne asintió.

—La matrícula que vio Lounds fue robada a un camión del servicio de televisión en Oak Park. Robó una matrícula comercial, lo que indica que la quería para un camión o una furgoneta. Reemplazó la del camión de televisión por otra, también robada, para que no se dieran cuenta enseguida. Un tipo muy astuto. Hay algo que sabemos: robó la matrícula del camión de televisión poco después de las ocho y media de la mañana de ayer. El mecánico de televisión puso gasolina ayer a primera hora, y pagó con una tarjeta de crédito. El empleado copió el número correcto de la chapa en el recibo.

—¿Nadie vio ningún camión o furgoneta? —preguntó Crawford.

—Nada. El guardián del *Tattler* no vio absolutamente nada. A juzgar por lo que ve podría ser árbitro de lucha libre. Los primeros en acudir al *Tattler* fueron un destacamento de bomberos. Iban solamente a apagar un incendio. Estamos interrogando a los que trabajan en el turno de noche del *Tattler* y viven por allí, y en barrios que visitó el técnico de televisión el martes por la mañana. Esperamos que alguien le haya visto cambiar la chapa.

—Me gustaría ver nuevamente la silla —dijo Graham.

—Está en nuestro laboratorio. Les llamaré de su parte. —Osborne hizo una pausa—. Tienen que reconocer que Lounds era un hacha. Recordar el número de la matrícula y decirlo en el estado en que estaba. ¿Han oído la grabación de lo que dijo en el hospital?

Graham asintió.

—No quiero ser pesado, pero quiero saber si interpretamos la misma cosa. ¿Qué entendió usted?

Graham repitió en tono monótono:

—Duende Dientudo. Graham me jodió. Ese mierda lo sabía. Graham me jodió. Ese mierda apoyó la mano sobre mí en la fotografía como si fuera su protegido.

Osborne no podía imaginar qué sentía Graham al respecto. Hizo otra pregunta.

—¿Se refería a la foto suya en el *Tattler*?

—No puede ser otra cosa.

—¿Por qué se le habrá ocurrido esa idea?

—Lounds y yo tuvimos algunos encontronazos.

—Pero en la fotografía usted parecía muy amistoso. El Duende Dientudo mata primero al animal favorito, ¿verdad?

—Eso es.

«El zorro es bastante rápido», pensó Graham.

–Qué pena que no le utilizó como trampa.

Graham no dijo nada.

–¿Lo que dijo tiene algún otro significado para usted, algo que podamos utilizar?

Graham regresó de quién sabe dónde y tuvo que repetir mentalmente la pregunta de Osborne antes de contestarle.

–Por lo que dijo Lounds sabemos que el Duende Dientudo leyó el *Tattler* antes de atacarle, ¿verdad?

–Así es.

–Si usted parte de la idea de que el *Tattler* le provocó, ¿no le parece que hizo todo esto con gran premura? El diario salió de la imprenta el lunes por la noche, él aparece en Chicago robando las matrículas en algún momento del martes, posiblemente el martes por la mañana, y ataca a Lounds el martes por la tarde. ¿Qué le sugiere eso?

–Que lo leyó con antelación o que no estaba muy lejos –dijo Crawford–. O lo leyó aquí, en Chicago, o en algún otro lugar el lunes por la noche. Recuerden que estaba atento para ver qué aparecía en los anuncios personales.

–Estaba ya aquí o vino conduciendo de bastante lejos –acotó Graham–. Atacó a Lounds demasiado rápido con una vieja e inmensa silla de ruedas que no se puede transportar en un avión, ya que ni siquiera es plegable. No voló aquí, robó la furgoneta y las matrículas y salió en busca de una antigua silla de ruedas. Ya debía de tener una, las nuevas no servirían para su propósito. –Graham estaba jugando con los cordones de la persiana veneciana, mirando la pared de ladrillos del otro lado del patio lleno de luz–. O tal vez ya tenía la silla y lo había planeado con antelación.

Osborne estuvo a punto de hacer una pregunta, pero la expresión de Crawford le aconsejó esperar.

Graham hacía nudos en los cordones. Sus manos temblaban.

–Lo planeó antes –apuntó Crawford.

–Es posible –manifestó Graham–, pueden ver cómo… la idea surge con la silla de ruedas. La visión y la idea de la silla de ruedas mientras piensa en qué puede hacerles a esos molestos tipos. Debe de haber sido todo un espectáculo ver a Freddy rodando por la calle envuelto en llamas.

—¿Cree usted que estaba observándole?

—Quizá. Seguro que lo vio mentalmente antes de hacerlo; cuando pensaba en qué represalias tomar.

Osborne observaba a Crawford. Crawford era sensato. Osborne sabía que era sensato y Crawford le seguía el juego.

—Si tenía una silla, o lo imaginó con antelación... podríamos investigar en los sanatorios privados, o en la Administración de Veteranos —sugirió Osborne.

—Era el chisme perfecto para mantener inmóvil a Freddy —dijo Graham.

—Durante mucho tiempo. Desapareció quince horas y veinticinco minutos, aproximadamente —informó Osborne.

—Si sólo hubiera querido liquidar a Freddy, podría haberlo hecho igual en su garaje —siguió diciendo Graham—. Podía haberle prendido fuego dentro de su coche. Pero quería hablar con él y hacerle sufrir un rato.

—Lo hizo en la parte de atrás de su furgoneta o bien le llevó a otra parte —manifestó Crawford—. A juzgar por el tiempo transcurrido, yo diría que le llevó a otra parte.

—Debía de ser un lugar seguro. Bien arropado no llamaría demasiado la atención saliendo o entrando de una clínica —sugirió Osborne.

—No obstante, está el ruido —observó Crawford—. Y bastante que limpiar. Supongamos que tiene la silla y acceso a la furgoneta y un lugar seguro donde llevarle para poder hacer lo que quería con él. ¿Les suena eso a... su casa?

Sonó el teléfono de Osborne; contestó con un rugido.

—¿Qué?... No, no quiero hablar con el *Tattler*... Bueno, pero mejor que no sea una tontería. Póngame con ella... Capitán Osborne, sí... ¿a qué hora? ¿Quién atendió inicialmente la llamada? ¿En la centralita? Sáquela de la centralita, por favor. Repítame una vez más lo que dijo... Le enviaré un agente dentro de cinco minutos.

Después de colgar, Osborne se quedó mirando pensativamente el teléfono.

—La secretaria de Lounds recibió una llamada hace cinco minutos —dijo—. Jura que era la voz de Lounds. Decía algo que no comprendió… «la fuerza del Gran Dragón Rojo», eso es lo que le pareció oírle decir.

CAPÍTULO 24

El doctor Frederick Chilton estaba en el corredor junto a la celda de Hannibal Lecter. Le acompañaban tres corpulentos ayudantes. Uno sostenía una camisa de fuerza y correas para las piernas y el otro un recipiente con Mace. El tercero introdujo un dardo tranquilizante en su rifle de aire comprimido.

Lecter estaba sentado frente a su mesa leyendo una tabla de estadísticas y tomando notas. Oyó los pasos que se acercaban. Escuchó el ruido del cerrojo del rifle muy cerca, a sus espaldas, pero continuó leyendo y no dejó entrever que sabía que Chilton estaba allí.

Chilton le había enviado los diarios a mediodía, pero esperó hasta la noche para comunicarle el castigo que recibiría por ayudar al Dragón.

—Doctor Lecter—dijo Chilton.

—Buenas tardes, doctor Chilton —dijo Lecter, dándose la vuelta e ignorando la presencia de los guardas.

—He venido por sus libros. Todos sus libros.

—Entiendo. ¿Puedo saber cuánto tiempo piensa confiscarlos?

—Depende de su comportamiento.

—¿Tomó usted la decisión?

—Yo decido los castigos que se aplican aquí.

—Por supuesto. No es el tipo de cosa que solicitaría Will Graham.

—Póngase de espaldas contra la pared y colóquese esto, doctor Lecter. No se lo pediré dos veces.

—Por supuesto, doctor Chilton. Espero que sea una treinta y nueve, la treinta y siete oprime demasiado el pecho.

El doctor Lecter se puso la camisa de fuerza como si estuviera poniéndose un esmoquin. Un ayudante pasó un brazo a través de la rejilla y se lo sujetó a la espalda.

—Ayúdenle a tumbarse en el catre —dijo Chilton.

Chilton limpiaba sus gafas y revolvía los papeles personales de Lecter con una pluma mientras los enfermeros vaciaban las estanterías.

Lecter le observaba desde su rincón, sumido en la penumbra. Una curiosa gracia emanaba de su persona, a pesar de la camisa de fuerza y las correas.

—Debajo de la carpeta amarilla —dijo Lecter con voz tranquila— encontrarán una nota de repulsa que le envió el *Archives*. Me la trajeron por error junto con la correspondencia que me envió el *Archives* y temo que la abrí sin fijarme a quién estaba dirigida. Lo siento.

Chilton se sonrojó. Dirigiéndose a un ayudante, dijo:

—Será mejor que quiten el asiento del inodoro del doctor Lecter.

Chilton echó una mirada a la tabla de estadísticas. Lecter había escrito su edad arriba de todo: cuarenta y uno.

—¿Y qué es lo que tiene aquí? —preguntó Chilton.

—Tiempo —respondió Lecter.

El jefe de sección Brian Zeller tomó la caja del correo y las ruedas de la silla y se dirigió a Análisis Internacional, caminando a una velocidad que hacía silbar sus pantalones de gabardina.

El personal del turno de día que no había podido retirarse todavía conocía perfectamente bien el significado de ese sonido sibilante: Zeller estaba muy apurado.

Ya habían tenido demasiadas demoras. El fatigado correo, cuyo vuelo de Chicago había sufrido un retraso por el mal tiempo y había sido desviado a Filadelfia, se había visto obligado a alquilar un automóvil para llegar al laboratorio del FBI en Washington.

El laboratorio del Departamento de Policía de Chicago era muy eficiente, pero no estaba equipado para realizar ciertas investigaciones. Zeller se dispuso a realizarlas en aquel momento.

Dejó caer en el espectrómetro las partículas de pintura de la puerta del automóvil de Lounds.

Beverly Katz, de la sección de pelos y fibras, recibió las ruedas para trabajar en ellas junto con otros de la sección.

La última parada de Zeller fue el pequeño y caldeado cuarto en el que Liza Lake estaba inclinada sobre su cromatógrafo de gases. Analizaba las cenizas de un incendio intencionado en Florida, observando cómo la aguja trazaba una línea irregular sobre el papel que se deslizaba por el aparato.

—Líquido para encendedores Ace —dijo—. Eso fue lo que utilizó para encender el fuego. —Había visto tantas muestras que podía reconocer una marca sin recurrir a los manuales.

Zeller apartó sus ojos de Liza Lake y se reprochó severamente por sentir placer en esa oficina. Carraspeó y levantó dos relucientes latas de pintura.

—¿Chicago? —preguntó ella.

Zeller asintió.

La joven verificó el estado de las latas y el cierre de las tapas. Una lata contenía cenizas de la silla de ruedas; la otra, restos calcinados de Lounds.

—¿Cuánto tiempo ha estado en las latas?

—Seis horas, aproximadamente —respondió Zeller.

—Lo revisaré.

Pinchó la tapa con una gruesa jeringa, extrajo el aire que había estado en contacto con las cenizas y lo inyectó directamente en el cromatógrafo para gases. Hizo algunos ajustes. Mientras la muestra se movía en la columna de presión de la máquina, la aguja zigzagueaba en el amplio papel cuadriculado.

—Sin plomo… —manifestó Liza Lake—. Es gasohol, gasohol sin plomo. No se ve mucho este combustible. —Revisó rápidamente las páginas de un fichero con muestras de gráficos–. No puedo decirle qué marca es todavía. Permítame analizarlo con pentano y luego le avisaré.

–Bien –respondió Zeller.

El pentano disolvería los fluidos de las cenizas y luego se fraccionaría rápidamente en el cromatógrafo, dejando los fluidos preparados para un análisis más preciso.

A la una del mediodía, Zeller tenía todo el material que fue posible obtener.

Liza Lake consiguió averiguar la marca del gasohol: Freddy Lounds había sido quemado con una mezcla llamada «Servco Supreme».

Después de cepillar las estrías de las llantas de las ruedas de la silla, aparecieron dos tipos de fibra de alfombra: uno de lana y otro sintética. El moho en el polvo de las fibras indicaba que había sido guardada en un lugar húmedo y oscuro.

Los otros resultados eran menos satisfactorios. Las partículas de pintura resultaron no ser de una pintura original de fábrica. Una vez inyectadas en el espectrómetro y comparadas con los archivos de pintura de automóviles de fabricación nacional, se comprobó que era un esmalte Duco de buena calidad, manufacturado en una partida de setecientos mil litros, durante el primer cuatrimestre de 1978, para ser vendido a varias empresas de pintura para coches.

Zeller esperaba descubrir una marca de automóvil y la fecha aproximada de fabricación.

Envió un télex a Chicago con los resultados obtenidos.

El Departamento de Policía de Chicago solicitaba la devolución de las ruedas. Resultó un incómodo envoltorio para el correo. Zeller añadió a ello unos informes del laboratorio, junto con correspondencia y un paquete que había llegado dirigido a Graham.

–No soy el experto federal –afirmó el mensajero cuando tuvo la seguridad de que estaba fuera del alcance del oído de Zeller.

El Ministerio de Justicia posee varios pequeños apartamentos cerca del tribunal del distrito séptimo de Chicago, para uso de los juristas y testigos especiales cuando hay sesión. Graham se alojó en uno de ellos y Crawford en otro, al lado opuesto del pasillo.

Llegó a las nueve de la noche, cansado y mojado. No había comido desde que desayunó en el avión que lo trajo de Washington y la idea de comer le repugnaba.

Al haber sido eliminado Lounds, era probable que la próxima víctima fuera él, y Chester le había servido de guardaespaldas durante todo el día; mientras estuvo en el garaje de Lounds y bajo la lluvia en el pavimento chamuscado donde Lounds se quemó. Blancos haces de luz iluminaron su cara mientras manifestaba a la prensa que «estaba profundamente apenado por la pérdida de su amigo Freddy Lounds».

Pensaba asistir al funeral. Y también irían numerosos agentes federales y policiales con la esperanza de que el asesino fuera a ver llorar a Graham.

En ese momento no sentía nada que pudiera identificar, solamente una fría sensación de náusea y oleadas de angustiosa alegría por no haber muerto quemado en lugar de Lounds.

A Graham le parecía que no había aprendido nada en cuarenta años: solamente había conseguido cansarse.

Se preparó un gran martini y se lo bebió mientras se desvestía. Se bebió otro después de bañarse, mientras veía el informativo: «Una emboscada del FBI para atrapar al Duende Dientudo fracasa y muere un veterano periodista. Volveremos con más detalles en el informativo *Testigo Ocular*, cuando acabe este programa».

Antes de finalizar la emisión, se referían al asesino como «el Dragón». El *Tattler* lo había distribuido a todas las agencias de noticias. Graham no se sorprendió. La edición del jueves se iba a vender muy bien.

Se preparó un tercer martini y llamó a Molly.

Molly había visto los informativos de las seis y de las diez y había leído el *Tattler*. Sabía que Graham había sido el cebo de una trampa.

—Deberías habérmelo dicho, Will.

—Quizá. Pero no estoy seguro.

—¿Y ahora tratará de matarte a ti?

—Tarde o temprano. Aunque ahora le resultará más difícil, ya que voy de un lado para otro. Estoy protegido permanentemente, Molly, y él lo sabe. No me ocurrirá nada.

—Me parece que tienes la lengua un poco trabada, ¿has hecho alguna visita a tu amigo en el frigorífico?

—He tomado un par de copas.

—¿Cómo te sientes?

—Bastante mal.

—En el informativo han dicho que el periodista no contaba con ninguna protección del FBI.

—Se suponía que debía estar con Crawford cuando el Duende Dientudo recibiera el diario.

—En el informativo ahora le llaman el Dragón.

—Así es como se llama a sí mismo.

—Will, hay una cosa que... quiero irme con Willy de aquí.

—¿Y adónde irías?

—A casa de sus abuelos. Hace mucho que no le ven y estarían encantados.

—Oh, um-hmmm.

Los abuelos paternos de Willy tenían una casa en la costa de Oregón.

—Este lugar es tétrico. Sé que se supone que es seguro, pero no logramos dormir bien. Tal vez la lección de tiro me asustó, no lo sé.

—Lo siento, Molly. Ojalá pudiera decirte cuánto.

—Te extrañaré. Ambos te extrañaremos.

Por lo visto estaba decidida.

—¿Cuándo te irás?

—Por la mañana.

—¿Y qué pasará con la tienda?

—Evelyn quiere hacerse cargo. Yo haré el pedido del género

de otoño con los mayoristas, sólo me quedaré con los intereses, y ella puede quedarse lo que gane.

—¿Y los perros?

—Le pedí que llamará al ayuntamiento, Will. Lo siento, pero tal vez alguien se haga cargo de algunos.

—Molly, yo…

—Me quedaría aquí si así pudiera evitar que te ocurriera algo malo. Pero tú no puedes salvar a nadie, Will, y yo no te puedo ayudar. Mientras que si vamos allí, tú puedes preocuparte sólo de cuidar de ti mismo. No pienso cargar con esta maldita pistola durante el resto de mis días, Will.

—Tal vez puedas hacer una escapada a Oakland y asistir a un partido de los A's. —No era eso lo que quería decirle. Dios mío, qué silencio tan largo.

—Bien, te llamaré —dijo ella—, o más bien supongo que tendrás que llamarme tú allí.

Graham sintió que algo se rompía. Le faltaba el aire.

—Permíteme que le pida a la oficina que se ocupe de los trámites necesarios. ¿Has reservado ya los pasajes?

—Sí, pero no con mi nombre. Pensé que tal vez los periodistas…

—Bien, bien. Permíteme que mande a alguien para que te acompañe hasta el avión. Así no tendrás que subir por la puerta de pasajeros y bajarás en Washington sin problemas. ¿Puedo hacerlo? Déjame hacerlo. ¿A qué hora sale tu avión?

—Nueve y cuarenta. American 118.

—Muy bien, ocho y media… detrás del Smithsoniano. Deja tu coche en el aparcamiento. Alguien te recogerá. Escuchará su reloj, lo acercará a la oreja cuando se baje del automóvil, ¿de acuerdo?

—Muy bien.

—Oye, ¿cambias de avión en O'Hare? Podría ir…

—No. Cambio en Minneapolis.

—Oh, Molly. ¿Crees que cuando todo termine puedo ir allí a buscarte?

—Sería muy agradable.

Muy agradable.

—¿Tienes dinero suficiente?

—El banco me va a girar algo.

—¿Qué?

—A Barclay's, en el aeropuerto. No te preocupes.

—Te echaré de menos.

—Yo también, pero va a ser igual que ahora. La misma distancia por teléfono. Willy te envía saludos.

—Salúdale de mi parte.

—Ten cuidado, querido.

Nunca le había llamado «querido» antes. No le importaba. No le importaban los nombres nuevos; querido, Dragón Rojo.

El oficial a cargo de la guardia nocturna en Washington se alegró de poder hacer los trámites para Molly. Graham apoyó la cara contra la ventana fría y observó cómo la lluvia caía a torrentes sobre el tráfico allá abajo, y cómo el resplandor de los relámpagos coloreaba súbitamente la calle gris. Su cara dejó en el vidrio la marca de la frente, la nariz, los labios y el mentón.

Molly se había ido.

El día había terminado y debía enfrentarse solo a la noche y a esa voz sin labios que le acusaba.

La mujer de Lounds le había sujetado la mano hasta que todo terminó.

«Hola, habla Valerie Leeds. Siento no poder atender el teléfono en este momento…»

—Yo también lo siento —musitó Graham.

Llenó nuevamente su vaso y se sentó a la mesa junto a la ventana, mirando la silla vacía frente a él. Siguió mirando hasta que el espacio de la silla de enfrente adquirió la forma de un hombre, llena de manchas oscuras que se movían, una presencia como una sombra sobre el polvo en suspensión. Trató de que la imagen se detuviera, de ver una cara. Pero no se movía, no tenía semblante y, sin embargo, a pesar de la falta de rasgos le miraba con una atención palpable.

—Sé que es duro —dijo Graham. Estaba completamente borracho—. Tienes que tratar de detenerte, esperar hasta que te encontremos. Si debes hacer algo, ¡venga, ven por mí! No me importa. Será mejor después. Ahora tienen unas cuantas cosas como para detenerte. Para que no sigas teniendo tantas ganas de hacerlo. Ayúdame, ayúdame un poco. Molly se ha ido, el viejo Freddy está muerto. Ahora quedamos tú y yo, compañero. —Se inclinó sobre la mesa con el brazo extendido para tocarle y la presencia desapareció.

Graham apoyó la cabeza sobre la mesa y la mejilla contra su brazo. Podía ver la marca de su frente, su nariz, su boca y su mentón en la ventana cuando era iluminada por la luz de un relámpago; una cara con gotas resbalando por el cristal. Sin ojos. Una cara llena de lluvia.

Graham había tratado desesperadamente de comprender al Dragón.

A veces, en el silencio de las casas de sus víctimas, roto sólo por el ruido de su respiración, el mismo espacio por el que había transitado el Dragón parecía querer hablarle.

A veces Graham se sentía muy cerca de él. Una sensación que recordaba de otras investigaciones se había apoderado de él en los últimos días: la desagradable impresión de que él y el Dragón estaban haciendo las mismas cosas en diferentes momentos del día, que existía un paralelo entre los detalles cotidianos de sus vidas. En algún lugar el Dragón estaba comiendo, o bañándose, o durmiendo al mismo tiempo que él lo hacía.

Graham se esforzó mucho para conocerle. Trató de verle más allá del cegador reflejo de diapositivas y frascos, bajo las líneas de los informes policiales, trató de ver su cara entre los renglones de los diarios. Lo intentó con todas sus fuerzas.

Pero para poder empezar a comprender al Dragón, para escuchar el frío goteo en su oscuridad, para observar al mundo a través de su roja neblina, Graham tendría que ver cosas que nunca podría ver, y tendría que poder volar a través del tiempo…

CAPÍTULO 25

Springfield, Missouri, 14 de junio de 1938.

Marian Dolarhyde Trevane, cansada y con dolores de parto, se bajó del taxi al llegar al Hospital Municipal. Una fina arenisca levantada por un viento cálido le castigó los tobillos al subir la escalinata. La maleta que llevaba era mejor que su vestido suelto, como también el elegante bolso de malla que apretaba contra su abultado vientre. Tenía una moneda de veinticinco centavos y otra de diez en la cartera. Y a Francis Dolarhyde en su vientre.

Le dijo al empleado de recepción que se llamaba Betty Johnson, lo que no era cierto. Que su esposo era músico y que no sabía dónde estaba, y eso era verdad.

La instalaron en la sección de indigentes de la sala de maternidad. No miró a las pacientes que estaban a ambos lados de su cama. Miraba las plantas de los pies de los que estaban al otro lado del pasillo.

Al cabo de cuatro horas la llevaron a la sala de partos, donde nació Francis Dolarhyde. El ginecólogo dijo que parecía «más un murciélago de nariz aplastada que un bebé», otra verdad. Nació con cortes en el labio superior y en la parte anterior y posterior del paladar. La parte central de su boca no estaba sujeta y sobresalía. Su nariz era chata.

Los médicos decidieron no mostrárselo inmediatamente a la madre. Querían esperar hasta ver si la criatura podía sobrevivir sin oxígeno. Le colocaron en una cuna en la parte de atrás de la sala de lactantes, como para que no pudiera ser visto desde la vidriera. Respiraba, pero no podía alimentarse. Le era imposible succionar con aquel paladar partido.

Su llanto durante el primer día no fue tan continuo como el de un bebé adicto a la heroína, pero sí igual de penetrante.

Por la tarde del segundo día todo lo que podía exteriorizar era un débil gemido.

A las tres de la tarde, cuando cambió el turno, una gran sombra cayó sobre su cuna. Prince Easter Mize, encargada de la limpieza y ayudante de la sala de lactantes, con casi cien kilos de peso, se paró a mirarle, con los brazos cruzados sobre el pecho. En los veintiséis años que había trabajado en aquella sala había visto alrededor de treinta y nueve mil bebés. Éste viviría si lograba alimentarse.

Prince Easter no había recibido ninguna orden del Señor respecto a dejar morir a aquella criatura. Y dudaba de que el hospital hubiera recibido alguna. Sacó de su bolsillo un tapón de goma del que salía una pajita curva de vidrio para beber. Colocó el tapón en un frasco con leche. Con una de sus grandes manazas sostenía al bebé y apoyaba sobre ella su cabeza. Le recostó contra su pecho hasta saber que había escuchado los latidos de su corazón. Luego, con un rápido movimiento, le dio la vuelta y le introdujo el tubo en la garganta. Tomó alrededor de sesenta gramos y se quedó dormido.

—Hum… —murmuró depositándole nuevamente en la cuna y reanudando sus tareas de limpieza.

Al cuarto día las enfermeras trasladaron a Mariam Dolarhyde Trevane a una habitación privada. En el lavabo había una jarra de loza con un ramo de flores todavía lozanas del ocupante anterior.

Marian era una joven bonita y su cara había empezado ya a deshincharse. Miró al médico cuando comenzó a hablarle con la mano apoyada sobre su hombro. Aspiraba el penetrante olor a jabón de su mano y pensaba en las arrugas que tenía alrededor de los ojos hasta que cayó en la cuenta de lo que le estaba diciendo. Cerró entonces los suyos y no los abrió cuando trajeron al bebé.

Finalmente le miró. Cerraron la puerta cuando gritó. Y enseguida le pusieron una inyección.

Al quinto día abandonó sola el hospital. No sabía adónde ir. Nunca más podría volver a su casa; su madre se lo había dicho claramente.

Marian Dolarhyde Trevane contó los pasos entre los faroles. Cada tres faroles se sentaba sobre la maleta para descansar. Por lo menos tenía la maleta. En todas las ciudades había una casa de empeño cerca de la estación del autobús. Lo había aprendido viajando con su esposo.

En 1938, Springfield no era un lugar para la cirugía plástica. En Springfield uno tenía la cara con la que había nacido.

Un cirujano del Hospital Municipal hizo todo lo que estaba en su mano por Francis Dolarhyde, contrayendo en primer lugar la sección frontal de su boca con una banda elástica, luego cerrando las aberturas de su labio por medio de una técnica de superposición rectangular hoy en día totalmente anticuada. El resultado de la cirugía estética no fue satisfactorio.

El cirujano se había tomado el trabajo de buscar información sobre ese problema y decidió, acertadamente, que se debía esperar hasta que el niño tuviera cinco años para arreglarle el paladar. Una operación prematura podría distorsionar el desarrollo de la cara.

Un dentista local se ofreció para fabricar un obturador que cerrara el paladar del bebé, permitiéndole alimentarse sin que la comida pasara a la nariz.

El niño fue enviado al Hogar de Huérfanos de Springfield durante un año y medio, y luego al orfanato Morgan Lee Memorial.

El reverendo S. B. «Buddy» Lomax era el director del orfanato. El hermano Buddy convocó a los demás niños y niñas y les dijo que Francis tenía labio leporino, pero que debían cuidarse muy bien de no llamarle así.

El hermano Buddy les sugirió que rezaran por él.

La madre de Francis Dolarhyde aprendió a ganarse la vida durante los años siguientes al nacimiento de su hijo.

Marian Dolarhyde encontró primero un trabajo como dactilógrafa de un jefe de circunscripción del Partido Demócrata de St. Louis. Con su ayuda consiguió la anulación de su matrimonio con el ausente Trevane.

En los autos de anulación no se mencionaba para nada la existencia de un niño.

No tenía ninguna relación con su madre.

«No te crié para que te acostaras con ese irlandés inútil», fueron las palabras con las que la señora Dolarhyde se despidió de Marian cuando ésta abandonó su hogar con Trevane.

El ex marido de Marian la llamó una vez al trabajo. Sobrio y piadoso, le dijo que le habían salvado y quería saber si él, Marian y el niño que «nunca tuvo la dicha de conocer» podrían empezar una nueva vida juntos. Daba la impresión de estar sin un duro.

Marian le dijo que el niño había nacido muerto y cortó la comunicación.

Se presentó totalmente borracho y con una maleta en la pensión de Marian. Cuando ella le dijo que no quería saber nada de él, Trevane le hizo notar que el matrimonio había fracasado por culpa de ella y que era la responsable de que el niño hubiera nacido muerto. Añadió que tenía dudas de que fuera hijo suyo.

En un arranque de ira, Marian Dolarhyde le dijo a Michael Trevane exactamente qué clase de hijo había tenido, agregando que podía reclamarlo cuando quisiera. Le hizo recordar que en la familia Trevane había dos casos de paladar partido.

Lo echó a la calle, recomendándole que no volviera a llamarla jamás, cosa que él no hizo. Pero años después, borracho y pensando en el nuevo y rico marido de Marian y la buena vida que se daban, llamó a la madre de Marian.

Le contó a la señora Dolarhyde que tenía un nieto deforme y le dijo que sus dientes de conejo eran la prueba de que esa tara hereditaria se remontaba a los Dolarhyde.

Una semana después, un tranvía de Kansas City partía en dos a Michael Trevane.

La señora Dolarhyde no pudo dormir en toda la noche cuando Michael Trevane le dijo que Marian tenía un hijo secreto. Se quedó sentada en el balancín contemplando el fuego de la chimenea. Al despuntar el alba empezó a mecerse lenta y deliberadamente.

En el piso de arriba de la gran casa una voz cascada llamó entre sueños. El piso de la habitación, situado justo encima de donde estaba la señora Dolarhyde, crujió al arrastrarse alguien hacia el baño.

Oyó un fuerte golpe en el techo, como si alguien se hubiera caído, y la voz cascada gimió de dolor.

La señora Dolarhyde no aparto en ningún momento la vista del fuego. Se meció más rápidamente y al cabo de un rato los gemidos cesaron.

A punto de cumplir seis años, Francis Dolarhyde recibió su primera y única visita en el orfanato.

Estaba sentado en la cafetería cuando un muchacho mayor vino a buscarle, sacándole de aquel ambiente sofocante para conducirle a la oficina del hermano Buddy.

La señora que le estaba esperando allí era alta y de edad madura, muy empolvada y con el pelo sujeto en un apretado moño. Su cara era increíblemente pálida. Tenía unas manchas amarillentas en el pelo gris, en los ojos y en los dientes.

Lo que más le llamó la atención a Francis, lo que siempre recordaría, fue que sonrió complacida al ver su cara. Eso jamás le había pasado. Y nadie volvería a hacerlo.

—Esta es tu abuela —le dijo el hermano Buddy.

—Hola —dijo ella.

El hermano Buddy le secó la boca con su gran manaza.

—Vamos, di «hola».

Francis había aprendido a decir algunas cosas con mucho

esfuerzo, pero no había tenido muchas oportunidades de decir «hola».

—Llha —fue lo mejor que pudo vocalizar.

Su abuela pareció más contenta aún con él.

—¿Puedes decir «abuela»?

—Trata de decir «abuela» —insistió el hermano Buddy.

Por más que se esforzó le resultó imposible, y se puso a llorar.

Una avispa zumbaba revoloteando por la sala.

—No importa —dijo su abuela—. Apuesto a que sabes decir tu nombre. Un chico mayor como tú tiene que saber decir cómo se llama. Hazme el favor de decirlo.

La cara del niño se iluminó. Los chicos mayores le habían enseñado a decirlo. Quería agradarle. Hizo un esfuerzo.

—Cara de culo —respondió.

Tres días después, la señora Dolarhyde fue a buscar a Francis al orfanato para llevárselo a vivir con ella. Comenzó enseguida a ayudarle a hablar. Se concentraron en una única palabra: «Mamá».

Al cabo de dos años de la anulación de su matrimonio, Marian Dolarhyde conoció y se casó con Howard Vogt, un abogado de éxito bien relacionado con el partido de St. Louis y lo que quedaba del viejo Pendergast en Kansas.

Vogt era un viudo con tres niños pequeños, un hombre agradable y ambicioso, quince años mayor que Marian Dolarhyde. Lo único que detestaba en el mundo era el *Post Dispatch,* de St. Louis, que había sacado a la luz sus trapos sucios durante el escándalo del registro de votantes en 1936 y malogrado el intento del partido de hacerse con el gobierno en 1940.

Pero en 1943 la buena estrella de Vogt estaba surgiendo nuevamente. Era candidato para la legislatura estatal y se le mencionaba como posible delegado para la inminente convención constitucional.

Marian era una atractiva y hábil ama de casa y Vogt le compró una bonita mansión con revestimiento de madera en la calle Olive, adecuada para recibir a mucha gente.

Francis Dolarhyde había vivido una semana con su abuela cuando le llevó allí.

La señora Dolarhyde no había visto nunca la casa de su hija. La criada que le abrió la puerta no la conocía.

—Soy la señora Dolarhyde —dijo haciendo a un lado a la sirvienta. El viso asomaba como diez centímetros por debajo de la parte de atrás de su vestido. Hizo pasar a Francis a un gran salón en cuya chimenea ardía un fuego acogedor.

—¿Quién es, Viola? —inquirió desde el piso de arriba una voz femenina.

La señora Dolarhyde cubrió la cara de Francis con la mano. El chico aspiró el olor a cuero de su guante. Y enseguida le susurró:

—Ve a ver a tu madre, Francis. Ve a ver a tu madre. ¡Corre!

El niño se acobardó y trató de retroceder.

—Ve a ver a tu madre. ¡Corre! —Le tomó por los hombros y le condujo hasta la escalera. El muchacho subió trotando hasta el rellano y se dio la vuelta para mirarla. Ella le alentó con un gesto del mentón.

Llegó hasta aquel desconocido pasillo y a la puerta abierta del dormitorio.

Su madre estaba sentada frente a la mesa del tocador, revisando su maquillaje en un espejo rodeado de luces. Se preparaba para una reunión política y no era aconsejable un exceso de barra de labios. Estaba de espaldas a la puerta.

—Ajá —musitó Francis, tal como le habían enseñado. Trató con toda su alma de decirlo bien—. Ajá.

Entonces ella le vio en el espejo.

—Si buscas a Ned, todavía no ha vuelto del...

—Ajá —repitió acercándose a la despiadada luz.

Marian oyó la voz de su madre abajo pidiendo un té. Sus

ojos se abrieron desmesuradamente y permaneció sentada, inmóvil. No se dio la vuelta. Apagó las luces del espejo y su imagen desapareció de él. En la oscuridad del cuarto dejó escapar un tenue y aislado gemido que terminó en un sollozo. Podía ser por ella, o quizás por el niño.

Después de esa visita, la señora Dolarhyde llevó a Francis a todos los mítines políticos y explicaba quién era y de dónde venía. Le hacía decir «hola» a todo el mundo. Pero no ensayaron el «hola» en su casa.

El señor Vogt perdió las elecciones por mil ochocientos votos.

CAPÍTULO 26

El nuevo mundo que descubrió Francis Dolarhyde en casa de su abuela era una jungla de piernas con venas azuladas.

Hacía tres años que la señora Dolarhyde estaba a cargo de un hogar de ancianos cuando Francis fue a vivir con ella. El dinero había constituido un problema desde que murió su marido en 1936; había sido educada como una dama y no poseía habilidades rentables.

Todo lo que tenía era una casa grande y las deudas de su marido. Convertirla en una pensión era imposible. El lugar estaba demasiado aislado para poder conseguir muchos pensionistas. La amenazaron con desalojarla.

La señora Dolarhyde sintió que Dios la tomaba de la mano al leer en el diario el anuncio del casamiento de Marian con el influyente señor Howard Vogt. Escribió varias veces a su hija pidiéndole ayuda, pero nunca recibió contestación. Cada vez que la llamaba por teléfono la criada le decía que la señora Vogt había salido.

Finalmente, y con gran amargura, la señora Dolarhyde hizo un arreglo con el condado y comenzó a recibir personas mayores indigentes. El gobierno le pagaba una suma por cada pensionista y de tanto en tanto una remuneración, cuando conseguían localizar a algún pariente. Fue muy duro hasta que empezó a recibir a algunos particulares provenientes de familias de la clase media.

No contó con ninguna clase de ayuda por parte de Marian durante todo ese tiempo, aunque Marian podría haberla ayudado bastante.

Francis Dolarhyde jugaba en el suelo rodeado por aquel bosque de piernas. Jugaba a los coches con las piezas del Mah-Jongg de su abuela, empujándolas entre pies retorcidos como raíces nudosas.

La señora Dolarhyde conseguía que sus huéspedes lucieran limpios guardapolvos, pero le resultaba imposible convencerles de que no debían quitarse los zapatos.

Los viejos pasaban el día entero sentados en la sala de estar escuchando la radio. La señora Dolarhyde había instalado un pequeño acuario para que se entretuvieran y un benefactor particular contribuyó para poder cubrir el piso de parqué con linóleo, solucionando así las molestias de la inevitable incontinencia.

Se sentaban juntos en los sofás y sillas de ruedas y escuchaban la radio fijando sus ojos desvaídos en los peces, o en nada, o en algo que habían visto muchos años atrás.

Francis recordaría siempre el ruido de pies que se arrastraban por el linóleo entre los rumores de los días calurosos y el olor a guiso de tomates y repollo proveniente de la cocina, y el olor de esos viejos semejante al de la carne secándose al sol y la sempiterna radio.

> Blancura de Rinso, brillo de Rinso,
> alegre canción del día de lavado.

Francis pasaba el mayor tiempo posible en la cocina, porque su amiga estaba allí. Queen Mother Bailey, la cocinera, se había criado al servicio de la familia del abuelo Dolarhyde. A veces le traía a Francis una ciruela en el bolsillo de su delantal y le llamaba: «Pichón de comadreja, siempre soñando». La cocina era abrigada y segura. Pero Queen Mother Bailey regresaba a su casa por las noches...

Diciembre, 1943.

Francis Dolarhyde, que tenía entonces cinco años, estaba acostado en su dormitorio del primer piso en casa de su abuela. El cuarto estaba totalmente a oscuras, pues las cortinas negras estaban corridas a causa de los bombardeos de los japoneses. No podía decir «japonés». Tenía necesidad de orinar. Pero le daba miedo levantarse a oscuras.

Llamó a su abuela, que dormía en el piso de abajo.

—Aela. Aela. —Parecía un cabrito balando. Llamó hasta el cansancio—. O aor, Aela.

Y entonces se le escapó, corriendo caliente entre sus piernas y bajo el trasero y luego frío, haciendo que el pijama se le pegase al cuerpo. No sabía qué hacer. Aspiró hondo y se dio la vuelta hacia la puerta. No pasó nada. Apoyó un pie en el suelo. Permaneció a oscuras, con el pijama pegado a sus piernas y el rostro enrojecido. Corrió hacia la puerta. La manivela le golpeó en la ceja y cayó sentado sobre la ropa empapada. Se levantó de un salto y se lanzó escaleras abajo, deslizando los dedos sobre la barandilla, hacia el cuarto de su abuela. Pasó por encima de ella en la oscuridad, metiéndose bajo las mantas y calentándose contra su cuerpo.

Su abuela se movió, se estiró la espalda rígida contra su mejilla, y con voz sibilante dijo:

—Jamásh he vishto… —Un golpeteo en la mesa de noche hasta que encontró los dientes postizos y un chasquido cuando se los colocó—. Jamás he visto un chico tan desagradable y sucio como tú. Sal de aquí, bájate de esta cama.

Encendió la lámpara de la mesa de noche. El niño estaba sobre la alfombra temblando. Ella pasó el dedo pulgar sobre su ceja y lo retiró manchado de sangre.

—¿Has roto algo?

Francis sacudió tan rápido la cabeza que unas gotitas de sangre salpicaron el camisón de la abuela.

—Arriba. Rápido.

La oscuridad cayó sobre él mientras subía la escalera. No podía encender la luz porque su abuela había puesto los interruptores muy altos, para que sólo ella pudiera alcanzarlos. No quería volver a meterse en la cama mojada. Se quedó un buen rato en el cuarto oscuro, agarrando a las patas de la cama. Parecía que su abuela no subiría nunca. Los oscuros rincones de su dormitorio sabían que no.

Pero por fin apareció, llevando un montón de sábanas bajo el brazo, y oprimió la perilla de la luz del techo que colgaba de un cable corto. No le dirigió la palabra mientras cambiaba la ropa de la cama.

Le agarró del brazo y le empujó por el pasillo hacia el baño. El interruptor de la luz estaba sobre el espejo y tuvo que ponerse de puntillas para alcanzarlo. Le dio un guante de toalla, mojado y frío.

—Quítate el pijama y límpiate.

Sintió el olor a esparadrapo y vio el brillo de las tijeras en el costurero. La mujer cortó un trozo de esparadrapo, le puso en pie sobre la tapa del inodoro y le cubrió el corte de la ceja.

—Muy bien —dijo su abuela. Francis sintió el frío de la tijera que había apoyado contra su bajo vientre.

—Mira—le ordenó. Agarrándolo por la nuca, le hizo agachar la cabeza hasta que vio su pequeño pene sobre la hoja inferior de la tijera abierta. La abuela comenzó a cerrar la tijera hasta que sintió un pinchazo.

—¿Quieres que te lo corte?

Trató de mirarla, pero le tenía sujeto por la cabeza. Sollozó y la saliva cayó sobre su estómago.

—¿Quieres que te lo corte?

—No, Aela. No, Aela.

—Palabra de honor que te lo cortaré si vuelves a mojar la cama. ¿Comprendes?

—Sí, Aela.

—Puedes llegar al baño sin encender la luz y sentarte como un niño bueno. No debes aguantarte. Ahora vuelve a la cama.

A las dos de la mañana se levantó viento, trayendo una cálida ráfaga del sureste, que hizo sacudir las ramas de los manzanos secos y susurrar a las hojas de los manzanos verdes. La lluvia arrastrada por el viento azotó el costado de la casa en la que

Francis Dolarhyde, de cuarenta y dos años de edad, dormía plácidamente.

Estaba acostado de lado, con el pulgar en la boca y el pelo húmedo pegado a la frente y al cuello.

De repente se despertó. Escuchó el ruido de su respiración en la oscuridad y el débil sonido del parpadeo de sus ojos. Sus dedos tenían un leve olor a gasolina. Su vejiga estaba llena.

Tanteó la mesa de noche hasta encontrar el vaso donde estaban sus dientes.

Dolarhyde se ponía siempre los dientes antes de levantarse. Se dirigió al baño. No encendió la luz. Encontró el inodoro en la oscuridad y se sentó como un niño bueno.

CAPÍTULO 27

El cambio de la señora Dolarhyde se hizo evidente por primera vez durante el invierno de 1947, cuando Francis tenía ocho años.

Suspendió las comidas que compartía con Francis en su dormitorio. Ambos se trasladaron a la mesa general del comedor, que presidió frente a sus ancianos huéspedes.

La señora Dolarhyde, que de niña había sido educada para convertirse en una perfecta ama de casa, desenterró y lustró la campanita de plata y la colocó junto a su plato.

Organizar una comida, escalonando los platos que se sirven, dirigiendo la conversación, desviando las trivialidades hacia temas interesantes, poniendo de relieve las mejores facetas de los más capaces atrayendo la atención de los otros comensales, es un arte difícil que lamentablemente hoy está en franca decadencia.

La señora Dolarhyde había sido experta en esto en sus tiempos. Sus esfuerzos en la mesa animaron al principio las comidas de los dos o tres huéspedes capaces de mantener una conversación.

Francis ocupaba el lugar del dueño de la casa, en el otro extremo de esa avenida de cabezas inclinadas, mientras su abuela sacaba a la luz los recuerdos de aquellos que aún podían recordar. Mostró mucho interés por el viaje de luna de miel a Kansas City de la señora Flodder, repasó varias veces la epidemia de fiebre amarilla con el señor Eaton y escuchó atentamente los vagos e ininteligibles balbuceos de los demás.

–¿No te parece interesante, Francis? –preguntaba mientras hacía sonar la campanita para que sirvieran otro plato.

La comida consistía en una variedad de legumbres y papillas de carne, pero la dividía en varios platos, dificultando sobremanera el trabajo en la cocina.

Jamás se mencionaban los accidentes que ocurrían en la mesa. Un toque de campana y un gesto en la mitad de una frase eran suficientes para solucionar el problema de los que habían derramado comida, o se habían dormido u olvidado qué estaban haciendo en la mesa. La señora Dolarhyde mantuvo siempre un personal tan numeroso como sus finanzas le permitían.

A medida que su salud declinó, perdió peso y pudo usar vestidos que habían estado guardados muchos años. Algunos eran realmente elegantes. Sus rasgos y su peinado tenían cierto parecido con la imagen de George Washington reproducida en los billetes de dólar.

Sus modales se deterioraron un poco al llegar la primavera. Presidía la mesa sin permitir que nadie le interrumpiera cuando contaba episodios de su juventud en St. Charles, incluidos algunos detalles personales para inspirar e instruir a Francis y a los demás.

Es verdad que la señora Dolarhyde había sido una niña con mucho éxito durante la época de 1907 en St. Charles y había sido invitada a los mejores bailes del otro lado del río, en St. Louis.

En esto había una lección especial para todos, dijo, mirando fijamente a Francis, que cruzó las piernas debajo de la mesa.

–Yo entré en sociedad en una época en que la medicina no tenía muchos recursos para combatir los pequeños fallos de la naturaleza –manifestó–. Tenía una piel y un pelo preciosos y saqué el mayor partido posible de ellos. Superé el defecto de mis dientes con mi fuerte personalidad y mi vivo ingenio, a tal punto que se convirtieron en mi «rasgo atractivo». Creo que incluso podrían llamarles mi «rasgo encantador». No los habría cambiado por nada del mundo.

Desconfiaba de los médicos, explicó finalmente, pero cuando resultó evidente que el problema de sus encías entrañaría la pérdida de sus dientes, buscó uno de los más famosos dentistas del Medio Oeste, el doctor Felix Bertl, un suizo.

—Los dientes suizos del doctor Bertl eran muy conocidos entre cierta clase de gente —dijo la señora Dolarhyde—. Y además, tenía una gran experiencia.

Cantantes de ópera temerosos de que ciertas modificaciones en sus bocas alteraran su voz, actores y otras personas de relevancia pública, venían desde San Francisco para consultarle.

El doctor Bertl podía reproducir exactamente los dientes de un paciente y había experimentado con varios materiales y sus efectos en la resonancia.

Cuando el doctor Bertl terminó la prótesis, sus dientes parecían exactamente los mismos de antes. Ella los dominó gracias a su fuerte personalidad y no perdió un ápice de su peculiar encanto, dijo con una sonrisa

Si toda esa perorata encerraba una lección especial, para Francis pasó inadvertida y sólo la apreció años después; no se le haría ninguna clase de cirugía hasta que él estuviera en condiciones de pagarla de su propio bolsillo.

Francis lograba resistir esas comidas porque después venía algo que le interesaba.

El marido de Queen Mother Bailey iba a buscarla todas las tardes en un carro que utilizaba para transportar leña, tirado por dos mulas. Si su abuela estaba ocupada con sus huéspedes, Francis se subía al carro con ellos y los acompañaba por el camino de entrada hasta llegar a la carretera.

Esperaba ansioso durante todo el día el momento del paseo vespertino, para poder sentarse junto a Queen Mother, cuyo alto, delgado y silencioso esposo era casi invisible en la oscuridad, y escuchar el ruido que hacían las llantas de goma en la carreta sobre la grava del camino, en medio del tintinear de los bocados. Dos mulas pardas, a veces cubiertas de barro, con las crines cortadas como un cepillo, sacudiendo las colas sobre sus ancas. Olor a sudor y a tela de algodón hervida, a tabaco y arneses sobados. Cuando el señor Bailey había estado limpiando un campo, había a veces olor a fogata y otras, cuando llevaba su escopeta a terrenos nuevos, veía un par de conejos o ardillas tirados en la parte de atrás del carro, con las patas estiradas como si estuvieran corriendo.

No conversaban durante el recorrido. El señor Bailey se dirigía solamente a las mulas. El movimiento del carromato sacudía alegremente al muchacho contra los Bailey. Al llegar al final del camino se bajaba, les prometía regresar directamente a la casa y se quedaba mirando el farol de la carreta alejándose. Podía oírlos hablar mientras avanzaba por la carretera. A veces Queen Mother hacía reír a su marido y ella compartía también su risa. Era tan agradable escucharles, en medio de la oscuridad, sabiendo que no se reían de él.

Pero más adelante cambiaría de opinión al respecto…

La ocasional compañera de juegos de Francis Dolarhyde era la hija de un colono que vivía en unos campos vecinos. La señora Dolarhyde le permitía ir a la casa a jugar porque le divertía, de vez en cuando, vestir a la niña con los vestidos que Marian había usado en su infancia.

Era una pelirroja desaliñada que casi siempre estaba demasiado cansada para jugar.

Una calurosa tarde de junio, aburrida de buscar escarabajos con una pajita en el gallinero, le pidió a Francis que le mostrara sus partes íntimas.

Accedió a su petición en un rincón entre la casa del gallinero y una verja que les ocultaba de las ventanas de la planta baja de la casa. Ella le retribuyó mostrándole las suyas, bajándose su raída ropa interior hasta los tobillos. Cuando Francis se agachó para mirar, un pollo sin cabeza se precipitó hacia el rincón, sacudiendo la tierra con sus alas mientras caía patas arriba. La niña, enredada en su ropa, dio un respingo hacia atrás al sentir la salpicadura de la sangre en sus piernas y pies.

Francis se incorporó de un salto, sin tener tiempo de subirse los pantalones, justo cuando Queen Mother aparecía en busca del animal, sorprendiéndoles.

—Oye, muchacho —dijo tranquilamente—, tú querías ver cómo era el asunto, pues ahora que lo has visto busca algo distinto que hacer. Ocupaos en cosas de chicos y no os quitéis la ropa. Ayudadme tú y tu amiguita a agarrar a ese pollo.

La turbación de los niños pasó tan rápidamente como el pollo que se escapaba. Pero la señora Dolarhyde les observaba desde la ventana del primer piso...

La señora Dolarhyde esperó hasta que Queen Mother entró en la casa. Los chicos se dirigieron entonces al gallinero. La señora Dolarhyde esperó cinco minutos y se acercó a ellos silenciosamente. Abrió la puerta de golpe y los encontró reuniendo plumas para hacerse un tocado.

Envió a la chica a su casa y condujo a Francis dentro de la suya.

Le dijo que le mandaría nuevamente al orfanato del hermano Buddy después de haberle castigado.

—Sube a tu cuarto. Quítate los pantalones y espera allí hasta que encuentre mis tijeras.

Esperó horas en el cuarto, acostado en la cama, sin pantalones, agarrando fuertemente la colcha y esperando las tijeras. Esperó hasta oír los ruidos de la comida que se servía en la planta baja y escuchar el crujido del carro de leña y el resoplido de las mulas cuando el marido de Queen Mother vino a buscarla.

Se durmió al amanecer y varias veces se despertó sobresaltado esperando ver aparecer a su abuela.

Pero la abuela no llegó. Tal vez se había olvidado de él.

Esperó durante la rutina diaria de los días siguientes, acordándose de la amenaza varias veces en el transcurso de las horas con un terror que le helaba la sangre. Jamás dejaría de esperar.

Esquivó a Queen Mother Bailey, no quiso hablar más con ella y se negó a decirle por qué: creía, equivocadamente, que ella le había contado a su abuela lo que había visto en el gallinero. Se convenció entonces de que él era el motivo de las risas que había oído mientras miraba alejarse la luz del farol a lo largo del camino. Evidentemente, no podía confiar en nadie.

Era difícil permanecer acostado y quieto y dormir cuando estaba allí para alimentar sus pensamientos. Era difícil permanecer acostado y quieto en aquella luminosa noche.

Francis sabía que su abuela tenía razón. Le había hecho demasiado daño. La había hecho sentir vergüenza. Todo el mundo debía de haberse enterado de lo que había hecho, hasta en St. Charles debían saberlo. No estaba enojado con su abuela. Sabía que la quería mucho. Quería actuar correctamente

Imaginó que entraban ladrones en la casa y que él protegía a su abuela y que ella se retractaba de lo que había dicho.

–Después de todo, no eres un hijo del demonio, Francis. Eres mi niño bueno.

Imaginó que entraba un ladrón. Se metía en la casa decidido a mostrarle a su abuela sus partes íntimas.

¿Cómo podría protegerla Francis? Era muy pequeño para pelear contra un ladrón.

Reflexionó sobre el asunto. En la despensa estaba el hacha de Queen Mother. La limpiaba con una hoja de periódico después de matar un pollo. Se ocuparía del hacha. Era su responsabilidad. Lucharía contra su miedo a la oscuridad. Si realmente quería a su abuela, debería ser a él al que temieran en la oscuridad. A quien el ladrón debía realmente temer.

Bajó silenciosamente a la planta baja y encontró el hacha colgando del clavo. Tenía un olor extraño, parecido al de la pileta donde ahogaban a los pollos. Estaba afilada y su peso inspiraba confianza.

Cogió el hacha y se dirigió al cuarto de su abuela para asegurarse de que no había ningún ladrón.

La señora Dolarhyde dormía. Estaba muy oscuro, pero él sabía exactamente dónde estaba Si hubiera un ladrón le oiría respirar igual que oía la respiración de su abuela. Sabría dónde estaba su cuello tan bien como sabía dónde estaba el de su abuela. Justo debajo de donde se oía la respiración.

Si hubiera un ladrón, él se acercaría silenciosamente como lo estaba haciendo ahora. Levantaría el hacha con ambas manos sobre su cabeza de esa misma forma.

Francis tropezó con la pantufla de su abuela que estaba al lado de la cama. El hacha se balanceó en la oscuridad y golpeó la pantalla metálica de la lámpara de la mesa de noche.

La señora Dolarhyde se dio la vuelta hacia un costado y su boca emitió un ruido húmedo. Francis permaneció inmóvil. Le temblaban los brazos por el esfuerzo que hacia al sujetar el hacha. Su abuela empezó a roncar.

El amor que embargaba a Francis estuvo a punto de estallar. Salió silenciosamente de la habitación. Sentía unas ansias frenéticas por estar preparado para protegerla. Debía hacer algo. Ya no tenía miedo de la oscuridad de la casa, pero la sensación le asfixiaba.

Salió por la puerta de atrás y permaneció con el rostro vuelto hacia el cielo contemplando la noche radiante, jadeando como si pudiera respirar la luz. El pequeño disco de la luna apareció distorsionado en el blanco de sus ojos que miraban hacia arriba, redondeado al bajarlos, y centrado finalmente en sus pupilas.

El amor que lo había invadido crecía sofocándole y no podía liberarlo. Caminó en dirección al gallinero, con paso rápido, sintiendo el suelo frío bajo sus pies, el hacha golpeando helada contra su pierna, corriendo antes de estallar...

Francis, junto a la bomba de agua del gallinero, no había sentido nunca una sensación de paz tan dulce. Tanteó cuidadosamente las dimensiones de esa dulce sensación, y descubrió que era infinita y que le envolvía por completo.

Lo que su abuela consideradamente no le había cortado estaba todavía allí, como si fuera un premio, cuando se lavó la sangre de la barriga y las piernas. Su mente estaba lúcida y tranquila.

Tendría que hacer algo con el pijama. Sería mejor esconderlo bajo las bolsas en el cuarto de ahumar.

El descubrimiento del pollo muerto intrigó a su abuela. Dijo que no parecía obra de un zorro.

Al mes siguiente, Queen Mother encontró otro cuando fue a buscar huevos. Esa vez le faltaba la cabeza.

La señora Dolarhyde dijo durante la comida que estaba convencida de que había sido un acto de venganza de «alguna sirvienta despedida». Dijo que se lo había notificado al sheriff.

Francis permanecía sentado en silencio, abriendo y cerrando la mano, recordando el ojo que pestañeaba en su palma. Algunas veces mientras estaba acostado se tocaba para asegurarse de que no se la habían cortado. A veces cuando se palpaba le parecía sentir un pestañeo.

La señora Dolarhyde estaba cambiando muy rápidamente. Se había vuelto muy difícil y no podía conservar durante mucho tiempo el servicio doméstico. A pesar de la falta de personal, el lugar donde le gustaba pasar la mayor parte del tiempo era la cocina, dando órdenes a Queen Mother Bailey, en detrimento de la comida. Queen Mother, que había trabajado toda su vida para la familia Dolarhyde, era el único miembro del personal que no había cambiado.

Con la cara enrojecida por el calor de los hornillos, la señora Dolarhyde pasaba nerviosamente de una a otra tarea, dejando a menudo platos a medio cocinar que nunca se servirían. Preparaba enormes fuentes con restos, mientras las legumbres frescas se pudrían en la despensa.

Al mismo tiempo se enfurecía por los gastos. Disminuyó la cantidad de jabón y lejía utilizadas para el lavado, hasta que las sábanas adquirieron un color grisáceo.

Durante el mes de noviembre contrató cinco criadas de color para ayudarle en las tareas de la casa. Pero ninguna se quedó.

La señora Dolarhyde estaba furibunda la tarde en que la última sirvienta se fue. Iba por toda la casa gritando y al entrar a la cocina vio que Queen Mother Bailey había dejado un poco de harina sobre la tabla después de haber amasado.

En medio del vapor y el calor de la cocina y cuando faltaba solamente media hora para que se sirviera la comida, se acercó a Queen Mother y le dio una bofetada.

Queen Mother dejó caer el cucharón, indignada. Sus ojos se llenaron de lágrimas. La señora Dolarhyde levantó nuevamente la mano. Una palma grande y rosada se la apartó.

—No se le ocurra volver a hacer eso. Usted ya no es la misma, señora Dolarhyde, pero no se le ocurra volver a hacer eso.

Profiriendo toda clase de insultos, la abuela golpeó con la mano libre una olla de sopa que se desparramó por los fogones. Se dirigió enseguida a su cuarto y se encerró en él dando un fuerte portazo. Francis la oyó maldecir y arrojar objetos contra las paredes. No salió en toda la tarde.

Queen Mother limpió el líquido derramado y dio de comer a los ancianos. Reunió sus pocas pertenencias en una canasta y se puso un viejo suéter y el gorro de punto. Buscó a Francis, pero no pudo encontrarle.

Estaba ya instalada en el carro cuando vio al niño sentado en un rincón del porche. La vio bajarse pesadamente y acercarse hacia donde estaba él.

—Me voy, pichón de comadreja. Y no volveré. Sironia, la del almacén, se encargará de llamar a tu madre. Me necesitarás antes de que venga, acompáñame a mi casa.

El niño retrocedió al sentir la mano sobre su mejilla.

El señor Bailey chasqueó la lengua para que se movieran las mulas. Francis vio alejarse el farol del carro, con una sensación de tristeza y vacío al comprender que Queen Mother le había traicionado. Pero ahora no le importaba. Estaba contento. La débil luz del farol de queroseno se alejaba por el sendero. No tenía nada que hacer con la luna.

Se preguntó qué se sentiría al matar una mula.

Marian Dolarhyde Vogt no fue cuando Queen Mother Boiley la llamó.

Se presentó dos semanas más tarde, después de haber recibido una llamada del comisario de St. Charles. Llegó a media tarde, conduciendo personalmente un Packard de antes de la guerra. Se había puesto guantes y un sombrero.

El agente que la recibió al final del sendero se inclinó para hablar con ella por la ventanilla del coche.

—Señora Vogt, su madre llamó a la oficina alrededor del mediodía, diciendo que la criada le había robado. Cuando llegué aquí, no lo tome a mal, pero estaba diciendo disparates y me pareció que estaba todo un poco descuidado. El comisario pensó que sería mejor hablar primero con usted, ¿comprende? Como el señor Vogt tiene un cargo público y demás...

Marian comprendía. El señor Vogt era comisionado de obras públicas en St. Louis y había caído un poco en desgracia en el partido.

—Nadie más ha visto el lagar, que yo sepa —manifestó el agente.

Marian encontró a su madre dormida. Dos de los viejos estaban todavía sentados a la mesa esperando el almuerzo. Una mujer estaba en el patio de atrás vestida únicamente con el viso.

Marian llamó por teléfono a su marido.

—¿Con qué frecuencia inspeccionan estas casas? No deben de haber visto nada... No sé si los parientes se han quejado, no creo que estas personas tengan parientes... No. No se te ocurra venir. Necesito unos negros. Consígueme unos negros... y al doctor Waters. Yo me haré cargo de esto.

A los cuarenta y cinco minutos llegó el médico acompañado por un asistente y seguido por una camioneta en la que venían la criada de Marian y otros cinco sirvientes.

Marian, el médico y el ayudante estaban en el cuarto de la señora Dolarhyde cuando Francis volvió del colegio. Francis podía oír maldecir a su abuela. Cuando la sacaron en la silla de ruedas tenía la mirada vidriosa y un trozo de algodón sujeto al brazo con esparadrapo. Como le habían quitado la dentadura, su cara estaba hundida y desfigurada. Marian tenía también un brazo vendado; había sido mordida.

Se llevaron a la abuela en el automóvil del médico; estaba sentada en el asiento de atrás junto al ayudante. Francis les vio alejarse. Comenzó a agitar la mano para despedirse, pero luego la dejó caer a un costado.

El equipo de limpieza de Marian fregó y ventiló la casa, lavaron toneladas de ropa y bañaron a los ancianos. Marian trabajaba junto a ellos y supervisó la frugal comida.

Habló con Francis únicamente para saber dónde estaban las cosas.

Luego despidió a las criadas y llamó a las autoridades locales. Les explicó que la señora Dolarhyde había sufrido un ataque.

Había oscurecido ya cuando llegaron los asistentes sociales en un autobús escolar para llevarse a los ancianos. Francis pensó que le llevarían también a él. Pero eso estaba fuera de discusión.

En la casa quedaron solamente Marian y Francis. Ella se sentó a la mesa del comedor con la cabeza entre las manos. El niño salió afuera y trepó a un manzano silvestre.

Finalmente Marian le llamó. Le había preparado una pequeña maleta con su ropa.

—Tendrás que venir conmigo —le dijo, dirigiéndose hacia el coche—. Entra. No pongas los pies sobre el asiento.

Se alejaron en el Packard dejando la silla de ruedas vacía en el jardín.

No hubo escándalo. Las autoridades locales dijeron que era una pena lo que le había pasado a la señora Dolarhyde, que indudablemente cuidaba muy bien de todo. Los Vogt no fueron mancillados.

La señora Dolarhyde fue internada en una clínica neurológica privada. Transcurrirían catorce años hasta que Francis volviera a su casa con ella.

—Francis, éstos son tus hermanastros —le dijo su padre. Estaban en la biblioteca de los Vogt.

Ned Vogt tenía doce años, Victoria trece y Margaret nueve. Ned y Victoria intercambiaron una mirada. Margaret fijó su vista en el suelo.

Le asignaron a Francis un cuarto al final de la escalera de servicio. Los Vogt no tenían una criada viviendo en la casa desde la desastrosa elección de 1944.

Le inscribieron en la escuela elemental Potter Gerard, a pocas manzanas de la casa y lejos del colegio episcopal privado al que acudían los otros chicos.

Durante los primeros días los hijos de Vogt le ignoraron todo lo que pudieron, pero al final de la primera semana Ned y Victoria subieron a su cuarto.

Francis les oyó susurrar durante unos minutos antes de que girara el picaporte. No llamaron al descubrir que estaba cerrada con llave.

—Abre la puerta —dijo Ned.

Francis la abrió. No le dirigieron la palabra mientras revisaron su ropa y el armario. Ned Vogt abrió el cajón de la pequeña mesa de noche y sacó el contenido sujetándolo con dos dedos: pañuelos de cumpleaños con las iniciales F. D. bordadas, la cejilla de una guitarra, un frasquito de pastillas que contenía un escarabajo de colores, un ejemplar de *Baseball Joe en la Serie Mundial* que una vez debía haberse mojado, y una tarjeta impresa deseándole pronta mejoría y firmada «Tu compañera, Sarah Hughes».

—¿Qué es esto? —preguntó Ned.

—Una cejilla.

—¿Para qué sirve?

—Para una guitarra.

—¿Tienes una guitarra?

—No.

—¿Y entonces de qué te sirve?

—Era de mi padre.

—No te entiendo. ¿Qué has dicho? Dile que lo repita, Ned.

—Ha dicho que pertenecía a su padre. —Ned se limpió la nariz con uno de los pañuelos y lo guardó nuevamente en el cajón.

—Hoy se llevaron los ponis —dijo Victoria, sentándose sobre la cama angosta. Ned la imitó, recostándose contra la pared y poniendo los pies sobre la colcha.

—Ya no tenemos ponis —dijo Ned—. Se acabó el veraneo en la casa del lago. ¿Y sabes por qué? Contesta, tarado.

—Papá se siente muy mal y ya no gana tanto dinero —dijo Victoria—. A veces ni siquiera va a la oficina.

—¿Sabes por qué está enfermo, tarado? —preguntó Ned—. Y habla de manera que pueda entenderte.

—Mi abuela dijo que era un borracho, ¿entiendes?

—Está enfermo por culpa de tu horrible cara —afirmó Ned.

—Y ésa fue, además, la razón por la que la gente no le votó— dijo Victoria.

—Fuera de aquí—contestó Francis. Al darse la vuelta para cerrar la puerta, Ned le golpeó en la espalda. Francis trató de agarrarse los riñones con ambas manos y así salvó sus dedos al golpearle nuevamente Ned en el estómago.

—Oh, Ned —dijo Victoria—. Oh, Ned.

Ned agarró a Francis de las orejas y le arrastró hasta el espejo que colgaba sobre la mesa.

—¡Por eso está enfermo! —Ned sacudió su cara contra el espejo—. ¡Por eso está enfermo! —Paf—. ¡Por eso está enfermo! —Paf. El espejo estaba salpicado de sangre y mocos. Ned le soltó y él se sentó en el suelo. Victoria le miraba con los ojos muy abiertos, mordiéndose el labio inferior. Le dejaron allí. Su cara estaba mojada con sangre y saliva. Se le llenaron los ojos de lágrimas por el dolor, pero no lloró.

CAPÍTULO 28

La lluvia golpea toda la noche el dosel sobre la tumba abierta de Freddy Lounds en Chicago.

Un trueno retumba en la dolorida cabeza de Will Graham mientras avanza zigzagueando desde la mesa hasta la cama bajo cuya almohada se ocultaba el sueño.

La vieja casa situada más arriba de St. Charles, azotada por el viento, repite su largo ulular por encima del repiqueteo de la lluvia contra las ventanas y el rugir de los truenos.

La escalera cruje en la oscuridad. El señor Dolarhyde comienza a bajar, cada uno de sus pasos acompañado por un susurro de su quimono y en los ojos la inconfundible expresión de un reciente despertar.

Tiene el pelo mojado y cuidadosamente peinado. Se ha cepillado las uñas. Se mueve lenta y suavemente, transportando su concentración como una taza llena.

La película está junto al proyector. Dos rollos. Otros rollos están apilados en el cesto de los papeles para ser incinerados. Pero aquellos dos han sido elegidos entre las docenas de películas domésticas que ha copiado en el laboratorio y llevado luego a su casa para mirarlas.

Instalado confortablemente en su asiento de respaldo reclinable, con una bandeja con queso y fruta, Dolarhyde se dispone a disfrutar de la sesión.

Las imágenes de la primera película reproducen un picnic familiar durante el fin de semana del 4 de julio. Una linda familia; tres chicos, el padre, de cuello ancho, metiendo los dedos en el frasco de conserva. La madre.

La mejor toma de ella es durante el partido de *softball* con los hijos de los vecinos. Dura sólo quince segundos; está parada en la segunda base, frente al lanzador y junto a la marca, con los pies separados, preparada para salir en cualquier dirección, sus pechos balanceándose bajo el suéter al inclinar su cuerpo hacia adelante. Una molesta interrupción: uno de los niños bateando. Otra vez la mujer, retrocediendo para tocar la base. Apoya un pie sobre el almohadón que utilizan como base y se para moviendo la cadera. tensionando el músculo del muslo de la pierna trabada.

Una y otra vez, Dolarhyde observa las tomas de la mujer. Pies en la base, la pelvis ladeada, los músculos de los muslos tensos bajo los pantalones cortos.

Detiene la cinta en la última toma. La mujer y los niños. Están sucios y cansados. Se abrazan y un perro mueve la cola entre sus piernas.

El terrible estampido de un trueno hace sonar las copas de cristal en la vitrina de su abuela. Dolarhyde coge una pera.

La segunda película está dividida en varias partes. El título, «La casa nueva», está escrito con monedas en una caja de cartón junto a una alcancía rota. Comienza con una toma del padre arrancando el cartel clavado en el jardín con la inscripción «En venta». Lo levanta y lo muestra a la cámara con una tímida sonrisa. Los bolsillos de su pantalón están vueltos hacia afuera.

Una larga y desenfocada toma de la madre y los tres niños en la escalinata de enfrente. Es una hermosa casa. Un corte para mostrar la piscina. Un chico pequeño con el pelo pegado por el agua se acerca al trampolín dejando en las baldosas las huellas de los pies mojados. Se ven unas cuantas cabezas en la superficie del agua. Un pequeño perro nada hacia la niña con las orejas echadas hacia atrás, el mentón levantado y mostrando el blanco de los ojos.

La madre en el agua, agarrándose a la escalerilla y mirando hacia la cámara. Su pelo negro ondulado tiene el lustre del cuero y su busto brillante y mojado asoma por el escote de su traje de baño, mientras las piernas, que aparecen onduladas bajo la superficie, se mueven como tijeras.

Es de noche. Una toma con mala exposición sacada al otro lado de la piscina en dirección a la casa iluminada, y las luces reflejándose en el agua.

El interior de la casa y la algarabía familiar. Cajas por todos lados y restos de material de embalaje. Un viejo baúl que todavía no ha sido guardado en el desván.

Una niña pequeña se prueba los vestidos de su abuela. Se ha colocado un gran sombrero de fiesta. El padre está en el sofá. Parece un poco achispado. Ahora debe de sujetar él la cámara; no se mantiene muy firme. La madre está junto al espejo con un sombrero.

Los chicos se agrupan junto a ella, los varones ríen y tiran del viejo vestido. La niña observa atentamente a su madre, como si estuviera estudiándose a ella misma en un futuro.

Un primer plano. La madre se da la vuelta y posa para la cámara, sonriendo y apoyando una mano en la nuca. Es muy bonita. Un camafeo adorna su cuello.

Dolarhyde detiene la imagen. Hace retroceder la película. Una y otra vez, la mujer se da la vuelta y sonríe.

Dolarhyde coge distraídamente la película del partido de *softball* y la tira a la papelera.

Saca el rollo del proyector y mira la etiqueta de Gateway y pegada a la caja: «Bob Sherman, Star Route 7, apartado de correos 603, Tulsa, Oklahoma».

Fácil de llegar, además.

Dolarhyde sostiene la película en la palma de la mano y la cubre con la otra, como si fuera un pequeño ser viviente que pudiera tratar de escapar. Le parece que salta dentro de sus manos como si fuera un gallo.

Recuerda la agitación en casa de los Leeds cuando se encendieron las luces. Tuvo que dar cuenta del señor Leeds antes de encender las luces para filmar.

Desea un desarrollo más lento esta vez. Sería maravilloso poder deslizarse entre la pareja dormida mientras la cámara funciona y estar apretados durante un rato. Luego podría atacar en la oscuridad y sentarse entre ellos gozando alegremente.

Podría hacerlo con una película infrarroja; sabe dónde conseguirla.

El proyector sigue funcionando. Dolarhyde permanece sentado, sin soltar la película, mientras otras imágenes aparecen ante su vista en la pantalla iluminada estremeciéndose con el prolongado ulular del viento.

No hay en él ningún sentimiento de venganza, sino amor y pensamientos de la gloria venidera; corazones que se debilitan y laten rápidamente como pisadas que huyen en medio del silencio.

El rampante. El rampante, lleno de amor, los Sherman brindándose a él.

No piensa para nada en el pasado, sólo en la Gloria venidera. No piensa en la casa de su madre. En realidad los recuerdos conscientes de esa época son extrañamente vagos y escasos.

En un momento dado, cuando tenía veinte años, los recuerdos de la casa de su madre se borraron de la memoria de Dolarhyde, dejando solamente un rastro fugaz en su mente.

Sabía que había vivido allí sólo un mes. No recordaba que le habían echado, cuando tenía nueve años, por ahorcar al gato de Victoria.

Una de las pocas imágenes que retenía era la de la casa iluminada, vista desde la calle, en un atardecer de invierno cuando pasaba frente a ella al volver de la escuela elemental Potter Gerard hacia la casa donde se alojaba, a un kilómetro de distancia.

Recordaba el olor de la biblioteca de Vogt, parecido al de un piano que se abre, cuando su madre le recibió allí para entregarle unos regalos de vacaciones. No recordaba las caras pegadas a las ventanas del primer piso al alejarse por la acera helada con los prácticos obsequios bajo el brazo, tan detestables como si fueran carbones ardientes; dándose prisa en volver a su casa, a un lugar en su cabeza muy diferente de St. Louis.

A los once años su vida de ficción era activa e intensa y cuando la presión de su amor era demasiado grande, la descargaba. Asesinaba a los animales domésticos lentamente, contemplando fríamente las consecuencias. Eran tan mansos que resultaba muy fácil hacerlo. Las autoridades nunca lo relacionaron con las pequeñas manchas de sangre en los sucios pisos de los garajes.

A los cuarenta y dos años no lo recordaba. Ni pensaba jamás en las personas que vivían en la casa materna: su madre, sus hermanastros.

A veces les veía cuando dormía, en los brillantes fragmentos de un afiebrado sueño; deformados y altos, caras y cuerpos con colores vivos como los de un papagayo, adoptando la postura de una mantis.

Cuando decidía recordar, cosa que difícilmente ocurría, tenía numerosas reminiscencias agradables, relacionadas con el servicio militar.

Sorprendido a los diecisiete años cuando intentaba entrar por la ventana a la casa de una mujer con un propósito nunca aclarado, se le brindó la opción entre alistarse en el ejército o afrontar cargos criminales. Eligió el ejército.

Después de recibir el entrenamiento básico, fue enviado a una escuela especializada en operaciones de revelado y de ahí trasladado a San Antonio, donde trabajó con películas de experimentos médicos en el Hospital Militar de Brooke.

Los cirujanos del hospital se interesaron por él y decidieron mejorar el aspecto de su cara.

Remodelaron su nariz utilizando cartílagos de la oreja para alargar el tabique y le rectificaron el labio por medio de un interesante método de Abbé, que atrajo a un gran número de médicos al anfiteatro del quirófano.

Los cirujanos estaban orgullosos por el resultado obtenido. Dolarhyde rechazó el espejo y miró por la ventana hacia el exterior.

El fichero de la filmoteca indicaba que Dolarhyde sacaba

muchas películas, casi todas relacionadas con traumas, y que las devolvía al día siguiente.

Se alistó nuevamente en 1958 y gracias a ello descubrió Hong Kong. Establecido en Seúl, Corea, revelando películas tomadas por los pequeños aviones de reconocimiento que el ejército enviaba a finales de 1950 más allá del paralelo 38, tuvo oportunidad de ir dos veces a Hong Kong durante sus licencias. Hong Kong y Kowloon podían satisfacer cualquier necesidad en 1959.

La señora Dolarhyde salió del sanatorio en 1961 gozando de una indefinida paz atribuible a la dosis de Thoranzina. Dolarhyde solicitó y obtuvo una licencia dos meses antes de la fecha en que debían darle el alta definitiva y regresó a su casa para cuidar de ella.

Fue un período curiosamente apacible para él también. Gracias a su nuevo trabajo en Gateway, Dolarhyde podía pagar a una mujer para que se quedara con su abuela durante el día. Por las noches se sentaban juntos en la sala de estar en silencio. El tictac del reloj y sus campanadas eran los únicos sonidos que rompían el silencio.

Vio a su madre en una ocasión, durante el entierro de su abuela. La miró, atravesándola con la mirada, fijándola más allá de ella, con sus ojos amarillos tan parecidos a los de ella. Podría haber sido una desconocida.

A ella le sorprendió el aspecto de su hijo. Tenía el pecho ancho y una figura delgada, su misma tez y un cuidado bigote que sospechó era el resultado de un transplante de pelo de la cabeza.

Le llamó por teléfono a la semana siguiente y oyó cómo él colgaba lentamente el auricular.

Durante los nueve años siguientes a la muerte de su abuela, Dolarhyde permaneció tranquilo, sin molestar a nadie. Su mente gozaba de una paz inusitada. Sabía que estaba esperando. Pero no sabía qué esperaba.

Un pequeño acontecimiento, que puede ocurrirle a cualquiera, le indicó a la semilla plantada en su mente que ya era tiempo: de pie junto a una ventana que daba al norte, examinando una película, se dio cuenta de que sus manos estaban empezando a envejecer. Era como si las viera por primera vez al coger la película, y gracias a la intensa luz del norte advirtió que la piel que cubría sus huesos y tendones se había dilatado y que sus manos estaban marcadas por estrías que formaban unos rombos tan pequeños como las escamas de una lagartija.

Un intenso olor a repollo y tomates guisados le inundó al darles la vuelta bajo la luz. Se estremeció a pesar de que hacía calor en el cuarto. Esa tarde trabajó más que nunca.

Un espejo de cuerpo entero colgaba de la pared del gimnasio que Dolarhyde haabía instalado en el desván, junto a las barras y al banco con las pesas. Era el único espejo de cuerpo entero en toda la casa y en él podía admirar sin problemas su cuerpo, ya que siempre trabajaba con una máscara.

Se examinó detenidamente mientras ejercitaba su musculatura. A pesar de sus cuarenta años podía haber participado con éxito en una competición de desarrollo muscular. Pero no estaba satisfecho.

En el curso de esa semana descubrió la pintura de Blake. Lo cautivó instantáneamente.

La vio en una fotografía grande y a todo color en la revista *Time,* ilustrando un artículo sobre una exposición retrospectiva de Blake en la Tate Gallery de Londres. El Museo de Brooklyn había contribuido con *El Gran Dragón Rojo y la Mujer Revestida de Sol* a la exposición londinense.

El crítico del *Time* decía: «Pocas imágenes demoníacas del arte occidental irradian una carga tan angustiosa de energía sexual…». Dolarhyde no necesitaba leer el texto para darse cuenta.

No se separó de la imagen en varios días y, entrada la noche, la fotografiaba y ampliaba en el cuarto oscuro. La mayor parte del tiempo estaba muy agitado. Colocó una de estas fotografías junto al espejo en el cuarto de gimnasia y la miraba fijamente mientras ejercitaba sus músculos. Sólo lograba dormir después de haber trabajado hasta quedar exhausto y de mirar las películas médicas que le proporcionaban alivio sexual.

A los nueve años había comprendido que estaba solo y que siempre lo estaría, una conclusión más lógica de obtener a los cuarenta.

Ahora, a los cuarenta años, había sido subyugado por una vida de fantasía con un brillo, una frescura y una vivacidad propios de la niñez, lo que significó un paso más en la soledad.

En una edad en que otros hombres ven y temen el aislamiento por primera vez, a Dolarhyde le resultó perfectamente comprensible el suyo: estaba solo porque era único. Con el fervor de la conversión advirtió que si se empeñaba en ello, si seguía los verdaderos impulsos que había sofocado durante tanto tiempo, cultivándolos como la fuente de inspiración que eran en realidad, podría transformarse.

En el cuadro no se podía apreciar la cara del Dragón, pero a medida que pasaba el tiempo, Dolarhyde llegó a saber cómo era.

Mientras contemplaba las películas de medicina en la sala de estar, con los músculos abultados después de levantar pesas, abría mucho la boca para colocarse los dientes de su abuela. No encajaban bien en sus encías deformadas, y al poco rato se le dormían las mandíbulas.

Se ejercitaba a ratos perdidos, mordiendo un duro pedazo de goma hasta que los músculos de sus mejillas sobresalieron como un par de avellanas.

En el otoño de 1979, Francis Dolarhyde retiró parte de sus abundantes ahorros y se tomó unas vacaciones de tres meses de Gateway. Viajó a Hong Kong y se llevó los dientes de su abuela.

Cuando volvió, la pelirroja Eileen y sus otros compañeros de trabajo estuvieron de acuerdo en afirmar que las vacaciones le habían sentado muy bien. Estaba tranquilo. Casi ni se dieron cuenta de que nunca utilizaba el vestuario de los empleados ni se duchaba. En realidad, casi nunca lo había utilizado antes.

Los dientes de su abuela estaban nuevamente colocados dentro del vaso junto a la cama de ella. Los suyos, nuevos, estaban guardados bajo llave en el escritorio del primer piso.

Si Eileen le hubiera visto frente al espejo, con los dientes colocados y el nuevo tatuaje brillando bajo la fuerte luz del gimnasio, habría gritado. Una sola vez.

Dolarhyde sabía que disponía de tiempo: no necesitaba apresurarse. Tenía la eternidad por delante. Transcurrieron cinco meses hasta que eligió a los Jacobi.

Los Jacobi fueron los primeros que le ayudaron, los primeros en elevarle hacia la gloria de su transformación. Los Jacobi eran lo mejor que había conocido.

Hasta que conoció a los Leeds.

Y, al aumentar su fuerza y su gloria, le esperaban los Sherman y la intimidad de los infrarrojos. Muy prometedor.

CAPÍTULO 29

Francis Dolarhyde tuvo que abandonar su territorio en el taller de revelado de Gateway para buscar lo que necesitaba.

Dolarhyde era jefe de producción de la sección más importante de Gateway, la de revelado de películas domésticas, pero había otras cuatro más.

La recesión de 1970 incidió considerablemente en la filmación de películas domésticas y el sistema de grabación en vídeo era una competencia en constante aumento. Gateway tuvo que diversificarse.

La empresa creó nuevas secciones que transferían las películas a la cinta de vídeo, imprimían mapas de reconocimiento aéreo y ofrecían servicios de aduana a productores de películas comerciales de pequeño formato.

En 1979 Gateway recibió un regalo del cielo. La empresa firmó un contrato con el Ministerio de Defensa y el Ministerio de Energía para perfeccionar y probar nuevas emulsiones para fotografiar con infrarrojos.

El Ministerio de Energía quería películas sensibles infrarrojas para sus estudios de almacenamiento de calor. El Ministerio de Defensa las necesitaba para reconocimientos nocturnos.

Gateway compró, a finales de 1979, una pequeña empresa vecina —la Química Baeder— e instaló allí el proyecto.

Dolarhyde caminó hasta Baeder durante la hora del almuerzo, bajo un límpido cielo azul, evitando cuidadosamente los charcos de agua en el asfalto que reflejaban su imagen. La muerte de Lounds le había puesto de muy buen humor.

Parecía que en Baeder todos habían salido para almorzar. Encontró la puerta que buscaba al final de un laberinto de pasillos. El cartel decía: «Materiales sensibles infrarrojos en uso. No encender la luz. No fumar. Prohibidas las bebidas calientes». La luz roja estaba encendida sobre el cartel.

Dolarhyde apretó un botón y al cabo de un momento la luz se puso verde. Entró a la pequeña antesala y llamó a la puerta interior.

—Adelante —respondió una voz de mujer.

Un ambiente fresco y oscuridad total. Ruido de agua que corre y el familiar olor del producto utilizado para el revelado; un rastro de perfume, además.

—Soy Francis Dolarhyde. Vengo por el asunto del secador.

—Oh, bien. Discúlpeme, tengo la boca llena. Estaba terminando de almorzar.

Oyó el ruido de papeles estrujados y arrojados a un cesto.

—En realidad, Ferguson quería el secador —dijo la voz en la oscuridad—. Está de vacaciones, pero sé dónde encontrarle. ¿Tiene uno en Gateway?

—Tengo dos. Uno es más grande. Él no dijo cuánto espacio tenía. —Dolarhyde había leído semanas antes un memorando sobre el secador.

—Se lo enseñaré si no le importa esperar un momento.

—No hay problema.

—Apoye la espalda contra la puerta. —Su voz adquirió un tono similar al de un guía—. Dé tres pasos hacia adelante, hasta sentir la baldosa bajo sus pies, y encontrará un banquito a su izquierda.

Lo encontró. Estaba más cerca de ella ahora. Podía oír el crujido de su guardapolvo.

—Gracias por venir —dijo la mujer, con voz clara y un deje metálico—. Usted es el jefe de la sección de revelado en el edificio grande, ¿verdad?

—Así es.

—¿El mismo «señor D» que se enfurece cuando se archivan mal las solicitudes?

—El mismísimo.

—Yo soy Reba McClane. Espero que no haya nada mal aquí.

—Ya no es asunto mío. Yo sólo planifiqué la construcción del cuarto oscuro cuando compramos este lugar. Hace más de seis meses que no vengo. —Un larguísimo discurso para él, pero mucho más fácil en la oscuridad.

—Un minuto más y encenderé la luz. ¿Necesita medir?

—Tengo con qué hacerlo.

A Dolarhyde le resultaba bastante agradable conversar con aquella mujer en la oscuridad. Oyó el ruido de una cartera que se abría y el clic de una polvera.

Sintió pena cuando sonó el despertador.

—Listo. Guardaré este material en el Agujero Negro —dijo ella.

Sintió una ráfaga de aire fresco, oyó que se cerraba la puerta de un armario provisto de burletes de goma y el ruido de una cerradura. Un soplo de aire y una estela perfumada le rozó al pasar ella.

Dolarhyde apoyó un nudillo bajo su nariz, reasumió su expresión pensativa y esperó a que se encendiera la luz.

El cuarto se iluminó. Ella estaba junto a la puerta sonriendo en dirección aproximada hacia donde él estaba. Sus ojos se movían inquietos bajo sus párpados cerrados.

Vio un bastón blanco apoyado en un rincón. Se quitó la mano de la cara y sonrió.

—¿Puedo comerme una ciruela? —preguntó él.

Había varias en el mostrador sobre el cual ella había estado sentada.

—Por supuesto, son muy ricas.

Reba McClane tendría alrededor de treinta años, una firme determinación y una cara de campesina enmarcada por finos rasgos. En el puente de la nariz tenía una pequeña cicatriz en forma de estrella. Su pelo era una mezcla de trigo y oro rojizo, peinado en un estilo paje un poco pasado de moda y su cara y sus manos estaban salpicadas de pecas a causa del sol. Contra las baldosas y el acero inoxidable del cuarto oscuro, su silueta tenía el resplandor del otoño.

Dolarhyde podía observarla a su antojo. Su mirada podía pasearse tan libremente como el aire. Ella no podía impedirlo.

Dolarhyde sentía a menudo manchones calientes y urticantes en su piel cuando hablaba con una mujer. Se movían por dondequiera que pensaba que una mujer le miraba. Aun cuando ella apartara la vista, sospechaba que veía su reflejo. Siempre estaba atento a las superficies que reflejaban y se cuidaba de evitarlas.

Su piel estaba fría en ese momento. La de ella, cubierta de pecas, con gotitas de transpiración en el cuello y la parte interior de las muñecas.

—Le mostraré el cuarto donde quiere instalarlo —dijo Reba—. Allí podremos medirlo.

—Quiero pedirle un favor —dijo Dolarhyde cuando terminaron.

—Diga.

—Necesito película infrarroja para filmar. Película cálida, sensible alrededor de los mil nanómetros.

—Tendrá que conservarla en el congelador y guardarla nuevamente en la nevera después de usarla.

—Lo sé.

—Si me pudiera dar una idea de las condiciones, tal vez yo…

—Tomas a dos metros y medio, con un par de filtros Wratten sobre las luces —sonaba demasiado como un mecanismo de vigilancia—. En el zoológico —aclaró—. En el Mundo de la Oscuridad. Quieren fotografiar a los animales nocturnos.

—Deben de ser realmente misteriosos si no pueden usar la película comercial.

—Ajá.

—Estoy segura de que podremos suministrárselo. Pero hay un detalle. Usted sabe que mucho material del que utilizamos aquí está bajo el contrato de DD. Va a tener que firmar si quiere sacar algo.

—Correcto.

—¿Cuándo lo necesita?

—Alrededor del veinte. Pero no más tarde.

—No necesito decirle que cuanto más sensible es, más cuidado hay que tener al manipularla. Tiene que trabajar con enfriadores, hielo seco y demás. A las cuatro de la tarde proyectarán unas muestras. Tal vez le interese verlas. Podrá elegir la emulsión más inocua para lo que usted quiere.

—Vendré luego.

Reba McClane contó las ciruelas después que Dolarhyde se fue. Se había llevado una.

Qué hombre tan raro, ese señor Dolarhyde. Su voz no había reflejado ninguna extraña pausa de simpatía o preocupación cuando encendió las luces. Tal vez ya sabía que era ciega. O mejor aún, le importaba un comino.

Eso sí que sería agradable.

CAPÍTULO 30

En Chicago se celebraba el entierro de Freddy Lounds. El *National Tattler* pagó por la complicada ceremonia, acelerando los trámites para que pudiera realizarse el jueves, al día siguiente a la muerte de Lounds. Así las fotografías estarían listas para la edición que publicaría el *Tattler* esa misma noche.

La ceremonia en la capilla fue larga, y larga también la del cementerio.

Un sacerdote pronunció un interminable panegírico. Graham luchaba contra la resaca e intentaba analizar a los asistentes.

Junto a la tumba, el coro contratado hizo honor al dinero que había cobrado, acompañado por el zumbido de las cámaras de los fotógrafos del *Tattler*. Estaban presentes dos equipos de televisión con cámaras fijas y portátiles. Fotógrafos policiales, con credenciales de periodistas, sacaban fotos a la gente.

Graham reconoció a varios agentes de la sección de homicidios de Chicago, vestidos de civil. Sus caras eran las únicas que tenían algún significado para él.

Y estaba Wendy, de Wendy City, la amiga de Lounds, sentada junto al dosel, cerca del féretro. A Graham le costó reconocerla. Su peluca rubia estaba sujeta en la nuca con un moño y vestía un traje sastre negro.

Se puso en pie cuando cantaron el último himno, dio unos pasos hacia adelante algo titubeante, se arrodilló y apoyó su cabeza en el ataúd, abrazando la corona de crisantemos mientras centelleaban las luces de los fotógrafos.

El público hizo poco ruido al avanzar sobre el césped mullido hacia las puertas del cementerio.

Graham caminaba junto a Wendy. Un numeroso grupo que no había sido invitado les observaba al otro lado de los barrotes de la alta reja de hierro.

—¿Está bien? —preguntó Graham.

Se detuvieron junto a unas tumbas. Sus ojos estaban secos y su mirada era serena.

—Mejor que usted —contestó—. Se emborrachó, ¿verdad?

—Así es. ¿Tiene alguien que la proteja?

—La comisaría envió unas personas. En el club están vestidos de civil. Hay mucho movimiento ahora. Más tipos raros de lo habitual.

—Siento mucho lo ocurrido. Usted… me pareció que se portó admirablemente bien en el hospital. Sentí verdadera admiración por usted.

—Freddy era un buen amigo. No debería haber tenido ese final tan horrible. Gracias por dejarme entrar en la habitación. —Miró a lo lejos, pestañeando, pensando, como si la gruesa capa de sombra que cubría sus párpados fuera pesada como el polvo de una roca. Levantó los ojos hacia Graham—. Oiga, el *Tattler* me ha dado dinero. Lo suponía, ¿verdad? Por una entrevista y por mi actuación junto a la tumba. No creo que a Freddy le hubiera importado.

—Se habría enojado muchísimo si no lo hubiera hecho.

—Es lo que pensé. Son unos truhanes, pero pagan. Trataron de hacerme decir que yo pensaba que usted había planeado intencionadamente todo esto al poner la mano sobre el hombro de Freddy para que le hicieran aquella foto, pero yo no lo dije. Si lo publican es pura mentira.

Graham guardó silencio mientras ella lo escrutaba con la mirada.

—Tal vez usted no le quería, pero no importa. Si pensaba que iba a pasar lo que pasó no habría perdido la oportunidad de encajarle un balazo al Duende Dientudo, ¿verdad?

—Así es, Wendy, habría estado acechándole.

274

—¿Tiene alguna pista? Todo lo que sé es lo que dice esta gente.

—No mucho. Unas cuantas cosas que estamos estudiando en el laboratorio. Fue un trabajo limpio y tuvo mucha suerte.

—¿Usted la tiene?

—¿Qué cosa?

—Suerte.

—A veces sí y a veces no.

—Freddy nunca tuvo suerte. Me dijo que después de esto iba a trabajar limpiamente. Con grandes negocios por todas partes.

—Posiblemente lo hubiera hecho.

—Bueno, Graham, si alguna vez… bueno, ya sabe, si alguna vez tiene ganas de tomar una copa, yo puedo ofrecérsela.

—Gracias.

—Pero no se emborrache por las calles.

—Pierda cuidado.

Dos policías abrieron camino a Wendy entre el grupo de curiosos agolpados fuera de la puerta. Uno de los mirones tenía una camiseta en la que estaba impreso: «El Duende Dientudo es el show de una noche». Cuando Wendy pasó dejó escapar un silbido. La mujer que estaba con él le dio una bofetada.

Un policía fornido se introdujo en el 280zx junto a Wendy y se perdieron en el tráfico. Otro policía les seguía en un automóvil sin identificación.

Un olor a cohete quemado impregnaba la atmósfera de Chicago esa calurosa tarde.

Graham se sentía solo, y sabía por qué; los entierros a menudo nos despiertan ganas de hacer el amor, una forma de desquitarse de la muerte.

El viento sacudía los tallos secos de una corona mortuoria junto a sus pies. Durante un segundo recordó el rumor de las palmeras agitadas por el viento del mar. Tenía muchas ganas de volver a su hogar y sabía que no lo haría, que no podría hacerlo, hasta que muriera el Dragón.

CAPÍTULO 31

La sala de proyecciones de la Química Baeder era pequeña; cabían cinco filas de sillas plegables con un pasillo en
medio.

Dolarhyde llegó tarde. Se quedó de pie en la última fila, con
los brazos cruzados, mientras proyectaban tarjetas grises, tarjetas de color y cubos iluminados de diferentes formas, filmados
con una variedad de emulsiones infrarrojas.

Su presencia perturbó a Dandridge, el joven encargado. Dolarhyde emanaba cierto aire de autoridad. Era el reconocido
experto del cuarto oscuro de la empresa vecina y tenía fama
de perfeccionista.

Dandridge no lo había consultado desde hacía varios meses,
a consecuencia de una mezquina rivalidad suscitada cuando
Gateway compró la Química Baeder.

—Reba, descríbenos los detalles del revelado de la copia…
ocho —dijo Dandridge.

Reba McClane estaba sentada al final de una fila con un bloc
en el regazo. Sus dedos se movían sobre la pizarrita mientras
recitaba con voz clara los pasos del revelado, reactivos, temperatura y tiempo, y técnicas de almacenaje anterior y posterior
a la filmación.

Las películas sensibles infrarrojas deben ser manipuladas en
una oscuridad total. Ella había realizado todo el trabajo del
cuarto oscuro, manteniendo en orden las diversas muestras por
medio del tacto y llevando un registro en la penumbra. Era fácil comprender lo valiosa que era para Baeder.

La proyección se prolongó durante un buen rato.

Reba McClane permaneció en su asiento mientras los demás salían. Dolarhyde se le acercó con cautela. Le habló desde cierta distancia, cuando quedaba todavía gente en el cuarto. No quería que ella se sintiera observada.

—Pensé que no había podido venir —dijo Reba.

—Tuve problemas con una máquina y por eso me retrasé.

Las luces estaban encendidas. Estando junto a ella, pudo apreciar el brillo de su cuero cabelludo en la raya que dividía su peinado.

—¿Pudo ver la muestra de 1000C?

—Sí.

—Dicen que ha quedado muy bien. Es mucho más fácil de manejar que la serie 1200. ¿Le parece que servirá?

—Estoy seguro.

Reba tenía el bolso y un impermeable ligero en la mano. Dolarhyde retrocedió cuando ella salió al pasillo y buscó su bastón. No parecía esperar que le ayudaran. Y él tampoco se ofreció a hacerlo.

Dandridge asomó la cabeza nuevamente en el cuarto.

—Reba, querida, Marcia ha tenido que salir volando. ¿Podrás arreglártelas?

—Gracias, Danny, no será ningún problema —contestó mientras ligeras manchas de rubor teñían sus mejillas.

—Te dejaría en tu casa, querida, pero ya voy retrasado. Oiga, señor Dolarhyde, si no fuera demasiada molestia tal vez usted podría...

—Danny, sólo tengo que tomar un autobús —respondió la mujer conteniendo la ira.

Sin reflejar matices de expresión, su cara permaneció impasible. Pero no le era posible controlar el rubor.

Dolarhyde comprendía perfectamente su furia mientras la observaba con sus fríos ojos amarillos; sabía que la endeble compasión de Dandridge era para ella como un salivazo en la cara.

—Yo la llevaré —dijo un poco tarde.

—No, pero gracias de todos modos. —Reba había pensado

que se ofrecía a hacerlo y estaba dispuesta a aceptar. Pero no quería que nadie se viera obligado. Al cuerno con Dandridge, al cuerno con su torpeza, tomaría el maldito autobús. Tenía cambio para el billete, conocía el camino y podía ir adonde le diera la gana.

Se quedó en los lavabos de señoras el tiempo suficiente como para que los demás salieran del edificio. El portero la acompañó hasta la puerta.

Siguió el borde de una acera angosta que dividía la zona de estacionamiento en dirección a la parada del autobús, con el impermeable sobre los hombros, golpeando el bordillo con su bastón y tanteando la profundidad de los charcos.

Dolarhyde la observaba desde su furgoneta. Sus sentimientos le producían cierto malestar; a la luz del día era peligroso.

Durante un instante, el parabrisas, los charcos de agua, los cables de acero iluminados por el sol poniente compusieron un reflejo semejante al de una tijera.

El bastón blanco le tranquilizó. Barrió de su mente la imagen de la tijera y su siniestro reflejo y el pensamiento de la inocencia de Reba le serenó. Puso en marcha el motor.

Reba McClane oyó a sus espaldas el ruido de la furgoneta. En ese momento se adelantaba hasta quedar junto a ella.

—Gracias por la invitación.

Ella asintió, sonrió y siguió tanteando con el bastón.

—Acompáñeme.

—Gracias, estoy acostumbrada a tomar el autobús.

—Dandridge es un tonto. Acompáñeme… —Dolarhyde se preguntó que hubiese dicho otro en su lugar—, será un placer.

Reba se detuvo. Le oyó bajarse de la furgoneta.

Por lo general casi todas las personas, sin saber muy bien qué hacer, le agarraban por la parte superior del brazo. A los ciegos no les gusta quedar desequilibrados por una firme presión en su tríceps. Les resulta tan desagradable como estar de pie en el vacilante platillo de una balanza. Como a cualquier otra persona, no les gusta que les empujen.

Dolarhyde no la tocó. Al cabo de un instante, ella dijo:

—Será mejor si me cojo a su brazo.

Tenía una larga experiencia con antebrazos, pero cuando sus dedos le tocaron no pudo evitar sorprenderse. Era tan duro como una barandilla de roble.

No podía suponer el terrible esfuerzo que le había costado a él permitir que le tocara.

El vehículo parecía alto y grande. Rodeada por resonancias y ecos diferentes a los de un automóvil, se agarró a los bordes del asiento mientras Dolarhyde le colocaba el cinturón de seguridad. La tira que partía en diagonal desde el hombro le oprimía un seno. La movió hasta que quedó en medio de los dos.

Hablaron poco durante el trayecto. Él podía observarla con toda tranquilidad cuando se detenían ante la luz roja de un semáforo.

Reba vivía en el lado izquierdo de un dúplex situado en una tranquila calle cerca de la Universidad de Washington.

—Entre y tómese una copa.

En toda su vida, Dolarhyde no había entrado ni siquiera a una docena de casas particulares. Durante los últimos diez años había estado en cuatro: la suya, la de Eileen por un momento, la de los Leeds y la de los Jacobi. Las casas de otras personas eran para él algo exótico.

Reba sintió inclinarse la camioneta cuando él bajó. Su puerta se abrió. Desde su asiento hasta la acera había que dar un largo paso. Tropezó ligeramente contra él. Era como chocar contra un árbol. Era mucho más pesado y macizo de lo que había imaginado a juzgar por su voz y sus pisadas, fuerte y ágil. En Denver conoció en una ocasión al defensa de un equipo de fútbol que vino a filmar una campaña de ayuda en compañía de unos niños ciegos…

Una vez que traspasó la puerta de su casa, Reba McClane dejó el bastón en un rincón y pareció totalmente liberada. Se movía sin problemas de un lado a otro, poniendo música y colgando su abrigo.

Dolarhyde tuvo que hacer un esfuerzo para convencerse de que era ciega. Le excitaba el estar dentro de una casa.

—¿Qué le parece un gin tonic?

—Tengo suficiente con el agua tónica.

—¿Prefiere un zumo de frutas?

—Agua tónica.

—No le gusta beber, ¿verdad?

—No.

—Venga a la cocina. —Abrió la nevera—. ¿Qué le parece… —realizó un pequeño inventario con sus manos— un pedazo de tarta? De nueces con crema, deliciosa.

—Perfecto.

Sacó una tarta sin empezar de la nevera y la puso sobre la mesa.

Poniendo las manos hacia abajo, abrió los dedos y los deslizó sobre el borde de la tarta hasta que su circunferencia le indicó que los dedos gordos estaban en el lugar de las nueve y las tres. Luego juntó los pulgares y los acercó a la superficie para situar el centro exacto, que enseguida marcó con un palillo.

Dolarhyde trató de iniciar una conversación para que ella no se percatase de que la observaba detenidamente.

—¿Cuánto tiempo hace que trabaja en Baeder? —Ninguna «s» en esa pregunta.

—Tres meses. ¿No lo sabía?

—Me explican lo mínimo posible.

Ella sonrió.

—Probablemente hirió algunas susceptibilidades cuando planeó los cuartos oscuros. Pero los técnicos se lo agradecen. Los grifos funcionan y hay muchísimas piletas y desagües.

Apoyó el dedo gordo de su mano izquierda sobre el palillo, el pulgar sobre el borde de la bandeja y cortó un trozo de tarta, guiando el cuchillo con el índice de la mano izquierda.

Dolorhyde la miró manipular el reluciente cuchillo. Qué raro poder observar tanto como se le antojara el pecho de una mujer. Cuando se está en compañía de alguien, ¿cuántas oportunidades se tiene de mirar lo que a uno le interesa?

Reba se preparó un gin tonic con bastante ginebra y pasaron a la sala de estar. Ella deslizó la mano sobre una lámpara de pie y al no sentir calor la encendió.

Dolarhyde se comió la tarta en tres bocados y se quedó sentado muy tieso en el sofá, su cabello cuidadosamente peinado reluciente bajo la luz de la lámpara, sus manos vigorosas apoyadas sobre sus rodillas.

Reba apoyó la cabeza en el respaldo de la silla y los pies sobre el diván.

—¿Cuándo harán la filmación en el zoológico?

—Tal vez la semana próxima. —Se alegraba de haber llamado al zoológico ofreciendo la filmación con película infrarroja, porque Dandridge era capaz de verificarlo.

—Es un gran zoológico. Acompañé a mi hermano y a mi sobrina cuando vinieron a ayudarme con la mudanza. Tienen una sección donde se puede tocar a los animales. Abracé fuerte a la llama. Era una sensación agradable, pero el olor, Dios mío...

Eso era mantener una conversación. Tenía que decir algo o marcharse.

—¿Cómo llegó a Baeder?

—Pusieron un anuncio en el Instituto Reiker en Denver donde yo trabajaba. Un día que miraba el tablón de anuncios di con él. Lo que en realidad ocurrió es que Baeder tenía que adecuar su plantilla para cumplir con el contrato de Defensa. Consiguieron meter a seis mujeres, dos negras, dos mexicanas, una oriental parapléjica y a mí en un total de ocho solicitudes. Estábamos todas incluidas por lo menos en dos categorías, comprende.

—Usted resultó una buena adquisición para Baeder.

—Y las otras también. Baeder no hace obras de caridad.

—¿Y antes de eso? —Sudaba un poco. La conversación se hacía difícil. Pero en cambio era muy agradable poder mirarla. Tenía buenas piernas. Se había cortado en un tobillo al afeitarse. Sintió en sus brazos el peso de sus piernas inertes.

—Durante diez años después de terminar el colegio entrenaba a personas que se habían quedado ciegas, en el Instituto Reiker de Denver. Éste fue mi primer trabajo.

—¿Fuera de qué?

—Fuera, en el ancho mundo. En Reiker era todo muy marginal. Lo que quiero decir es que preparábamos a personas para vivir en el mundo de los que ven y nosotros no pertenecíamos a él. Hablábamos demasiado unos con otros. Tuve ganas de salir y probar durante un tiempo cómo me las arreglaba fuera. En realidad, lo que tenía pensado era dedicarme a la terapia del habla, trabajar con niños que tuvieran problemas de habla y audición. Supongo que uno de estos días reconsideraré esa idea. —Vació el contenido de su vaso—. Qué tonta, había olvidado que tengo unos bocadillos de cangrejo que preparó la señora Paul. Son muy ricos. Debería habérselos ofrecido antes que el postre. ¿Quiere probarlos?

—Ajá.

—¿Usted cocina?

—Ajá.

Una pequeña arruga apareció en su frente. Se dirigió a la cocina.

—¿Qué le parece un poco de café?

—Ajá.

Comentó los precios del supermercado, pero no obtuvo respuesta. Volvió a la sala de estar, se sentó en el diván y apoyó los codos sobre las rodillas.

—¿Qué le parece si discutimos algo brevemente, y así nos lo sacamos de encima?

Silencio.

—Hace rato que no dice nada. En realidad, no ha dicho nada desde que mencioné la terapia del habla. —Su voz era suave pero firme. No reflejaba ningún deje de compasión—. Le entiendo perfectamente porque usted habla muy bien y porque yo escucho. La gente no pone atención. Me preguntan todo el tiempo: «¿Qué? ¿Qué?». Si no quiere hablar no importa. Pero espero que lo haga. Porque puede hacerlo y me interesa lo que tenga que decir.

—Ajá. Eso es bueno —dijo Dolarhyde, suavemente. Era evidente que aquel pequeño discurso era sumamente importante para ella. ¿Estaría invitándolo a unirse a ella y a la china para-pléjica en el club de las dos categorías? Se preguntó para sus adentros cuál sería la segunda categoría en la que él estaba in-cluido.

Su próxima frase le resultó increíble.

—¿Puedo tocarle la cara? Quiero saber si sonríe o si ha frun-cido el ceño.

—Agregó irónicamente—: Quiero saber si debo callarme o seguir hablando.

Levantó la mano y esperó.

«¿Cómo se las arreglaría si le arrancara los dedos de un mor-disco?», pensó Dolarhyde.

Aun con su dentadura de todos los días podría hacerlo con la misma facilidad que si mordiera una galleta. Si se apoyaba firmemente sobre los talones, recostándose con todo su peso contra el respaldo del sofá, y le sujetaba con ambas manos la muñeca, le sería imposible separarse de él a tiempo. Crunch, crunch, crunch, crunch, tal vez le dejase el pulgar para medir las tartas.

Sujetó la muñeca de Reba con el pulgar y el índice y dio vuelta a su bonita y estropeada mano bajo la luz. Tenía mu-chas cicatrices pequeñas y varios arañazos y rasguños. Una pe-queña cicatriz en el dorso, tal vez de una quemadura.

«Demasiado cerca de su propia casa. Muy al principio de su transformación. No podría mirarla nunca más.»

«No debía saber nada sobre él, puesto que le había hecho esa petición. No debía de haber estado chismorreando.»

—Debe aceptar mi palabra de que estoy sonriendo —le dijo. Sin problemas con la «s». Y era cierto que esbozaba una espe-cie de sonrisa que permitía apreciar su perfecta dentadura de diario.

Dejó caer la mano de Reba sobre las faldas. La mano se apoyó sobre el muslo, semicerrada, los dedos se deslizaron so-bre la tela como una mirada esquiva.

—Creo que el café esta listo —dijo Reba.

—Me voy. —Tenía que irse a su casa para desahogarse.

Ella asintió.

—No quise ofenderle.

—No.

No se movió del diván y esperó hasta oír el ruido de la cerradura para tener la certeza de que se había marchado.

Reba McClane se preparó otro gin tonic. Puso un disco de Segovia y se acurrucó en el sofá. El cuerpo de Dolarhyde había dejado una marca profunda y tibia en el almohadón. Rastros de su persona impregnaban el aire: el betún de los zapatos, un cinturón nuevo de cuero, una buena loción para después del afeitado.

Qué hombre tan impenetrable. Había oído solamente algunos comentarios sobre él en la oficina. Dandridge conversando con uno de sus aduladores y refiriéndose a él como «ese hijo de puta».

Para Reba era muy importante la intimidad. De niña, al aprender a desenvolverse después de haber perdido la vista, nunca había gozado de intimidad.

Y ahora, cuando estaba en público, nunca podía tener la certeza de que no la estaban observando. Por eso le atraía en Dolarhyde su celo por lo privado. Ella no había notado el menor indicio de simpatía por parte de él y eso era bueno.

También la ginebra era buena.

De repente, la música de Segovia resultó pesada. Puso los cantos de las ballenas.

Tres duros meses en una ciudad nueva. El invierno por delante, tratando de encontrar el bordillo de la acera cubierto por la nieve. Reba McClane, de piernas esbeltas y valiente, odiaba la autocompasión. No la soportaba. Tenía conciencia de un asomo de resentimiento por su invalidez y, al no poder librarse de ello, trataba de utilizarlo para impulsar sus ansias de independencia, reforzar su determinación de obtener el máximo cada día.

A su modo, era muy dura. Sabía que tener fe en algún tipo de justicia natural era una quimera. Hiciera lo que hiciera acabaría igual que todo el mundo: tumbada en la cama con un tubo en la nariz preguntándose «¿Será esto todo?».

Sabía que nunca podría ver la luz, pero podía tener otras cosas. Había otras cosas para disfrutar. Había gozado ayudando a sus alumnos, un goce intensificado por la certeza de que no se le recompensaría ni castigaría por ayudarles.

Al buscar amigos, siempre era cautelosa con la gente que fomenta la dependencia y se nutre de ella. Se había relacionado con alguna gente así; los ciegos les atraen y ellos son sus enemigos.

Relaciones. Reba tenía conciencia de que era físicamente atractiva para los hombres. Y muchos de ellos intentaban toquetearla cuando la cogían del brazo.

Le gustaba mucho hacer el amor, pero años atrás había aprendido algo fundamental sobre los hombres: la mayoría de ellos sienten pánico de cargar con un lastre. Y en su caso esa aprensión se veía aumentada.

No le gustaba que un hombre entrara y saliera de su cama como si estuviera robando pollos.

Ralph Mandy vendría a buscarla para llevarla a comer. Le encantaba lamentarse cobardemente de que estaba tan castigado por la vida que era incapaz de amar. El precavido Ralph se lo repetía demasiado a menudo y eso le irritaba.

No quería ver a Ralph. No tenía ganas de hablar, ni de oír las pausas en las conversaciones de los que estaban junto a ellos mientras la observaban comer.

Sería tan hermoso ser deseada por alguien que tuviera el coraje de ponerse el sombrero y marcharse o quedarse si le daba la gana y que le reconociera a ella el mismo derecho. Alguien que no se preocupara por ella.

Francis Dolarhyde, tímido, con el cuerpo de un atleta y un carácter viril.

Nunca había visto ni tocado un labio partido y no tenía asociaciones visuales con el sonido. Se preguntaba si Dolarhyde pensaría que ella le comprendía fácilmente porque «los ciegos oyen mucho mejor que nosotros». Ésa era una creencia generalizada. Tal vez debería haberle explicado que no era cierto, que los ciegos sencillamente ponen más atención a lo que oyen.

CAPÍTULO 32

La policía de Chicago trabajaba bajo la presión de la prensa, una «cuenta atrás» en las noticias de la noche hasta la próxima luna llena. Faltaban once días.

Las familias de Chicago estaban asustadas.

Al mismo tiempo, había aumentado la asistencia de espectadores a los autocines donde se proyectaban películas de terror que no deberían haber estado en la cartelera más de una semana. Fascinación y horror. El fabricante que tanto éxito obtuvo entre el público del mercado punk y rock con las camisetas que ostentaban la inscripción «Duende Dientudo», sacó otro modelo con la frase «El Dragón Rojo es el show de una noche». Las ventas se repartían por igual entre ambas.

El propio Jack Crawford tuvo que aparecer en una conferencia de prensa con oficiales de la policía después del entierro. Había recibido órdenes de arriba de hacer más visible la presencia de los federales; no la hizo más audible, ya que no abrió la boca.

Cuando en investigaciones en las que interviene mucha gente no se cuenta con muchos datos se tiende a volver sobre puntos ya investigados, batiendo sin cesar lugares ya inspeccionados; la investigación adquiere la forma circular de un huracán o de un cero.

Adondequiera que iba, Graham se encontraba con detectives, cámaras, carreras de personal uniformado y el incesante parloteo de las radios. Tenía necesidad de estar tranquilo.

Crawford, irritado por la conferencia de prensa, encontró a Graham esa tarde en el silencio de la sala vacía del jurado, situada en el piso de encima de la oficina del fiscal del estado.

Unas luces fuertes y bajas iluminaban la superficie de fieltro verde de la mesa del jurado sobre la que Graham había desparramado sus papeles y fotografías. Se había quitado la chaqueta y la corbata y estaba hundido en una silla estudiando dos fotos. El retrato enmarcado de la familia Leeds estaba frente a él, y junto a éste, sujeto a una pizarrita y apoyado contra un jarro, el de la familia Jacobi.

Las fotografías de Graham le hicieron pensar a Crawford en el altar plegable de los toreros, listo para instalar en cualquier cuarto de hotel. No había ninguna fotografía de Lounds. Sospechó que Graham no había pensado en absoluto en el episodio de Lounds. No necesitaba preocuparse.

—Este cuarto parece una sala de billar —dijo Crawford.

—¿Los liquidaste? —Graham estaba pálido pero sobrio. Tenía en su mano un vaso de zumo de naranja.

—Dios. —Crawford se dejó caer sobre una silla—. Tratar de pensar allí es como tratar de hacerse entender en un manicomio.

—¿Alguna novedad?

—El comisario sudaba tinta por una pregunta que le hicieron los de la televisión, es lo único interesante que vi. Si no me crees mira el programa de las seis y el de las once.

—¿Quieres zumo de naranja?

—Me apetece tanto como comer alambre de púas.

Qué suerte. Así queda más para mí. —Graham parecía cansado, sus ojos estaban demasiado brillantes—. ¿Qué pasó con el combustible?

—Dios bendiga a Liz Lake. Hay cuarenta y una estaciones de Servco Supreme en el Gran Chicago. Los muchachos del capitán Osborne las revisaron investigando ventas de bidones a conductores de camiones y furgonetas. Todavía nada, pero no han revisado todos los turnos. Servco tiene otras ciento ochenta y seis estaciones repartidas en ocho estados. Hemos solicitado ayuda a las jurisdicciones locales. Llevará cierto tiempo. Dios quiera que haya utilizado una tarjeta de crédito. Existe una posibilidad.

—Si es capaz de chupar una manguera no tienes ninguna posibilidad.

—Le pedí al comisario que no comentara que el Duende Dientudo tal vez viva por los alrededores. Esta gente ya está bastante aterrada. Si les llegara a decir eso, por la noche, cuando los borrachos vuelvan a sus casas, esta ciudad va a convertirse en una segunda Corea.

—¿Sigues pensando que no está lejos?

—¿Y tú no? Sería posible, Will. —Crawford cogió el informe de la autopsia de Lounds y lo leyó a través de sus pequeñas gafas.

—El golpe de la cabeza era anterior a las heridas de la boca. De cinco a ocho horas antes, no están seguros. Ahora bien, las heridas de la boca se habían producido con bastantes horas de antelación a la llegada de Lounds al hospital. Estaban quemadas además, pero pudieron determinarlo por las anteriores. Retuvo cierta cantidad de cloroformo en las... vaya, en no sé qué parte de la nariz. ¿Crees que estaba inconsciente cuando el Duende Dientudo le mordió?

—No. Debe de haber querido mantenerle despierto.

—Era lo que pensaba. Muy bien, empieza pegándole un golpe en la cabeza... cuando llegó al garaje. Tiene que mantenerle dormido con cloroformo hasta llegar a un lugar donde el ruido no llame la atención. Le trae aquí horas después de haberle mordido.

—Podía haberlo hecho en la parte posterior de la furgoneta, haber aparcado en algún lugar alejado —replicó Graham.

Crawford se masajeó los costados de la nariz con los dedos, provocando en su voz un tono similar al de un megáfono.

—Olvidas las ruedas de la silla. Bev encontró dos tipos de pelusa de alfombra, una de lana y otra sintética. La sintética puede pertenecer quizá a la de una furgoneta, pero ¿cuándo has visto una alfombra de lana en una furgoneta? ¿Cuántas alfombras de lana has visto en lugares que puedan alquilarse? Muy pocas. Alfombras de lana se ven en las casas particulares, Will. Y la tierra y el moho provenían de un lugar oscuro en el que debía haber estado guardada la silla de ruedas, un sótano sucio.

—Quizá.

—Y ahora echa una mirada a esto. —Crawford sacó de su cartera un mapa Rand McNally de la red de carreteras. Había trazado un círculo en el mapa correspondiente a «kilometrajes y distancias horarias de Estados Unidos»—. Freddy desapareció durante un lapso de poco más de quince horas y sus heridas están espaciadas en ese tiempo. Voy a suponer un par de cosas. No me gusta hacerlo, pero veamos... ¿De qué te ríes?

—Recordaba aquella vez que enseñabas unos ejercicios prácticos en Quantico, cuando uno de tus alumnos te dijo que él suponía algo.

—No lo recuerdo. Aquí...

—Le hiciste escribir la palabra «suponer» en la pizarra. Cogiste la tiza y empezaste a subrayar y a gritar: «¡Usted no tiene que suponer nada!», eso fue lo que le dijiste, por lo que recuerdo.

—Le hacía falta una patada en el trasero. Pero ahora mira esto. Debes tener en cuenta el tráfico de Chicago un martes por la noche cuando salió de la ciudad llevándose a Lounds. Déjale un par de horas para divertirse con Lounds en el lugar al que le llevó y luego el tiempo de regresar en el automóvil. No puede haberse alejado mucho más de seis horas de coche desde Chicago. Pues bien, este círculo abarca seis horas de conducir alrededor de Chicago. Como verás, es algo desigual, pues hay vías más rápidas que otras.

—A lo mejor no se movió de allí.

—Por supuesto, pero esto es lo más lejos que pudo haber llegado.

—De modo que lo has circunscrito a Chicago o a un círculo que incluye Milwaukee, Madison, Dubuque, Peoria, St. Louis, Indianapolis, Cincinnati, Toledo y Detroit, por citar sólo unos cuantos nombres.

—Algo mejor que eso. Sabemos que recibió el *Tattler* muy rápido. Posiblemente el lunes por la noche.

—Pudo haberlo comprado en Chicago.

—Lo sé, pero también es posible conseguirlo el lunes por la noche en otros sitios. Aquí tengo una lista de la distribución del *Tattler*, lugares en los que se recibe, dentro de este círculo, el lunes por la noche, por vía aérea o por carretera. Mira, eso deja solamente a Milwaukee, St. Louis, Cincinnati, Indianapolis y Detroit. Los llevan a los aeropuertos y tal vez a noventa puestos que están abiertos toda la noche, sin contar los de Chicago. Estoy utilizando a las agencias locales para verificarlo. Tal vez algún vendedor recuerde haber atendido a algún cliente fuera de lo común el mismo lunes por la noche.

—Tal vez. Buena idea, Jack.

Evidentemente, Graham estaba pensando en otra cosa.

Si Graham hubiera sido un agente cualquiera Crawford lo habría amenazado con destinarle durante toda su vida a las Aleutianas. Pero en cambio le dijo:

—Mi hermano me llamó esta tarde. Dijo que Molly se había ido.

—Sí.

—¿Supongo que a algún lugar seguro?

Graham tenía el convencimiento de que Crawford sabía exactamente adónde había ido.

—A casa de los abuelos de Willy.

—Bueno, van a alegrarse de ver al niño. —Crawford hizo una pausa.

Graham no hizo ningún comentario.

—Espero que todo vaya bien.

—Estoy trabajando, Jack. No te preocupes por eso. No, lo que ocurre es que allí estaba con los nervios de punta.

Graham sacó de debajo de un montón de fotografías del entierro un paquete plano atado con un cordel y comenzó a desatar el nudo.

—¿Qué es eso?

—Lo mandó Byron Metcalf, el abogado de los Jacobi. Me lo envió Brian Zeller. Está en orden.

—Espera un momento, déjame ver. —Crawford dio la vuelta

al paquete entre sus dedos velludos hasta encontrar el sello y la firma S. F. «Semper Fidelis» Aynesworth, el jefe de la sección de explosivos del FBI, certificando que el paquete había pasado por la prueba fluoroscópica.

—Debes revisar siempre los paquetes. Siempre.

—Siempre lo reviso, Jack.

—¿Te lo trajo Chester?

—Sí.

—¿Te mostró el sello antes de entregártelo?

—Lo verificó y me lo mostró.

—Son copias de toda la testamentaría de los Jacobi. Le pedí a Metcalf que me las enviara, podremos compararlas con las de los Leeds cuando lleguen—dijo Graham cortando el cordel.

—Tenemos un abogado trabajando en ello.

—Me serán útiles. No conozco a los Jacobi, Jack. Eran nuevos en la ciudad. Llegué a Birmingham con un mes de retraso y sus pertenencias estaban desperdigadas o desaparecidas. Me hago una idea de los Leeds, pero no de los Jacobi. Necesito conocerles. Quiero hablar con la gente que conocían en Detroit y necesito unos días más en Birmingham.

—Yo te necesito aquí.

—Oye, el de Lounds fue una metedura de pata. Hicimos que el Duende se enfadase con Lounds. La única conexión con Freddy la provocamos nosotros. Existen algunas pruebas en el caso Lounds y la policía está trabajando en ellas. Lounds era simplemente alguien molesto para él, pero los Leeds y los Jacobi eran lo que él necesita. Debemos encontrar la conexión entre ellos. Ésa será la única forma de atraparle.

—De modo que ahora tienes los papeles de los Jacobi y vas a trabajar aquí con ellos —dijo Crawford—. ¿Qué estás buscando? ¿Qué tipo de información?

—Cualquier cosa, Jack. En este momento, una deducción médica. —Graham sacó del paquete un formulario de declaración de impuestos—. Lounds estaba en una silla de ruedas. Medicina. Valerie Leeds fue operada seis meses antes de morir; ¿recuerdas lo que decía en su diario? Un pequeño quiste en el pecho. Otra vez medicina. Me preguntaba si la señora Jacobi habría sufrido también alguna operación quirúrgica.

—No recuerdo haber leído nada sobre cirugía en el informe de su autopsia.

—No, pero tal vez era algo que no se veía. Su historial médico estaba dividido entre Detroit y Birmingham. Puede ser que se haya perdido un informe en el ínterin. Pero si fue operada, con toda seguridad debe figurar entre las deducciones o quizá en el seguro.

—¿Un enfermero ambulante, eso es lo que piensas? ¿Trabajando en ambos lugares, en Detroit o Birmingham y en Atlanta?

—Cuando has pasado un tiempo en un hospital psiquiátrico acabas conociendo la rutina al dedillo. Y cuando sales de allí puedes hacerte pasar por un asistente y conseguir trabajo —afirmó Graham.

—¿Quieres comer algo?

—Esperaré un poco. Me siento muy torpe después de comer.

Cuando llegó a la penumbra de la puerta, Crawford se dio la vuelta para mirar a Graham. No le inquietó lo que vio. Las luces suspendidas cerca de la mesa acentuaban las arrugas que surcaban la cara de Graham mientras trabajaba bajo las miradas de las víctimas desde las fotografías. El cuarto estaba impregnado de desesperanza.

¿Sería mejor para el caso hacer que Graham volviera otra vez a la calle? Crawford no podía permitirse el lujo de dejarle consumirse ahí dentro para nada. Pero ¿y si fuera para algo?

El excelente instinto administrativo de Crawford no estaba atemperado por la misericordia. Ese instinto le aconsejaba dejar solo a Graham.

CAPÍTULO 33

Dolarhyde trabajó con las pesas hasta las diez de la noche, vio sus películas, trató de satisfacerse y quedó agotado. Pero aun así estaba inquieto.

Al pensar en Reba McClane, su pecho se estremecía con una tremenda excitación. No debía pensar en ella.

Recostado en el sillón, con el torso henchido y enrojecido a causa de la gimnasia, veía las noticias de la televisión para saber cómo le iba a la policía con el asunto de Freddy Lounds.

Ahí estaba Will Graham junto al féretro mientras el coro ululaba a lo lejos. Graham era delgado. Sería fácil romperle la espalda. Mejor que matarle. Romperle la espalda y retorcérsela para estar bien seguro. Entonces podría ser el tema de la próxima investigación.

Sin embargo, no había prisa. Era mejor dejar que Graham sintiera miedo.

En aquellos días, Dolarhyde experimentaba permanentemente una sensación de poder tranquilizadora.

El Departamento de Policía de Chicago hizo un poco de ruido durante una conferencia de prensa. Pero detrás de esa pantalla sobre lo duramente que estaban trabajando, la verdad era que no habían hecho ningún progreso con Freddy. Jack Crawford estaba en el grupo situado detrás de los micrófonos. Dolarhyde le reconoció porque había visto su fotografía en el *Tattler.*

Un portavoz del *Tattler* flanqueado por dos guardaespaldas

manifestó: «Este acto salvaje e insensato sólo servirá para que la voz del *Tattler* resuene con más potencia».

Dolarhyde lanzó un resoplido. Quizá. Pero por cierto que había servido para silenciar a Freddy.

Los locutores de los informativos le llamaban ahora «el Dragón». Sus actos eran lo que la policía había calificado como «los asesinatos del Duende Dientudo».

Un auténtico progreso.

Ahora sólo daban noticias locales. Un idiota de mandíbula prominente estaba realizando un reportaje en el zoológico. Era evidente que le mandarían a cualquier parte con tal de mantenerle alejado de la oficina.

Dolarhyde estaba buscando el mando a distancia cuando vio en la pantalla a alguien con quien había hablado por teléfono pocas horas antes: el doctor Frank Warfield, director del zoológico, que se había mostrado encantado ante la propuesta de la filmación que le había hecho Dolarhyde.

El doctor Warfield y un dentista atendían a un tigre que tenía un diente roto. Dolarhyde quería ver al animal, pero el reportero se lo tapaba. Finalmente el periodista se apartó hacia un lado.

Recostado en su sillón de respaldo reclinable, mirando la pantalla por encima de su torso musculoso, Dolarhyde vio el gran tigre tumbado inconsciente bajo los efectos de la anestesia sobre una pesada mesa.

El locutor anunció que ese día estaban preparando el diente y que más adelante le colocarían la corona.

Dolarhyde observaba cómo trabajaban tranquilamente entre las mandíbulas de la terrible cabeza rayada del tigre.

«¿Puedo tocarle la cara?», había dicho Reba McClane.

Quería decirle algo a Reba McClane. Deseaba que tuviera al menos una leve sospecha de lo que casi había logrado. Deseaba que pudiera percibir aunque sólo fuera un breve destello de su gloria. Pero no podía saberlo y seguir viviendo. Debía vivir: le habían visto con ella y vivía bastante cerca de su casa.

Había tratado de compartir su secreto con Lecter, pero Lecter le había traicionado.

No obstante, estaba deseando compartirlo. Y ansiaba poder compartirlo, aunque sólo fuese en parte, con ella, de una forma que le permitiera dejarla vivir.

CAPÍTULO 34

—Yo sé que es una medida política, tú lo sabes, pero de todas formas es prácticamente lo mismo que estás haciendo ahora —le dijo Crawford a Graham, mientras caminaban al caer la tarde por State Street Mall hacia las oficinas de la agencia federal—. Sigue con lo que estás haciendo, limítate a buscar paralelismos, y yo me encargaré del resto

El Departamento de Policía de Chicago le había pedido a la sección de ciencias del comportamiento del FBI un perfil detallado de las víctimas. Los oficiales dijeron que la utilizarían para planificar la distribución de patrullas extraordinarias durante el período de luna llena.

—Lo que están haciendo es guardarse las espaldas —afirmó Crawford, sacudiendo la bolsa de patatas fritas—. Las víctimas eran personas de muy buena posición, tendrán que enviar patrullas a los barrios donde vive gente de buena posición. Ellos saben que eso va a ocasionar un montón de protestas: los jefes de distrito han alzado sus voces pidiendo personal extra desde lo de Freddy. Dios se apiade de los ediles de la ciudad si patrullan los barrios de la clase media alta y el Duende ataca en un barrio pobre. Pero si llegara a ocurrir, podrían echarle la culpa al maldito FBI. Me parece estar oyéndolos decir: «Ellos nos dijeron que lo hiciéramos de esa forma. Eso fue lo que nos dijeron que debíamos hacer.»

—Yo no creo que existan más probabilidades de que su próximo golpe sea en Chicago que en otra parte —dijo Graham—. No existe razón para pensar así. Es una pérdida de tiempo.

¿Por qué no puede hacer Bloom el perfil? Es consultor de ciencias del comportamiento.

—No quieren que provenga de Bloom sino de nosotros. No les serviría de nada echarle la culpa a Bloom. Además, todavía está en el hospital. Yo he recibido instrucciones de hacerlo. Alguien de la cúpula se ha comunicado con Justicia. Los de arriba dicen «Hágalo». ¿Lo harás?

—Lo haré. De todos modos, en eso estoy.

—Lo sé —replicó Crawford—. Sigue adelante.

—Preferiría volver a Birmingham.

—No. Quédate y continúa con esto.

Las últimas luces del viernes desaparecían por el oeste. Faltaban diez días.

CAPÍTULO 35

—¿Está listo para decirme qué clase de «paseo» es éste? —le preguntó Reba McClane a Dolarhyde el sábado por la mañana después de haber viajado en silencio durante diez minutos. Esperaba que se tratara de un picnic.

La furgoneta se detuvo. Oyó que Dolarhyde abría la ventanilla.

—Dolarhyde —dijo—. El doctor Warfield debe haber dado mi nombre.

—Sí, señor. ¿Puede colocar esto en el limpiaparabrisas cuando aparque el vehículo?

Avanzaron lentamente. Reba notó que el camino hacía una curva. Olores extraños y pesados en el viento. Un elefante barritó.

—El zoológico —acotó ella—. Fantástico. —Habría preferido un picnic. Pero qué demonios, era un buen plan—. ¿Quién es el doctor Warfield?

—El director del zoológico.

—¿Es amigo suyo?

—No. Le hicimos un favor al zoológico con una película y nos lo devuelven.

—¿De qué forma?

—Usted podrá tocar a un tigre.

—¡No me diga!

—¿Ha visto un tigre alguna vez?

Se alegró de que le hiciera aquella pregunta.

—No. Recuerdo que vi un puma cuando era muy pequeña.

Era todo lo que había en el zoológico de Red Deer. Creo que será mejor que hablemos un poco sobre esto.

—Están trabajando en el diente de un tigre. Tienen que… anestesiarle. Si lo desea puede tocarle.

—¿Habrá mucha gente haciendo cola?

—No, nada de público. Warfield, yo y un par de personas. Los de la televisión llegarán después de que hayamos salido nosotros. ¿Quiere hacerlo? —Había cierto apremio en la pregunta.

—¡Ya lo creo! Muchas gracias… es una sorpresa magnífica.

El vehículo se detuvo.

—Eh… ¿cómo sabré que esta totalmente dormido?

—Hágale cosquillas. Si se ríe, salga corriendo.

El piso de la sala de curas parecía de linóleo. Era una habitación fresca con muchos ecos. Reba notó que en el extremo más alejado había una fuente de calor.

Un rítmico arrastrar de pesados pies y Dolarhyde la guió hacia un costado hasta que Reba percibió que se encontraban en un rincón de la sala.

El animal estaba allí, podía olerlo.

Una voz dijo:

—Arriba, ahora. Despacio. Bájenle. ¿Podemos dejar la camilla debajo de él, doctor Warfield?

—Sí, envuelvan ese almohadón en una de aquellas toallas verdes y colóquenlo debajo de su cabeza. Le diré a John que les avise cuando hayamos terminado.

Los pasos se alejaron.

Esperó que Dolarhyde dijera algo, pero no lo hizo.

—Ya está aquí —comentó Reba.

—Lo trajeron diez hombres en una camilla. Es grande. Tres metros. El doctor Warfield le está auscultando el corazón. Ahora le levanta un párpado. Aquí viene.

Un cuerpo amortiguó el ruido que oía delante de ella.

—Doctor Warfield, Reba McClane —dijo Dolarhyde.

Reba alargó la mano. Una mano grande y suave se la tomó.

—Gracias por permitirme venir —dijo ella—. Es un lujo.

—Me alegro de que haya podido venir. Me alegra el día. A propósito, gracias por la película.

La voz del doctor Warfield era profunda: era la voz de alguien culto, de edad madura y negro. Reba suponía que de Virginia.

—Estamos esperando hasta tener la seguridad de que su respiración y sus latidos son lo bastante estables como para que el doctor Hassler empiece. El doctor Hassler está allí colocándose el espejo en la frente. Entre nosotros le diré que se lo pone solamente parar evitar que se le caiga la peluca. Venga, se lo presentaré. ¿Señor Dolarhyde?

—Le seguimos.

Ella le tendió la mano a Dolarhyde. Tardó en cogerla, pero lo hizo suavemente. Su palma dejó unas marcas de sudor en los nudillos de Reba.

El doctor Warfield le colocó la mano sobre el brazo y avanzaron lentamente.

—Está profundamente dormido. ¿Tiene una impresión general…? Le describiré todo lo que quiera. —Se interrumpió sin saber bien cómo expresarse.

—Recuerdo que vi dibujos en libros cuando era pequeña y una vez un puma en el zoo que había cerca de mi casa.

—El tigre es más grande que un puma—dijo Warfield—. Tórax más amplio, cabeza más grande y estructura y musculatura más pesada. Es un macho de Bengala de cuatro años. Mide casi tres metros de largo desde el hocico hasta la punta de la cola y pesa trescientos tres kilos. Está acostado sobre su lado derecho bajo potentes focos.

—Puedo sentir los focos.

—Es muy llamativo, con rayas de color anaranjado y negro, el anaranjado es tan fuerte que parece colorear el aire que le rodea. —De repente, al doctor Warfield le pareció que era muy cruel hablar sobre colores. Una mirada a la cara de Reba le tranquilizó.

—Está a casi dos metros de nosotros. ¿Puede olerlo?

—Sí.

301

—El señor Dolarhyde le habrá contado que un estúpido le golpeó a través de las rejas con una pala de jardinero. Le rompió el colmillo superior izquierdo con el filo de la pala. ¿Todo en orden, doctor Hassler?

—En efecto, todo va bien. Le daremos uno o dos minutos más.

Warfield le presentó el dentista a Reba.

—Querida, es usted la primera sorpresa agradable que me ha brindado Frank Warfield —manifestó Hassler—. Tal vez le interese examinar esto. Es un diente de oro, un colmillo en realidad. —Lo puso sobre la mano de Reba—. Es pesado, ¿verdad? Limpié el diente roto y tomé las medidas hace ya unos cuantos días y hoy le colocaré esta corona. Podría haberla hecho en blanco, por supuesto, pero pensé que así quedaría más divertido. El doctor Warfield le contará que nunca dejo escapar una oportunidad de llamar la atención. Es muy poco considerado y no me permite colocar un aviso en la jaula.

Pasó sus dedos sensibles y curtidos siguiendo la forma ahusada y curva hasta tocar la cola.

—¡Qué buen trabajo! —Sintió una respiración profunda y pausada junto a ella.

—Los chicos se van a llevar una sorpresa cuando le vean bostezar —acotó Hassler—. Y no creo que tiente a los ladrones. Y ahora, a trabajar. Usted no es aprensiva, ¿verdad? Su fornido amigo nos está observando como un hurón. No le ha obligado a hacer esto, ¿verdad?

—¡No! No, yo quiero hacerlo.

—Estamos mirando la espalda del tigre —dijo el doctor Warfield—. Está dormido a menos de ochenta centímetros de distancia, sobre una mesa a la altura de su cintura. Haremos lo siguiente: pondré su mano izquierda en el borde de la mesa y así podrá tantear con la derecha. No se apure. Yo estaré a su lado.

—Y yo también —anunció el doctor Hassler.

Ambos disfrutaban con la experiencia. El cabello de Reba olía a serrín fresco bajo el sol a causa del calor de las luces.

Los fuertes focos sobre su cabeza le hacían cosquillas en el cuero cabelludo. Podía oler su pelo caliente, el jabón de Warfield, alcohol y desinfectante y el olor del felino. Sintió un pequeño mareo que rápidamente desapareció.

Se agarró al borde de la mesa y estiró la mano hasta tocar las puntas de los pelos, calientes por la luz, luego una zona más fría y enseguida un calor intenso y profundo que brotaba de dentro. Apoyó toda la mano sobre el tupido manto y la movió suavemente, sintiendo deslizarse la piel bajo su palma, en la dirección del pelo y a contrapelo, comprobando cómo resbalaba la piel sobre las anchas costillas cuando éstas subían y bajaban.

Agarró con fuerza la piel y los pelos del animal asomaron entre sus dedos. Su rostro enrojeció ante la imponente presencia del tigre y no pudo evitar ciertos tics en su cara, a pesar de que durante años había conseguido controlarlos.

Warfield y Hassler se alegraron al advertir que había abandonado su autocontrol. La veían a través de una nueva perspectiva, como si tuviera la cara apoyada contra una vidriera, experimentando nuevas sensaciones.

Los fuertes músculos de Dolarhyde se estremecieron mientras la observaba desde la sombra. Una gota de sudor corrió por sus antebrazos.

—El otro lado es más interesante —le dijo el doctor Warfield al oído.

La condujo al otro lado de la mesa, mientras ella pasaba la mano a lo largo de la cola.

Dolarhyde sintió una pequeña opresión en el pecho cuando los dedos se deslizaron sobre los velludos testículos. Los tomó un momento en su mano y prosiguió con su atento examen.

Warfield levantó su pesada mano y la puso sobre la de ella. Reba palpó la aspereza de la pata y percibió débilmente el olor del suelo de la jaula. Warfield presionó la pata para hacer salir la garra. Los pesados y flexibles músculos de las paletillas rebasaban las manos de Reba.

Palpó las orejas del tigre, la ancha cabeza y, cuidadosamente, guiada por el veterinario, tocó la rugosa lengua. Un aliento cálido erizó el vello de sus antebrazos.

Finalmente, el doctor Warfield le colocó el estetoscopio. Mientras su cara miraba hacia lo alto y sus manos sentían el rítmico movimiento del pecho, el poderoso latido del corazón del tigre resonó en todo el cuerpo de Reba.

Reba McClane, sonrojada y exaltada, guardó silencio cuando emprendieron el camino de regreso. Solamente una vez se dio la vuelta hacia Dolarhyde para decir lentamente:

—Gracias… muchas gracias. Si no le importa, me encantaría tomar un Martini.

—Espere un momento aquí —le dijo Dolarhyde cuando aparcó en el jardín.

Reba se alegraba de que no hubieran ido a su apartamento. Era viejo y seguro.

—No se ponga a ordenar. Acompáñeme adentro y dígame que está todo perfecto.

—Espere aquí.

Llevó el paquete con las botellas y realizó una rápida inspección. Se detuvo en la cocina y permaneció un momento cubriéndose la cara con las manos. No estaba seguro de lo que hacía. Olía el peligro, pero no procedía de la mujer. No pudo mirar al otro extremo de la escalera. Tenía que hacer algo y no sabía cómo. Debería llevarla a su casa.

No se habría atrevido a hacer nada de esto antes de su transformación.

Y ahora comprendía que podía hacer cualquier cosa. Cualquier cosa.

La alargada sombra azulada de la furgoneta caía sobre el jardín iluminado por el sol poniente cuando Dolarhyde salió de la casa. Reba McClane se apoyó sobre sus hombros hasta que tocó el suelo con los pies.

Sintió la presencia de la casa. Percibió su altura por el eco de la puerta de la furgoneta al cerrarse.

—Cuatro pasos sobre el césped. Luego hay una rampa —dijo Dolarhyde.

Ella le tomó del brazo. Sintió un estremecimiento y la tela de algodón mojada por el sudor.

—Es verdad que hay una rampa. ¿Para qué?

—Aquí vivían unos ancianos.

—Pero no viven ya.

—No.

—Parece fresca y espaciosa —dijo cuando entró en la sala. Aire de museo. ¿Podría ser incienso lo que olía? El tictac de un reloj a lo lejos—. Es una casa grande, ¿verdad? ¿Cuántas habitaciones tiene?

—Catorce.

—Es vieja. Las casas de por aquí son viejas. —Rozó una pantalla con fleco y la tocó con los dedos.

El tímido señor Dolarhyde. Se había dado cuenta perfectamente de que el verla con el tigre le había excitado; se había estremecido como un caballo cuando le cogió del brazo al salir de la sala de curas.

La idea de organizar todo aquello había sido un gesto galante por su parte. Y quizá, aunque no estaba muy segura, elocuente.

—¿Un martini?

—Déjeme acompañarle y lo prepararé —dijo Reba, quitándose los zapatos.

Dejó caer en el vaso unas gotas de vermut. Dos medidas y media de ginebra y dos aceitunas. Buscó rápidamente puntos de referencia en la casa: el tictac del reloj, el zumbido del aire acondicionado en una ventana. Había una zona caliente en el suelo cerca de la cocina donde había dado el sol durante la tarde.

Dolarhyde la condujo a su gran sillón y él se instaló en el sofá.

El aire estaba cargado. Como ocurre con la fosforescencia

en el mar, iluminaba cada movimiento; encontró un sitio para depositar el vaso en una mesita que tenía al lado mientras él ponía música.

A Dolarhyde le parecía que el cuarto había cambiado. Era la primera persona que le había acompañado voluntariamente a su casa y el cuarto estaba como dividido en dos partes: la de Reba y la de él.

La música de Debussy sonaba mientras afuera oscurecía.

Le preguntó sobre Denver y ella le contó algunas cosas con aire algo ausente, como si estuviera pensando en otra cosa. Él le describió la casa y el gran jardín rodeado de plantas. No había mayor necesidad de hablar.

En medio del silencio y mientras él cambiaba un disco, ella dijo:

—Ese maravilloso tigre, esta casa, usted está lleno de sorpresas, D. Creo que nadie le conoce de veras.

—¿Ha hecho preguntas sobre mí?

—¿A quién?

—A alguien.

—No.

—Y entonces ¿cómo sabe que nadie sabe cómo soy? —Su esfuerzo por pronunciar bien las palabras hizo que el tono de su voz se mantuviera neutro.

—Oh, algunas empleadas de Gateway nos vieron el otro día cuando subíamos a la furgoneta. Estaban intrigadas. De repente, tuve mucha compañía en la máquina de Coca.

—¿Qué querían saber?

—Querían chismes jugosos. Cuando descubrieron que no había ninguno, siguieron su camino. Estaban sondeándome.

—¿Y qué dijeron?

Ella había pensado convertir la ávida curiosidad de las mujeres en sarcasmo hacia sí misma. Pero no resultó así.

—Están intrigadas por todo —manifestó—. Usted les parece muy misterioso e interesante. Vamos, es un cumplido.

—¿Le dijeron qué aspecto tengo?

La pregunta fue hecha a la ligera, como de paso, con gran

habilidad, pero Reba sabía que no era intrascendente. La afrontó sin ambages.

—No se lo pregunté. Pero sí, me contaron cómo creen que es usted. ¿Quiere que se lo diga? ¿Palabra por palabra? No me lo pida si no quiere. —Estaba segura de que se lo pediría.

No hubo respuesta.

De repente, Reba tuvo la sensación de que estaba sola en el cuarto, que el lugar que él había ocupado estaba más vacío que el vacío, que era un agujero oscuro que lo engullía todo y del que no emanaba nada. Sabía que no podía haberse ido sin que ella lo oyera.

—Creo que se lo diré —anunció—. Usted posee una especie de consistente y limpia pulcritud que les gusta. Dicen que tiene un cuerpo extraordinario. —Evidentemente no podía acabar ahí—. Que es muy susceptible respecto de su cara y que no debería serlo. Bueno, y está la chiflada esa que mencionó su boca. ¿Puede ser Eileen?

—Eileen.

Ah, una señal de rechazo. Se sentía como un radioastrónomo.

Reba era excelente para las imitaciones. Podría haber reproducido el comentario de Eileen con sorprendente fidelidad, pero era lo suficientemente astuta como para no imitar el modo de hablar de alguien ante Dolarhyde. Repitió las palabras de Eileen como si hubiera estado leyendo una transcripción.

—«No es mal parecido. Te juro por Dios que he salido con otros que son mucho más feos. Una vez salí con un jugador de hockey que tenía una pequeña hendidura sobre el labio, cerca de la nariz. Todos los jugadores de hockey tienen esa marca. Es algo… ¿sabes?… muy macho. El señor D. tiene una piel magnífica, y qué no daría yo por tener su pelo.» ¿Contento? Ah, me preguntó también si era tan fuerte como parecía.

—¿Y…?

—Le contesté que no lo sabía. —Vació el contenido de su copa y se puso de pie—. ¿Dónde diablos se ha metido, D.? —Lo

comprobó al moverse él entre un altavoz del equipo estereo-
fónico y ella–. Ajá. Aquí está. ¿Quiere saber qué pienso yo sobre todo esto?

Encontró la boca de Dolarhyde con sus dedos y la besó,
oprimiendo ligeramente sus labios contra los dientes apretados de él. Se dio cuenta inmediatamente de que la causa de
su rigidez era la timidez y no el rechazo hacia su persona.

Él estaba absorto.

–¿Podría mostrarme dónde está el baño?

Le tomó del brazo y le siguió por el pasillo.

–Puedo volver sola.

Una vez en el baño se retocó el peinado y pasó los dedos
por el lavabo en busca de pasta dentífrica o algún desinfectante bucal. Trató de buscar la puerta del botiquín y descubrió
que no tenía puerta, solamente bisagras y estantes. Tocó cuidadosamente los objetos alineados sobre los estantes, temero-
sa de tropezar con una navaja, hasta que encontró un frasco.
Le quitó el tapón, lo olió para verificar el contenido y se aclaró la boca con el líquido.

Cuando volvió a la sala oyó un ruido que le resultaba familiar: el zumbido de un proyector rebobinando una película.

–Tengo que trabajar un poco –dijo Dolarhyde mientras le
alcanzaba un Martini.

–Por supuesto –respondió Reba. No sabía cómo interpre-
tar aquel gesto–. Me iré si le impido trabajar. ¿Vendrá un taxi
hasta aquí?

–No. Quiero que se quede. De veras. Se trata solamente de
unas películas que tengo que revisar. No tardaré mucho.

Dolarhyde se dispuso a guiarla hasta el sillón. Ella sabía dónde estaba el sofá y se dirigió hacia allí.

–¿Son sonoras?

–No.

–¿Puedo dejar la música?

–Ajá.

Ella percibió su cortesía. Quería que se quedara, estaba simplemente asustado. No debería estarlo. Muy bien. Se sentó.

El Martini estaba deliciosamente helado y seco.

Él se sentó en el otro extremo del sofá, y al hacerlo su peso hizo tintinear los cubitos de hielo en la copa. El proyector seguía robobinando.

—Creo que me recostaré un ratito, si no le importa —dijo Reba—. No, no se mueva, tengo espacio de sobra. Por favor, despiérteme si me quedo dormida.

Se reclinó en el sofá apoyando la copa sobre su estómago; las puntas de su cabello rozaban apenas la mano que Dolarhyde apoyaba en el muslo.

Dolarhyde apretó el botón del mando a distancia para comenzar la proyección de la película.

Dolarhyde quería ver en ese ambiente y en compañía de esa mujer las películas de los Leeds y los Jacobi. Quería mirar alternativamente la pantalla y a Reba. Sabía que no era posible que ella siguiese viviendo, pero aquellas mujeres la habían visto subir a la furgoneta. Más valía no pensar en ello. Las mujeres la habían visto subir a la furgoneta.

Vería la película de los Sherman, la familia a quien pensaba visitar próximamente. Vería la promesa de su futuro alivio y lo haría en presencia de Reba, mirándola todo lo que le diera la gana.

En la pantalla apareció el título «La casa nueva» escrito con monedas sobre una caja de cartón. Una larga toma de la señora Sherman y sus hijos. Juegos en la piscina. La señora Sherman agarrada a la escalerilla, su busto generoso y reluciente asomando por el escote de su traje de baño mojado, sus piernas pálidas moviéndose como tijeras.

Dolarhyde estaba orgulloso del control que tenía sobre sí mismo. Pensaría en esa película, no en la otra. Pero mentalmente comenzó a hablarle a la señora Sherman tal como lo había hecho con Valerie Leeds en Atlanta.

«Ahora me ve, sí.»

«Así es como se siente al verme, sí.»

Juegos con los vestidos antiguos. La señora Sherman con el gran sombrero. Mirándose al espejo. Se da la vuelta sonriendo

309

y posa para la cámara, llevándose la mano a la nuca. Tiene un camafeo en el cuello.

Reba McClane se mueve en el sofá. Deja la copa en el suelo. Dolarhyde siente su peso y su calor. Reba ha apoyado la cabeza sobre su muslo. Las luces de la película juguetean sobre su nuca pálida.

Dolarhyde se queda muy quieto, mueve únicamente el pulgar para parar la película y repetir una secuencia. En la pantalla, la señora Sherman posa frente al espejo luciendo el gran sombrero. Se da la vuelta hacia la cámara y sonríe.

«Ahora me ve, sí.»

«Así es como se siente al verme, sí.»

«¿Me siente ahora? Sí.»

Dolarhyde está temblando. Los pantalones le están torturando. Tiene calor. Siente un aliento cálido a través de la tela. Reba ha hecho un descubrimiento.

Su pulgar acciona temblorosamente el interruptor.

«Ahora me ve, sí.»

«Así es como se siente al verme, sí.»

«¿Siente esto? Sí.»

Reba le desabrocha los pantalones.

Una oleada de miedo; jamás había tenido antes una erección en presencia de una mujer viva. Él es el Dragón, no debe sentir miedo.

Unos dedos nerviosos le liberan.

OH.

«¿Me siente ahora? Sí.»

«Siente esto, sí.»

«Sabe lo que es, sí.»

«Su corazón late con fuerza, sí.»

Debe apartar sus manos del cuello de Reba. Apartarlas. Aquellas mujeres la vieron en la furgoneta. Su mano se agarra al brazo del sofá. Sus dedos rompen el tapizado.

«Su corazón late con fuerza.»

«Y ahora late rápidamente.»

«Parece que va a reventar.»

«Y ahora su ritmo es veloz y ligero, más rápido y ligero y...»
«Silencio.»

«Oh, silencio.»

Reba apoya la cabeza sobre su muslo y vuelve sus mejillas relucientes hacia él. Desliza una mano por debajo de su camisa y la apoya contra su pecho.

—Espero no haberte sorprendido —dice.

Lo que le sorprendió fue oír el sonido de su voz, y apoyó la mano sobre el pecho de Reba para comprobar si su corazón seguía latiendo. Ella la retuvo suavemente allí.

—Dios mío, todavía no se te ha pasado, ¿verdad?

Una mujer viva. Qué extraño. Lleno de poder, del Dragón o suyo propio, la levantó del sofá. No pesaba nada, era muy fácil de transportar porque no era un cuerpo inerte. Arriba, no. Arriba, no. Debía darse prisa. A cualquier parte. Rápido. En la cama de su abuela, la colcha de raso resbaló bajo sus cuerpos.

—Oh, espera, me la quitaré. Oh, se rompió. No importa. Dios mío, qué hombre. Qué placer. No, por favor, no, de espaldas no, déjame a mí.

Fue con Reba, su única mujer viva, inmerso con ella en esa burbuja en el tiempo, que por primera vez sintió que todo era correcto: lo que liberaba era su vida, su propio ser, más allá de su naturaleza mortal, entregándola a esa magnífica oscuridad, lejos de este mundo de lágrimas, recorriendo sonoras y armoniosas distancias en busca de la promesa de reposo y paz.

Acostado junto a Reba en la oscuridad, apoyó su mano sobre ella y presionó suavemente como si quisiera sellar esa unión. Mientras ella dormía, Dolarhyde, maldito asesino de once personas, escuchó una y otra vez los latidos de su corazón.

Imágenes. Perlas barrocas volando en la apacible oscuridad. Una verdadera pistola que había disparado contra la luna. Un enorme fuego de artificio que había visto en Hong Kong titulado «El Dragón siembra sus perlas».

El Dragón.

Se sentía aturdido, desconcertado. Y pasó toda aquella larga noche acostado junto a ella; temiendo oír el ruido de sus propios pasos bajando la escalera vestido con el quimono.

Reba se movió solamente una vez, tanteando medio dormida, la mesa de noche, hasta que encontró un vaso. Los dientes de la abuela resonaron en su interior.

Dolarhyde le trajo agua. Ella le abrazó en la oscuridad. Cuando volvió a dormirse, él le retiró la mano que había apoyado sobre el gran tatuaje y la puso sobre su cara.

Se quedó profundamente dormido al amanecer.

Reba se despertó a las nueve y oyó su rítmica respiración. Se estiró perezosamente en la amplia cama. Él no se movió. Reba rememoró la distribución de la casa, la situación de las alfombras y el suelo, la dirección del tictac del reloj. Una vez que terminó la reconstrucción se levantó silenciosamente y se dirigió al baño.

Dolarhyde seguía dormido cuando dio por finalizada su larga ducha. Sus bragas rotas estaban tiradas en el suelo. Las encontró con los pies y las metió dentro del bolso. Se puso el vestido de algodón, cogió el bastón y salió.

Él le había dicho que el jardín era grande y llano, rodeado por setos salvajes, pero al principio se movió con mucha precaución.

La brisa de la mañana era fresca y el sol cálido. Permaneció en el jardín dejando que el viento arrojara las semillas de los saúcos contra sus manos. El viento recorrió los pliegues de su cuerpo fresco por el baño. Alzó los brazos dejando pasar la suave brisa bajo sus pechos y brazos y entre las piernas. Las abejas revoloteaban. No las temía y le dejaron tranquila.

Dolarhyde se despertó y se quedó durante un instante algo desconcertado al constatar que no estaba en su dormitorio del primer piso. Sus ojos amarillos se abrieron desmesuradamente al recordar. Volvió rápidamente la cabeza como una lechuza para mirar la otra almohada. Estaba vacía.

¿Estaría dando vueltas por la casa? ¿Qué encontraría? ¿O habría ocurrido algo durante la noche? Algo que tendría que arreglar. Sospecharían de él. Tendría que escapar.

Buscó en el baño y en la cocina. En el sótano, donde quedaba todavía una silla de ruedas. En el primer piso. No quería subir al primer piso. Pero tenía que registrarlo todo. Su tatuaje se flexionó al subir la escalera. El Dragón le miró furibundo desde la pared del dormitorio. No podía quedarse en el cuarto con el Dragón.

Desde una ventana del primer piso la vio en el jardín.

«FRANCIS.» Sabía que la voz provenía de su cuarto. Sabía que era la voz del Dragón. Esta duplicidad con el Dragón le desorientaba. La sintió por primera vez cuando apoyó la mano sobre el corazón de Reba.

El Dragón nunca le había hablado antes. Era aterrador.

«FRANCIS. VEN AQUÍ.»

Trató de ahogar la voz que le llamaba insistentemente mientras bajaba la escalera corriendo.

¿Qué podría haber encontrado Reba? Los dientes de su abuela habían hecho ruido en el vaso, pero él los guardó cuando le llevó el agua. Y ella no podía ver nada.

La grabación de Freddy. Estaba en la grabadora en la sala. La revisó. La cinta estaba rebobinada hasta el principio. No podía recordar si él la había rebobinado después de haberla transmitido al *Tattler* por teléfono.

Reba no debía entrar nuevamente en la casa. No sabía qué podía ocurrirle en la casa. Podría recibir una sorpresa. Tal vez al Dragón se le ocurría bajar. Sabía con qué facilidad la destrozaría.

Aquellas mujeres la habían visto subir a la furgoneta. Warfield recordaría haberles visto juntos. Se vistió a toda prisa.

Reba McClane sintió la franja fresca de la sombra proyectada por el tronco de un árbol y luego nuevamente el sol que caía sobre el jardín. Sabía siempre dónde estaba guiándose por el calor del sol y el zumbido del aparato de aire acondicionado instalado en una ventana. Orientarse, el pilar de su vida, era muy fácil allí.

Una nube ocultó el sol y entonces ella se detuvo, sin saber hacia qué dirección estaba orientada. Trató de oír el ruido del aire acondicionado. Lo habían apagado. Durante un instante sintió cierta inquietud, pero enseguida dio una palmada y escuchó el tranquilizador eco de la casa. Reba pasó el dedo por su reloj para saber la hora. Dentro de poco tendría que despertar a D. Debía volver a la casa.

La puerta de alambre tejido se cerró de golpe.

—Buenos días —dijo Reba.

Oyó el tintineo de las llaves mientras Dolarhyde se acercaba por el césped.

Se acercó cautelosamente, como si el impulso de su movimiento pudiera derribarla, y vio que no estaba asustada.

No parecía molesta ni avergonzada por lo que habían hecho la noche anterior. No parecía enojada. No se abalanzó contra él ni le amenazó. Se preguntó para sus adentros si no se debía a que no había visto sus partes íntimas.

Reba pasó los brazos alrededor de su cuello y apoyó la cabeza contra su pecho fornido. Su corazón latía agitadamente.

Se las arregló para decirle buenos días.

—Fue realmente maravilloso, D.

«¿De veras? ¿Qué se supone que debía responder a eso?»

—Me alegro. Para mí también. —Eso sonaba bastante bien. «Sácala de aquí.»

—Pero ahora debo volver a casa —decía Reba—. Mi hermana va a venir a buscarme para llevarme a almorzar. Puedes venir también si lo deseas.

—Tengo que volver a la oficina —contestó modificando la mentira que ya tenía preparada.

—Voy a por mi bolso.

«Oh, no.»

—Yo te lo traeré.

Casi imposibilitado de discernir sus propios y verdaderos sentimientos, tan incapaz de expresarlos como una cicatriz de sonrojarse, Dolarhyde no sabía lo que le había pasado con

Reba McClane, ni por qué. Estaba confundido, acuciado por esa nueva y terrorífica sensación de ser dos.

Ella era una amenaza para él y al mismo tiempo no lo era.

Y estaba el asunto de los sorprendentes y vivos movimientos de aceptación de Reba en la cama de la abuela.

A veces Dolarhyde no sabía lo que sentía hasta que actuaba. No sabía qué sentía por Reba McClane.

Un incidente molesto cuando la llevó a su casa se lo mostró con claridad.

Dolarhyde se detuvo en una estación de servicio Servco Supreme para llenar el tanque de la furgoneta justo después de la salida de la interestatal 70 al Boulevard Lindbergh.

El empleado era un hombre corpulento y hosco que olía a vino. Hizo una mueca cuando Dolarhyde le pidió que revisara el aceite.

Le faltaba un cuarto. El empleado enroscó el pico en la lata de aceite y lo introdujo en el motor.

Dolarhyde se bajó para pagar.

El empleado estaba muy entusiasmado limpiando el parabrisas del lado del acompañante. Limpiaba y limpiaba.

Reba McClane estaba sentada en el alto asiento de la cabina, con las piernas cruzadas y la falda por encima de la rodilla. El bastón blanco reposaba entre los dos asientos.

El hombre repasó nuevamente el parabrisas. Estaba mirando atentamente el vestido.

Dolarhyde lo sorprendió al levantar la vista de su billetero. Metió la mano por la ventanilla del automóvil y puso en funcionamiento el limpiaparabrisas a la máxima velocidad, de modo que golpeó con fuerza los dedos del dependiente.

—¡Eh, cuidado! —El empleado se dedicó entonces a retirar la lata de aceite del motor. Sabía que le habían pescado y sonrió a hurtadillas hasta que Dolarhyde se le acercó después de dar la vuelta a la furgoneta.

—Hijo de puta.

—¿Qué diablos le pasa? —Su altura y peso eran similares a los de Dolarhyde, pero su musculatura era muy inferior. Era joven parar tener dientes postizos y no parecía cuidarlos demasiado.

A Dolarhyde le disgustó su color verdoso.

−¿Qué le pasó a sus dientes? −preguntó suavemente.

−¿Y a usted qué le importa?

−¿Se los arrancó a su novio, cerdo de mierda? −Dolarhyde estaba muy cerca.

−Apártese de mí.

−Cerdo. Idiota. Basura. Estúpido −agregó.

Dolarhyde le arrojó de un manotazo contra la furgoneta. La lata de aceite y el pico cayeron sobre el pavimento.

Dolarhyde los recogió.

−No corra. Puedo alcanzarle. −Sacó el pico de la lata y miró su extremo puntiagudo.

El otro hombre se puso pálido. Había algo en la cara de Dolarhyde que jamás había visto, en ningún sitio.

Durante un cruento instante, Dolarhyde vio el pico incrustado en el pecho del dependiente, vaciándole el corazón. Divisó la cara de Reba a través del parabrisas. Meneaba la cabeza y murmuraba algo. Estaba buscando la manivela para bajar el vidrio.

−¿Alguna vez le han roto algo, idiota?

El hombre meneó rápidamente la cabeza.

−No he querido ofenderle. Se lo juro. −Dolarhyde acercó el pico metálico a la cara del empleado. Los músculos de su pecho se hincharon mientras lo doblaba con las manos. Tiró del cinturón del hombre y dejó caer el pico dentro de sus pantalones.

−No apartes tus sucios ojos de tu propio cuerpo. −Metió el dinero de la gasolina en el bolsillo de su camisa−. Y ahora corre −agregó−. Pero recuerda que puedo alcanzarte si se me da la gana.

CAPÍTULO 36

El sábado llegó un pequeño paquete dirigido a Will Graham, c/o Cuartel General del FBI, Washington, que contenía la grabación. Había sido enviado desde Chicago el mismo día en que fue asesinado Lounds.

Ni el laboratorio ni la sección de huellas digitales encontraron nada útil en el estuche del casete ni en el envoltorio.

Una copia de la grabación salió para Chicago en el correo de la tarde. El agente especial Chester se la entregó a Graham en la sala del jurado a media tarde. Tenía adjunto un memorando de Lloyd Bowman:

Pruebas de la voz confirman que se trata de Lounds. Evidentemente repetía lo que le dictaban. Es un casete nuevo, fabricado durante los últimos tres meses, y no ha sido utilizado anteriormente. Su contenido está siendo analizado por la sección de ciencias del comportamiento. El doctor Bloom debería escucharlo cuando esté suficientemente recuperado; usted lo decidirá.

Es evidente que el criminal está tratando de fastidiarle.

Y creo que lo intentará en más ocasiones.

Un indudable voto de confianza, que agradecería.

Graham sabía que debía escuchar la grabación. Esperó a que Chester se fuera.

No quería quedarse encerrado con ella en la sala del jurado. Sería mejor el juzgado desierto, por lo menos entraba un poco de sol por las ventanas. Las encargadas de la limpieza habían pasado por allí y en los rayos de luz podían verse todavía partículas de polvo.

La grabadora era pequeña y de color gris. Graham la puso sobre el escritorio de los abogados defensores y oprimió la tecla.

Se oyó la monótona voz de un técnico que decía:

«Caja número 426238, ítem 814, etiquetado y archivado, un casete. Es una grabación de la grabación original.»

Un cambio en la calidad del sonido.

Graham se agarró con ambas manos a la barandilla del estrado del jurado.

Freddy Lounds parecía cansado y asustado.

«He tenido un gran privilegio. He visto... he visto con asombro... con asombro y reverente temor... reverente temor... la fuerza del Gran Dragón Rojo.»

La grabación original había sido interrumpida en varias ocasiones a medida que se realizaba. El aparato registró todas las veces el chasquido de la tecla de stop. A Graham le pareció ver el dedo sobre la tecla. El dedo del Dragón.

«Mentí respecto a él. Todo lo que escribí fueron mentiras que me dijo Will Graham. Él me obligó a escribirlas. Yo he... he blasfemado contra el Dragón. No obstante... El Dragón es misericordioso. Ahora quiero servirle. Él... me ha ayudado a comprender... su esplendor y le alabaré. Cuando los periódicos publiquen esto, deberán escribir siempre con mayúscula la E de Él.

»Él sabe que usted me hizo mentir, Will Graham. Pero porque me vi obligado a hacerlo. Él será... más misericordioso conmigo que con usted, Will Graham.

»Lleve las manos a su espalda, Will Graham... y busque las pequeñas... protuberancias encima de la pelvis. Tantee la columna vertebral entre ellas... ése es el lugar preciso... en que el Dragón le romperá la espalda.»

Graham mantuvo las manos sobre la barandilla. «No pienso hacerlo.» ¿No conocía acaso el Dragón el nombre de la región ilíaca o prefería no utilizarlo?

«Hay muchas cosas… que debe temer. De… de mis propios labios aprenderá a temer algo más.»

Una pausa antes del horrible alarido. Peor aún, ese gemido emitido por una boca sin labios musitando: «Aldito siergüenza, usted rometió».

Graham metió la cabeza entre sus rodillas hasta que las manchas brillantes dejaron de agitarse ante sus ojos. Abrió la boca y respiró hondo.

Transcurrió una hora antes de que pudiera volver a oír la cinta.

Llevó la grabadora a la sala del jurado y trató de escuchar la grabación allí. Estaba demasiado cerca. Dejó la grabadora funcionando y se dirigió a la sala del tribunal. Podía oírla a través de la puerta abierta.

«He tenido un gran privilegio…»

Había alguien en la puerta del salón. Graham reconoció al joven empleado de la oficina del FBI en Chicago y le hizo señas para que se acercara.

—Ha llegado una carta para usted —dijo el joven—. El señor Chester me encargó que se la entregara. Me dijo que la revisara y que le dijera que el inspector de correspondencia la ha pasado por la pantalla fluoroscópica.

El empleado sacó la carta del bolsillo interior de su chaqueta. El sobre era de color violeta. Graham esperaba que fuera de Molly.

—Como puede ver, está sellada.

—Gracias.

—Además, es día de paga. —El joven le entregó un cheque.

El alarido de Freddy resonó en la grabadora y el empleado dio un respingo.

—Lo siento —dijo Graham.

—No sé cómo puede aguantarlo.

—Vuelva a su casa —recomendó Graham.

Se sentó en el palco del jurado para leer la carta. Necesitaba tomarse un respiro. La carta era del doctor Hannibal Lecter.

Querido Will:

Unas breves líneas para felicitarle por el trabajo que hizo con el señor Lounds. Merece toda mi admiración. ¡Qué muchacho inteligente es usted!

El señor Lounds me ofendió a menudo con su cháchara ignorante, pero me ilustró respecto a una cosa: la temporada que pasó usted en la clínica psiquiátrica. Si mi abogado no hubiera sido tan inepto, debería haberlo mencionado durante el juicio, pero ya no importa.

Me parece, Will, que usted se preocupa demasiado. Se sentiría mucho más cómodo si no se controlara tanto.

Nosotros no inventamos nuestros temperamentos, Will; los recibimos junto con los pulmones, el páncreas y todo lo demás. ¿Por qué combatirlo, entonces?

Quiero ayudarle, Will, y me gustaría empezar preguntándole lo siguiente: ¿esa depresión tan profunda que sufrió después de haber matado al señor Garrett Jacob Hobbs, no se debió al acto en sí, verdad? ¿No se debió realmente al hecho de que al matarle experimentara un gran placer?

Recapacite, pero no se preocupe. ¿Por qué no podría sentir un gran placer? A Dios debe gustarle. Él lo experimenta todo el tiempo, ¿y acaso no estamos hechos a su imagen y semejanza?

Tal vez en el diario de ayer leyó que Dios hizo caer el miércoles por la noche el techo de una iglesia de Texas sobre treinta y cuatro feligreses, justo en el momento en que entonaban un himno de alabanza a Él. ¿No le parece que debe haberle gustado?

Treinta y cuatro. ¡Cómo no iba a dejarle a Hobbs para usted!

La semana anterior ciento sesenta filipinos murieron en un accidente aéreo. ¿Cómo no iba a permitirle matar a ese despreciable Hobbs? No le repugnaría un crimen insignificante. Ahora son dos. Está bien.

No se pierda los diarios. Dios siempre toma la delantera.

Saludos,

DOCTOR HANNIBAL LECTER

Graham sabía que Lecter estaba totalmente equivocado respecto a Hobbs, pero durante una fracción de segundo se preguntó si no tendría un poco de razón en el caso de Freddy Lounds. El enemigo que albergaba Graham en su interior estaba de acuerdo con cualquier acusación.

Había apoyado su mano sobre el hombro de Freddy en la fotografía del *Tattler* para mostrar que él le había transmitido realmente a Freddy todos esos conceptos insultantes sobre el Dragón. ¿O habría querido exponer peligrosamente a Freddy, aunque no fuera más que un poco? Eso era lo que se preguntaba.

Le frenaba la absoluta certeza de que no perdería a sabiendas una oportunidad de liquidar al Dragón.

—Lo que pasa es que estoy harto de vosotros, locos hijos de puta —dijo Graham, en voz alta.

Necesitaba tomarse un respiro. Llamó a Molly, pero nadie contestó el teléfono de la casa de los abuelos de Willy.

—Seguro que han salido en la maldita *roulotte* —musitó.

Salió para tomar un café, en parte para asegurarse de que no se estaba escondiendo en la sala del jurado.

En el escaparate de una joyería vio una fina y antigua pulsera de oro. Le costó buena parte de su sueldo. La hizo envolver y poner el franqueo para enviarla por correo. Pero cuando tuvo la seguridad de que no había nadie cerca del buzón, escribió la dirección de Molly en Oregón. Graham no se daba cuenta, como en cambio sí notaba Molly, de que él hacía regalos cuando estaba enfadado.

No quería volver a la sala del jurado para seguir trabajando, pero debía hacerlo. El recuerdo de Valerie Leeds le dio bríos.

«Siento no poder atender ahora su llamada», había dicho Valerie Leeds.

Deseaba haberla conocido. Deseaba… Inútil, pensamiento infantil.

Graham estaba cansado, herido en su amor propio, resentido, reducido a un estado de mentalidad infantil en el que sus patrones eran los primeros que había aprendido; en el que la dirección «norte» equivalía a la autopista 61 y un metro ochenta era sempiternamente la estatura de su padre.

Se obligó a concentrarse en el minuciosamente detallado perfil de las víctimas que estaba reconstruyendo sobre la base de una pila de informes y sus propias observaciones.

De buena posición. Eso era un paralelismo. Ambas familias gozaban de buena posición. Qué curioso que Valerie Leeds ahorrara dinero con las medias.

Graham se preguntó si ella habría sido pobre en su niñez. Así lo creía; sus hijos estaban, tal vez, demasiado bien vestidos.

Graham había sido un niño pobre, que tuvo que seguir a su padre desde los astilleros de Biloxi y Greenville hasta los botes del lago Erie. Siempre era el alumno nuevo en el colegio. Albergaba un resentimiento oculto hacia los ricos.

Tal vez Valerie Leeds había sido una niña pobre. Estuvo tentado de ver nuevamente la película que tenía de ella. Podría hacerlo en la sala del tribunal. No. Los Leeds no eran su problema inmediato. Conocía a los Leeds. Pero no conocía a los Jacobi.

Le desesperaba su falta de información acerca de las intimidades de los Jacobi. El incendio de su casa de Detroit había acabado con todo, álbumes de familia, probablemente sus diarios también.

Graham trataba de conocerles a través de los objetos que querían, compraban y usaban. Era todo lo que tenía.

El expediente de la testamentaría de los Jacobi tenía siete centímetros de grosor y la mayor parte consistía en listas de sus pertenencias de su nuevo hogar como consecuencia del traslado a Birmingham. «Miren toda esta basura.» Todo estaba asegurado, identificado con números correlativos como exigían las compañías de seguros. Quién dudará de que un hombre al que se le quemó la casa asegurará en la nueva hasta el último alfiler.

El abogado, Byron Metcalf, le había enviado copias de papel-carbón en lugar de fotocopias de las declaraciones del seguro. Las copias estaban borrosas y su lectura era difícil.

Jacobi tenía una lancha para hacer esquí, Leeds tenía una lancha para hacer esquí. Jacobi tenía un triciclo con motor, Leeds tenía otro similar. Graham se pasó el pulgar por la lengua y dio la vuelta a la hoja.

El cuarto ítem de la segunda página era un proyector de cine Chinon Pacific.

Graham se detuvo. ¿Cómo se le había pasado? Había revisado todas las cajas y cajones guardados en el depósito buscando algo que pudiera proporcionarle algún dato sobre la vida cotidiana de los Jacobi.

¿Dónde estaba el proyector? Podía repasar la declaración del seguro con el inventario que Byron Metcalf había hecho en calidad de albacea al mandar al depósito las pertenencias de los Jacobi. Los ítems habían sido verificados y marcados por el supervisor del guardamuebles que firmó el recibo de depósito.

Tardó quince minutos en revisar la lista de los artículos almacenados. Ningún proyector, ninguna cámara, ninguna película.

Graham se recostó contra el respaldo de su silla y miró a los Jacobi, que le sonreían desde la fotografía colocada frente a él.

«¿Qué demonios hicieron con eso?»

«¿Fue robado?»

«¿Lo robó el asesino?»

«¿Si el asesino lo robó, lo vendió? Y ¿a quién?»

«Dios mío, haz que pueda encontrar al que lo compró.»

A Graham se le había pasado ya el cansancio. Quería saber si faltaba algo más. Buscó durante una hora, comparando el inventario del guardamuebles con la declaración del seguro. Todo concordaba excepto esos preciosos ítems. Debían de estar en la lista de objetos guardados por Byron Metcalf en la caja de seguridad del banco de Birmingham.

Estaban todos en la lista. Excepto dos.

Una pequeña caja de cristal de 10 × 7 cm, con la tapa de plata sellada. Figuraba en la lista del seguro, pero no estaba en la caja de seguridad. Un marco de plata sellado de 23 × 27 cm, grabado con flores y motivos de la vid. Tampoco figuraba en el inventario.

¿Robados? ¿Extraviados? Eran objetos pequeños, fáciles de ocultar. Por lo general, la plata que es robada y vendida se funde inmediatamente. Sería difícil seguirles el rastro. Pero los equipos de filmación tenían números de identificación grabados en la parte interior y exterior. Podrían localizarse.

¿Los habría robado el asesino?

Mientras contemplaba la fotografía manchada de los Jacobi, Graham sintió el suave estímulo de una nueva pista. Pero el camino hacia la solución todavía era arduo.

Había un teléfono en la sala del jurado. Graham comunicó con la sección de homicidios de Birmingham. Habló con el jefe de guardia.

—Tengo entendido que usted tiene anotadas las personas que entraron y salieron de la casa de los Jacobi después de que fue precintada, ¿verdad?

—Espere que mande a alguien a buscarlo —dijo el jefe de guardia.

Graham sabía que tenían un registro. Era una medida muy acertada tomar nota de todas las personas que entraban o salían del lugar donde se había cometido un crimen y a Graham le complació enterarse que lo habían hecho en Birmingham. Esperó cinco minutos hasta que un empleado le trajo el registro.

—Aquí está, ¿qué quiere saber?

—Quiero saber si figura Niles Jacobi, hijo del muerto.

—Veamos… sí. El 2 de julio a las siete de la tarde. Estaba autorizado para recoger objetos personales.

—¿No dice por casualidad si llevaba una maleta?

—No. Lo siento.

Cuando Byron Metcalf contestó el teléfono, su voz era ronca y su respiración agitada. Graham se preguntó qué estaría haciendo.

—Espero no haberle molestado.

—¿En qué puedo ayudarle, Will?

—Necesito que me eche una mano con Niles Jacobi.

—¿Y ahora qué ha hecho?

—Creo que sustrajo unas cuantas cosas de casa de sus padres después de que les mataran. Falta un marco de plata en la lista de la caja de seguridad. Cuando estuve en Birmingham encontré una fotografía suelta de la familia en el dormitorio de Niles. Debía de haber estado enmarcada; es evidente, pues tiene la señal del *passe-partout*.

—Maldito mocoso. Le di permiso para que recogiera su ropa y unos libros que necesitaba —dijo Metcalf.

—Niles tiene amistades muy caras. Pero lo que más me interesa es un proyector de cine y una cámara que también faltan. Quiero saber si se los llevó. Probablemente lo hizo, pero si no lo hizo puede haber sido el asesino. En ese caso necesito tener los números de serie para pasarlos a las casas de empeño. Tenemos que incorporarlos a la lista nacional de objetos robados. Posiblemente el marco ya esté fundido.

—Fundido va a quedar cuando dé con él.

—Otra cosa más: si Niles se llevó el proyector, tal vez haya conservado las películas. Necesito verlas. Si usted le pregunta directamente, lo negará absolutamente todo y tirará las películas a la basura, si es que las tiene.

—De acuerdo —contestó Metcalf—. El título de propiedad de su automóvil pasó al estado. Yo soy el albacea, de modo que no necesito orden judicial para entrar. A mi amigo el juez no le va a importar empapelarle el cuarto por mí. Le llamaré cuando sepa algo.

Graham reanudó su trabajo.

De buena posición. Poner «de buena posición» en el perfil que va a utilizar la policía.

Graham se preguntó si la señora Leeds y la señora Jacobi hacían las compras del mercado con ropa de tenis. En ciertos barrios se consideraba como algo elegante. Era una tontería hacerlo en otros, puesto que era doblemente provocativo, ya que suscitaba al mismo tiempo conflicto de clases y lujuria.

Graham las imaginó empujando los carritos con verduras, las cortas falditas plisadas rozándoles los muslos tostados, los pequeños pompones de sus calcetines sudados balanceándose al pasar junto a un hombre corpulento de mirada aviesa que estaba comprando el fiambre para comerse un bocadillo en el coche.

¿Cuántas familias había que tuvieran tres hijos y un animal doméstico y a las que mientras dormían les separaba del Duende Dientudo solamente una cerradura común y corriente?

Mientras Graham imaginaba las futuras víctimas, visualizaba personas inteligentes y de éxito en casas confortables.

Pero la siguiente persona que debería enfrentarse con el Dragón no tenía hijos ni animalitos y su casa no era confortable. La próxima persona que debía hacer frente al Dragón era Francis Dolarhyde.

CAPÍTULO 37

El ruido de las pesas en el suelo del desván resonó en la vieja casa.

Dolarhyde levantaba más peso que nunca. Su atuendo era diferente; unos pantalones de gimnasia cubrían el tatuaje. La camiseta colgaba sobre el grabado de *El Gran Dragón Rojo y la Mujer Revestida de Sol*. El quimono, como si fuera la piel de una víbora, cubría el espejo.

Dolarhyde no se había puesto la máscara.

Arriba. Doscientos kilos desde el suelo hasta el pecho con un solo movimiento, y después sobre la cabeza.

«¿En quién estás pensando?»

Sorprendido por la voz, casi dejó caer las pesas, tambaleándose por el peso. Abajo. Los discos golpearon e hicieron vibrar el suelo.

Se dio la vuelta en la dirección que había sonado la voz. Sus largos brazos colgaban inertes en la dirección en que había sonado la voz.

«¿En quién estás pensando?»

Parecía provenir de detrás de la camiseta, pero su tono y volumen le hirieron la garganta.

»¿En quién estás pensando?»

Sabía quién hablaba y estaba asustado. Desde el principio, él y el Dragón habían sido uno solo. Él se estaba transformando y el Dragón era su ser superior. Sus cuerpos, voces y voluntades eran una sola.

Pero ahora no. Después de Reba, no. No debía pensar en Reba.

«¿Quién es agradable?», preguntó el Dragón.

—La señora… herman, Sherman. —Le costaba mucho trabajo decirlo.

«Repite. No te entiendo. ¿En quién estás pensando?»

Dolarhyde, con expresión seria, cogió las pesas. Arriba. Sobre la cabeza. Mucho más difícil esta vez.

—La señora… erhman saliendo del agua.

«Estás pensando en tu amiguita, ¿no es verdad? Tú quieres que se convierta en tu amiguita, ¿no es así?»

Las pesas cayeron con un golpe seco.

—No tengo ninguna ami'ita. —El miedo le entorpecía el habla.

«Una estúpida mentira.» La voz del Dragón era fuerte y clara. Pronunciaba las «s» sin ningún esfuerzo. «Olvidas la transformación. Prepárate para los Sherman. Levanta las pesas.»

Dolarhyde aferró la barra haciendo un gran esfuerzo. Su mente se esforzaba tanto como su cuerpo. Trató desesperadamente de pensar en los Sherman. Se obligó a pensar en el peso de la señora Sherman en sus brazos. La señora Sherman era la próxima víctima. Era la señora Sherman. Luchaba contra el señor Sherman en la oscuridad, sujetándole cabeza abajo hasta que la pérdida de sangre hacía trepidar su corazón como el de un pajarito. Era el único corazón que escuchaba. No escuchaba el corazón de Reba. En absoluto.

El miedo disminuía su fuerza. Levantó las pesas hasta los pulmones, no pudo llegar hasta el pecho. Pensó en los Sherman alineados alrededor de él, sus ojos bien abiertos, mientras se cobraba la parte del Dragón. No servía de nada. Estaba hueco, vacío. Las pesas golpearon contra el suelo.

«Inaceptable.»

—La señora…

«Ni siquiera puedes decir "la señora Sherman". Nunca pensaste ocuparte de los Sherman. Querías a Reba McClane. Querías que fuera tu compañerita, ¿verdad? Querías ser su amigo.»

—No.

«¡Mentira!»

–…olamente or un oquito.

«¿Solamente por un poquito? Labiohendido y florón, ¿quién puede querer ser amigo tuyo? Ven aquí. Te mostraré lo que eres.»

Dolarhyde no se movió.

«Nunca he visto un chico tan asqueroso y sucio como tú. Ven aquí.»

Dolarhyde se acercó.

«Retira la camiseta.»

La retiró.

«Mírame.»

El Dragón le miraba amenazadoramente desde la pared.

«Retira el quimono. Mírate en el espejo.»

Dolarhyde se miró. No podía evitarlo ni apartar su cara de la intensa luz. Vio que estaba babeando.

«Mírate. Voy a darte una sorpresa para tu amiguita. Quítate esos trapos.»

Las manos de Dolarhyde forcejearon con el cinturón. Los pantalones se rompieron. Se los quitó con la mano derecha mientras con la izquierda seguía sujetando lo que quedaba de ellos.

La mano derecha arrebató los pedazos de su temblorosa y debilitada izquierda. Los arrojó a un rincón y sobre la alfombra, retorciéndose como una víbora. Cruzó los brazos sobre el pecho gimiendo, jadeando, mientras su tatuaje resplandecía por la fuerte luz del gimnasio.

«Nunca he visto un chico tan asqueroso y sucio como tú. Ve a buscarlos.»

–Aela.

«Ve a buscarlo.»

Salió penosamente del cuarto y regresó trayendo los dientes del Dragón.

«Sujétalos entre las palmas. Enlaza los dedos y aprieta mis dientes con fuerza.»

Los músculos pectorales de Dolarhyde se hincharon.

«Tú sabes con qué facilidad muerden. Colócalos ahora bajo tu vientre. Sujétate el pene con ellos.»

–No.

«Hazlo… y ahora mira.»

Los dientes empezaban a lastimarle. Saliva y lágrimas cayeron sobre su pecho.

–Or avor.

«Eres un despojo de la transformación. Eres una basura y te diré cómo te llamas. Cara de culo. Repítelo.»

–Yo soy Cara de culo. –Se esforzó en pronunciar bien las palabras.

«Dentro de poco estaré liberado de ti», dijo el Dragón, sin esfuerzo. «¿De acuerdo?»

–De acuerdo.

«¿Quién será la próxima cuando llegue el momento?»

–La eñora… herman…

Dolarhyde experimentó un dolor agudo y un miedo terrible.

«Te lo arrancaré.»

–Reba. Reba. Te entregaré a Reba. –Su habla había mejorado ya.

«No me darás nada. Ella es mía. Todas son mías. Reba McClane y los Sherman.»

–Reba y luego los Sherman. La policía me atrapará.

«Ya he tomado medidas para ese día. ¿Acaso lo dudas?»

–No.

«¿Tú quién eres?»

–Cara de culo.

«Puedes guardar nuevamente mis dientes, miserable labiohendido. Querías ocultarme a tu amiguita, ¿verdad? La destrozaré y restregaré sus restos en tu cara fea. Te colgaré junto con su intestino si te opones. Sabes que puedo hacerlo. Coloca cien kilos en la barra.»

Dolarhyde agregó otros discos a la barra. Hasta ese día lo más que había levantado eran noventa kilos.

«Levántala.»

Reba moriría si sus fuerzas no eran iguales a las del Dragón. Lo sabía. Comenzó a levantar el peso hasta que el cuarto pareció teñirse de rojo.

—No puedo.

«Tú no puedes, pero yo sí puedo.»

Dolarhyde aferró la barra. Se arqueó al levantar las pesas a la altura de sus hombros. Arriba. Las levantó con facilidad por encima de su cabeza.

«Adiós, Cara de culo», dijo el orgulloso Dragón, estremeciéndose bajo la luz.

CAPÍTULO 38

Francis Dolarhyde no acudió a su trabajo el lunes por la mañana.

Salió de su casa exactamente a tiempo, como siempre lo hacía. Su aspecto era impecable, conducía con precisión. Se puso las gafas oscuras en la curva anterior al río Missouri y avanzó bajo el sol de la mañana.

La nevera de telgopor chirrió al rozar el asiento del acompañante. Se inclinó hacia un lado y la depositó sobre el suelo, recordando que debía buscar el hielo seco y recoger la película en...

En ese momento cruzaba el canal del Missouri, cuya corriente se deslizaba bajo el puente. Miró las pequeñas crestas de las aguas del turbulento río y de repente tuvo la sensación de que él se deslizaba y el río permanecía inmóvil. Lo invadió una extraña, desconcertante y aplastante sensación. Aflojó el acelerador.

La furgoneta aminoró su marcha y se detuvo en el carril exterior. El tráfico empezó a acumularse detrás de su vehículo, haciendo sonar las bocinas. Pero él no oía nada.

Permanecía sentado, deslizándose lentamente hacia el norte sobre el río inmóvil, de frente al sol matinal. Unas lágrimas rodaron bajo sus gafas oscuras y cayeron como gotas calientes sobre sus antebrazos.

Alguien golpeaba la ventanilla. Un conductor con la cara pálida por el madrugón e hinchada por el sueño le gritaba algo al otro lado de la ventanilla.

Dolarhyde miró al hombre. Unas intermitentes y fuertes luces azules avanzaban desde el otro extremo del puente. Sabía que debía reanudar la marcha. Le pidió a su cuerpo que apretara el acelerador y le obedeció. El hombre que estaba parado junto a la furgoneta tuvo que dar un salto hacia atrás para salvar los pies.

Dolarhyde se detuvo en la zona de estacionamiento de un gran motel situado cerca de la carretera nacional 270. Un autobús escolar estaba aparcado allí y contra el cristal de la ventanilla posterior descansaba el pabellón de una tuba.

Dolarhyde se preguntó si tendría que subir a aquel autobús junto con todos los ancianos.

No, no era eso. Buscó con la mirada el Packard de su madre.

«Entra. No pongas los pies sobre el asiento», dijo su madre.

No era eso tampoco.

Estaba en el aparcamiento de un motel en la zona oeste de St. Louis y quería poder elegir, pero no lo lograba.

Dentro de seis días, si es que podía esperar tanto, mataría a Reba McClane. Dejó escapar súbitamente un agudo sonido por la nariz.

Tal vez el Dragón estaría dispuesto a tomar primero a los Sherman y esperar hasta la otra luna.

No. No lo haría.

Reba McClane no conocía al Dragón. Creía que estaba en compañía de Francis Dolarhyde. Quería recostar su cuerpo contra el de Francis Dolarhyde. Aceptó encantada a Francis Dolarhyde en la cama de su abuela.

«Ha sido realmente maravilloso, D.», había dicho Reba McClane en el jardín.

A lo mejor le gustaba Francis Dolarhyde. En una mujer eso era algo despreciable y pervertido. Comprendió que debería despreciarla por ello, pero oh, Dios, qué hermoso fue.

Reba McClane era culpable por haberle gustado Francis Dolarhyde. Manifiestamente culpable.

Si no fuera por el poder de su transformación y si no fuera

por el Dragón, jamás la habría llevado a su casa. No hubiera sido capaz de hacer el amor. ¿O estaba equivocado?

«Ay, Dios mío, qué hombre. Qué placer.»

Eso fue lo que dijo. Había dicho «hombre».

Finalizado el desayuno, el grupo se retiraba del motel, pasando junto a su furgoneta. Miraron a Dolarhyde sin prestarle mucha atención.

Necesitaba pensar. No podía volver a su casa. Se registró en el motel, llamó por teléfono al trabajo y dijo que estaba enfermo. Le dieron una habitación agradable y tranquila. El único motivo decorativo eran unos pésimos grabados de barcos. Nada más alegraba las paredes.

Dolarhyde se recostó sin quitarse la ropa. Unas manchas de luz salpicaban el techo de yeso. Cada cinco minutos tenía que levantarse para orinar. Durante un momento tembló de frío y luego comenzó a sudar. Transcurrió una hora.

No quería entregar a Reba McClane al Dragón. Pensaba en lo que haría el Dragón si no le complacía.

El miedo intenso se manifiesta en oleadas; el cuerpo no puede soportarlo durante mucho tiempo. Dolarhyde podía pensar durante la pesada calma entre cada oleada.

¿Cómo podría evitar entregársela al Dragón? Tenía que encontrar una solución. Se levantó.

El chasquido del interruptor de la luz resonó en el baño recubierto de azulejos. Dolarhyde echó un vistazo a la barra de la cortina de la ducha, una sólida barra de una pulgada atornillada a las paredes del baño. Quitó la cortina y la colgó sobre el espejo.

Se agarró a la barra con una mano, dejando que sus pies rozaran el borde de la bañera. Era lo suficientemente fuerte. Y su cinturón también era fuerte. Podía hacerlo. No tenía miedo a eso.

Ató el extremo de su cinturón a la barra con un nudo marinero. El extremo de la hebilla formaba un nudo corredizo. El grueso cinturón no se balanceaba, colgaba rígido.

Se sentó sobre la tapa del inodoro y se quedó mirándolo.

No se caería, podría sostenerle. Podía mantener las manos apartadas del lazo hasta estar lo suficientemente débil como para alzar los brazos.

Pero ¿cómo estar seguro de que su muerte podía afectar al Dragón, ahora que él y el Dragón se habían desdoblado? Quizá no le afectaría. Y entonces, ¿cómo saber que el Dragón dejaría en paz a Reba?

Tal vez transcurrirían varios días hasta que encontraran su cuerpo. Ella se preguntaría dónde se había metido. ¿Y durante ese tiempo no se le ocurriría tal vez ir a su casa y buscarle allí? ¿Subiría al primer piso en su busca y recibiría una sorpresa?

El Gran Dragón Rojo tardaría una hora en escupir sus pedazos por la escalera.

¿Debería llamarla y advertírselo? Pero ¿qué podría hacer contra Él, por más prevenida que estuviera? Nada. Sólo podría esperar morir lo más rápidamente posible, esperar que en Su ira mordiera profundamente.

En el primer piso de la casa de Dolarhyde el Dragón esperaba en las fotografías que había enmarcado con sus propias manos. El Dragón esperaba en los numerosos libros de arte y en las revistas, renaciendo cada vez que un fotógrafo… ¿hacía qué?

Dolarhyde podía oír en su mente la poderosa voz del Dragón maldiciendo a Reba. La maldeciría primero y luego la mordería. Maldeciría a Dolarhyde también, explicándole a ella que no valía nada.

—No hagas eso. No… hagas eso. —La voz de Dolarhyde retumbó en los azulejos. Escuchó su voz, la voz de Francis Dolarhyde, la voz que Reba McClane entendía sin dificultad, su propia voz. Había tenido vergüenza de su voz durante toda su vida; les había dicho a otras personas cosas horribles con esa voz.

Pero nunca había oído la voz de Francis Dolarhyde maldiciendo a Francis Dolarhyde.

—No hagas eso.

La voz que escuchaba ahora nunca jamás le había maldecido. Había repetido los insultos del Dragón. El recuerdo le avergonzaba.

Pensó que probablemente no era muy hombre. Se le ocurrió pensar que realmente nunca lo había comprobado y ahora sentía cierta curiosidad.

Tenía una pizca de orgullo, que Reba McClane le había inculcado. Y éste le decía que morir en un cuarto de baño era un triste final.

¿Y qué otra cosa podía hacer? ¿Qué otra forma había de solucionar aquello?

Existía una forma que para él equivalía a una blasfemia, pero era una salida.

Caminó de un lado a otro de la habitación del motel, entre las camas y de la puerta a la ventana. Mientras caminaba ensayaba lo que diría. Las palabras fluían claramente si respiraba hondo entre cada frase y no se apresuraba.

Podía hablar con toda corrección entre cada oleada de miedo. En ese momento sentía una muy fuerte, tanto que tuvo una arcada. Luego vendría un momento de calma. Lo esperó y cuando llegó se abalanzó sobre el teléfono e hizo una llamada a Brooklyn.

Los integrantes de un grupo juvenil de una escuela superior se disponían a subir al autobús que les esperaba en el estacionamiento del motel. Los chicos vieron acercarse a Dolarhyde. Tenía que pasar entre ellos para llegar a la furgoneta.

Un chico gordito y de cara redonda frunció el ceño, hinchó el pecho y flexionó sus bíceps. La tuba apoyada contra la ventanilla del autobús resonó al pasar Dolarhyde.

Veinte minutos después, Dolarhyde detenía la furgoneta en el callejón, a trescientos metros de la casa de su abuela.

Se secó la cara con un pañuelo, y respiró hondo un par de veces. Sujetó con fuerza en la mano izquierda la llave de su casa, mientras empuñaba el volante con la derecha.

Un sonido agudo brotó de su nariz. Se repitió un poco más fuerte. Más y más fuerte todavía. «Ponte en marcha.»

El vehículo avanzó velozmente, lanzando una lluvia de grava a su paso a medida que la silueta de la mansión se agrandaba a través del parabrisas. La furgoneta entró en el jardín inclinada sobre dos de sus ruedas. Dolarhyde bajó y echó a correr hacia la casa.

Entró, sin mirar ni a derecha ni a izquierda, bajó a toda prisa la escalera que conducía al sótano, y buscó en su llavero la llave del candado del baúl.

Las llaves estaban arriba. No perdió tiempo en reflexionar. Emitió un agudo sonido por la nariz lo más fuerte que pudo para anular cualquier pensamiento y ahogar las voces a medida que corría escaleras arriba.

Abrió el escritorio y revolvió los cajones en busca de la llave, sin mirar el grabado del Dragón que colgaba frente a la cama.

«¿Qué estás haciendo?»

¿Dónde estaban las llaves, dónde se habían metido las llaves?

«¿Qué estás haciendo? Detente, nunca he visto un chico tan asqueroso y sucio como tú. Detente.»

Sus manos inquietas se movieron con más lentitud.

«Mírame… Mírame.»

Se agarró al borde del escritorio, tratando de no volverse hacia la pared. Apartó penosamente su mirada cuando, a pesar de todos sus esfuerzos, giró la cabeza.

«¿Qué estás haciendo?»

—Nada.

El teléfono sonaba, el teléfono sonaba, el teléfono sonaba. Descolgó dando la espalda al cuadro.

—Hola, D. ¿Cómo estás? —Era la voz de Reba McClane.

Dolarhyde carraspeó.

—Muy bien —dijo casi en un susurro.

—He intentado llamar a tu oficina. Me dijeron que estabas enfermo, no pareces estar muy bien.

—Háblame un poco.

—Por supuesto que hablaré contigo. ¿Para qué crees que te he llamado? ¿Qué te pasa?

—Gripe —respondió.

—¿Vas a ir al médico? Eh, te preguntaba si irás al médico.

—Habla fuerte. —Buscó en un cajón y luego en el de al lado.

—¿Qué pasa, estás enfadado? D., no deberías estar solo si te sientes mal.

«Dile que venga esta noche a cuidarte.»

Casi logró tapar el micrófono.

—Dios mío, ¿qué ha sido eso? ¿Hay alguien contigo?

—La radio, le he dado sin querer al botón.

—Oye, D., ¿no quieres que envíe a alguien? No te encuentras bien. Iré yo misma. Le pediré a Marcia que me lleve a la hora de comer.

—No. —Las llaves estaban bajo un cinturón enrollado dentro del cajón. Ya las tenía. Retrocedió hacia el pasillo sin soltar el teléfono—. Estoy bien. Te veré pronto. —Bajó la escalera corriendo. Arrancó el cable telefónico de la pared y el aparato cayó rodando por las escaleras detrás de él.

Un feroz alarido de furia.

«Ven aquí, Cara de culo.»

Otra vez bajó al sótano. Dentro del baúl y junto a la caja de dinamita había una pequeña maleta que contenía dinero, tarjetas de crédito y permisos de conducir con diferentes nombres, su pistola, el cuchillo y la navaja.

Cogió la maleta y corrió hasta la planta baja, pasando rápidamente frente a la escalera, dispuesto a luchar si el Dragón bajaba. Se metió en la furgoneta y salió a toda velocidad, haciéndola derrapar sobre el sendero de grava.

Aminoró la marcha al llegar a la carretera y se inclinó hacia un lado para vomitar bilis. El miedo había disminuido un poco.

Avanzando a la velocidad reglamentaria, utilizando los intermitentes con suficiente antelación en los giros, se dirigió cautelosamente al aeropuerto.

CAPÍTULO 39

Dolarhyde pagó el taxi cuando se detuvo frente a un bloque de apartamentos en Eastern Parkway, a dos manzanas del Museo de Brooklyn. Caminó el resto del trayecto. Aficionados al *jogging* pasaron junto a él rumbo a Prospect Park.

Desde la zona peatonal donde estaba, junto a la boca del metro, tenía una buena perspectiva del edificio de estilo griego clásico. No conocía el Museo de Brooklyn, pero había leído su guía, porque la encargó después de ver escrito en pequeñas letras «Brooklyn Museum» debajo de las reproducciones de *El Gran Dragón Rojo y la Mujer Revestida de Sol*.

Los nombres de grandes pensadores, desde Confucio hasta Demóstenes, estaban grabados en la piedra de la entrada. Era un edificio imponente, rodeado de jardines con variadas plantas, una morada apropiada para el Dragón.

El metro rugió y su trepidación le hizo cosquillas en las plantas de los pies. Aire viciado salía de las rejillas y se mezclaba con el olor a tinte de su bigote.

Faltaba solamente una hora para que cerraran. Cruzó la calle y entró. La encargada del guardarropa le cogió la maleta.

—¿Estará abierto mañana el guardarropa? —preguntó.

—El museo estará cerrado mañana —contestó antes de alejarse la encargada, una mujer ya marchita, vestida con un guardapolvo azul.

—¿Las personas que vendrán mañana no podrán utilizar el guardarropa?

—No. El museo estará cerrado y el guardarropa también.

«Estupendo», pensó.

—Gracias.

—No hay de qué.

Dolarhyde circuló entre las grandes cajas de cristal del Hall Oceánico y el Hall de las Américas, situados en la planta baja, que contenían cerámicas de los Andes, armas primitivas e impresionantes máscaras de los indios de la costa noroeste.

Faltaban ya sólo cuarenta minutos para que cerraran. No tenía más tiempo para estudiar la planta baja. Sabía dónde estaban los ascensores para el público y las salidas.

Subió al quinto piso. Se sentía más cerca del Dragón, pero no importaba, sabía que no se tropezaría con Él al dar la vuelta en un pasillo.

El Dragón no estaba expuesto al público; el cuadro se encontraba cerrado y a oscuras, bajo llave, desde que lo devolvieron de la Tate Gallery de Londres.

Dolarhyde se había enterado telefónicamente de que *El Gran Dragón Rojo y la Mujer Revestida de Sol* rara vez se mostraba al público. Tenían casi doscientos años de antigüedad y era una acuarela, por lo cual la luz podría dañarla.

Dolarhyde se detuvo frente al cuadro de Albert Biendstadt, *Una tormenta en las Montañas Rocosas,* Mte. Rosalie, 1866. Desde allí podía ver las puertas cerradas del departamento de cuadros y del depósito de cuadros. Ahí era donde estaba el Dragón. No una copia ni una fotografía: el Dragón. Allí se dirigiría el día siguiente cuando concertara la cita.

Recorrió todo el perímetro del quinto piso, pasando por el corredor de los retratos, sin ver los cuadros. Lo que le interesaba eran las salidas. Encontró las salidas de incendio y la escalera principal y verificó la situación de los ascensores para el público.

Los guardias eran unos amables hombres de edad madura, con zapatos de suelas gruesas y años de experiencia. Dolarhyde advirtió que no estaban armados, a excepción de uno del vestíbulo. A lo mejor era un policía que hacía horas extras.

Por la red de altavoces se anunció que era la hora de cerrar.

Dolarhyde permaneció en la calle bajo la figura alegórica de Brooklyn y observó a la gente que salía del museo y se internaba en la agradable tarde estival.

Los aficionados al *jogging* daban saltitos sobre la acera esperando que la marea humana cruzara hacia el metro.

Dolarhyde pasó un rato recorriendo los jardines botánicos. Luego llamó a un taxi y le dio al chófer la dirección de una tienda que había encontrado en las páginas amarillas.

CAPÍTULO 40

Graham dejó su cartera en el suelo ante la puerta del apartamento que ocupaba en Chicago y metió la mano en el bolsillo buscando las llaves.

Había pasado todo el día en Detroit, entrevistando personal y revisando los ficheros de empleados de un hospital en el que la señora Jacobi había trabajado como voluntaria antes de trasladarse a Birmingham. Buscaba a alguien que hubiera trabajado en Detroit y Atlanta o en Birmingham y Atlanta; alguien que pudiera tener acceso a una furgoneta y una silla de ruedas y que hubiera visto a la señora Jacobi y a la señora Leeds antes de irrumpir en sus casas.

A Crawford le pareció que el viaje era una pérdida de tiempo, pero no se opuso. Crawford tenía razón. Maldito Crawford. Tenía muchísima razón.

Graham oía sonar el teléfono en su apartamento. Las llaves se engancharon en el forro de su bolsillo. Dio un tirón y salieron junto con una larga hebra de hilo. Varias monedas rodaron por la pierna del pantalón y cayeron al suelo.

—Hijo de puta.

Había atravesado la mitad del cuarto cuando el teléfono dejó de sonar. Tal vez era Molly que quería hablar con él.

La llamó a Oregón.

El abuelo de Willy contestó el teléfono con la boca llena. Era la hora de cenar en Oregón.

—Dígale a Molly que me llame cuando termine de comer —le indicó Graham.

Estaba en la ducha con los ojos llenos de champú cuando sonó nuevamente el teléfono. Se enjuagó la cabeza y salió del baño chorreando para contestar la llamada.

—Hola, mi amor.

—Siento desilusionarle, pero soy Byron Metcalf y estoy en Birmingham.

—Disculpe.

—Tengo noticias buenas y malas. Acertó respecto a Niles Jacobi. Él sacó las cosas de la casa. Las vendió, pero le chantajeé gracias a un poco de hachís que encontré en su cuarto y confesó. Eso es lo malo, sé que usted esperaba que el Duende Dientudo las hubiera robado y vendido. Las noticias buenas son que hay una película. Todavía no la tengo. Niles dice que escondió dos rollos bajo el asiento del coche. ¿Siguen interesándole?

—Por supuesto, claro que me interesan.

—Pues bien: Randy, su íntimo amigo, está usando el automóvil y todavía no lo hemos encontrado, pero no tardaremos mucho. ¿Quiere que le mande la película en el primer avión que salga para Chicago y le avise cuando llegue?

—Por favor. Qué suerte, Byron, muchas gracias.

—No hay de qué.

Molly llamó justo cuando Graham estaba a punto de dormirse. Después de haberse asegurado mutuamente que ambos estaban bien, no les quedaba mucho que decirse.

Molly dijo que Willy se estaba divirtiendo mucho. Se lo pasaría para que le diera las buenas noches.

Willy tenía mucho más que decirle; le contó a Will una interesante novedad: su abuelo le había regalado un poni.

Molly no lo había mencionado.

CAPÍTULO 41

El Museo de Brooklyn está cerrado al público los martes, pero se permite el acceso a los estudiantes de arte e investigadores.

El museo es un gran recurso para los que realizan estudios serios. Su personal está bien preparado y es muy solícito; a menudo los martes conceden citas a investigadores para que puedan observar objetos que no están en exposición.

Francis Dolarhyde salió del metro poco después de las dos de la tarde del martes, llevando sus materiales de estudio. Tenía bajo el brazo una libreta, el catálogo de la Tate Gallery y una biografía de William Blake.

Dentro de la camisa guardaba una pistola de nueve milímetros, una porra de cuero y su afilado cuchillo. Una venda elástica sujetaba esas armas contra su vientre plano. Podría abrocharse sin dificultad la chaqueta. En uno de los bolsillos de la chaqueta guardaba una bolsa de plástico herméticamente cerrada, con un trapo empapado en cloroformo.

En la mano llevaba el flamante estuche de una guitarra.

Había tres teléfonos públicos junto a la salida del metro en Eastern Parkway. Uno de los aparatos había sido arrancado. El otro funcionaba.

Dolarhyde introdujo las monedas necesarias para oír en el otro extremo la voz de Reba diciendo:

—Hola.

Escuchó los ruidos del cuarto oscuro por encima de su voz.

—Hola, Reba —dijo.

—Hola, D. ¿Cómo te encuentras?

Era difícil oír lo que decía por el ruido del tráfico que circulaba por la avenida.

—Muy bien.

—Parece que hablas desde un teléfono público. Yo pensaba que estabas enfermo en tu casa.

—Quiero hablar contigo más tarde.

—De acuerdo. Llámame después.

—Tengo... necesito verte.

—Yo quiero verte, pero esta noche es imposible. Tengo que trabajar. ¿Me llamarás?

—Sí. Si no...

—¿Cómo dices?

—Te llamaré.

—Quiero que vengas pronto, D.

—Sí. Adiós... Reba.

Bien. Una oleada de miedo bajó de su pecho hasta su vientre. La sofocó y cruzó la calle.

Los martes, el único acceso al Museo de Brooklyn es una puerta situada a la derecha del edificio. Dolarhyde entró detrás de cuatro estudiantes de arte. Los jóvenes apoyaron las mochilas y las bolsas contra la pared y exhibieron sus pases. El guardia que estaba detrás del escritorio los comprobó.

Luego le tocó el turno a Dolarhyde.

—¿Tiene una cita?

Dolarhyde asintió.

—Sección cuadros, con la señorita Harper.

—Firme el registro, por favor... —El guardia le tendió una pluma.

Dolarhyde ya tenía preparada la suya. Firmó «Paul Crane».

El guardia marcó el número de un piso superior. Dolarhyde se giró de espaldas al escritorio y contempló *La fiesta de la vendimia,* de Robert Blum, que colgaba en la entrada, mientras el guardia confirmaba la cita. Por el rabillo del ojo pudo ver al otro guardia en el vestíbulo principal. Sí, ése era el que estaba armado.

—Al fondo del vestíbulo y al lado de la tienda hay un ban-

345

co cerca de los ascensores principales —dijo el empleado—. Espere allí. La señorita Harper bajará a buscarle. —Entregó a Dolarhyde un distintivo de plástico de color rosa y blanco.

—¿Puedo dejar aquí la guitarra?

—Yo se la cuidaré.

El museo parecía distinto con esa media luz.

Dolarhyde esperó tres minutos en el banco hasta que la señorita Harper salió del ascensor destinado al público.

—¿El señor Crane? Soy Paula Harper.

Era más joven de lo que le había parecido cuando llamó por teléfono desde St. Louis; parecía muy correcta y era realmente bonita. Lucía la falda y la blusa como si fuera un uniforme.

—Usted me llamó por la acuarela de Blake —dijo—. Vayamos arriba y se la enseñaré. Tomaremos el ascensor reservado para el personal, acompáñeme por aquí.

Le condujo más allá de la oscura tienda del museo y a través de una pequeña sala repleta de armas primitivas. Echó una rápida mirada alrededor para retener la orientación. En un rincón de la sección americana había un pasillo que conducía al pequeño ascensor.

La señorita Harper apretó el botón. Los claros ojos azules se posaron sobre el pase rosa y blanco prendido en la solapa de Dolarhyde.

—Le ha dado un pase para el sexto piso —dijo la joven—. Pero no importa. Hoy no hay guardias en el quinto. ¿Qué clase de investigación está haciendo?

Hasta ese momento Dolarhyde se las había arreglado con sonrisas y movimientos de cabeza.

—Un trabajo sobre Butts —respondió.

—¿Sobre William Butts?

Asintió.

—No he leído mucho sobre él. Aparece solamente en algunas notas como precursor de Blake. ¿Es interesante?

—Estoy empezando. Tendré que viajar a Inglaterra.

—Creo que en la National Gallery hay dos acuarelas que Blake pintó para Butts. ¿Todavía no las ha visto?

—Todavía no.

—Mejor será que escriba con tiempo.

Dolarhyde asintió. El ascensor llegó.

Quinto piso. Sentía un cosquilleo, pero la sangre fluía por sus brazos y piernas. Pronto sería solamente sí o no. Si fracasaba no permitiría que le atraparan.

Le condujo por el corredor de los retratos norteamericanos. Por ahí no había pasado el día anterior. De todos modos, sabía dónde estaba. No debía preocuparse.

Pero algo le esperaba en el corredor y al tropezar con él se quedó inmóvil como una estatua.

Paula Harper advirtió que no le seguía y se dio la vuelta. Estaba rígido frente a un nicho en la pared de retratos.

La joven se acercó a él y vio lo que miraba con tanta atención.

—Es un retrato de George Washington pintado por Gilberth Stuart —le dijo.

«No, no lo es.»

—Es el mismo que está reproducido en los billetes de un dólar. Le llaman el retrato de Landsdowne porque Stuart pintó uno para el marqués de Lansdowne en agradecimiento por su apoyo a la revolución americana... ¿Se siente bien, señor Crane?

Dolarhyde estaba pálido. Eso era peor que todos los billetes de un dólar que había visto. Washington le miraba desde la tela con los ojos turbios. Su dentadura postiza era pésima. Dios mío, era igual que su abuela. Dolarhyde se sintió como un niño con un cuchillo de goma.

—¿Se siente bien, señor Crane?

Si no contestaba lo echaría todo a perder. Intentó sobreponerse.

«Dios mío, qué hombre, qué placer.»

«Eres lo más asqueroso...»

Debía decir algo.

—Estoy en tratamiento con cobalto —explicó.

—¿Quiere sentarse un momento? —Un débil olor a medicinas emanaba de él.

–No. Siga adelante. Enseguida iré.

«Y no vas a mutilarme, abuela. Maldita seas, te mataría si no estuvieras ya muerta. Ya estás muerta. Ya estás muerta.»

¡Su abuela ya estaba muerta! Muerta ahora, muerta para siempre. «Dios mío, qué placer.»

No obstante, Él no había muerto y Dolarhyde lo sabía.

Siguió a la señorita Harper en medio de la confusión y el miedo.

Atravesaron la puerta doble y entraron en el departamento de cuadros y depósito. Dolarhyde miró rápidamente a su alrededor. Era una sala larga y silenciosa, bien iluminada y llena de estanterías giratorias en las que se alineaban cuadros cubiertos por lienzos. Una hilera de pequeños cubículos utilizados como oficinas se extendía a lo largo de una pared. La puerta del cubículo situado en el extremo más alejado estaba abierta; oyó el ruido de una máquina de escribir.

No vio a nadie más que a Paula Harper.

Le condujo hacia una mesa de trabajo alta como un mostrador y le acercó un taburete.

–Espere aquí. Le traeré el cuadro.

Desapareció entre las estanterías.

Dolarhyde se desabrochó un botón del pantalón.

La señorita Harper regresaba. Llevaba una caja plana y negra del tamaño de un portafolio. Estaba allí adentro. ¿De dónde sacaba fuerzas para cargar con el cuadro? Jamás lo había imaginado como algo plano. Había visto sus dimensiones en los catálogos, 46 × 37 cm, pero no había prestado atención. Esperaba ver algo inmenso. Pero era pequeño. Era pequeño y estaba allí, en ese silencioso ambiente. Nunca se había dado cuenta de la fuerza que obtenía el Dragón de la vieja casa con el huerto.

La señorita Harper decía algo:

–… hay que guardarlo dentro de esta caja porque la luz lo dañaría. Por eso raras veces se exhibe al público.

Depositó la caja sobre la mesa y la abrió. Se oyó un ruido en la puerta doble.

–Discúlpeme, tengo que abrirle la puerta a Julio. –Cerró nuevamente la caja y la llevó hasta la puerta de cristal. Un hombre con un carrito esperaba al otro lado. Abrió las puertas y lo dejó entrar.

–¿Por aquí está bien?

–Sí, gracias, Julio.

El hombre salió.

La señorita Harper se acercaba llevando la caja.

–Lo siento, señor Crane. Julio está limpiando y repasando los marcos. –Abrió la caja y sacó una carpeta de cartulina blanca–. Comprenderá que no se le permita tocarlo. Yo se lo mostraré, según el reglamento. ¿De acuerdo?

Dolarhyde asintió. No podía hablar.

Abrió la carpeta y sacó la hoja protectora de plástico y el *passe-partout*.

Allí estaba. *El Gran Dragón Rojo y la Mujer Revestida de Sol* –el hombre–. El Dragón rampante sobre la mujer postrada y suplicante, atrapada por una espiral de su cola.

Indudablemente era pequeño, pero vigoroso. Sorprendente. Las mejores reproducciones no hacían justicia a los detalles y colores.

Dolarhyde lo vio en todo su esplendor, lo vio todo en un santiamén: la caligrafía de Blake en los bordes, dos manchas marrones en el costado derecho del papel. Fue una impresión terrible. Muy violenta… los colores eran mucho más fuertes.

«Mira la mujer atrapada por la cola del Dragón. Mírala.»

Advirtió que el pelo de la mujer era exactamente del mismo color que el de Reba McClane. Vio que estaba a seis metros de la puerta. Oyó unas voces.

«Espero no haberle escandalizado», había dicho Reba.

–Parece ser que utilizó pastel, además de acuarela –explicaba Paula Harper.

Permanecía en un ángulo para poder ver qué hacía él. Sus ojos no se apartaban ni un momento del cuadro.

Dolarhyde metió la mano dentro de la camisa.

Un teléfono sonaba. El ruido de la máquina de escribir

cesó. Una mujer asomó la cabeza por la puerta del último cubículo,

—Paula, te llaman por teléfono. Es tu madre.

La señorita Harper no volvió la cabeza. Sus ojos no se apartaban de Dolarhyde y de la pintura.

—¿Puedes darle un recado? Dile que la llamaré enseguida.

La mujer desapareció nuevamente dentro de la oficina. Al cabo de un instante se oyó otra vez el teclear de la máquina de escribir.

Dolarhyde no aguantaba más. «Muévete de una vez, ahora mismo.»

Pero el Dragón se le adelantó.

—¡Jamás había visto…

—¿Cómo? —Los ojos de la señorita Harper se abrieron desmesuradamente.

—…una rata tan grande! —dijo Dolarhyde, señalando—. ¡Trepa por ese marco!

La señorita Harper se volvió.

—¿Dónde?

Sacó la porra de la camisa. Le golpeó la parte posterior de la cabeza con la muñeca más que con el brazo. La señorita Harper se desplomó mientras Dolarhyde la sujetaba por la blusa y apretaba el paño empapado en cloroformo contra su cara. La joven dejó escapar un gemido agudo pero no muy fuerte y se desvaneció.

La depositó en el suelo, entre la mesa y las estanterías con cuadros, tiró la carpeta con la acuarela al suelo y se puso en cuclillas. Ruido de papel rasgado, enrollado, agitada respiración y un teléfono que sonaba.

Salió la mujer de la lejana oficina.

—¿Paula? —llamó mirando alrededor de la sala—. Es tu madre, tiene que hablar inmediatamente contigo.

Se acercó a la mesa.

—Yo cuidaré de la visita si tú…

Y entonces les vio. Paula Harper tirada en el suelo, el pelo por la cara, y en cuclillas sobre ella, esgrimiendo una pistola,

Dolarhyde metiéndose en la boca el último trozo de acuarela. Se levantó, masticó y corrió. A por ella.

La mujer corrió hacia su oficina, cerró de golpe la endeble puerta, cogió el teléfono y se le cayó al suelo, lo manoteó de rodillas tratando de marcar, pero la puerta se abrió. El disco del teléfono se iluminó con brillantes colores al recibir el golpe detrás de la oreja. El auricular cayó al suelo.

Dolarhyde observaba en el ascensor para uso del personal las luces del indicador que se encendían a medida que bajaba, sujetando la pistola contra el estómago y tapándola con los libros.

Primer piso.

Salió al pasillo desierto. Caminaba rápido, y sus gruesas zapatillas hacían ruido sobre el pavimento. Un giro equivocado y se encontró entre las máscaras de ballena, la gran máscara de Sisuit, perdiendo segundos corriendo ahora hasta enfrentarse a los altísimos tótems de Haida, con el rumbo perdido. Corrió hacia los tótems, miró a su izquierda y al ver las armas primitivas adivinó enseguida dónde estaba.

Desde un ángulo del pasillo echó un vistazo al vestíbulo principal.

El empleado de recepción se encontraba frente al tablero de comunicaciones, a diez metros del escritorio.

El guardia armado estaba más cerca de la puerta. Su cartuchera crujió cuando se agachó para frotar una mancha en la punta de su zapato.

«Si te atacan, liquídale a él primero.» Dolarhyde metió el arma dentro del cinturón y se abrochó la chaqueta. Atravesó el vestíbulo con paso más lento.

El guardia del mostrador de recepción se dio la vuelta al oír los pasos.

—Gracias —dijo Dolarhyde, sujetando el pase de entrada por los bordes y dejándolo caer sobre el escritorio.

El guardia asintió.

—¿Le molestaría meterlo en esta ranura?

El teléfono del mostrador de recepción empezó a sonar.

351

Le costó trabajo coger el pase sobre la tapa de vidrio.

El teléfono seguía sonando. Debía darse prisa.

Dolarhyde consiguió coger el pase y lo dejó caer en la ranura. Recogió el estuche de la guitarra de entre la pila de mochilas.

El guardia se acercaba al teléfono.

Cruzó la puerta y se dirigió rápidamente a los jardines, dispuesto para darse la vuelta y disparar si oía que le perseguían.

Ya en el jardín, giró hacia la izquierda y se detuvo en un hueco entre un pequeño cobertizo y una verja. Abrió el estuche de la guitarra y sacó una raqueta de tenis, una pelota, una toalla, una bolsa de la compra vacía y una gran planta de apio.

Los botones saltaron al quitarse de un tirón la chaqueta, la camisa y los pantalones. Debajo tenía una camiseta con una inscripción del Brooklyn College y pantalones de gimnasia. Metió los libros y la ropa dentro de la bolsa del mercado y puso encima las armas. El apio sobresalía por encima de todo. Limpió el asa y los cierres del estuche de la guitarra y lo empujó debajo de la verja.

Atravesó los jardines en dirección a Prospect Park, con la toalla enroscada al cuello, hasta llegar al Boulevard Empire. Un grupo de aficionados al *jogging* trotaba delante de él. Cuando les siguió rumbo al parque oyó las sirenas de los coches patrulla que se acercaban. Los deportistas no prestaron atención. Dolarhyde tampoco.

Alternaba trote con caminata, sujetando la bolsa del mercado y la raqueta y haciendo rebotar la pelota de tenis, como si fuera un hombre de regreso de una jornada gimnástica que se había detenido a hacer unas compras en la verdulería.

Aminoró la marcha. No debía correr con el estómago lleno. Podía elegir tranquilamente el paso que le convenía.

Podía elegir cualquier cosa.

CAPÍTULO 42

Crawford estaba sentado en la fila de atrás del estrado del jurado comiendo cacahuetes mientras Graham cerraba las ventanas de la sala del tribunal.

–Supongo que para esta tarde ya tendrías listo el perfil –dijo Crawford–. Me dijiste que esperara hasta el martes y hoy es martes.

–Lo terminaré después de mirar esto.

Graham abrió el sobre enviado por Byron Metcalf por correo urgente y volcó su contenido: dos polvorientos rollos de películas domésticas, envueltos por separado en una bolsita de plástico para bocadillos.

–¿Presentará Metcalf cargos contra Niles Jacobi?

–Por robo, no; de todos modos, probablemente heredarán él y el hermano de Jacobi –respondió Graham–. Respecto al hachís no estoy seguro. El fiscal del estado de Birmingham tiene ganas de romperle las costillas.

–Bien –contestó Crawford.

La pantalla cinematográfica se deslizó desde el techo hasta quedar frente al estrado del jurado, lo que facilitaba enormemente a sus miembros la exhibición de testimonios filmados.

Graham colocó la película en el proyector.

–He recibido informes de Cincinnati, Detroit y unos cuantos de Chicago de la revisión de puestos de venta de diarios en los que el Duende Dientudo podría haber conseguido tan rápidamente un ejemplar del *Tattler* –manifestó Crawford–. Hay varios candidatos extraños que investigar.

Graham puso en funcionamiento el proyector. El tema de la película era una excursión de pesca

Los niños Jacobi estaban en cuclillas junto al borde de una laguna, armados de cañas de pescar y sus correspondientes carretes.

Graham trató de no pensar en ellos, dentro de sus pequeños ataúdes bajo tierra. Trató de pensar en ellos pescando.

El corcho de la niña dio una sacudida y desapareció bajo la superficie. Tenía un pez.

Crawford estrujó la bolsa de cacahuetes.

—Los de Indianapolis van un poco lentos con el interrogatorio de los vendedores de diarios y los expendedores de las estaciones de Servco Supreme —acotó.

—¿Te interesa o no ver esta película? —preguntó Graham.

Crawford guardó silencio durante los dos minutos que duraba la grabación.

—Qué emocionante, pescó una perca —dijo—. Y respecto al perfil...

—Jack, tú estuviste en Birmingham justo después del suceso. Yo llegué un mes más tarde. Viste la casa mientras seguía siendo la casa de los Jacobi. Pero yo no. Estaba vacía y remodelada cuando entré. Y ahora, por el amor de Dios, déjame mirar a esa gente y después terminaré el perfil.

Puso el segundo rollo.

Una fiesta de cumpleaños apareció en la pantalla de la sala del tribunal. Los Jacobi estaban sentados alrededor de una mesa de comedor. Todos cantaban.

Graham leyó en sus labios «Cumpleaños feliz».

La cámara enfocó a Donald Jacobi, que cumplía once años. Estaba sentado en un extremo de la mesa frente a la tarta. Las velitas se reflejaban en sus gafas.

Su hermana y su hermano, sentados uno al lado del otro en un costado de la mesa, le observaban mientras soplaba las velitas.

Graham se removió en su asiento.

El pelo negro de la señora Jacobi se agitó al inclinarse hacia adelante para levantar al gato y sacarlo de la mesa.

La señora Jacobi entregaba en ese momento un gran sobre a su hijo. Una larga cinta salía del sobre. Donald Jacobi lo abría y sacaba una tarjeta de felicitación. Miraba a la cámara y daba la vuelta a la tarjeta. En ella podía leerse: «Feliz cumpleaños. Sigue la cinta».

La cámara se movió levemente al seguir a la procesión hasta la cocina. Una puerta cerrada con un gancho. Bajaron al sótano encabezados por Donald, siguiendo la cinta por los escalones. El extremo de la cinta estaba atado al manillar de una bicicleta con cambios.

Graham se preguntó por qué no le habrían entregado la bicicleta en el jardín.

Un corte hasta la próxima escena y su pregunta tuvo contestación. Estaban todos afuera y evidentemente había llovido mucho. Había charcos de agua en el jardín. La casa parecía muy distinta. Geehan, el de la inmobiliaria, le había cambiado el color cuando la remozó después de los crímenes. La puerta del sótano que daba al jardín estaba abierta y por ella salió el señor Jacobi llevando la bicicleta. Era la primera vez que aparecía en la película. Una brisa sacudió el mechón de pelo con que cubría su calva. Depositó ceremoniosamente la bicicleta sobre el suelo.

La película terminaba con el primer y cauteloso paseo de Donald en su bicicleta nueva.

—Triste espectáculo —dijo Crawford—. Pero conocido por todos.

Graham procedió a proyectar por segunda vez la película del cumpleaños.

Crawford meneó la cabeza y se dispuso a leer algo que había en su cartera con la ayuda de una pequeña linterna.

En la pantalla apareció el señor Jacobi sacando la bicicleta del sótano. La puerta se cerró a su paso. De ella colgaba un candado.

Graham detuvo la proyección en esa imagen.

—Ahí está. Para eso quería el cortador de hierro. Jack. Para cortar el candado y entrar por el sótano. ¿Y por qué no lo hizo?

Crawford apagó la linterna y miró por encima de sus gafas a la pantalla.

—¿Qué pasa?

—Sé que tenía un cortador de hierro; lo utilizó para cortar esa rama mientras observaba desde el bosque. Pero ¿por qué no lo empleó para entrar por la puerta del sótano?

—No podía. —Crawford esperó sonriendo maliciosamente. Le encantaba sorprender a la gente haciendo conjeturas.

—¿Trató de hacerlo? ¿Dejó alguna marca? No tuve siquiera la oportunidad de ver esa puerta, cuando llegué allí Geehan había colocado otra de acero con cerrojos.

—Tú supones que Geehan la colocó —respondió Crawford—. Pero no fue así. La puerta estaba allí cuando les mataron. Debió de haberla mandado colocar el propio Jacobi: era un tipo de Detroit, seguramente apreciaba los cerrojos.

—¿Cuándo la hizo instalar Jacobi?

—No lo sé. Evidentemente después del cumpleaños del niño. ¿Qué día era? Si tienes la autopsia debería figurar.

—Su cumpleaños era el 14 de abril, un lunes —contestó Graham, mirando la pantalla—. Quiero saber cuándo cambiaron la puerta los Jacobi.

Unas arrugas aparecieron en la calva de Crawford, pero rápidamente se desvanecieron al captar la idea de Graham.

—Piensas que el Duende Dientudo planeó el ataque a la casa mientras estaba todavía la puerta vieja con el candado —acotó.

—Tenía un cortador de hierro, ¿no es así? ¿Cómo entras a un lugar con un cortador de hierro? —preguntó Graham—. Cortando candados, barrotes o cadenas. Jacobi no tenía barrotes ni puertas con cadenas, ¿verdad?

—No.

—Entonces esperaba encontrar un candado. Un cortador de hierro es bastante pesado y largo. Él se puso en marcha durante el día y tenía una buena caminata desde donde aparcó hasta la casa de los Jacobi. No podía estar seguro de no tener que salir corriendo si algo fracasaba. No habría llevado un cortador de hierro si no hubiera estado seguro de necesitarlo. Esperaba encontrar un candado.

–Tú piensas que él estudió la casa antes que Jacobi cambiara la puerta. Luego se acerca para matarlos, espera en el bosque…

–No se puede ver este lado de la casa desde el bosque.

Crawford asintió.

–Espera en el bosque. Los Jacobi se meten en cama y él se acerca llevando el cortador de hierro y se encuentra con la puerta nueva que tiene cerraduras contra ladrones.

–Digamos que se encontró con una puerta nueva. Lo tenía todo planeado y de repente ¡zas! –dijo Graham, alzando las manos–. Le han reventado el plan, se siente frustrado, está desesperado por entrar. Entonces hace un trabajo ruidoso, rápido y burdo en la puerta del patio. Su modo de entrar fue sucio, despertó a Jacobi y tuvo que liquidarle en la escalera. Eso no es típico del Dragón. No es chapucero. Es cuidadoso y no deja rastros.

–De acuerdo, tienes razón –respondió Crawford–. Si descubrimos cuándo cambió la puerta Jacobi, tal vez podamos establecer el intervalo durante el cual les estudió y planeó el crimen y el día en que lo cometería. Es decir, el tiempo mínimo que transcurrió. Sería un dato útil. A lo mejor coincide con una fecha que pueda suministrarnos la oficina de convenciones y visitas de Birmingham. Podremos revisar nuevamente los alquileres de coches. Y también los de furgonetas. Hablaré con la oficina de Birmingham.

Las palabras de Crawford debieron ser muy enfáticas: exactamente cuarenta minutos después, un agente del FBI de Birmingham, arrastrando a Geehan, mantenía una conversación a gritos con un carpintero que colocaba las vigas en el techo de una casa. Los datos del carpintero fueron transmitidos a Chicago por radio.

–La última semana de abril –dijo Crawford, colgando el auricular–. En esos días los Jacobi hicieron instalar la puerta nueva. Dios mío, eso es dos meses antes de que les mataran. ¿Por qué los habría estudiado con tanta anticipación?

—No lo sé, pero te aseguro que vio a la señora Jacobi, o tal vez a toda la familia, antes de estudiar la casa. A no ser que les hubiera seguido desde Detroit, vio a la señora Jacobi en algún momento entre el 10 de abril, cuando se trasladaron a Birmingham, y el final del mismo mes, cuando cambiaron la puerta. Durante ese intervalo estuvo en alguna ocasión en Birmingham. ¿La oficina de allí sigue trabajando en eso?

—La policía también —respondió Crawford—. Dime una cosa: ¿cómo supo que el sótano tenía una puerta que daba al interior de la casa? No es algo común en el sur.

—No cabe duda de que vio el interior de la casa.

—¿Tu amigo Metcalf tiene los talonarios de cheques de los Jacobi?

—Con toda seguridad.

—Veamos qué cuentas por visitas de mecánicos pagaron desde el 10 de abril hasta el final del mismo mes. Sé que se investigaron las reparaciones que solicitaron durante las dos semanas anteriores al crimen, pero quizá deberíamos buscar más atrás. Lo mismo respecto a los Leeds.

—Siempre pensamos que miró desde fuera el interior de la casa de los Leeds —dijo Graham—. Pero desde el callejón no podría haber visto el cristal de la puerta de la cocina. Allí hay un porche con persianas. Sin embargo, llevaba un cortavidrios. Y no hicieron ningún tipo de reparación durante los tres meses anteriores al crimen.

—Quiere decir que si planea sus ataques con tanta anticipación, tal vez no hayamos retrocedido bastante en el tiempo al hacer las averiguaciones. Ahora lo haremos. Sin embargo, cuando estuvo en el callejón verificando el contador de luz de los Leeds dos días antes de matarles pudo haberles visto entrar en la casa. Quizá pudo echar un vistazo al interior mientras la puerta estaba abierta.

—No, esas puertas no están alineadas, ¿recuerdas? Te lo mostraré.

Graham colocó en el proyector la película de los Leeds.

El perrito gris alzó las orejas y corrió hacia la puerta de la cocina. Valerie Leeds y los niños entraron con las compras del mercado. Lo único que se veía por la puerta de la cocina eran las persianas del porche.

—De acuerdo, ¿quieres que Byron Metcalf revise los talonarios del mes de abril? Cualquier arreglo que les hayan hecho o cualquier cosa que hayan podido comprar a uno de esos vendedores que van de puerta en puerta. No, yo me encargaré de eso mientras tú sigues trabajando con el perfil. ¿Tienes el número de Metcalf?

Una gran preocupación embargaba a Graham al ver nuevamente a los Leeds. Transmitió mecánicamente a Crawford los tres números de Byron Metcalf.

Proyectó de nuevo las películas mientras Crawford utilizaba el teléfono en el recinto del jurado.

La película de la familia Leeds era la primera.

Ahí estaba el perro de los Leeds. No tenía collar y en el vecindario abundaban los perros, pero el Dragón sabía cuál era el suyo.

Allí estaba Valerie Leeds. Graham sintió un nudo en el estómago. Detrás de ella estaba la puerta con el gran recuadro de vidrio que la hacía tan vulnerable. Los niños jugaban en la pantalla de la sala del tribunal.

Graham no se había sentido nunca tan próximo a los Jacobi como se sentía respecto de los Leeds. Verlos en la película le perturbó. Le preocupaba haber pensado en los Jacobi como marcas de tiza sobre un piso cubierto de manchas de sangre.

Ahora aparecían los niños de los Jacobi, rodeando la mesa, la llama de las velitas reflejándose en sus caras.

Graham vio durante una fracción de segundo la mancha de cera de una vela en la mesa de noche de los Jacobi, las manchas de sangre en el rincón del dormitorio de los Leeds. Algo…

Crawford regresaba.

—Metcalf me dijo que te preguntara…

—¡No me interrumpas!

Crawford no se enfadó. Esperó, quieto como una estatua,

y sus ojos pequeños se entornaron y adquirieron un nuevo brillo.

La proyección de la película continuaba, y sus luces y sombras se agitaban sobre la cara de Graham.

El gato de los Jacobi. El Dragón sabía que ese gato pertenecía a los Jacobi.

La puerta del sótano que comunicaba con el interior de la casa.

La puerta exterior del sótano con el candado. El Dragón había llevado un cortador de hierro.

La película terminó. Finalmente el extremo de la bobina se soltó y siguió girando y golpeando, girando y golpeando.

Todo lo que el Dragón necesitaba saber estaba en aquellas dos películas.

No habían sido exhibidas en público, no existía ningún club de películas, ni festi...

Graham miró la caja de cartón verde donde estaban guardadas las películas de los Leeds. En ella figuraban su nombre y dirección. Y Laboratorio Fotográfico Gateway, St. Louis, Mo. 63102.

Su mente recuperó «St. Louis» lo mismo que recuperaría cualquier número telefónico que hubiera reconocido. ¿Qué pasaba con St. Louis? Era uno de los lugares donde podía conseguirse el *Tattler* los lunes por la noche, el mismo día en que se imprimía, el día anterior al secuestro de Lounds.

—Oh, Dios —dijo Graham—. Dios mío.

Se apretó las sienes con las manos como si tratara de impedir que la idea se escapara de su cabeza.

—¿Metcalf sigue en el teléfono?

Crawford le entregó el auricular.

Byron, soy Graham. Escuche, las películas de los Jacobi que me envió, ¿estaban guardadas en alguna caja?... Por supuesto, sé que me las habría enviado. Necesito que me ayude. ¿Tiene ahí el talonario de los Jacobi? Bien, quiero saber dónde hicieron revelar las películas. Probablemente una tienda se encargó de mandarlas. Si encuentra un cheque para alguna farmacia o comercio que venda artículos fotográficos, podríamos averiguar adónde las envían a revelar. Es urgente, Byron. Se lo explicaré cuando tenga tiempo. El FBI de Birmingham empezará inmediatamente a investigar en las tiendas. Si usted encuentra algo, transmítaselo directamente a ellos y luego a nosotros. ¿Puedo contar con usted? Fantástico.

Los agentes del FBI de Birmingham visitaron cuatro tiendas de artículos fotográficos antes de encontrar la frecuentada por los Jacobi. El gerente dijo que todas las películas de sus clientes se mandaban a revelar al mismo sitio.

Crawford había visto ya doce veces las películas cuando recibieron la contestación de Birmingham. Él atendió la llamada.

Tendió la mano a Graham con extraña formalidad.

—Gateway —anunció.

CAPÍTULO 43

Crawford disolvía un Alka-Seltzer en un vaso de plástico cuando se oyó la voz de la azafata por el micrófono del 727.

—¿El pasajero Crawford, por favor?

La azafata se acercó cuando le hizo señas con la mano desde su asiento.

—¿Podría pasar a la cabina de pilotaje, señor Crawford?

Crawford estuvo ausente durante cuatro minutos.

—El Duende Dientudo ha estado hoy en Nueva York —le anunció a Graham, instalándose nuevamente junto a él.

Graham frunció el ceño y apretó los dientes.

—No. Solamente golpeó en la cabeza a un par de mujeres en el Museo de Brooklyn, pero no te pierdas esto: se comió un cuadro.

—¿Se lo comió?

—Lo que oyes. Los expertos en arte de Nueva York ataron cabos cuando descubrieron lo que se había comido. Consiguieron dos huellas parciales en el distintivo de plástico que utilizó y las enviaron rápidamente a Price. Cuando éste las puso sobre la pantalla, casi se muere de emoción. No sirven como identificación, pero coinciden con las del pulgar que había en el ojo del niño de los Leeds.

—Nueva York —musitó Graham.

—No quiere decir nada que haya estado hoy en Nueva York. Igualmente puede trabajar en Gateway. Si es así, hoy no ha ido a la oficina. Todo es más fácil.

—¿Qué fue lo que se comió?

—Un cuadro titulado *El Gran Dragón Rojo y la Mujer Revestida de Sol*. Me dijeron que era una obra de William Blake.

—¿Qué les pasó a las mujeres?

—Es muy suave con la porra. La más joven está en el hospital en observación. A la más vieja tuvieron que darle cuatro puntos. Tiene una pequeña conmoción.

—¿Pudieron dar alguna descripción?

—La más joven. Callado, corpulento, bigote y pelo negro, supongo que será una peluca. El guardia de la entrada dijo lo mismo. La mujer mayor no pudo ver nada.

—Pero no mató a nadie.

—Qué raro —comentó Crawford—. Le habría convenido más liquidarlas a las dos. Así habría tenido más tranquilidad al salir y evitarse una o dos descripciones. La sección de ciencias del comportamiento llamó al hospital para pedirle a Bloom una opinión. ¿Sabes lo que dijo? Que a lo mejor está tratando de detenerse.

CAPÍTULO 44

Dolarhyde oyó el gemido de los alerones al bajar. Las luces de St. Louis se deslizaban lentamente bajo el ala negra. El tren de aterrizaje retumbó por la fuerza del viento hasta quedar fijo con un golpe seco.

Movió la cabeza hacia uno y otro lado para relajar la tensión de su fornido cuello.

Volvía a su casa.

Había corrido un gran riesgo y el premio que había obtenido era el derecho a elegir. Podía elegir que Reba McClane siguiera viviendo. Podía conservarla para conversar con ella y podía gozar de sus sorprendentes e inofensivos movimientos en la cama.

No tendría que temer más su casa. El Dragón estaba ahora en su vientre.

Podía entrar a su casa, dirigirse hacia donde colgaba de una pared una copia del Dragón y romperlo si le daba la gana.

No debía preocuparse por sentir amor por Reba. Si sentía amor por ella podría arrojarle los Sherman al Dragón y tranquilizarle de esa forma, y entonces volver a Reba sosegado y sereno y tratarla bien.

Dolarhyde la llamó a su apartamento desde la terminal. No había llegado todavía. Probó entonces con Baeder Chemical. La línea estaba ocupada. Pensó en Reba caminando después de trabajar hacia la parada del autobús, golpeando la pared con el bastón, y con el impermeable sobre los hombros.

Al volante de su furgoneta y avanzando velozmente entre el

escaso tráfico de la tarde, llegó al laboratorio en menos de quince minutos.

No estaba en la parada del autobús. Estacionó en la calle detrás de Baeder Chemical, cerca de la entrada más próxima a los cuartos oscuros. Le diría que estaba allí, esperaría a que terminara de trabajar y la llevaría a su casa. Estaba orgulloso por su nuevo poder de elección. Quería utilizarlo.

Podía adelantar algunas cosas en su oficina mientras la esperaba.

En Baeder Chemical había solamente unas pocas luces encendidas.

El cuarto oscuro de Reba estaba cerrado con llave. La luz encima de la puerta no estaba verde ni roja. Estaba desconectada. Pulsó el timbre. Nadie contestó.

A lo mejor le había dejado un mensaje en la oficina.

Oyó pasos en el pasillo.

Dandridge, el supervisor de Baeder, pasó junto al cuarto oscuro sin levantar la vista. Caminaba rápido y llevaba una pila de fichas de personal bajo el brazo.

Una pequeña arruga se dibujó en la frente de Dolarhyde.

Dandridge había cruzado la mitad de la zona de estacionamiento, y se dirigía hacia el edificio de Gateway, cuando Dolarhyde salió del edificio de Baeder tras él.

Dos camionetas de reparto y media docena de automóviles estaban estacionados. Aquel Buick pertenecía a Fisk, el jefe de personal de Gateway. ¿Qué estarían haciendo?

Gateway no tenía turno nocturno. La mayor parte del edificio estaba a oscuras. Las luces rojas en el corredor que indicaban las salidas iluminaron el trayecto que recorrió Dolarhyde hasta llegar a la oficina. A través del cristal esmerilado de la puerta pudo ver las luces encendidas en la oficina de personal. Dolarhyde oyó voces dentro, la de Dandridge y la de Fisk.

Pasos de mujer que se acercaban. La secretaria de Fisk apareció en un ángulo del corredor, un poco más adelante que Dolarhyde. Se había colocado un pañuelo sobre los rulos y llevaba unos libros de contabilidad. Tenía prisa. Los libros eran pesados, voluminosos. Golpeó la puerta de Fisk con la punta del pie.

Will Graham le abrió.

Dolarhyde se quedó petrificado. Se había dejado el revólver en la furgoneta.

La puerta de la oficina se cerró nuevamente.

Dolarhyde se movió rápidamente. Sus pasos estaban amortiguados por la suela de goma de las zapatillas. Acercó la cara al cristal de la puerta de salida e inspeccionó el estacionamiento. Había cierto movimiento bajo los focos. Un hombre andaba por allí. Se detuvo junto a una de las furgonetas de reparto y encendió una linterna. Sacudía algo. Estaba salpicando con polvo el espejo retrovisor exterior en busca de huellas digitales.

Un hombre caminaba, detrás de Dolarhyde, por el pasillo. Debía apartarse de la puerta. Se escabulló por un ángulo del corredor y bajó las escaleras que conducían al sótano y al cuarto de la caldera, al otro lado del edificio.

Subiéndose a una mesa, consiguió llegar hasta las altas ventanas que se abrían a la altura del suelo, detrás de los arbustos. Se encaramó hasta el antepecho y cayó sobre sus rodillas y manos entre los arbustos, listo para correr o pelear.

No había ningún movimiento en esa parte del edificio. Se paró, metió una mano en el bolsillo y caminó hacia la calle. Corría en las partes oscuras de la acera, caminaba cuando un automóvil pasaba junto a él, y dio una larga vuelta por detrás de Gateway para llegar a Chemical Baeder.

Su furgoneta estaba estacionada junto a la acera detrás del edificio de Baeder. No había ningún lugar cercano para esconderse. Muy bien. Atravesó la calle a toda carrera, se metió dentro de un salto y cogió la maleta.

Colocó un cargador en la pistola. Introdujo una bala en la recámara y depositó el arma sobre la guantera, cubriéndola con una camiseta.

Se puso en marcha lentamente, cuidando de no coincidir

con la luz roja, dio la vuelta a la esquina lentamente y se internó en el fluido tráfico.

Tenía que pensar, pero era muy difícil pensar.

Debía tratarse de las películas. No sabía cómo Graham sabía algo acerca de las películas. Graham sabía dónde. Pero no sabía quién. Si supiera quién, no necesitaría revisar las fichas de personal. ¿Y por qué los libros de contabilidad? Por las ausencias. Confrontar ausencias con las fechas en que había atacado el Dragón. No, eso ocurrió los sábados, excepto con Lounds. Ausencias en los días anteriores a los sábados: eso era lo que buscaba. En esto se equivocaba, a cierta clase de empleados no se les anotaban las ausencias en las fichas.

Dolarhyde avanzó lentamente por el Boulevard Lindbergh, gesticulando con la mano libre al eliminar posibilidades.

Buscaban huellas digitales. No les había proporcionado ninguna, a excepción quizá de la tarjeta plástica de identificación del Museo de Brooklyn. La había tocado muy poco, y sólo en los bordes.

Debían de tener una huella. ¿Por qué huellas digitales si no tenían con qué compararlas?

Estaban inspeccionando la furgoneta de reparto en busca de huellas digitales. No tenía tiempo de verificar si revisaban también los automóviles.

Las furgonetas. Claro, lo que les hizo pensar en una furgoneta fue la silla de ruedas con Lounds. O tal vez en Chicago alguien vio la furgoneta. En Gateway había muchas, particulares, para distribuir la mercancía.

No, Graham sabía solamente que tenía una furgoneta. Graham lo sabía porque lo sabía. Graham lo sabía. Ese hijo de puta era un monstruo.

Les tomarían las huellas digitales a todos los que trabajaban en Gateway y en Baeder también. Si no le localizaban aquella noche, le descubrirían al día siguiente. Tendría que escapar siempre y su cara figuraría en todos los tablones de anuncios de todas las oficinas de correos y comisarías. Todo se desmoronaba. Frente a ellos Dolarhyde era pequeño y mezquino.

—Reba —dijo en voz alta.

Pero Reba no podía salvarle en ese momento. Estaban cercándole y él era solamente un diminuto labi...

«¿Te arrepientes ahora de haberme traicionado?»

La voz del Dragón resonó desde lo más hondo de su ser, tan hondo como los trozos del cuadro dentro de sus intestinos.

—Yo no lo hice. Sólo quería elegir. Tú me llamaste.

«Dame lo que quiero y te salvaré.»

—No. Huiré.

«Dame lo que quiero y escucharás el ruido de la espina dorsal de Graham al romperse.»

—No.

«Admira ahora lo que hiciste hoy. Estamos cerca. Ahora podremos ser uno solo otra vez. ¿Me sientes en tu interior? Me sientes, ¿verdad?»

—Sí.

«Y sabes que puedo salvarte. Sabes que te mandarán a un lugar peor aún que el del hermano Buddy. Dame lo que quiero y quedarás libre.»

—No.

«Te matarán. Te retorcerás en el suelo.»

—No.

«Cuando ya no existas, ella hará el amor con otros, ella...»

—¡No! Cállate.

«Hará el amor con otros, con hombres apuestos, pondrá sus...»

—Basta. Cállate.

«Aminora la velocidad y no lo diré.»

Dolarhyde levantó el pie del acelerador.

«Así me gusta, dame lo que quiero y no ocurrirá. Dámela y entonces siempre te permitiré elegir, podrás elegir siempre y hablarás bien, quiero que hables bien, reduce la velocidad, eso es. ¿Ves esa estación de servicio? Detente allí y déjame conversar contigo...»

CAPÍTULO 45

Graham salió de la oficina y descansó un instante su vista en la penumbra del pasillo. Estaba inquieto, molesto. Todo el asunto se estaba alargando demasiado.

Crawford estaba inspeccionando las fichas de los trescientos ochenta empleados de Gateway y Baeder lo más rápido y mejor que podía, y había que reconocer que era maravilloso para esa clase de trabajo, pero el tiempo transcurría y cada vez se hacía más difícil mantener el secreto.

Crawford había reducido al mínimo indispensable el número de personas que trabajaban en Gateway.

«Queremos encontrarle, no asustarle», les había dicho Crawford. «Si le descubrimos esta noche tal vez podamos cogerle fuera de la planta, tal vez en su casa o en los alrededores.»

El Departamento de Policía de St. Louis cooperaba también en la operación. El teniente Fogel, de homicidios, y un sargento, se presentaron muy discretamente en un automóvil particular trayendo un Datafax.

Minutos después de haber sido conectado al teléfono de Gateway, el Datafax transmitía simultáneamente la lista de empleados a la sección de identificación del FBI en Washington y al departamento de vehículos automotores de Missouri.

En Washington esos nombres se confrontarían con las fichas de huellas digitales de civiles y criminales. Sacaron los nombres de los empleados de Baeder que estaban libres de toda sospecha para agilizar el trámite.

El departamento de vehículos automotores verificaría los de los dueños de furgonetas.

Llamaron solamente a cuatro empleados: Fisk, jefe de personal, su secretaria, Dandridge de Chemical Baeder y el jefe de contabilidad de Gateway.

No se utilizó el teléfono para convocar a los empleados a esa tardía reunión en la planta. Varios agentes fueron a sus casas y les explicaron en privado lo ocurrido. («Examínenles cuidadosamente antes de decirles para qué les necesitan», les recomendó Crawford. «Y no les permitan utilizar después el teléfono. Esta clase de noticias se propagan con gran rapidez.»)

Habían contado con obtener una rápida identificación por los dientes. Pero ninguno de los cuatro empleados los reconocería.

Graham echó un vistazo a los largos corredores iluminados por la luz roja que indicaba la salida. Todo estaba en orden.

¿Qué otra cosa podrían hacer esa noche?

Crawford había solicitado que la mujer que había sido atacada en el Museo de Brooklyn, la señorita Harper, fuera enviada allí en cuanto estuviera en condiciones de viajar. Eso probablemente sería posible por la mañana. Graham no se engañaba, con suerte dispondrían de un día entero para trabajar antes de que se corriera la voz por Gateway. El Dragón estaría atento a cualquier cosa sospechosa. Y escaparía.

CAPÍTULO 46

No le había parecido mal una comida tardía con Ralph Mandy. Reba McClane sabía que tendría que decírselo tarde o temprano y no le gustaba tener preocupaciones pendientes.

En honor a la verdad, le pareció que Mandy adivinó lo que iba a ocurrir cuando ella insistió en que cada uno pagara su comida.

Se lo dijo en el automóvil cuando la acompañó a su casa; le explicó que no era algo definitivo, lo había pasado muy bien con él y quería seguir siendo su amiga, pero en ese momento estaba interesada por otra persona.

Tal vez le dolió un poco, pero ella sabía que al mismo tiempo había sentido cierto alivio. Le pareció que se lo había tomado muy bien.

La acompañó hasta la puerta, pero no le pidió entrar. Le pidió, en cambio, permiso para besarla y ella accedió de buena gana. Le abrió la puerta y le entregó las llaves. Esperó hasta que ella entró y corrió el cerrojo.

Cuando se dio la vuelta, Dolarhyde le disparó a la garganta y dos veces en el pecho. Tres disparos de la pistola con silenciador. Una moto hubiera hecho más ruido.

Dolarhyde levantó con facilidad el cuerpo de Mandy, lo depositó entre los arbustos y la casa y lo dejó allí.

Sintió como una puñalada al ver a Reba besando a Mandy. Pero luego el dolor pasó.

Seguía pareciendo Francis Dolarhyde; el Dragón era un excelente actor; representaba a las mil maravillas el papel de Dolarhyde.

Reba estaba lavándose la cara cuando oyó el timbre. Sonó cuatro veces antes de que ella llegara hasta la puerta. Tocó la cadena, pero no la quitó.

—¿Quién es?

—Francis Dolarhyde.

Abrió la puerta sin quitar la cadena.

—Repítalo otra vez.

—Dolarhyde. Soy yo.

Ella sabía que era él. Quitó entonces la cadena. A Reba no le gustaban las sorpresas.

—Creí que me llamarías, D.

—Lo hubiera hecho. Pero te aseguro que tuve una emergencia —dijo mientras apretaba contra su cara el paño empapado en cloroformo.

La calle estaba desierta. La mayoría de las casas estaban a oscuras. La llevó hasta la furgoneta. Los pies de Ralph Mandy sobresalían entre los arbustos. Dolarhyde no debía preocuparse ya por él.

Reba se despertó durante el trayecto. Estaba de costado, su mejilla apoyada contra la polvorienta alfombra de la furgoneta, y la vibración del eje de transmisión resonaba con fuerza en su oído.

Trató de tocarse la cara con las manos. El movimiento le aplastó el pecho. Sus antebrazos estaban atados entre sí.

Los tanteó con la cara. Estaban atados desde los codos hasta las muñecas con algo que parecían tiras de un material suave. Sus piernas estaban atadas de idéntica forma desde las rodillas hasta los tobillos. Tenía algo sobre la boca.

¿Qué… qué…? D. estaba en la puerta y luego… Recordó haber apartado la cara a un lado y la terrible fuerza de él. Oh, Dios… ¿qué era…? D. estaba en la puerta y enseguida ella sintió algo frío que la ahogaba y trató de apartar la cara, pero alguien le sujetaba la cabeza.

Estaba en la furgoneta de D. Reconocía los ruidos. La furgoneta estaba en movimiento. Su temor aumentó. El instinto le aconsejaba quedarse quieta, pero en su garganta se mezclaban las emanaciones de la gasolina con el cloroformo. Tuvo una arcada a pesar de la mordaza.

—Falta poco ya —dijo la voz de D.

Sintió una curva y un camino de grava, cuyas piedrecitas rebotaban contra los guardabarros y el suelo.

«Está loco. Muy bien. Eso es: loco.»

«Loco» es una palabra peligrosa.

¿Qué había ocurrido? Ralph Mandy. Les había visto en la entrada de su casa. Y eso le enloqueció.

«Ay, Dios, debo estar preparada.» Un hombre había tratado de abofetearla una vez en el Instituto Relker. Ella se quedó quieta y él no la pudo encontrar, él también era ciego. Pero Dolarhyde veía muy bien. Debía de preverlo todo. Estar preparada para hablar.

«Dios mío, podría matarme con esta mordaza puesta. Podría matarme y no comprender lo que le digo.»

«Debo estar preparada. Estar bien preparada y no mostrarme demasiado sorprendida. Explicarle que si quiere puede dar marcha atrás sin ningún problema. No hablaré. Debo mantenerme lo más quieta posible. De lo contrario, esperaré hasta tener localizados sus ojos.»

La furgoneta se detuvo. Se balanceó ligeramente cuando él bajó. La puerta lateral se abrió. Olor a hierba y a neumáticos calientes. Grillos. Dolarhyde entró en la furgoneta.

Reba no pudo evitar lanzar un grito a pesar de la mordaza y girar la cara cuando la tocó.

Unas suaves palmadas en su hombro no impidieron que siguiera retorciéndose. Más efectiva resultó una fuerte bofetada.

A pesar de la mordaza, trató de hablar. Dolarhyde la cogió en brazos. Sus pasos resonaron sobre la rampa hueca. Ahora sí sabía dónde estaba. En casa de él. ¿En qué parte de la casa? El tictac del reloj provenía de la derecha. La alfombra, luego el suelo. El dormitorio donde hicieron el amor. Sintió que se deslizaba de sus brazos y caía sobre la cama.

Trató de hablar. Él se alejaba. Se oía ruido fuera. La puerta de la furgoneta que se cerraba. Se acercaba. Había algo sobre el suelo, unas latas.

Reba percibió el olor a gasolina.

—Reba. —Era la voz de D., pero muy tranquila. Demasiado tranquila y rara—. Reba, no sé qué... qué decirte. Fue tan bonito lo que hicimos y no imaginas qué otra cosa haré por ti. Yo estaba equivocado, Reba. Minaste mis fuerzas y luego me heriste.

Ella trató nuevamente de hablar.

—¿Te portarás bien si te desato y te permito sentarte? No trates de correr. Puedo alcanzarte. ¿Te portarás bien?

Volvió la cabeza hacia donde provenía la voz y asintió.

Sintió el frío del acero en la piel y el rasgar de un género al ser cortado y sus brazos quedaron libres. Después le desató las piernas. Cuando le quitó la mordaza tenía las mejillas mojadas.

Se sentó en la cama lenta y cautelosamente. Debía actuar con toda diplomacia.

—D. —le dijo—, no sabía que yo te importara tanto. Me alegro de que sea así, pero me has asustado con todo esto.

No hubo respuesta, pero sabía que estaba allí.

—¿Fue el viejo y tonto Ralph Mandy el causante de tu ira? ¿Le viste en mi casa? Es eso, ¿verdad? Estaba diciéndole que no quería verle más. Porque ahora quiero verte sólo a ti. Nunca más veré a Ralph.

—Ralph está muerto —dijo Dolarhyde—. No creo que le haya gustado mucho.

«Fantasías. Espero que sólo sea un invento.»

—Nunca te he hecho daño, D. Jamás quise hacerlo. Volvamos a ser amigos, hagamos el amor y olvidemos todo esto.

—Cállate —le dijo con gran calma—. Te diré una cosa. La más importante que has oído en tu vida. Importante como el Sermón de la Montaña. Importante como los Diez Mandamientos. ¿Has entendido?

—Sí, D., yo...

—Cállate. Reba, en Atlanta y Birmingham han ocurrido unos acontecimientos extraordinarios. ¿Sabes a lo que me refiero?

Ella meneó la cabeza.

—Ha salido muchas veces en los periódicos. Dos grupos de personas fueron transformados. Los Leeds y los Jacobi. La policía piensa que fueron asesinados. ¿Sabes ahora a qué me refiero?

Ella comenzó a mover la cabeza negativamente, pero luego recordó y lentamente asintió.

—¿Sabes cómo llaman al Ser que visitó a esa gente? Puedes decirlo.

—El Duen…

Una mano le agarró la cara ahogando sus palabras.

—Piensa cuidadosamente y contesta correctamente.

—El Dragón no sé qué. El Dragón… El Dragón Rojo.

Estaba cerca de ella. Reba podía sentir su aliento sobre la cara.

—Yo soy el Dragón.

Al dar un respingo hacia atrás impulsada por el volumen y el terrible timbre de la voz, golpeó su cabeza contra la cabecera de la cama.

—El Dragón te quiere, Reba. Siempre te ha querido. Yo no quería entregarte a Él. Hoy he hecho algo para que no pudiera tenerte. Y me equivoqué.

Éste era D., ella podía hablar con D.

—Por favor. Por favor, no le permitas tenerme. Tú no le dejarás, por favor, no lo permitas, tú no le dejarás… sabes que yo soy para ti. Consérvame para ti. Te gusto, sé que te gusto.

—Todavía no estoy decidido. Quizás no pueda evitar entregarte a Él. No lo sé. Vamos a ver si haces lo que yo te diga. ¿Lo harás?

—Lo intentaré. Lo intentaré de veras. Pero no me asustes demasiado, porque entonces me resultará imposible.

—Ponte de pie, Reba. Quédate junto a la cama. ¿Sabes en qué parte del cuarto estás?

Ella asintió.

—Sabes en qué parte de la casa estás, ¿verdad? Diste vueltas por la casa mientras yo dormía, ¿no es así?

—¿Dormías?

—No seas tonta. Cuando pasamos la noche aquí. Diste vueltas por la casa, ¿verdad? ¿Encontraste algo raro? ¿Lo cogiste y se lo mostraste a alguien? ¿Hiciste eso, Reba?

—Solamente salí al jardín. Tú dormías y yo salí al jardín. Te lo aseguro.

—Entonces sabes dónde esta la puerta principal, ¿verdad?

Ella asintió.

—Reba, quiero que toques mi pecho. Levanta lentamente las manos.

¿Y si trataba de hundirle los ojos?

El pulgar y los dedos de Dolarhyde se apoyaron suavemente a ambos lados de su tráquea.

—No hagas lo que estas pensando hacer o apretaré. Tantea mi pecho. Cerca del cuello. ¿Notas la llave que cuelga de la cadena? Quítala por encima de mi cabeza. Con cuidado... eso es. Ahora veré si puedo confiar en ti. Ve a cerrar la puerta de enfrente, échale la llave y luego tráemela. Hazlo. Te esperaré aquí mismo. No trates de correr. Te alcanzaría.

Ella sujetaba la llave con la mano mientras la cadena golpeaba suavemente su muslo. Era más difícil orientarse con los zapatos puestos, pero prefirió no quitárselos. El tictac del reloj le servía de guía.

Alfombra, luego suelo, alfombra otra vez. Por ahí estaba el sofá. Debía doblar a la derecha.

¿Qué sería mejor? ¿Seguirle la corriente o tratar de escapar? ¿Le habrán seguido la corriente los otros? Se sentía mareada de tanto respirar hondo. No debía marearse. No debía morir.

Todo dependía de que la puerta estuviera abierta. Averigua dónde está.

—¿Voy bien? —sabía que sí.

—Faltan unos cinco pasos. —La voz provenía del dormitorio.

Sintió una ráfaga de aire en la cara. La puerta estaba entreabierta. Mantuvo su cuerpo entre la puerta y la voz a sus espaldas. Introdujo la llave en la cerradura, bajo el pomo. Por la parte de afuera.

¡Ya! Pasó rápidamente al exterior tirando de la puerta y girando la llave en la cerradura. Bajó la rampa, sin bastón, tratando de recordar dónde estaba la furgoneta, y echó a correr. Corrió. Tropezó con un arbusto y gritó. Siguió gritando.

—Socorro, ayúdenme. Socorro, ayúdenme.

Corrió por el camino de grava. Oyó a lo lejos la bocina de un camión. Por allí estaba la carretera, un paso rápido, luego trotó y después corrió, lo más rápido que pudo, rectificando cuando notaba la hierba bajo sus pies en lugar de grava, zigzagueando por el callejón.

Oyó a sus espaldas el ruido de fuertes pisadas que se acercaban rápidamente por el camino de grava. Se detuvo, agarró un puñado de gravilla y esperó hasta que estuvo cerca para arrojársela y la oyó golpear contra él.

Un empujón en el hombro le hizo dar la vuelta, un brazo ancho la agarró por debajo del mentón, rodeando su cuello, apretando, apretando, hasta sentir el golpe de la sangre en sus oídos. Dio una patada hacia atrás, golpeó una pierna y todo... se volvió... sumamente... silencioso.

CAPÍTULO 47

La lista de empleados de raza blanca y sexo masculino entre veinte y cincuenta años que poseían una furgoneta se completó al cabo de dos horas. Incluía veintiséis nombres.

La Dirección de Vehículos Automotores de Missouri informó del color del pelo según lo que figuraba en el registro del conductor, pero no se utilizó como elemento excluyente, ya que tal vez el Dragón usaba una peluca.

La señorita Trillman, secretaria de Fisk, hizo copias de la lista y las distribuyó.

El teniente Fogel estaba leyendo los nombres cuando sonó su busca.

Fogel se comunicó telefónicamente con el Departamento de Policía y al cabo de un instante cubrió el micrófono con la mano y llamó a Crawford.

—Señor Crawford, Jack, un tal Ralph Mandy, blanco, sexo masculino, treinta y ocho años, fue encontrado muerto de un disparo hace pocos minutos en la ciudad universitaria, en el centro de la ciudad, cerca de la Universidad de Washington. Estaba en el jardín delantero de una casa en la que vive una mujer llamada Reba McClane. Los vecinos dicen que trabaja en Baeder. La puerta está abierta y ella no está en la casa.

—¡Dandridge! —llamó Crawford—. ¿Qué puede decirnos sobre Reba McClane?

—Trabaja en el cuarto oscuro. Es ciega. Es de no sé qué parte de Colorado.

—¿Conoce a Ralph Mandy?

—¿Mandy? —preguntó Dandridge—. ¿Randy Mandy?

—Ralph Mandy. ¿Trabaja aquí?

Un vistazo al registro de personal indicó que no.

—Coincidencia, quizá —acotó Fogel.

—Quizá —respondió Crawford.

—Espero que no le haya pasado nada a Reba —dijo la señorita Trillman.

—¿La conoce? —le preguntó Graham.

—He hablado varias veces con ella.

—¿Qué sabe de Mandy?

—No le conozco. La única vez que la he visto con un hombre fue cuando subía con el señor Dolarhyde a su furgoneta.

—¿Ha dicho la furgoneta del señor Dolarhyde, señorita Trillman? ¿De qué color es la furgoneta del señor Dolarhyde?

—Déjeme pensar. Marrón oscuro, o tal vez negra.

—¿Dónde trabaja el señor Dolarhyde? —preguntó Crawford.

—Es supervisor de producción —contestó Fisk.

—¿Dónde está su oficina?

—Al fondo del pasillo.

Crawford se dio la vuelta para hablar con Graham, pero éste ya se había puesto en movimiento.

La oficina del señor Dolarhyde estaba cerrada con llave. Una llave maestra del servicio de mantenimiento pudo abrirla.

Graham entró y encendió la luz. Permaneció en la puerta mientras sus ojos escudriñaban el cuarto. Estaba todo muy ordenado. No se veían por ninguna parte objetos personales. En un estante se apilaban exclusivamente manuales técnicos.

La lámpara del escritorio estaba a la izquierda de la silla, por lo tanto era diestro. Necesitaba urgentemente una huella digital del pulgar izquierdo de un hombre diestro.

—Probemos con una de las pizarras, una con gancho —le dijo a Crawford, que estaba detrás de él en el pasillo—. Utilizaría el pulgar izquierdo para apretar el gancho.

Estaban revisando los cajones cuando Graham vio la agenda que había sobre el escritorio. Pasó las hojas hasta llegar al sábado 28 de junio, la fecha en que habían sido asesinados los Jacobi.

El viernes y el jueves anteriores no estaban marcados en el calendario.

Buscó después el mes de julio. El jueves y el viernes de la última semana estaban en blanco. El miércoles tenía una anotación: «Am 552 3.45-6.15».

Graham copió los datos.

—Quiero averiguar adónde iba este vuelo.

—Permíteme hacerlo mientras tú sigues aquí —le dijo Crawford, y acto seguido se dirigió a un teléfono que había en el pasillo.

Graham estaba inspeccionando un tubo de adhesivo para dentaduras postizas que había en el último cajón del escritorio cuando Crawford le llamó desde la puerta.

—Es un vuelo a Atlanta, Will. Vayamos a detenerle.

CAPÍTULO 48

El agua fría chorreaba por la cara de Reba mojándole el pelo. Estaba mareada. Sentía algo duro e inclinado bajo su espalda. Volvió la cabeza. Era madera. Una toalla fría y húmeda le secó la cara.

—¿Te sientes bien, Reba? —preguntó Dolarhyde, con voz tranquila.

Se sobresaltó al oír la voz.

«Uhhh.»

—Respira hondo.

Transcurrió un minuto.

—¿Crees que podrás levantarte? Trata de ponerte de pie.

Podía ponerse de pie si la sujetaba con el brazo. Sintió náuseas. Él esperó hasta que pasara el espasmo.

—Sube la rampa. ¿Recuerdas dónde estás?

Reba asintió.

—Saca la llave de la cerradura, Reba. Pasa adentro. Ahora echa la llave y cuélgala en mi cuello. Cuélgala de mi cuello. Bien. Comprobemos que ha quedado bien cerrada. Es importante.

Ella escuchó el ruido del picaporte.

—Perfecto. Ahora ve al dormitorio, conoces el camino.

Reba tropezó y cayó de rodillas, con la cabeza inclinada. Él la levantó por los brazos y la ayudó a llegar al dormitorio.

—Siéntate en esta silla.

Ella se sentó.

«Entrégamela ahora.»

Reba intentó levantarse, pero unas grandes manos sobre sus hombros se lo impidieron.

—Quédate sentada o de lo contrario no podré defenderte de Él —dijo Dolarhyde.

Estaba recuperando la memoria. Pero muy a pesar suyo.

—Por favor, inténtalo.

—Reba, todo ha terminado para mí.

Estaba de pie, haciendo algo. Reba sintió un fuerte olor a gasolina.

—Estira la mano. Toca esto. No lo agarres, tócalo solamente.

Ella sintió algo semejante a los orificios de la nariz, muy lisos en su interior. Era el cañón de un arma.

Reba asintió.

—Retira la mano. —El cañón frío se apoyó en un repliegue de su cuello.

—Reba, cómo me habría gustado haber podido confiar en ti. Yo quería confiar en ti.

Parecía estar llorando.

—Fue tan bonito.

Estaba llorando.

—Tú me gustaste mucho, D. Me encantó. Por favor, no me hagas daño ahora.

—Para mí ha acabado todo. No puedo entregarte a Él. ¿Sabes lo que te haría?

Dolarhyde lloraba a moco tendido.

—¿Sabes lo que haría? Te mordería hasta matarte. Será mejor que mueras conmigo.

Oyó el ruido de una cerilla que se encendía, sintió olor a azufre seguido por un siseo. Hacía calor en el cuarto. Había humo. Fuego. Lo que más temía en el mundo. Fuego. Cualquier cosa era mejor. Esperaba morir al primer disparo. Tensó los músculos de las piernas para correr.

Dolarhyde gimoteaba.

—Oh, Reba, no puedo ver cómo te quemas.

El cañón del arma se apartó de su garganta.

Uno después de otro sonaron los disparos de la escopeta mientras ella se puso de pie.

Los oídos le zumbaban, creyó que le había disparado, que

estaba muerta, y más que escuchar sintió el ruido de algo que caía sobre el suelo.

Olió el humo y oyó crepitar de llamas. Fuego. El fuego le hizo reaccionar. Sintió el calor en sus brazos y en la cara. Tenía que salir. Tropezó con unas piernas y cayó a los pies de la cama.

Dicen que hay que agacharse lo más posible cuando hay humo. No se debe correr, pues se puede tropezar con algo y morir.

Estaba encerrada bajo llave. Encerrada bajo llave. Caminó, agachándose lo más posible, tanteando el suelo con los dedos y encontró unas piernas, siguió hasta tocar pelo, un colchón de pelo, y palpó algo blando debajo. Solamente carne, unos huesos astillados y un ojo.

La llave en su cuello… rápido. Agarró la cadena con ambas manos, inclinada sobre las piernas, y tiró. La cadena se rompió y ella cayó hacia atrás, pero enseguida se enderezó. Se dio la vuelta, totalmente confusa. Trataba de sentir, de escuchar por encima del ruido de las llamas. El costado de la cama… ¿qué costado? Tropezó contra el cuerpo y trató de escuchar.

Bong, bong, la campana del reloj. Bong, bong, llegó a la sala de estar. Bong, bong, dobló hacia la derecha.

El humo le quemaba la garganta. Bong, bong. Ahí estaba la puerta. Bajó el picaporte. No debía dejar caer la llave. La metió en la cerradura y la hizo girar. La puerta se abrió. Sintió una ráfaga de aire. Bajó la rampa. Aire. Se cayó en el césped. Se incorporó otra vez apoyándose en las rodillas y en las manos y empezó a arrastrarse.

Se puso de rodillas y batió palmas, escuchó el eco de la casa y se alejó arrastrándose, respirando hondo, hasta que pudo levantarse, caminar, correr, tropezar nuevamente con algo y seguir corriendo.

CAPÍTULO 49

No fue sencillo localizar la casa de Francis Dolarhyde. La dirección que tenían en Gateway era simplemente la de un apartado de correos en St. Charles.

Incluso el sheriff de St. Charles tuvo que revisar un plano de la compañía eléctrica para estar seguro.

Los representantes del sheriff dieron la bienvenida al equipo de SWAT de St. Louis y les escoltaron hasta el otro lado del río; la caravana avanzó tranquilamente por la carretera estatal 94. Un agente sentado al lado de Graham en el primer automóvil indicaba el camino. Crawford, en el asiento de atrás y reclinado entre los dos, chupaba algo que tenía entre los dientes. Encontraron muy poco tráfico en el extremo norte de St. Charles, solamente una camioneta llena de chicos, un microbús de la compañía Greyhound y un camión de remolque.

Vieron el resplandor en cuanto traspasaron los límites de la ciudad.

—¡Eso es! —dijo el agente—. ¡Allí está!

Graham apretó el acelerador a fondo. El resplandor aumentaba a medida que avanzaban por la carretera.

Crawford chasqueó los dedos indicando que quería el micrófono.

—Atención, todas las unidades, la casa se está quemando. Vigílenla. Tal vez está saliendo de allí. Sheriff, ordene un bloqueo de las calles, por favor.

Una gruesa columna de chispas y humo se inclinaba en dirección sureste sobre el campo, y en ese momento sobre sus cabezas.

—Aquí —dijo el agente—. Doble por este camino de grava.

En ese momento vieron a la mujer, su silueta recortada contra el fuego, al mismo tiempo que ella alzaba los brazos al oírles aproximarse.

Y en ese instante la casa pareció estallar, las vigas en llamas y los marcos de las ventanas volaron por los aires, describiendo lentos y brillantes arcos en el cielo nocturno, al mismo tiempo que la furgoneta presa del fuego caía hacia un costado y las siluetas anaranjadas de los árboles, convertidos en teas, se apagaban y se ennegrecían. El suelo se estremeció y la explosión sacudió los coches de la policía.

La mujer cayó de bruces en la carretera. Crawford, Graham y los otros agentes corrieron hacia ella bajo aquella lluvia ardiente, y algunos se adelantaron un poco más esgrimiendo sus armas.

Crawford rescató a Reba de brazos de un agente que sacudía las brasas de su pelo.

La tomó de los brazos, acercando su cara a la de ella, enrojecida por el fuego.

—Francis Dolarhyde —le dijo, sacudiéndola suavemente—. ¿Dónde está Francis Dolarhyde?

—Está allí dentro —respondió alzando su mano tiznada hacia el fuego y dejándola caer—. Está muerto allí adentro.

—¿Cómo lo sabe? —inquirió Crawford, mirándola a sus ojos ciegos.

—Estaba con él.

—Explíquese, por favor.

—Se disparó un tiro en la cara. Yo di pie a esto. Incendió la casa. Se disparó un tiro. Yo di pie a esto. Estaba en el suelo. Yo di pie a esto, ¿puedo sentarme?

—Sí —contestó Crawford. Se metió con ella en el asiento de atrás de un coche de policía. La rodeó con los brazos y la dejó llorar en su hombro.

Graham permaneció en la carretera y contempló las llamas hasta que sintió que su cara ardía también.

El viento empujaba el humo hacia la luna.

CAPÍTULO 50

El viento matinal era cálido y húmedo. Empujaba unas nubes deshilachadas sobre los ennegrecidos restos de la casa de Dolarhyde. Un tenue manto de humo se desplazaba sobre la campiña.

Las intermitentes gotas de lluvia se transformaban en pequeñas burbujas de vapor y cenizas al caer sobre las brasas.

Un camión de bomberos estaba estacionado allí con la luz giratoria encendida.

S. F. Aynesworth, jefe de la sección de explosivos del FBI, estaba junto a Graham, de espaldas al viento y cerca de las ruinas, sirviéndose café de un termo.

Aynesworth frunció el ceño al ver que el jefe de los bomberos revolvía las cenizas con un rastrillo.

—Gracias a Dios que allí dentro hace tanto calor que no puede acercarse —musitó entre dientes. Se había mostrado sumamente cordial con las autoridades locales, pero se sinceró con Graham—. No tengo más remedio que poner manos a la obra. Este lugar se va a llenar de gente en cuanto todos los policías y vigilantes terminen de desayunar y vengan a echar un vistazo. Todos se ofrecerán para ayudarnos.

Aynesworth tuvo que arreglárselas con lo que había podido traer en el avión hasta que llegara su idolatrada furgoneta desde Washington. Sacó del baúl de un coche patrulla una desteñida bolsa de marinero y extrajo de su interior unas botas y un traje especial para resistir altas temperaturas.

—¿Podrías describirme cómo ha sido el incendio, Will?

—Como un fogonazo de una luz fortísima que luego perdía intensidad. Al rato parecía más oscuro en la base. Gran cantidad de cosas volaban por los aires, marcos de ventanas, vigas del techo y otros pedazos que caían sobre el terreno. Se sintió una onda expansiva y después un golpe de aire. Sopló hacia fuera y enseguida succionó para dentro. Por un momento pareció que se había extinguido el fuego.

—¿El fuego ardía bien cuando sopló?

—En efecto, ya había llegado al techo y las llamaradas salían por las ventanas de la planta baja y el primer piso. Los árboles se quemaban también.

Aynesworth reclutó a dos bomberos locales para que estuvieran preparados con una manguera y a un tercero vestido con ropa antiinflamable y provisto de un cabestrante por si algo se derrumbaba.

Bajó por la escalera del sótano, que ahora se abría al cielo, y se internó en una maraña de maderas negras. Podía quedarse solamente unos pocos minutos cada vez. Hizo ocho viajes.

El único resultado de tanto esfuerzo fue un pedazo plano de pieza metálica, pero pareció brindarle mucha satisfacción.

Su cara estaba roja y sudaba copiosamente cuando se quitó el traje especial y se sentó en la rampa del camión de bomberos con el impermeable de un bombero sobre los hombros.

Depositó el trozo de metal sobre el suelo y de un soplido le quitó la capa de ceniza que lo cubría.

—Dinamita —informó a Graham—. Acérquese, ¿ve el perfil en el metal? Tiene el tamaño de un baúl o un cofre de equipo militar. Seguramente debe ser eso. Dinamita en un cofre militar. Pero no estalló en el sótano. Me parece que fue en la planta baja. ¿Ve el corte que tiene ese árbol, donde le golpeó el sobre de mármol de una mesa? Estalló hacia los lados. La dinamita estaba dentro de algo que la aisló durante un tiempo del fuego.

—¿Qué me dice de los restos?

—Tal vez no quede mucho, pero siempre se encuentra algo. Tenemos para rato con el trabajo de tamizar. Lo encontraremos. Se lo entregaré en una bolsita.

Sólo poco después del amanecer le hizo efecto a Reba el sedante que le suministraron en el Hospital DePaul. Quería que el agente femenino de policía estuviera sentada cerca de la cama. Se despertó varias veces durante la mañana y tendió su mano en busca de la de su acompañante.

Graham le llevó el desayuno cuando lo pidió.

¿Cómo conducirse? A veces resultaba más fácil si uno actuaba de modo impersonal. Pero no creía que ése fuera el caso de Reba McClane.

Le dijo quién era.

—¿Le conoce? —le preguntó Reba a la agente.

Graham le pasó a la oficial sus credenciales. Ella no las necesitaba.

—Sé que es un oficial federal, señorita McClane.

Finalmente le contó todo. Todo lo que había ocurrido con Francis Dolarhyde la noche que pasó en su casa. Tenía la garganta irritada y se interrumpió varias veces para chupar pedacitos de hielo.

Él le formuló las preguntas desagradables y ella le respondió detalladamente, pero en un momento le hizo señas para que saliera del cuarto mientras la acompañante le alcanzaba un cuenco para tomar el desayuno.

Estaba pálida y con la cara limpia y reluciente cuando Graham entró nuevamente al cuarto.

Le hizo unas últimas preguntas y cerró su agenda.

—No le haré repetir todo esto otra vez —le dijo—, pero me gustaría volver. Nada más que para saludarla y saber cómo sigue.

—Me parece lógico tratándose de una belleza como yo.

Por primera vez Graham la vio llorar y comprendió qué era lo que más le dolía.

—¿Puede dejarnos un momento solos, oficial? —preguntó Graham.

—Escúcheme un momento —dijo tomándole la mano a Reba—. Dolarhyde tenía muchas taras, pero usted no tiene ninguna. Acaba de decirme que fue bueno y considerado con usted. La creo. Eso es lo que usted logró que aflorara en él. No pudo matarla y no pudo soportar verla morir. Las personas que estudian este caso dicen que estaba tratando de detenerse. ¿Por qué? Porque usted le ayudó. Eso posiblemente haya salvado unas cuantas vidas. Usted no atrajo a un tarado. Usted atrajo a un hombre que cargaba con una tara. No hay nada malo en usted, señorita. Si no quiere creerlo es una tonta. Volveré a visitarla dentro de uno o dos días. Tengo que ver constantemente las caras de cantidad de policías, necesito algo mejor para recrear mi vista. Por cierto, arréglese un poco el pelo.

Ella movió la cabeza y le hizo señas de que se fuera. Tal vez sonrió un poquito, pero Graham no estaba muy seguro.

Graham llamó a Molly desde la oficina del FBI en St. Louis. El abuelo de Willy atendió el teléfono.

—Es Will Graham, mamá —dijo—. Hola, señor Graham.

Los abuelos de Willy lo llamaban siempre «señor Graham».

—Mamá ha dicho que ese hombre se suicidó. Estaba viendo una telenovela y la interrumpieron para dar la noticia. Qué suerte. Os ha ahorrado mucho trabajo. Y a nosotros, los contribuyentes, bastante dinero. ¿Es verdad que era blanco?

—Sí, señor. Rubio. Parecía escandinavo.

Los abuelos de Willy eran escandinavos.

—¿Puedo hablar con Molly, por favor?

—¿Piensa volver ahora a Florida?

—Dentro de poco. ¿Está Molly?

—Mamá, quiere hablar con Molly… Está en el baño, señor Graham. Mi nieto está desayunando. Se pasa el día cabalgando; está fuera el día entero. Debería verlo comer. Apuesto a que ha engordado como cuatro kilos. Aquí está Molly.

—Hola.

—Hola, preciosa.

—¿Buenas noticias, eh?

—Eso parece.

–Estaba afuera, en el jardín. Mamama salió a avisarme cuando lo vio por televisión. ¿Cuándo le descubrieron?

–Anoche a última hora.

–¿Por qué no me llamaste?

–Probablemente Mamama estaba durmiendo.

–No, estaba viendo el programa de Johnny Carson. No puedo explicarte, Will, lo contenta que estoy de que no tuvieras que atraparle.

–Me quedaré aquí unos días más.

–¿Cuatro o cinco días?

–No estoy seguro. A lo mejor menos. Tengo ganas de verte.

–Yo también tengo ganas de verte, cuando termines con todo lo que tengas que hacer.

–Hoy es miércoles. El viernes podría…

–Will, Mamama ha invitado a todos los tíos y tías de Willy para que vengan desde Seattle la semana próxima y…

–Al cuerno con Mamama. ¿Y qué es este nuevo invento de «Mamama», además?

–Cuando Willy era muy chiquito no podía decir…

–Ven a casa conmigo.

–Will, yo te he esperado a ti. Ellos no ven casi nunca a Willy y unos pocos días más…

–Ven tú sola. Deja a Willy ahí y tu ex suegra se encargará de meterlo en un avión la semana próxima. Se me ocurre una cosa. Podemos parar en Nueva Orleans. Hay un lugar que se llama…

–No es posible, no voy a poder, lo lamento. He trabajado durante este tiempo en un negocio de la ciudad, medio día solamente, pero tengo que avisarles con un poco de anticipación.

–¿Qué pasa, Molly?

–Nada. No pasa nada… he estado tan triste, Will. Tú sabes que vine aquí después de la muerte del padre de Willy –siempre decía «el padre de Willy» como si fuera una cosa, jamás utilizaba su nombre–, y estábamos todos juntos y conseguí serenarme, tranquilizarme. Ahora también me he tranquilizado y…

—Hay una pequeña diferencia: no estoy muerto.

—No seas así.

—¿Cómo? ¿Que no sea cómo?

—Estás furioso.

Graham cerró los ojos durante un instante.

—¿Graham…?

—No estoy furioso, Molly. Haz lo que quieras. Te llamaré cuando termine aquí.

—Podrías venir aquí.

—No lo creo.

—¿Por qué no? Hay sitio de sobra. A Mamama le…

—Molly, no me quieren y sabes por qué. Cada vez que me miran les recuerdo a su hijo.

—Eso no es justo y tampoco es cierto.

Graham estaba muy cansado.

—Está bien, son insoportables y me ponen enfermo. ¿Lo prefieres así?

—No digas eso.

—Quieren al chico. Tal vez te quieran a ti, probablemente te quieren, si es que alguna vez se paran a pensarlo. Pero quieren al chico y te lo quitarán. A mí no me quieren y me importa un comino. Yo te quiero a ti. En Florida. Y a Willy también, cuando se aburra del poni.

—Te sentirás mejor cuando duermas un poco.

—Lo dudo. Oye, te llamaré cuando sepa algo más.

—De acuerdo —contestó ella y colgó.

—Mierda —dijo Graham—. Mierda.

—¿Te he oído decir «mierda»? —preguntó Crawford, asomando la cabeza por la puerta.

—En efecto.

—Pues alégrate. Aynesworth llamó desde allí. Tiene algo para ti. Dice que será mejor que vayamos nosotros, pues tiene muchas interferencias con las transmisoras locales.

CAPÍTULO 51

Aynesworth volcaba cuidadosamente ceniza en unas latas nuevas cuando llegaron Graham y Crawford a las carbonizadas ruinas que antes habían sido la casa de Dolarhyde.

Estaba cubierto de hollín y tenía un rasguño bastante grande bajo la oreja. El agente especial Janowitz, de la sección de explosivos, trabajaba en ese momento en el sótano.

Un hombre alto se movía nerviosamente junto a un polvoriento Oldsmobile estacionado en el camino de entrada. Interceptó a Crawford y Graham cuando cruzaban el jardín.

—¿Es usted Crawford?

—En efecto.

—Soy Robert L. Dulaney. Soy el médico forense y ésta es mi jurisdicción. —Les mostró su tarjeta, en la que podía leerse: «Vote por Robert L. Dulaney».

Crawford se mantuvo a la expectativa.

—Su agente tiene unas pruebas que debió haberme entregado a mí. Hace casi una hora que me tiene esperando.

—Disculpe las molestias, señor Dulaney. Obedecía órdenes mías. ¿Por qué no espera en su automóvil mientras soluciono todo esto?

Dulaney les siguió.

Crawford dio media vuelta y le dijo:

—Discúlpenos un momento, señor Dulaney. Espere en su automóvil.

El jefe de sección Aynesworth sonreía y sus dientes blancos resaltaban en su cara teñida por el hollín. Había pasado la mañana entera revisando cenizas.

—Como jefe de sección tengo un gran placer en...

—Siempre la misma tontería —dijo Janowitz, saliendo de entre las maderas carbonizadas del sótano.

—Silencio en la barra, Indio Janowitz. Busque los objetos de interés. —Le arrojó a Janowitz las llaves del automóvil.

Janowitz sacó del portamaletas de un sedán del FBI una larga caja de cartón. En el fondo de la caja y sujeta por unos alambres había una escopeta cuya culata estaba carbonizada y sus cañones retorcidos por el calor. Una caja más pequeña contenía una ennegrecida pistola automática.

—La pistola está en mejores condiciones —manifestó Aynesworth—. La sección de balística podrá compararla con el resto. Vamos, Janowitz, muévase.

Aynesworth agarró las tres bolsas de plástico que le entregó.

—Frente y centro, Graham. —Durante un instante, el rostro de Aynesworth perdió su expresión risueña. Aquello parecía el ritual del cazador, como si estuviera salpicando la frente de Graham con sangre.

—Debe de haber sido una función muy agradable.

Aynesworth depositó las bolsas en las manos de Graham.

Una bolsa contenía quince centímetros de un fémur humano carbonizado y un pedazo del hueso de la cadera. Otra un reloj de pulsera. La tercera los dientes.

Era solamente la mitad del paladar, negro y roto, pero en esa mitad estaba el puntiagudo e inconfundible incisivo lateral.

A Graham le pareció que debía decir algo.

—Gracias. Muchas gracias.

Durante un breve instante sintió que la cabeza le daba vueltas, pero enseguida se sintió invadido por una gran calma.

—... una pieza de museo —decía Aynesworth—. Tendremos que entregársela a ese aprendiz, ¿verdad, Jack?

—Así es. Pero hay unos cuantos profesionales en la oficina forense de St. Louis. Ellos se encargarán de tomar unas buenas huellas. Guardaremos ésas.

Crawford y los demás se dirigieron al automóvil donde esperaba el forense.

Graham se quedó solo frente a la casa. Escuchó el ruido del viento en las chimeneas. Esperaba que Bloom viniera a ese lugar cuando se repusiera. Probablemente lo haría.

Graham quería saber más cosas sobre Dolarhyde. Quería saber qué había ocurrido allí, cómo había nacido el Dragón. Pero por el momento ya tenía bastante.

Un pajarito se paró sobre los restos de una chimenea y cantó.

Graham le contestó con un silbido.

Era el momento de volver a casa.

CAPÍTULO 52

Graham sonrió al sentir el rugido de los motores del jet mientras se elevaba sobre la pista, dejando atrás St. Louis, virando al sur en dirección al sol y finalmente hacia el este, rumbo a su casa.

Molly y Willy estaban allí.

—No perdamos tiempo diciendo quién se arrepiente de qué. Te buscaré en Marathon, muchacho —le dijo Molly por teléfono.

Esperaba que con el correr del tiempo podría recordar los pocos buenos momentos, la satisfacción de ver trabajar a esas personas con tanta dedicación en sus respectivas especialidades. Suponía que eso podría encontrarse en cualquier parte siempre que uno tuviera los conocimientos suficientes como para saber qué era lo que estaba observando.

Hubiera sido presuntuoso darles las gracias a Lloyd Bowman y a Beverly Katz, por lo tanto se limitó a decirles por teléfono lo agradable que había sido trabajar con ellos.

Pero algo le preocupaba un poco: cómo se había sentido cuando Crawford se dio la vuelta en Chicago para decirle: «Es Gateway».

Probablemente ésa fue la alegría más intensa y salvaje que jamás había experimentado. Era inquietante saber que el momento más feliz de su vida había ocurrido entonces, en aquella sofocante sala del jurado en la ciudad de Chicago. Cuando inclusive lo sabía, lo sabía.

No le dijo a Lloyd Bowman cómo se sentía; no era necesario.

—¿Sabe usted?, cuando Pitágoras confirmó la exactitud de su teorema, ofrendó cien bueyes a la Musa —dijo Bowman—. No existe una sensación más agradable, ¿verdad? No me conteste... dura más si no se desperdicia hablando.

La impaciencia de Graham iba en aumento a medida que se acercaba a su casa y a Molly. Cuando llegara a Miami tendría que ir a la plataforma de embarque para subir al *Aunt Lula*, el viejo DC-3 que volaba a Marathon.

Le gustaban los DC-3. Ese día le gustaba cualquier cosa.

El *Aunt Lula* había sido fabricado cuando Graham tenía cinco años y sus alas estaban siempre sucias, con una capa de aceite que salpicaban los motores. Tenía gran confianza en el avión. Corrió hacia él como si hubiera aterrizado para rescatarle en medio de la selva.

Vio las luces de Islamorada cuando la isla pasó bajo el ala del DC-3. Todavía eran visibles las crestas blancas de las olas del Atlántico. Poco después aterrizaron en Marathon.

Fue como la primera vez que llegó allí. En aquella ocasión había volado también en el *Aunt Lula* y a menudo volvió al aeropuerto al atardecer para verle llegar, lento y estable, los alerones bajos, lanzando chispas por los tubos de escape y con todos los pasajeros tranquilamente instalados detrás de las ventanillas iluminadas.

Era bonito también observar los despegues, pero se quedaba algo triste y vacío cuando el viejo avión realizaba el gran giro hacia el norte, dejando el aire impregnado de unos amargos adioses. Aprendió a mirar solamente los aterrizajes y los saludos de bienvenida.

Eso fue antes de que conociera a Molly.

El avión giró hacia la plataforma de embarque con un chirrido final. Graham vio a Molly y Willy bajo los focos, detrás de la valla.

Willy estaba plantado firmemente delante de ella. Se quedaría allí hasta que Graham se les uniera. Entonces daría alguna vuelta por allí para examinar algo que le interesara. Eso le gustaba mucho a Graham.

Molly era casi tan alta como Graham. Eso también le gustaba; cada vez que se besaban era como si estuvieran en la cama, los dos a la misma altura.

Willy le ofreció llevarle la maleta. Pero Graham le dio en cambio la bolsa con sus trajes.

Molly condujo el automóvil hacia cayo Sugarloaf. Graham reconocía los objetos iluminados por los faros e imaginaba los demás.

Oyó el ruido del mar cuando abrió la puerta al llegar al jardín de su casa.

Willy entró a la casa llevando la bolsa de los trajes sobre la cabeza mientras el otro extremo le golpeaba las pantorrillas.

Graham se quedó en el jardín, espantando distraídamente a los mosquitos.

Molly puso su mano sobre la cara de él.

—Deberías entrar a casa antes de que te coman entero.

Él asintió. Sus ojos estaban húmedos.

Molly esperó un poco más, agachó la cabeza y mientras le miraba subiendo y bajando las cejas le dijo:

—Martinis, abrazos y demás. Ése es el buen camino... y la cuenta de la luz, la del agua e interminables conversaciones con mi hijo —añadió, con aire risueño.

CAPÍTULO 53

Tanto Molly como Graham deseaban que todo volviera a ser como antes, y continuar como hasta entonces.

Al advertir que ya no era igual, ese tácito conocimiento se instaló en ellos como un huésped indeseable en la casa. Las impresiones que intercambiaban en la oscuridad y durante el día pasaban bajo cierto prisma que les hacía perder su objetivo.

Molly no le había parecido nunca tan atractiva como entonces. Admiraba su encanto desde una penosa distancia.

Ella trató de ser buena con él, pero había estado en Oregón y revivido el recuerdo de un muerto.

Willy lo notaba y mostraba cierta frialdad hacia Graham mezclada con una insoportable amabilidad.

Llegó una carta de Crawford. Molly la trajo con el resto de la correspondencia sin hacer ningún comentario.

Contenía una fotografía de la familia Sherman extraída de una película doméstica. No se había quemado absolutamente todo, explicaba Crawford en la carta. Al revisar los terrenos próximos a la casa se había encontrado esa película junto con otras cuantas cosas que la explosión había alejado del incendio.

—Posiblemente estas personas figuraban en su próximo itinerario —escribía Crawford—. Ahora están a salvo. Pensé que te gustaría saberlo.

Graham se la mostró a Molly.

—¿Ves? Ésta es la razón —dijo—. Ésta es la razón por la que valía la pena.

—Lo sé —contestó ella—. De veras lo comprendo.

Los peces azules nadaban bajo la luz de la luna. Molly preparó bocadillos y pescaron y encendieron fogatas, pero nada resultaba muy convincente.

Los abuelos de Willy le enviaron una fotografía del poni y él la clavó en la pared de su cuarto.

Habían transcurrido cinco días desde que volvió a su casa y ése sería el último que pasarían Molly y Graham allí antes de volver a sus trabajos en Marathon. Pescaron en los rompientes, en un lugar donde habían tenido suerte en otra ocasión y al que se llegaba después de caminar cuatrocientos metros por la playa, que en esa parte hacía una profunda curva.

Graham había decidido hablar al mismo tiempo con los dos.

La expedición tuvo un mal comienzo. Willy dejó deliberadamente a un lado la caña que Graham le había preparado y llevó la nueva caña de pescar que le había dado su abuelo.

Pescaron en silencio durante tres horas. Graham abrió la boca en tres oportunidades para hablar, pero no se decidió.

Estaba cansado de sentir que no les agradaba.

Graham cogió cuatro peces utilizando unos crustáceos como carnada. Willy no pescó nada. Utilizaba una larga caña con tres anzuelos pequeños que también le había dado su abuelo. Pescaba demasiado rápido, lanzando una y otra vez, recogiendo apresuradamente, hasta que su cara se puso colorada como un tomate y la camiseta se le pegó a la espalda.

Graham se metió en el agua, cogió un puñado de arena detrás del rompiente y sacó dos crustáceos.

—¿Qué te parece si pruebas con uno de éstos, compañero? —le tendió un crustáceo a Willy.

—Seguiré con esta caña. Era de mi padre, ¿sabes?

—No —contestó Graham, mirando a Molly.

Ella se agarró las rodillas y contempló el vuelo de una gaviota.

De repente se paró y se sacudió la arena.

—Voy a preparar unos bocadillos —anunció.

Graham estuvo tentado de hablar con el chico cuando Molly se fue. Pero recapacitó. Willy debería sentir exactamente lo mismo que sentía su madre. Esperaría hasta que ella volviera. Esta vez estaba firmemente decidido.

Molly regresó casi enseguida sin los bocadillos, caminando rápidamente sobre la arena mojada.

—Jack Crawford está al teléfono. Le dije que le llamarías después, pero parece que es urgente —anunció Molly, mientras se examinaba una uña—. Será mejor que te des prisa.

Graham se sonrojó. Clavó la caña en la arena y salió al trote hacia las dunas. Era más rápido que dar la vuelta a la playa, siempre y cuando no se llevara algo que pudiera engancharse en los matorrales.

Escuchó un sordo zumbido producido por el viento, y temeroso de tropezar con una serpiente de cascabel escrutó el suelo al internarse entre los achaparrados arbustos.

Vio un par de botas bajo unas plantas, el reflejo de unos cristales y una silueta de color caqui que se incorporaba.

Su corazón latió con fuerza al fijar la vista en los ojos amarillos de Francis Dolarhyde.

El ruido de los diferentes seguros de una pistola, el arma apuntando hacia Graham, una patada de éste haciéndola volar hacia los arbustos al mismo tiempo que un destello amarillento salía de la boca del cañón. Graham cayó de espaldas sobre la arena, apuntando con la cabeza hacia la playa, sintiendo un intenso ardor en el costado izquierdo de su pecho.

Dolarhyde pegó un salto y cayó sobre el estómago de Graham con ambos pies, esgrimiendo un cuchillo y sin prestar atención al alarido que provenía del borde del agua. Sujetó a Graham con las rodillas, levantó en alto el cuchillo y lanzó un rugido al dejarlo caer. La hoja se incrustó profundamente en la mejilla de Graham, a escasa distancia del ojo.

Dolarhyde se inclinó hacia adelante apoyándose contra el mango del cuchillo para atravesarle la cabeza a Graham.

La caña silbó cuando Molly la lanzó violentamente contra la cara de Dolarhyde. Los anzuelos se incrustaron en su mejilla y el carrete chirrió al soltar más hilo cuando Molly tiró hacia atrás para golpear otra vez.

Dolarhyde gruñó y se agarró la cara, y los anzuelos triples se incrustaron también en su mano. Con una mano libre y otra sujeta a la cara por los anzuelos, tiró del cuchillo y salió en pos de ella.

Graham rodó hacia un costado, se puso de rodillas, consiguió levantarse y corrió con los ojos desorbitados escupiendo sangre; corrió huyendo de Dolarhyde, corrió hasta desplomarse.

Molly corrió hacia las dunas con Willy delante de ella. Dolarhyde les seguía, arrastrando la caña. Ésta se enganchó en un arbusto; el tirón obligó a Dolarhyde a detenerse lanzando un grito, hasta que se le ocurrió cortar el hilo.

—¡Corre, hijo, corre, hijo, corre hijo! No mires hacia atrás —exclamó Molly. Sus piernas eran largas y empujaba al chico hacia adelante al oír cada vez más cerca el ruido de los arbustos que se quebraban.

Llevaban unos noventa metros de ventaja cuando salieron de las dunas, sesenta cuando entraron en la casa. Corrieron escaleras arriba, y el niño se metió en el ropero de Will.

—Quédate aquí —le dijo a Molly.

Bajó para hacer frente a Dolarhyde. Entró en la cocina luchando por poner el cargador.

Olvidó la posición de tiro y olvidó el punto de mira, pero agarró con ambas manos la pistola y cuando la puerta se abrió violentamente le descerrajó un disparo en el muslo y le disparó a la cara cuando Dolarhyde resbaló hacia el piso mirándola, y le disparó a la cara mientras estaba sentado en el suelo y corrió hacia él y le disparó dos veces más en la cara mientras se desplomaba contra la pared, con la cabeza caída y el pelo ardiendo.

Willy rompió una sábana y fue en busca de Will.

Le temblaban las piernas y se cayó varias veces al atravesar el jardín.

Los agentes del sheriff y las ambulancias llegaron antes de que Molly pensara en llamarles. Estaba dándose una ducha cuando entraron en la casa armados. Estaba frotando con vehemencia las manchas de sangre y las astillas de hueso que tenía en la cara y en el pelo, y no pudo contestar cuando un agente trató de hablar con ella a través de la cortina de la ducha.

Uno de los agentes recogió por fin el teléfono que seguía colgando y habló con Crawford, que desde Washington había oído los disparos y les había llamado para que fueran allí.

—No sé, en este momento lo traen —dijo el agente. Miró por la ventana al ver pasar la camilla—. No me gusta mucho —agregó.

CAPÍTULO 54

En la pared frente a los pies de la cama había un reloj con números lo suficientemente grandes como para poder ver la hora, a pesar de los calmantes y el dolor.

Cuando Will Graham pudo abrir el ojo derecho vio el reloj y supo enseguida dónde estaba: en una sala de cuidados intensivos. Sabía que debía observar el reloj. Su movimiento le indicaba que todo estaba pasando, que pasaría.

Para eso le habían llevado allí.

Las agujas marcaban las cuatro. No tenía la menor idea de si eran las cuatro de la mañana o las cuatro de la tarde, pero no le importaba siempre y cuando las agujas siguieran moviéndose. Cayó nuevamente en un profundo sopor.

El reloj indicaba las ocho cuando abrió de nuevo el ojo.

Había alguien junto a él. Giró cuidadosamente el ojo y vio a Molly mirando por la ventana. Estaba delgada. Trató de hablar, pero sintió un terrible dolor en la parte izquierda de su cabeza al mover la mandíbula. Su cabeza y su pecho no palpitaban al unísono. Era más bien un ritmo sincopado. Hizo un ruido cuando ella salió del cuarto.

Se veía cierta claridad por la ventana cuando le incorporaron, le estiraron y le efectuaron unas curas que por poco le hacen estallar los tendones del cuello.

La luz era amarilla cuando vio la cara de Crawford observándolo.

Graham consiguió guiñar el ojo. Cuando Crawford sonrió pudo ver un pedacito de espinaca entre sus dientes.

Qué raro. Crawford rara vez comía verduras.

Graham movió su mano sobre la sábana indicando que quería escribir.

Crawford le deslizó su agenda bajo la mano y le colocó un lápiz entre los dedos.

«¿Cómo está Willy?», escribió.

—Muy bien —contestó Crawford—. Y Molly también. Estuvo aquí mientras dormías. Dolarhyde está muerto, Will. Te lo juro. Está muerto. Yo mismo tomé sus huellas y Price las comparó. No cabe la menor duda. Está muerto.

Graham dibujó un signo de interrogación.

—Ya te lo contaré. Estaré por aquí y te lo contaré todo al detalle cuando te sientas bien. Sólo puedo verte cinco minutos.

«Ahora», escribió Graham.

—¿El médico ha hablado contigo? ¿No? Pues te hablaré de ti en primer lugar... quedarás perfectamente bien. Tienes el ojo cerrado por un gran edema que se formó al recibir la puñalada en la mejilla. Te lo arreglaron, pero tardará un tiempo en quedar bien. Te extirparon el bazo. Pero ¿quién necesita un bazo? Price dejó el suyo en Birmania en 1941.

Una enfermera golpeó el vidrio.

—Debo irme. Aquí no respetan credenciales ni nada. Te echan a patadas cuando pasa la hora. Te veré luego.

Molly estaba en la sala de espera de la unidad de cuidados intensivos, donde aguardaban numerosas personas con cara de cansancio.

Crawford se acercó a ella.

—Molly...

—Hola, Jack —dijo ella—. Tú sí que tienes buen aspecto. ¿Quieres ser donante para un trasplante de cara?

—Por favor, Molly.

—¿Le has visto?

—Sí.

—Yo creí que no iba a poder mirarle, pero lo hice.

—Va a quedar bien. El médico lo ha dicho. Pueden hacerlo.

¿Quieres que alguien te acompañe, Molly? He venido con Phyllis, ella…

—No. No hagas nada más por mí.

Buscó un pañuelo de papel. Crawford vio la carta cuando ella abrió el bolso: un elegante sobre violeta igual al que había visto en otra ocasión.

A Crawford no le gustaba nada lo que tenía que hacer, pero no podía evitarlo.

—Molly.

—¿Qué pasa?

—¿Will recibió una carta?

—Sí.

—¿Te la entregó la enfermera?

—Sí. Ella me la dio. Además, hay unas flores que sus amigos le han enviado desde Washington.

—¿Puedo ver la carta?

—Se la entregaré a él cuando se sienta con ganas de leerla.

—Déjame verla, por favor.

—¿Por qué?

—Porque no le conviene recibir noticias de esa persona.

Había algo extraño en la expresión de su cara; miró nuevamente la carta y la dejó caer junto con el bolso y todo su contenido. Un lápiz de labios rodó por el suelo.

Al agacharse a recoger las cosas de Molly, Crawford oyó el ruido de sus tacones al alejarse apresuradamente, abandonando el bolso.

Crawford le entregó el bolso a la enfermera de turno. Sabía que era prácticamente imposible que Lecter consiguiera lo que quería, pero no podía correr riesgos.

Logró que un médico interno hiciera una revisión fluoroscópica de la carta en la sala de rayos. Crawford cortó el sobre por los cuatro costados con un cortaplumas y revisó la superficie interior y la de la carta en busca de alguna mancha o polvillo. En el Hospital Chesapeake probablemente utilizaban lejía para limpiar y había, además, una farmacia.

Cuando quedó satisfecho con la inspección procedió a leerla.

Querido Will:

Aquí estamos, usted y yo, padeciendo en nuestros respectivos hospitales. Usted con su dolor y yo sin mis libros… el inteligente doctor Chilton se encargó de ellos.

¿No le parece, Will, que vivimos en una época primitiva? Ni salvaje ni erudita. Y su maldición son las medias tintas. En cualquier sociedad racional me matarían o me devolverían los libros.

Le deseo una rápida convalecencia y espero que no quede muy feo. Pienso a menudo en usted,

HANNIBAL LECTER

El médico interno miró su reloj.

—¿Me necesita para algo más?

—No —contestó Crawford—. ¿Dónde está el incinerador?

Molly no estaba en la sala de espera ni dentro de la sala de cuidados intensivos cuando Crawford volvió a las cuatro para el siguiente turno de visitas.

Graham estaba despierto. Dibujó enseguida un signo de interrogación en el bloc y debajo escribió: «¿Cómo murió Dolarhyde?».

Crawford se lo contó. Graham permaneció inmóvil durante un minuto. Luego escribió: «¿Cómo huyó?».

—Bien —respondió Crawford—, volvamos a St. Louis. Dolarhyde debió haber ido a buscar a Reba McClane. Entró al laboratorio mientras nosotros estábamos allí y debió habernos visto. Sus huellas quedaron en una ventana abierta del cuarto de la caldera, según nos informaron ayer.

Graham garabateó nuevamente en el papel: «¿Y de quién era el cadáver?».

—Pensamos que era un sujeto llamado Arnold Lang; ha desaparecido. Encontraron su coche en Memphis. Había sido robado. Me queda sólo un minuto antes que me echen. Permíteme que te lo cuente en orden.

»Dolarhyde advirtió nuestra presencia allí. Se escabulló del laboratorio y se dirigió a una estación de servicio de Servco

Supreme de Linderberg, en la ruta 270. Arnold Lang trabajaba allí.

»Reba McClane nos contó que Dolarhyde tuvo una discusión con un empleado de una estación de servicio el sábado anterior. Suponemos que era Lang.

»Liquidó a Lang y llevó el cadáver a su casa. Entonces fue en busca de Reba McClane. En ese momento estaba en la puerta de su casa besando a Ralph Mandy. Le descerrajó un tiro a Mandy y le arrastró hasta la verja.

La enfermera entró.

—Por el amor de Dios, es un asunto policial —dijo Crawford. Siguió hablando rápidamente mientras la enfermera le tiraba de la manga de la chaqueta hacia la puerta—. Cloroformizó a Reba McClane y la llevó a la casa. El cadáver ya estaba allí —añadió Crawford desde el pasillo.

Graham tuvo que esperar cuatro horas para oír la continuación.

—La entretuvo un rato, ¿sabes? «Te mataré o no te mataré», ese tipo de cosas —dijo Crawford al entrar.

»Ya conoces el cuento de la llave que colgaba de su cuello… eso era para asegurarse de que ella tocaría el cadáver. Así podía contarnos que realmente le había tocado. Muy bien, él sigue hablando hasta que por fin le dice: "No puedo tolerar verte morir quemada", y entonces le revienta la cabeza a Lang con una escopeta del calibre doce.

»Lang era perfecto. No tenía dientes, además. Tal vez Dolarhyde sabía que el arco maxilar resiste muy bien el fuego, nadie puede decirnos lo que sabía. De todos modos, a Lang no le quedó ni rastro de mandíbula cuando Dolarhyde terminó con él. El disparo separó la cabeza del cuerpo y debe de haber tirado una silla y alguna otra cosa al suelo para simular el impacto de un cuerpo que caía. Y colgó la llave del cuello de Lang.

»Reba comenzó entonces a dar vueltas en busca de la llave. Dolarhyde la observaba desde un rincón. Ella estaba ensordecida por el disparo de la escopeta. No podía oír los pequeños ruidos que hacía Dolarhyde.

»Dolarhyde encendió fuego, pero esperó hasta acercarle la gasolina. Tenía un recipiente con gasolina en el cuarto. Reba consiguió salir sin problemas de la casa. Si el miedo la hubiera inmovilizado o si hubiera tropezado con una pared u otra cosa, supongo que él la habría atontado de un golpe y arrastrado fuera. Ella nunca habría sabido cómo consiguió salir. Pero tenía que salir para que el plan de Dolarhyde funcionara. Oh, diablos, ya viene otra vez la enfermera.

«¿En qué vehículo?», escribió rápidamente Graham.

—Esto es digno de admiración —acotó Crawford—. Sabía que debía dejar su furgoneta en la casa. Tampoco podía llegar allí conduciendo dos automóviles al mismo tiempo y necesitaba uno para escapar.

»Entonces hizo lo siguiente: obligó a Lang a enganchar su furgoneta al remolque de la estación de servicio. Mató a Lang, cerró la estación de servicio y remolcó su automóvil hasta la casa. Dejó el remolque en un camino de tierra que pasa por detrás de la casa, se metió en la furgoneta y salió en busca de Reba. Cuando vio que Reba conseguía salir de la casa, buscó la caja con la dinamita, acercó el bidón de gasolina al fuego y huyó por la parte de atrás. Condujo otra vez el remolque hasta la estación de servicio, lo dejó allí y regresó en el automóvil de Lang. Como verás, ningún cabo suelto.

»Casi me vuelvo loco tratando de pensar cómo había ocurrido. Pero sé que es así porque dejó unas huellas en la barra del remolque.

»Posiblemente nos cruzamos con él cuando nos dirigíamos a la casa… Sí, señorita. Ya voy. Sí, señorita.

Graham intentó preguntarle algo, pero ya era demasiado tarde.

Molly entró durante el siguiente turno de visitas.

Graham escribió «Te quiero» en la agenda de Crawford.

Ella asintió y le cogió la mano.

Un minuto después Graham escribió: «¿Está bien Willy?».

Molly movió afirmativamente la cabeza.

«¿Está aquí?»

Ella había levantado la vista del papel demasiado rápido. Le tiró un beso y señaló a la enfermera que se aproximaba.

Él le agarró el pulgar.

Crawford entró una última vez.

Graham tenía ya preparada su nota. En ella había escrito: «¿Dientes?».

–Eran los de su abuela –le explicó Crawford–. Los que encontramos en la casa eran los de su abuela. La policía de St. Louis localizó a un tal Ned Vogt, la madre de Dolarhyde era su madrastra. Vogt vio a la señora Dolarhyde cuando era niño y jamás olvidó sus dientes.

»Eso era lo que quería contarte cuando te atacó Dolarhyde. Acababa de recibir una llamada del Instituto Smithsoniano. Consiguieron finalmente que las autoridades de Missouri les cedieran los dientes para poder examinarlos por pura curiosidad. Advirtieron que la parte superior estaba hecha con vulcanita en lugar de acrílico, como se fabrican actualmente. Hace treinta y cinco años que no se fabrican dentaduras con vulcanita.

»Dolarhyde mandó hacer una copia exacta para su uso. La dentadura nueva se encontró en su cuerpo. Después de haber estudiado ciertos detalles, las estrías y los pliegues, llegaron a la conclusión de que había sido fabricada en China. La vieja era suiza.

»Encontraron, además, en su ropa la llave de un *locket* de Miami. Allí había guardado un libro enorme. Una especie de diario, algo infernal. Lo tengo guardado para cuando quieras verlo.

»Oye, viejo, tengo que volver a Washington. Volveré el fin de semana si consigo escaparme. ¿Estarás bien?

Graham dibujó un signo de interrogación, pero enseguida lo tachó y escribió: «Por supuesto».

La enfermera entró en cuanto salió Crawford. Le inyectó Demerol en el suero endovenoso y los números del reloj se hicieron borrosos. No podía ver qué marcaba la aguja grande.

Se preguntó si el Demerol actuaría sobre los sentimientos. Podría retener a Molly durante un tiempo. Por lo menos hasta que terminara de recuperarse. Eso sería una jugada sucia. ¿Retenerla para qué? Sintió que el sopor lo invadía. Esperaba no soñar.

Su sopor estaba matizado por recuerdos y sueños, pero no era una sensación desagradable. No soñó que Molly lo abandonaba ni soñó con Dolarhyde. Era un largo sueño sobre Shiloh,[1] interrumpido por luces que le iluminaban la cara y el bombeo del tensiómetro...

Era primavera, poco después de haber dado muerte a Garret Jacob Hobbs, y estaba en Shiloh.

En aquel tibio día de abril cruzó la carretera de asfalto en dirección a Bloody Pond. El césped nuevo, que conservaba aún el tono verde claro, cubría la loma hasta el borde del agua. El agua transparente había subido de nivel, tapando la hierba, que era visible bajo la superficie, dando la impresión de que seguía extendiéndose hasta tapizar el fondo de la laguna.

Graham sabía lo que había ocurrido allí en abril de 1862.

Se sentó en la hierba, sintiendo la humedad del suelo a través de sus pantalones.

Pasó un turista en un automóvil y casi inmediatamente Graham vio algo que se movía en la carretera. El vehículo había pisado una culebra. El ofidio se retorcía haciendo interminables ochos sobre sí mismo, mostrando alternativamente su dorso oscuro y su vientre amarillento.

La sobrecogedora belleza de Shiloh le producía ligeros escalofríos, a pesar de estar sudando por el fuerte sol de primavera.

Graham se levantó. Los fondillos del pantalón estaban húmedos y se sentía algo aturdido.

La culebra seguía retorciéndose. Se detuvo, la agarró de la punta suave y seca de la cola y con un movimiento rápido y fluido la hizo restallar como un látigo.

Sus sesos cayeron en la laguna. Un pez se apresuró a ingerirlos.

1. Parque nacional en el suroeste de Tennessee, Estados Unidos, escenario de una importante batalla de la guerra civil.

Estaba convencido de que Shiloh era un lugar embrujado y su belleza siniestra como los lirios.

Mientras pasaba del calor de los narcóticos a los recuerdos, advirtió que Shiloh no era algo siniestro; simplemente se mostraba indiferente. La belleza de Shiloh podía presenciar cualquier cosa. Su imperdonable belleza sencillamente subrayaba la indiferencia de la naturaleza, esa Máquina Verde. El encanto de Shiloh se burlaba de nuestra condición.

Abrió el ojo y miró el absurdo reloj, pero no pudo dejar de pensar: «No existe misericordia en la Máquina Verde; nosotros la creamos, fabricándola en las partes que han superado nuestro elemental cerebro de reptil. No existe el crimen. Nosotros lo hemos creado y sólo a nosotros nos incumbe».

Graham sabía perfectamente bien que estaban en él todos los elementos para cometer un crimen; y tal vez también los necesarios para obrar con misericordia.

Era consciente, no sin cierto desagrado, de que comprendía demasiado bien los motivos de un crimen.

Se preguntaba si dentro de la vasta humanidad, en las mentes de los hombres empeñados en civilizar, los perversos instintos que controlamos en nuestro comportamiento y el oscuro e innato conocimiento de esos instintos funcionan como los virus, contra los que el organismo se defiende.

Se preguntó si no serían los viejos y espantosos instintos como los virus con que se fabrican las vacunas.

Sí, había estado equivocado respecto a Shiloh. Shiloh no está embrujado… los hombres están embrujados.

A Shiloh le da igual.

El Dragón Rojo de Thomas Harris
se terminó de imprimir en noviembre de 2018
en los talleres de
Impresora Tauro S.A. de C.V.
Av. Año de Juárez 343, col. Granjas San Antonio,
Ciudad de México